no urubuquaquá, no pinhém

joão guimarães rosa no urubuquaquá, no pinhém (corpo de baile)

São Paulo
2021

Copyright dos Titulares dos Direitos Intelectuais de JOÃO
GUIMARÃES ROSA: "V Guimarães Rosa Produções Literárias";
"Quatro Meninas Produções Culturais Ltda." e "Nonada Cultural Ltda."
13ª Edição, Editora Nova Fronteira, Rio de Janeiro 2016
1ª Edição, Global Editora, São Paulo 2021

Jefferson L. Alves – diretor editorial
Gustavo Henrique Tuna – gerente editorial
Flávio Samuel – gerente de produção
Juliana Campoi – coordenadora editorial
Bruna Gomes Ribeiro – editora de texto
Tatiana F. Souza e Aline Araújo – revisão
Ana Claudia Limoli – diagramação
Araquém Alcântara – foto de capa (Vaqueiros encourados do Parque Nacional do Catimbau, Buíque, Pernambuco, 2015)
Victor Burton e Anderson Junqueira – capa
Tathiana A. Inocêncio – projeto gráfico

Agradecemos a Regina Zilberman pela autorização de reprodução do texto "O recado do morro: uma teoria da linguagem, uma alegoria do Brasil", publicado originalmente na revista de Literatura Brasileira *O eixo e a roda*, n. 12, Belo Horizonte, em dezembro de 2006.

Dados Internacionais de Catalogação na Publicação (CIP)
(Câmara Brasileira do Livro, SP, Brasil)

Rosa, João Guimarães, 1908-1967
   No Urubuquaquá, no Pinhém (corpo de baile) / João Guimarães Rosa. -- 1. ed. -- São Paulo : Global Editora, 2021.

   ISBN 978-65-5612-108-6

   1. Ficção brasileira I. Título.

21-63528   CDD-B869.3

Índices para catálogo sistemático:

   1. Ficção : Literatura brasileira   B869.3

Maria Alice Ferreira - Bibliotecária - CRB-8/7964

Direitos Reservados

global editora e distribuidora ltda.
Rua Pirapitingui, 111 — Liberdade
CEP 01508-020 — São Paulo — SP
Tel.: (11) 3277-7999
e-mail: global@globaleditora.com.br

  globaleditora.com.br /globaleditora
blog.globaleditora.com.br /globaleditora
 /globaleditora /globaleditora
 /globaleditora

 Colabore com a produção científica e cultural.
Proibida a reprodução total ou parcial desta obra sem a autorização do editor.

Nº de Catálogo: **4461**

Nota da Editora

A Global Editora, coerente com seu compromisso de disponibilizar aos leitores o melhor da literatura em língua portuguesa, tem a satisfação de ter em seu catálogo o escritor João Guimarães Rosa. Sua obra literária segue impressionando o Brasil e o mundo graças ao especial dom do escritor de engendrar enredos que têm como cenário o Brasil profundo do sertão.

A terceira edição de *No Urubuquaquá, no Pinhém*, publicada pela Livraria José Olympio Editora em 1965, foi o norte para o estabelecimento do texto da presente edição. Mantendo em tela a responsabilidade de conservar a inventividade da linguagem por Rosa concebida, foi realizado um trabalho minucioso, contudo pontual, no que tange à atualização da grafia das palavras conforme as reformas ortográficas da língua portuguesa de 1971 e de 1990.

Como é sabido, Rosa tinha um projeto linguístico próprio, o qual foi sendo lapidado durante os anos de escrita de seus livros. Sobre sua forma ousada de operar o idioma, o escritor mineiro chegou a confidenciar em entrevista a Günter Lorenz, em Gênova, em janeiro de 1965:

> Nunca me contento com alguma coisa. Como já lhe revelei, estou buscando o impossível, o infinito. E, além disso, quero escrever livros que depois de amanhã não deixem de ser legíveis. Por isso acrescentei à síntese existente a minha própria síntese, isto é, incluí em minha linguagem muitos outros elementos, para ter ainda mais possibilidade de expressão.

Diante dessa missão que o autor tomou para si ao longo de sua carreira literária e que o levou a ser considerado, por muitos, um dos mais importantes ficcionistas do século XX, nos apropriamos de outra missão na presente edição: a de honrar, zelar e manter a força viva que constitui a escrita rosiana.

"O melhor, sem dúvida, é escutar Platão: é
preciso — diz ele — que haja no universo
um sólido que seja resistente; é por isso
que a terra está situada no centro, como
uma ponte sobre o abismo; ela oferece
um solo firme a quem sobre ela caminha,
e os animais que estão em sua superfície
dela tiram necessariamente uma solidez
semelhante à sua."

PLOTINO

"A pedra preciosa de que falo é inteiramente
redonda e igualmente plana em todas as
suas partes."

RUYSBROECK o Admirável

Sumário

Os CONTOS:

O recado do morro 15

"Cara-de-Bronze" 73

O ROMANCE:

A estória de Lélio e Lina 125

O recado do morro: uma teoria da linguagem, uma
alegoria do Brasil — Regina Zilberman 225

Cronologia 239

no urubuquaquá, no pinhém

O recado do morro

> — *Morro alto, morro grande,*
> *me conta o teu padecer.*
> — *Pra baixo de mim, não olho;*
> *p'ra cima, não posso ver...*
>
> (Contracanção. *Peça pseudofolclórica.*)

SEM QUE BEM SE SAIBA, CONSEGUIU-SE RASTREAR pelo avesso um caso de vida e de morte, extraordinariamente comum, que se armou com o enxadeiro Pedro Orósio (também acudindo por Pedrão Châbergo ou Pê-Boi, de alcunha), e teve aparente princípio e fim, num julho-agosto, nos fundos do município onde ele residia; em sua raia noroesteã, para dizer com rigor.

Desde ali, o ocre da estrada, como de costume, é um S, que começa grande frase. E iam, serra-acima, cinco homens, pelo espigão divisor. Dia a muito menos de meio, solene sol, as sombras deles davam para o lado esquerdo.

Debaixo de ordem. De guiador — a pé, descalço — Pedro Orósio: moço, a nuca bem feita, graúda membradura; e marcadamente erguido: nem lhe faltavam cinco centímetros para ter um talhe de gigante, capaz de cravar de engolpe em qualquer terreno uma acha de aroeira, de estalar a quatro em cruz os ossos da cabeça de um marruás, com um soco em sua cabeloura, e de levantar do chão um jumento arreado, carregando-o nos braços por meio quilômetro, esquivando-se de seus côices e mordidas, e sem nem por isso afrouxar do fôlego de ar que Deus empresta a todos.

Seguindo-o, a cavalo, três patrões, entrajados e de limpo aspecto, gente de pessôa. Um, de fora, a quem tratavam por seo Alquiste ou Olquiste — espigo, alemão-rana, com raro cabelim barba-de-milho e cara de barata descascada. O sol faiscava-lhe nos aros dos óculos, mas, tirados os óculos, de grossas lentes, seus olhos se amaciavam num aguado azul, inocente e terno, que até por si semblava rir, aos poucos se acostumando com a forte luz daqueles altos. Calçava botas cor de chocolate, de um novo feitío; por cima da roupa clara, vestia guarda-pó de linho, para verde; traspassava a tiracol as correias da codaque e do binóculo; na cabeça um chapéu-de-palha de abas demais de largas, arranjado ali na roça. Enxacôco e desguisado nos usos, a tudo quanto enxergava dava um mesmo engraçado valor: fosse uma pedrinha, uma pedra, um cipó, uma terra de barranco, um passarinho atôa, uma môita de carrapicho, um ninhol de vêspos.

Segundo, um frade louro — frei Sinfrão — desses de sandália sem meia e túnica marrom, que têm casa de convento em Pirapora e Cordisburgo. Também trazia, sobre o hábito, um guarda-pó, creme; e punha chapéu branco, de pano mole. Relia o breviário, assim mesmo montado, e fumava charuto. Falava completo a língua da gente, porém sotaqueava.

Com eles, seo Jujuca do Açude, fazendeiro de gado, e filho de fazendeiro, de seu Juca Vieira, com apelido seu Juca do Açude, da Fazenda do Açude, para lá atrás do Saco do Sãjoão.

Derradeiro, outro camarada — a cavalo esse, e tangendo os burros cargueiros —: um Ivo, Ivo de Tal, Ivo da Tia Merência.

De seu, o guia Pedro Orósio preferisse mesmo viajar a pé, ou talvez, culpa de seu tamanho, nem acharia cavalgadura que lhe assentasse. Mas ele era um sete-pernas. Abrindo passo muito extenso e ligeiro, e, tão forçoso, de corpo nunca se cansava. Por mais, aqueles ali não estavam apurados, iam jornada vagarosa. O louraça, seo Alquiste, parecia querer remedir cada palmo de lugar, ver apalpado as grutas, os sumidouros, as plantas do caatingal e do mato. Por causa, esbarravam a toda hora, se apeavam, meio desertavam desbandando da estrada-mestra.

De feito, diversa é a região, com belezas, maravilhal. Terra longa e jugosa, de montes pós montes: morros e corovocas. Serras e serras, por prolongação. Sempre um apique bruto de pedreiras, enormes pedras violáceas, com matagal ou lavadas. Tudo calcáreo. E elas se roem, não raro, em formas — que nem pontes, torres, colunas, alpendres, chaminés, guaritas, grades, campanários, parados animais, destroços de estátuas ou vultos de criaturas. Por lá, qualquer voz volta em belo eco, e qualquer chuva suspende, no ar de cristal, todo tinto arco-íris, cor por cor, vivente longo ao solsim, feito um pavão. Umas redondas chuvas ácidas, de grande diâmetro, chuvas cavadoras, recalcantes, que caem fumegando com vapor e empurram enxurradas mão de rios, se engolfam descendo por funis de furnas, antros e grotas, com tardo gorgôlo musical. Nos rochedos, os bugres rabiscaram movidas figuras e letras, e sus se foram. Pelas abas das serras, quantidades de cavernas — do teto de umas poreja, solta do tempo, a aguinha estilando salôbra, minando sem-fim num gotêjo, que vira pedra no ar, se endurece e dependura, por toda a vida, que nem renda de torrõezinhos de amêndoa ou fios de estadal, de cera-benta, cera santa, e grossas lágrimas de espermacete; enquanto do chão sobem outras, como crescidos dentes, como que aquelas sejam goelas da terra, com boca para morder. Criptas onde o ar tem corpo de idade e a água forma pele muito fria, e a escuridão se pega como uma coisa. Ou lapinhas cheias de morcêgos, que juntos chiam, guincham, porfiam. Largos ocos que servem de malhador ao gado, no refrio das noites, ou de abrigo durante as tempestades. Lapas, com salitrados desvãos, onde assiste, rodeada de silêncios e acendendo globos olhos no escuro, a coruja-branca-de-orêlhas, grande mocho, a estrige cor de pérolas — *strix perlata*. Cafurnas em que as andorinhas parte do ano habitam, fazendo ninho, pondo e tirando cria, depois se somem em bandos por este mundo, deixaram lá dentro só a ruiva molêja, às rumas, e sua ardida cheiração. Fim do campo, nas sarjetas entremontãs das bacias, um ribeirão de repente vem, desenrodilhado, ou o fiúme de um riachinho, e dá com o emparedamento, então cava um buraco e por ele se soverte, desaparecendo num emboque, que alguns ainda têm pelo nome gentio, de anhanhonhacanhuva. Vara, suterrão, travessando para o outro sopé do morro, ora adiante, onde rebrota desengulido, a água já filtrada, num bilo-bilo fácil, logo se alisando branca e em leves laivos se azulando, que qual pôlpa cortada de cajú. E mesmo córregos se afundam, no plão, sem razão, a não ser para poderem cruzar intactos por debaixo de rios, e remanam do túnel, ressurtindo, longe, e depressa se afastam, seguindo por terem escolhido de afluir a um rio outro. E lagôazinhas, em pontos elevados, são ao contrário de todas: se enchem na seca, e tempo-das-águas se esvaziam, delas mal se sabe. E nas grutas se achavam ossadas, passadas de velhice, de bichos sem estatura de regra, assombração deles — o megatério, o tigre-de-dente-de-sabre, a protopantera, a monstra hiena espélea, o páleo-cão, o lobo espéleo, o urso-das-cavernas —, e homenzarros, duns que não há mais. Era só cavacar o duro chão, de laje branca e terra vermelha e sal. Montes de ossos, de bichos que outros arrastavam para devorar ali, ou que massas d'água afogaram, quebrando-os contra as rochas, quando às manadas eles queriam fugir, se escondendo do Dilúvio. Agora, pelas penedias, escalam cardos, cactos, parasitas agarrantes, gravatás se abrindo de flores em azul-e-vermelho, azagaias de piteiras, o páu-d'óleo com raízes de escultura, gameleiras manejando como

O recado do morro   17

alavancas suas sapopemas, rachando e estalando o que acham; a bromélia cabelos-do-rei, epífita; a chita — uma orquídea; e a catleia, sofredora, rosíssima e rôxa, que ali vive no rosto das pedras, perfurando-as. Papagaios rouco gritam: voam em amarelo, verdes. Vez em vez, se esparrama um grupo de anús, coracoides, que piam pingos choramingas. O caracará surge, pousando perto da gente, quando menos se espera — um gaviãoão vistoso, que gutura. Por resto, o mudo passar alto dos urubús, rodeando, recruzando —; pela guisa esses sabem o que-há-de-vir.

Ao dito, seu Olquiste estacava, sem jeito, a cavalo não se governava bem. Tomava nota, escrevia na caderneta; a caso, tirava retratos. A gameleira grande está estrangulando com as raízes a paineira pequena! — ele apreciava, à exclama. Colhia com duas mãos a ramagem de qualquer folhinha campã sem serventia para se guardar: de marroio, carqueja, sete-sangrias, amorzinho-seco, pé-de-perdiz, joão-da-costa, unha-de-vaca-rôxa, olhos-de-porco, copo-d'água, língua-de-tucano, língua-de-teiú. Uma hora, revirou a correr atrás, agachado, feito pegador de galinha, tropeçando no bamburral e espichando tombo, só por ter percebido de relance, inho e zinho, fugido no balango de entre as moitas, o orobó de um nhambú. Outramão, ele desenhava, desenhava: de tudo tirava traço e figura leal. Daquelas cumeeiras, a vista vai de bela a mais, dos lados, se alimpa, trêze, quinze, vinte, trinta léguas lonjura. — "Dá açôite de se ajoelhar e rezar..." — ele falou. Dava. E sorria de ver, singular, elas trepando pela reigada da vertente, as labaredas verdes dum canavial. Saudou, em beira de capão, um tamanduá longo, saído em seu giro incerto; se não o segurassem, ia lá, aceitava o abraço? Mas bastantemente assentava no caderno, à sua satisfação. Quando não provia melhor coisa, especulava perguntas; frei Sinfrão, que se entendia na linguagem dele, repetia:

— Quer saber donde você é, Pedrão. Se você nasceu aqui?

Não. Pê-Boi era de mais afastado, catrumano, nato num povoadim de vereda, no sertão dos campos-gerais. Homem de brejo de buritizal entre chapadas arenosas, terra de rei-trovão e gado bravo. E, mesmo agora, só se ajustara de vir com a comitiva era porque tencionavam chegar, mais norte, até ao começo de lá, e ele aproveitava, queria rever a vaqueirama irmã, os de chapéu-de-couro, tornar a escutar os sofrês cantando claro em bando nas palmas da palmeira; pelo menos pisar o chapadão chato, de vista descoberta, e cheirar outra vez o resseco ar forte daqueles campos, que a alma da gente não esquece nunca direito e o coração de geralista está sempre pedindo baixinho.

João Guimarães Rosa

Porque Pedro Orósio não era serviçal de seu Juca do Açude — ele trabucava forro, plantando à meia sua rocinha, colhia até cana e algodão.

— Se você é solteiro ou casado, Pedro?

E frei Sinfrão mesmo sabia, já respondia, jocoso, linguajando. Que o Pedro era ainda teimoso solteiro, e o maior bandoleiro namorador: as moças todas mais gostavam dele do que de qualquer outro; por abuso disso, vivia tirando as namoradas, atravessava e tomava a que bem quisesse, só por divertimento de indecisão. Tal modo que muitos homens e rapazes lhe tinham ódio, queriam o fim dele, se não se atreviam a pegá-lo era por sensatez de medo, por ele ser turuna e primão em força, feito um touro ou uma montanha. Aquele mesmo Ivo, que evinha ali, e que de primeiro tão seu amigo fora, andava agora com ele estremecido, por conta de uma mocinha, Maria Melissa, do Cuba, da qual gostavam. E, a causa de outras, delas nem se lembrava, ali em Cordisburgo tinha o Dias Nemes, famanaz, virado contra ele no vil frio de uma inimizade, capaz de tudo. Com frequência, Pedro Orósio tirava do bolso um espelhinho redondo: se supria de se mirar, vaidoso da constância de seu rosto.

— E quando é que você toma juízo, Pedro, e se casa?

Todos riam. Até o Ivo, que ria fazia, destornado. Seu Alquiste quis bater uma fotografia de Pedro Orósio: recomendou que ele ficasse teso, descidos os braços. — "Grande... Muito grande..." — falou. — "Bom para soldado!" De por si sem acanhamento nenhum, antes saído, e mais ainda se espiritando com aquele regozijo geral, o Pedro prosapiou graça de responder, sem quebra de respeito — que perguntassem ao outro se na terra dele as moças eram bonitas, pois gostava era de se casar com uma assim: de cara rosada, cabelo amarelo e olho azul...

Seo Alquiste, quando o frade a entendeu para ele, apreciou muito a parlada, e mesmo disse um ditado, lá na língua: que um quer salada fina e outro quer batata com a casca... Porque ele, seo Olquiste, premiava para si, se pudesse, era casar com uma mulata daqui, uma dessas quase pretas de tão rôxas... E então o Ivo, lá de trás, encolhido na sela mas forcejando por espevitar bôa-cara, à refalsa, também disse: — "A bom, amigo Pedro, quem sabe ele havéra de querer te levar, por conhecer a cidade dele?"

E Pedro Orósio, subido em sua fiúza, dava resposta de claro rosto. Tinha medo de ninguém, assim descarecia de fígado ou peso de cabeça para guardar rancor. Contentava-o ver o Ivo abrir paz; coisa que valia neste

O recado do morro 19

mundo era se apagarem as dúvidas e quizílias. Toda desavença desmanchava o agradável sossego simples das coisas, rendia até preguiça pensar em brigar. Nunca desgostara do Ivo, e, quando mesmo, ali era o Ivo o único de sua igualha, a próprio, e a gente sentia falta de algum companheiro, para se entreter presença de conversa; do contrário a viagem ficava aborrecida. Outros eram os outros, de bom trato que fossem: mas, pessôas instruídas, gente de mando. E um que vive de seu trabalho braçal não cabe todo avontade junto com esses, por eles pago.

De qualidade também que, os que sabem ler e escrever, a modo que mesmo o trivial da ideia deles deve de ser muito diferente. O seo Alquiste, por um exemplo, em festa de entusiasmo por tudo, que nem uma criança no brincar; mas que, sendo sua vez, atinava em pôr na gente um olhar ponteado, trespassante, semelhando de feiticeiro: que divulgava e discorria, até adivinhava sem ficar sabendo. Ou o frade frei Sinfrão, sempre rezando, em hora e folga, com o terço ou no missalzinho; mas rezava enormes quantidades, e assim atarefado e alegre, como se no lucrativo de um trabalho, produzindo, e não do jeito de que as pessôas comuns podem rezar: a curto e com distração, ou então no por-socôrro de uma tristeza ansiada, em momentos de aperto. Por isso tudo, aqueles a gente nem conseguia bem entender. Mesmo o seo Jujuca do Açude, rapaz moço e daqui, mas com seus estudos da lida certa de todo plantio de cultura, e das doenças e remédios para o gado, para os animais. Pois seo Jujuca trazia a espingarda, caçava e pescava; mas, no mais do tempo, a atenção dele estava no comparar as terras do arredor, lavoura e campos de pastagem, saber de tudo avaliado, por onde pagava a pena comprar, barganhar, arrendar — negociar alqueires e novilhos, madeiras e safras; seo Jujuca era um moço atilado e ambicioneiro.

Do que eles três falavam entre si, do muito que achavam, Pedro Orósio não acertava compreender, a respeito da beleza e da parecença dos territórios. Ele sabia — para isso qualquer um tinha alcance — que Cordisburgo era o lugar mais formoso, devido ao ar e ao céu, e pelo arranjo que Deus caprichara em seus morros e suas vargens; por isso mesmo, lá, de primeiro, se chamara Vista-Alegre. E, mais do que tudo, a Gruta do Maquiné — tão inesperada de grande, com seus sete salões encobertos, diversos, seus enfeites de tantas cores e tantos formatos de sonho, rebrilhando risos na luz — ali dentro a gente se esquecia numa admiração esquisita, mais forte que o juízo de cada um, com mais glória resplandecente do que uma festa, do que uma igreja.

20   *João Guimarães Rosa*

Não, bronco ele não era, como o Ivo, que nem tinha querido entrar, esperara cá fora: disse que já estava cansado de conhecer a Lapa. Mas, daquilo, daquela, ninguém não podia se cansar. Ah, e as estrelas de Cordisburgo, também — o seo Olquiste falou — eram as que brilhavam, talvez no mundo todo, com mais agarre de alegria.

Pedro Orósio achava do mesmo modo lindeza comum nos seus campos-gerais, por saudade de lá, onde tinha nascido e sido criado. Mas, outras coisas, que seo Alquiste e o frade, e seo Jujuca do Açude referiam, isso ficava por ele desentendido, fechado sem explicação nenhuma; assim, que tudo ali era uma Lundiana ou Lundlândia, desses nomes. De certo, segredos ganhavam, as pessoas estudadas; não eram para o uso de um lavrador como ele, só com sua saúde para trabalhar e suar, e a proteção de Deus em tudo. Um enxadeiro, sol a sol debruçado para a terra do chão, de orvalho a sereno, e puxando toda força de seu corpo, como é que há de saber pensar continuado? E, mesmo para entender ao vivo as coisas de perto, ele só tinha poder quando na mão da precisão, ou esquentado — por ódio ou por amor. Mais não conseguia.

Agora, o que o tirava, era o garantido de voltar por um pouco aos Gerais, até lá iam, para lá guiava. E chegariam aos Gerais quase sem necessidade de se apear das serras em seu avanço: uma emendada com outra, primeiro aquelas com pedreiras; depois as com cristais recortados; depois, os escalvados, de chão rosado e gretado, dos "alegres" e "campinas"; enfim, depois as serras areentas: e a gente dava com a primeira grande vereda — os buritis saudando, levantantes, sempre tinham estado lá, em sinal e céu, porque o buriti é mais vivente.

Entrementes, ia cantando. Gostava. Canta-cantando, surdino, para não incomodar os grandes nem os escandalizar com toadas assim: "...*Jararaca, cascavel, cainana... Cunhão de um gato, cunhão de um rato...*" — a qual cantarolava, parecia um sobredizer de maluco. Moda de copla ouvida do Laudelim, que era dono de tudo que não possuísse, até aproveitava a alegria dos outros — trovista, repentista, precisando de viver sempre em mandria e vadiice, mas mais gozando e sofrendo por seu violão; apelido dele era Pulgapé. Fazia tempo que Pedro Orósio não o via. Mas era, quem sabe, o único amigo seguro que lhe restasse, agora que quase todos os companheiros estavam de volta com ele e lhe franziam cara, por meia-bobagem de ciúmes.

Ainda na véspera, na Fazenda do Saco-dos-Côchos, de seo Juca Saturnino, onde tinham falhado, aparecera o Maral, primo do Ivo, os dois resumiram muita conversa apartada. O Maral, outro que mal-escondia o ferrão. Sujeito

O recado do morro   21

feioso e lero, focinhudo como um coatí. Então era ele, Pedro, quem devia crime, por as moças não quererem saber de namoro com esse? Em todo o caso, melhor estava que o Ivo retornasse às bôas. A vida era curta para nela se trabalhar e divertir; para que tantas dificuldades?

Prazia caminhar, isto sim, e estava sendo bem gratificado. Cantava ou assoviava, e, pé-dobro, puxava estrada. Ajeitava a calça preta de zuarte, desbotada mas bem arregaçada, por não poir a barra da roupa; dobrava-a para dentro, para não ajuntar poeira. E, os pés de sola grossa, experimentava-os firme em qualquer chão.

O céu não tinha fim, e as serras se estiravam, sob o esbaldado azul e enormes nuvens oceanosas. Ora os cavaleiros passavam por um socalco, entre uma quadra de pedreira avançante, pedra peluda, e o despenhadeiro, uma frã altíssima. Eles seguiam Pedro Orósio; era vaqueão, nele se fiavam. Ia bem na dianteira. Aquele elevado moço, sem paletó, a camisa furada, um ombro saindo por um buraco; terminando, de velho, seu chapéu-de-palha: copa e círculo, com o rego côncavo; e à cintura a garrucha na capa, e um facão; ia, a longo. — "Sansão..." — disse seo Alquiste. Fazia agrado ver sua bôa coragem de pisar, seu decidido arranque.

E assim seguiam, de um ponto a um ponto, por brancas estradas calcáreas, como por uma linha vã, uma linha geodésica. Mais ou menos como a gente vive. Lugares. Ali, o caminho esfola em espiral uma laranja: ou é a trilha escalando contornadamente o morro, como um laço jogado em animal. Queriam subir, e ver. O mundo disforme, de posse das nuvens, seus grandes vazios. Mas, com brevidade, desciam outra vez. Saíram a onde a estrada é reta, bom estirão. Até que, a pouco trecho, enxergavam, adiante uma pessôa caminhando.

Um homenzinho terém-terém, ponderadinho no andar, todo arcáico. — "É o Gorgulho..." — o Pê-Boi disse.

Quem? Um velhote grimo, esquisito, que morava sozinho dentro de uma lapa, entre barrancos e grotas — uma urubuquara — casa dos urubús, uns lugares com pedreiras. O nome dele, de verdade, era Malaquias.

E ia o Gorgulho direito bem no meio da estrada, parecia um garatujo, um desses calungas pretos, ou carranquinha escoradora de veneziana. Tinha um surrão a tiracolo, e se arrimava em bordão ou manguara. Como quase todo velho, andava com maior afastamento dos pés; mas sobranceava comedimento e estúrdia dignidade.

Devia de ouvir pouco, pois a comitiva já quase o alcançara e ele ainda não dera por isso. Ora, pela calada do dia, ali é lugar de muito silêncio. Assim que, o Gorgulho calçava alpercatas, sua roupa era de sarja fusca, formato antigo — casacão comprido demais, com gualdrapas; uma borjaca que de certo tinha sido de dono outro — mas limpa, sem desalinho nenhum; via-se que ele fazia questão de estar composto, sem em ponto algum desleixar-se. E o que empunhava era uma bengala de alecrim, a madeira rôxo-escura, quase preta.

E, nisso, de arranco, ele esbarrou, se desbraçando em gestos e sestros, brandindo seu cacete. Fazia espantos. Falou, mesmo, voz irada, logo ecfônico:

— Eu?! Não! Não comigo! Nenhum filho de nenhum... Não tou somando!

Tomou fôlego, deu um passo. Sem sossegar:

— Não me venha com loxías! Conselho que não entendo, não me praz: é agouro!

E mais gritava, batendo com o alecrim no chão:

— Ôi, judengo! Tu, antão, vai p'r'as profundas!...

De tanta maneira, sincera era aquela fúria. Silenciou. E prestava atenção toda, de nariz alto, como se seu queixo fosse um aparêlho de escuta. Ao tempo, enconchara mão à orêlha esquerda.

Alguém também algo ouvira? Nada, não. Enquanto o Gorgulho estivera aos gritos, sim, que repercutiam, de tornavoz, nos contrafortes e paredões da montanha, perto, que para tanto são dos melhores aqueles lanços. Agora e antes, porém, tudo era quieto.

— "Que foi que foi, seu Malaquia?" — já ao lado dele Pedro Orósio indagava.

Apenas no instante o Gorgulho percebia-os. Voltou-se. Mas não respondeu. Empertigou-se, saudando circunspecto; tudo nele era formal. Até a barba branco-amarela, só na orla do rosto, chegando ao cabelo. Pedro Orósio teve de apresentá-lo, a cada um, e ele cumpria sério o cumprimento, com vagar — a frei Sinfrão beijou a mão, mencionando Jesus Cristo. Se descobrira e segurava o chapéu, pigarreando e aprovando, com lentos anuídos, a boa presença daquelas pessôas. Mas a gente notava quanto esforço ele fazia para se conter, tanta perturbação ainda o agitava.

— "H'hum... Que é que o morro não tem preceito de estar gritando... Avisando de coisas..." — disse, por fim, se persignando e rebenzendo, e apontando com o dedo no rumo magnético de vinte e nove graus nordeste.

O recado do morro   23

Lá — estava o Morro da Garça: solitário, escaleno e escuro, feito uma pirâmide. O Gorgulho mais olhava-o, de arrevirar bogalhos; parecia que aqueles olhos seus dele iam sair, se esticar para fora, com pedúnculos, como tentáculos.

— "Possível ter havido alguma coisa?" — frei Sinfrão perguntava. — "Essas serras gemem, roncam, às vezes, com retumbo de longe trovão, o chão treme, se sacode. Serão descarregamentos subterrâneos, o desabar profundo de camadas calcáreas, como nos terremotos de Bom-Sucesso... Dizem que isso acontece mais é por volta da lua-cheia..."

Mas, não, ali ilapso nenhum não ocorrera, os morros continuavam tranquilos, que é a maneira de como entre si eles conversam, se conversa alguma se transmitem. O Gorgulho padeceria de qualquer alucinação; ele que até era meio surdo. E Pedro Orósio, que semelhava ainda mais alteado, ao lado assim daquele criaturo ananho, mostrava grande vontade de rir. O Gorgulho ainda afirmava a vista, enquanto engulia em seco, seu gogó sobe-descia.

— "E que foi que o Morro disse, seu Malaquias, que mal pergunto?" — seo Jujuca quis saber.

— Pois, hum... Ao que foi que ele vos disse, meu senhor? Ossenhor vossemecê, com perdão, ossenhor não está escutando? Vigia ele-lá: a modo e coisa que tem paucta...

Muito mais longe, na direção, outras montanhas — sendo azul a Serra da Diamantina. Sobre essa, o estender-se de estratos. Depois, lã puxada por grandes mãos, sempre nuvens ursas giganteiam. E aqui perto, de repente, se traçou o rápido nhar de um gavião, passando destombado, seu sol nas asas chumbo: baixava para a bacia, para as restingas de mato.

— E-ê-ê-ê-ê-ê-eh, morro!... — bradou então Pê-Boi, por desfastio. Mas fazendo à moda certa de ecar do povo roceiro serrâino, por precisão de se chamarem pelo ermo de distâncias, monte a monte: alongando *o eh*, muito agudo, a toda a garganta, e dando curto com o nome final, tal uma martelada, que quase não se ouve — só o seu dono entende.

Perspeito, em seu pousado, o da Garça não respondia, cocuruto. Nem ele, nem outro, aqui à esquerda, próximo, superno, morro em mama erguida e corcova de zebú.

Aí de, já se arapuava o Gorgulho, mestre na desconfiança. Com um modo próprio de querer rodar com o nariz e revolvendo as magras boche-chas. Dele, ôi, ninguém zombava gracejo, que era homem se prezando, forte

24 *João Guimarães Rosa*

zangadiço. Piscava redobrado, e para a beira da estrada se ocupou, esperando que os outros passassem e se fossem — fazia por viajear fora de companhia.

— *O! Ack!* — glogueou seo Olquiste, igual um pato. Queria que o Gorgulho junto viesse. — *Troglodyt? Troglodyt?* — inquiria, e, abrindo grande a boca, rechupava um *ooh!...* Quase se despencando, desapeou. Frei Sinfrão e seo Jujuca desmontaram também.

O Gorgulho persistia calado, amarrada a cara. Gastara voz, saíra de si, agora estava aquietado, cansado quem-sabe. De tão alto em sua estima, e cerimonioso, ganhava meia parecença com algum bicho, que nunca demuda de suas praxes. Enquanto seo Alquiste se afadigava, como com certo susto de que o homenzinho fosse escapulir. E frei Sinfrão caçoava e se afligia, repartido no receio de que seo Olquiste se desgostasse, mas também de que pudesse obrar alguma maior inconveniência. E seo Jujuca se tolhia, no dever de que tudo se arranjasse a gosto de seus hóspedes. Seo Jujuca se aborrecia. Nunca de seguro imaginara que um divertido de gente como aquele Gorgulho — que nem casa tinha, vivia numa gruta, perto dos urubús, definito sozinho — que pudesse se encoscorar, assim, se dando tanto valor. E Pedro Orósio mais o Ivo tinham de tomar em si parte dessas tribulações, conforme aos empregados serve. Só mesmo o Gorgulho era ali quem resguardava sua inteireza.

Mas Pedro Orósio tocou ajuda: — "Ele gosta de mim" — disse. — "É meu amigo..." —; e, sem pau nem pedra, fez o velhouco vir à fala, repedindo, nome do frade, que ele quisesse de bem se chegar e emparelhar caminhada.

Pelo que, ele concordando, tiveram de ir dali por diante todos a pé e a contados passos, visto que o Gorgulho, a-prazer-de se empenhando, sempre não passava de um poupado andarilho. Nem nenhum deles ria, a que à menor menção de troça o Gorgulho subia no siso, homem de topete. Dôido, seria? — "Não. Ele, no que é, é é pirrônico, dado a essas manias... Que parece foi querer morar independente em oco de pedreira, só p'ra ser orgulhoso, longe de todos. E não perdeu o bom-uso de qualquer sociedade..." Pedro Orósio podia explicar isso, baixinho, ao seo Jujuca, dês que o Gorgulho escutava reduzido. Mas ele respondia às perguntas, sempre depois de matutar seu pouco, retorcendo o nariz e bufando fraco. A fala dele era que não auxiliava o se entender — às vezes um engrol fanho, ou baixando em abafado nhenhenhém, mas com partes quase gritadas. Em cada momento, espiava, de revés, para o Morro da Garça, posto lá, a nordeste, testemunho. Belo como uma palavra. De uma feita, o Gorgulho levou os olhos a ele, abertamente, e outra vez se

O recado do morro   25

benzeu, tirado o chapéu; depois, expediu um esconjuro, com a mão canhota. Frei Sinfrão recomendava a seo Alquiste que agora deixasse de tomar notas na caderneta.

Passando-se assim estas coisas, discorriam de ficar sabendo, melhor, que o Gorgulho residia, havia mais de trinta anos, na dita furna, uma caverna a cismôrro, no ponto mais brenhoso e feio da serra grande. Lapinha antes anônima, ou "Lapa dos Urubús", mas agora chamada a "Lapinha do Gorgulho". Santo de sozinho de santo: nunca tivera vontade de se casar — "Ossenhor saiba: nem conjo, nem conja — méa razão será esta..." Mesmo o motivo dessa sua viagem era ir de visita ao seu irmão Zaquias, morador tão lontão, também numa gruta pequena, pegada com a Lapa do Breu, rumo a rumo com a Vaca-em-Pé. Porque tinha tido sabença de que o Zaquia andava imaginando se casar. E então ele achava obrigação de aviso de deixar seus trabalhos, por uns dias, e vir reconselhar o irmão, tivesse juizo, considerasse, as paciências, não estava mais em éra de pensar em mulher. E, desse modo, pondo em efeito.

Afora causa tão precipitada, só de longes mêses, não mais de uma vez na roda do ano, era que um deles resolvia, deixava sua gruta, e espichava estrada, por mor de vir ver o outro irmão lapuz. — "Mas, por que não moram juntos?" — "Ossenhor disse?..." — e o Gorgulho fitava o frade, espantado com o despropósito.

Porém seo Olquiste queria saber como era a gruta, por fora e por dentro? Seria bôa no tamanho, confortosa, com três cômodos, dois deles clareados, por altos suspiros, abertos no paredão. O salão derradeiro é que era sempre escuro, e tinha no meio do chão um buraco redondo, sem fundo de se escutar o fim duma pedra cair; mas lá a gente não precisava de entrar — só um casal de suindaras certos tempos vinha, ninhavam, esse corujão faz barulho nenhum. Respeitava ao nascente. A boca da entrada era estreita, um atado de feixes de capim dava para se fechar, de noite, mode os bichos. E tinha até trastes: um banco, um toco de árvore, um caixote e uma barrica de bacalhau. E tinha pote d'água. Dormir, ele dormia numa esteira. Vivia no seu sossego.

E de que vivia? Plantava sua roça, colhia: — "A gente planta milho, arroz, feijão, bananeira, abobra, mandioca, mendobí, batata-dôce, melancia..." Roça em terra geradora, ali perto, sem possessão de ninguém, chão de cal, dava de tudo. Que ele tinha sido valeiro, de profissão, em outros tempos... — emendava baixinho Pedro Orósio. Abria valos divisórios. Trabalhava e era pago por *varas*: prêço por varas. Pago a pataca. Fechou estes lugares todos.

26　　*João Guimarães Rosa*

— "Fechei!" — ele mesmo dizia. Contavam que ainda tinha guardado bom dinheiro, enterrado, por isso fora morar em gruta: tudo em meias-patacas e quarentas, moedões de cobre zinhavral. Com a mudança dos usos, agora se fazia era cerca-de-arame, ninguém queria valos mais; ele teve de mudar de rumo de vida. Cultivava seu de comer. E punha esparrelas para caça, sabia cavar fôjo grande; por redondo ali, dava muita paca: nem bem vê uma semana, tinha pegado em mundéu uma paca amarela, dona de gorda. Só pelo sal, e por se servir de mercê de alguma roupa ou chapéu velho, era que ele surgia, vez em raro, em fazenda ou povoado. Trazia frutas, também fazia os balaios, mestre no interteixo. Dizia: — "Também faço balaio... Ossenhor fica com o balaio... Também faço balaio... Também faço balaio..."

Mas, nesse entremeio, baixando o lançante, chegavam a um lugar sombroso, sob muralha, e passado ao fresco por um riachinho: eis, eis. Um regato fluifim, que as pedras olham. Mas que mais adiante levava muito sol. Do calcáreo corroído subia e se desentortava velha gameleira, imensa como um capão de mato. Espaçados, no chão, havia cardos, bromélias, urtigas. Do mundo da gameleira, vez que outra se ouvia um trinço de passarinho. Ali fizeram estação, para a hora de comer.

Dado um lombo aos cavalos, estes pegavam a pastar, nas bocâinas do barranco, um melôso ressalvado da seca e entrançado, cheirando bom, com seus óleos e seus pelos. Pedro Orósio ia ajuntar galhos de graveto, acolá, debaixo dos pés de itapicurú; acendia o foguinho, coava café. Dava prevenção: de repente, uma laje daquelas, da trempe, podia estalar, rachada se esquentando, com bruto rumor. Tinham queijo, biscoitos, farinha, e carne de porco nevada na banha, numa lata. Todos se assentavam, mesmo no solo, ou em blocos e lascas de pedra, só o Gorgulho como que teimava em ficar de pé, firme em seu próprio todo respeito e escorado em seu alecrim. Rejeitou de tudo, com breves mesuras de cortesia: — "A Deus sejam dadas! É a melhor sustância para Vossências... Nós matulamos inda agorinha..." — falou. — "Estará ele jejuando sua soberba?" — seo Jujuca perguntou, baixo. Mas Pedro Orósio sussurrou esclarecimento, que alguns velhos diziam "nós" assim, que de certo era por eles mesmos e de cada um seu anjo-da-guarda, por mais de.

Por aí, caso e coisa, e já que ele morava dito numa urubuquara, queriam poder saber a respeito de companhia tal, dos urubús, qual era o regimento desses. — "Arre!" — que não era — ele renuía, vez vezes. Não em sua gruta de vivenda, onde assistia. Urubú nenhum lá não entrava, nenhonde. — "Mas,

O recado do morro   27

por perto?" — "Por perto, por perto..." Que é que ele podia fazer, por evitar? Urubú vinha lá, zuretas, se ajuntavam, chegavam por de longe, muitos todos, gostavam mesmos daquelas covocas. Que é que ele ia fazer? Ossenhor diga... Amém que, urubú, de seu de si, não arruma perjuízo p'ra ninguém, mais menos p'ra ele, que não tinha criação nenhuma, tinha só lavouras... E o Gorgulho calcava com a ponta da bengala em terra, e grave, de cabeça, afirmava, afirmava.

Todo mesmo, percebeu como reperguntavam, e botou silêncio, desengraçado com isso, não entendendo como pessôas de tão alta distinção pudessem perder seu interesse, em coisa. E só manso a manso foi que Pedro Orósio e frei Sinfrão conseguiram tirar dele notícia daqueles pássaros, o geral deles.

Assaz quase milhares. Que passam tempo em enormes voos por cima do mundo, como por cima de um deserto, porque só estão vendo o seu de-comer. Por isso, despois, precisam de um lugar sinaladamente, que pequeno seja. Para eles, ali era o mais retirado que tinham, fim-de--mundo, cafundó, ninguém vinha bulir em seus ovos. — "Arubú tirou herança de alegre-tristonho..." Tinha hora, subiam no ar, um chamava os outros, batiam asa, escureciam o recanto. Algum ficava quieto, descansando suas penas, o que costuravam em si, com agulha e linha preta, parecia. Careca — mesmo a cabeça e o pescoço são pardos. Mas, bem antes, todos estavam ali, de patuleia, ocasiões de acasalar. Os urubús, sem chapéu, e dansam seu baile. Quando é de namoro, um figurado de dansa, de pernas moles, despés, desesticados como de um chão queimante, num rebambejo assoprado, de quem estaria por se afogar no meio do ar. Ou então, pousados, muito existentes, todos rodeados. Pretos, daquele preto de dar cinzas, um preto que se esburaca e que rouba alguma coisa de vida dos olhos da gente. A chibança, de quando vinham. Chegavam no sol-se-pôr. Vinham magros, vinham gordos... Botavam seus ovos, sem ninho nenhum, nos solapos, nas grotas, nas rachas altas dos barrancos, nos buracões, nas árvores do mato lajeiro. Cada precipício estava cheio de nichos, dentro eles chocavam, punham para fora as cabeças e os pescoços, pretos, de latão. Era até urgente, como espiavam pra um e pra outro lado. Daí, tiravam os filhotes. Então, fediam muito, os lugares. Cada par com seus dois filhos, danados de bonitinhos, primeiro eram plumosos, branquinhos de algodão, por logo iam ficando lilás. Quando viam a gente, gomitavam: — "Arubú pequeno rumita o tempo todo, toda a vida..." Também é dessa feição assim que pai e mãe botam comida no bico de cada um. Eh, arubuzinho pia como pinto novo: pintos pios...

Se não tinha medo de serem tantos, e ali encostados? Ah, não, eh, eles também têm até regra: uns castigam os outros. Dão pancada, dão um assôrto de guincho, de repreensão. Eh, é um reino deles. Tal que, ali no esconso, uns podiam se apartar para morrer, morriam moços, morriam velhos, doença mereciam? Uns escondiam os pés, claros, e abriam as asas, iam encostando as asas, no chão, tempo-de-chuva chovia em cima, urubú virava monturo, se acabava, quase... Mais morre, ou não morre? — "Eu nunca vi arubú morto... Eu nunca vi arubú morto..."

E se tinha, se era verdade, um urubú todinho branco, sempre escondido pelos outros, mas que produzia as ordens? Não, disso o Gorgulho nunca tinha vislumbrado. Pudesse em haver, só se sendo o capêta... Tesconjurava. E a fala deles, uns com os outros? Conversavam? O seu Malaquias entendia? O Gorgulho mais se endireitava, cismado; sua cara era tão suja, sarrosa. Que não nem que sim: nunca tinha vislumbrado. Mas falava. Pela feitura, talvez ele não pudesse ter toda a mão em seu dizer, porquanto tanto esforço punha em não bambear o corpo. Se esdruxulou:

— "Vão pelos mortos... Ofício deles. Vão pelos mortos... Daí em vante. Este morro é bom de vento... Eu sou velho daqui, bruaca velha daqui. A fui morar lá, mò de me governar sozinho. Tenho nada com arubú, não. Assitua-mento deles. Por este e este cotovelo! Vossemecê ossenhor sabe. Careço de ir dereitamente, levar conselho de corrigimento p'ra meu irmão Zaquia. Por conta de coisa que se diz, que ele quer se casar. Tira meu assossego. Careço de desdizer que não case. Tá frouxo de juízo? Viagem desta muito me cansa, estou de grandes dias, fora de força, maltreito. Só por ele ser o meu irmão, mais novo. Arreside com ruins vizinhos perto, aprende o mal, ideias. Se casa, casa sem meu agrado: seu quis, seu seja... Vou indo de forasta, tendo minhas obrigações, e, daí, aquele Morro ainda vem gritar recado?! Quer falar, fala: não escuto. Tenho minhas amarguras..."

O Gorgulho, como arrastava as palavras, ao parecer ele se esquecia, num costume de quem morava sozinho e sozinho necessitasse de falar. E, nesse comenos, Pedro Orósio entrava repentino num imaginamento: uma vontade de, voltando em seus Gerais, pisado o de lá, ficar permanecente, para os anos dos dias. Arranjava uns alqueires de mato, roçava, plantava o bonito arroz, um feijãozinho. Se casava com uma moça boa, geralista pelo também, nunca

O recado do morro   29

mais vinha embora... Era uma vontade empurrada ligeiro, uma saudade a ser cumprida. Mas pouco durou seu dar de asas, porque a cabeça não sustentou demora, se distraíu, coração ficou batendo somente. Pequenino, um resto de tristeza se queixando por dentro, de transmúsica. Ali o riachinho, por pontas de pedras, parecia correr defugido, branquinho com uma porção de pés. Suaves águas. Da gameleira, o passarim, superlim. E, longe, piava outro passarinho — um sem nome que se saiba — o que canta a toda essa hora do dia, nas árvores do ribeirão: — *"Toma-a-benção-ao-seu-ti-í-o, João!..."*

Mas, enquanto isso, seo Alquiste punha uma atenção aguda, quase angustiada, nas palavras do Gorgulho — frei Sinfrão e seo Jujuca se admiravam: como tinha ele podido saber que agora justamente o Gorgulho estava recontando a doidice aquela, de ter escutado o Morro gritar? Pois falava:

— Que que disse? Del-rei, ô, demo! Má-hora, esse Morro, ásparo, só se é de satanaz, ho! Pois-olhe-que, vir gritar recado assim, que ninguém não pediu: é de tremer as peles... Por mim, não encomendei aviso, nem quero ser favoroso... Del-rei, dei-rei, que eu cá é que não arrecebo dessas conversas, pelo similhante! Destino, quem marca é Deus, seus Apóstolos! E que toque de caixa? É festa? Só se for morte de alguém... Morte à traição, foi que ele Morro disse. Com a caveira, de noite, feito História Sagrada, del-rei, del-rei!...

— *"Vad? Fara? Fan?"* — e seo Alquiste se levantava. — *"Hom' êst' diz xôiz' imm'portant!"* — ele falou, brumbrum. Só se pelo acalor de voz do Gorgulho ele pressentia. E até se esqueceu, no afã, deu apressadas frases ao Gorgulho, naquela língua sem as possibilidades. O Gorgulho meio se arregalou, e defastou um passo. Mas se via que algum entendimento, como que de palpite, esteve correndo entre ele e o estranjo: porque ele ao de leve sorriu, e foi a única vez que mostrou um sorriso, naquele dia. Os dois se remiravam. Seo Olquiste reconheceu que não podia; e olhou para frei Sinfrão. — *"Chôis' muit' imm'portant?"* — indagou.

Não, não era nada importante, o frade explicou, o quanto pôde. No mais, que o Gorgulho disse, que foi breve, se repetia menos mesmo, continuativo, não havia por onde se acertar. — "É do airado..." — disse seo Jujuca. Nem eram coisas do mundo entendível. De certo o Gorgulho, por sua mania, estava transferindo as palavras. Mais achou, como de relance, que seo Alquiste era capaz de pegar o sentido excogitado; e então afiou boca. Mas, nesse afogo, falando muito depressa, embrulhava tudo, não vencia se desembargar. Só Pedro Orósio às vezes capiscava, e reproduzia para Frei Sinfrão, que repassava revestido p'ra seo Olquiste. E seo Jujuca também auxiliava de falar estrangeiro com frei Sinfrão — mas era vagaroso e noutra toada diferente de linguagem, isso se notava. Mas, depois, toda a resposta de seo Alquiste retornava, *via* o frade e Pê-Boi. Por tanto, todos então estavam nervosos, de tanta conconversa. E o Ivo, que no meio daquilo era o sem-préstimo, glosou qualquer tolice — nem era chacota —, e o Gorgulho expeliu nele um olhar de grandes raivas; e, daí, esbarrou: quis não falar mais nada não.

Ao fim de tanto transtorno, o rosto de seo Alquiste se ensombreceu, meio em decepção; e ele desistiu, foi se sentar outra vez no pedaço de pedra. Só se ouvia o resumo de uma mosca-verde, que passava; o terteré dos animais boqueando seu capim; e o avêxo em chupo do riachim, que estarão frigindo. Também o pássaro da copa da gameleira fufiou. E o outro, o passarinho anônimo, lá em baixo, no morro de árvores pretas do ribeirão: — *Toma-a--benção-ao-seu-ti-ío, Jo-ão!* O resto era o calado das pedras, das plantas bravas que crescem tão demorosas, e do céu e do chão, em seus lugares. O Gorgulho riscava o terreno com a bengala; pigarreou, e perguntou se seo Olquiste não seria algum bispo de outras comarcas, de longes usanças, vestido assim de cidadão?

Mas seo Alquiste pegava no lápis e na caderneta, para lançar os assuntos diversos. Do Gorgulho ninguém queria escarnir, mas todos estavam risãos, porque ele tinha quebrado seu encanto, agora chega caceteava. Aí ele mesmo devia de ter sentido isso, ou notou que o tempo do sol ia avançando. Caso que tirou o chapéu e ofertou as despedidas: carecia de seguir, alcançar de noitinha no seu irmão Zaquias.

— "Ver o outro espelêu, em sua outra espelunca..." — o frade pronunciou. E o Gorgulho pensou que era algum abençoado, e fez o em-nome--do-padre. Seo Olquiste enfiou a mão no bolso, tirou a carteira de dinheiro.

— "Olhe, que ele vai não aceitar, com má criação!" — seo Jujuca observou. Mas, jeito nenhum: o Gorgulho bem recebeu a nota, não-sei-de-quantos mil--réis, bem a dobrou dobradinho, bem melhor guardou, no fundo da algibeira.

— "Deus vos dê a bôa paga, por esta espórtula..." — disse mercê.

A termo que, depois de outra reverência, deles se quitou, subindo por um semideiro, caminhando sem se voltar, firme com o alecrim. À formiga, sumiu-se na ladeira, tapado por uma aresta de rocha e um gravatá — panóplia de muitas espadas presas pelos punhos. Ainda tornou a aparecer, um instante, escuro como um gregotim, que muito sol alumiava, no patamar da serra. E, de vez, se foi.

O recado do morro   31

Trastanto, seo Olquiste se estendeu nos pelêgos, para sestear, segundo uso. O frade desembolsou o rosário, tecendo uma pouca de reza, ali na borda do riacho, cuja água, alegrinha em frio, não espera por ninguém. — "Você sabe o que o lugar aqui está aconselhando, ô Pedro?" — ele pôs. — "Pois para fazer arrependimento dos pecados, p'ra se confessar... Hem? Você está recordado do catecismo?..." Frei Sinfrão se fazia muito ao gracejar com a gente, dava gosto. Rezava como se estivesse debulhando milho em paiol, ou roçando mato. Aquele exemplo aumentava qualquer fé. O Ivo tinha botado as garrafas de cerveja debaixo da correnteza dágua, para refrescarem; entre uma oração e outra, frei Sinfrão bebia um copo cheio.

Mas, porque havia de ter ameaçado com aquilo, de contrição e confissão? Pê-Boi restava perturbado, seu pensamento desobedecia. Aquela hora, nem que quisesse, não podia dar balanço em pecados nenhuns. Frei Sinfrão podia ter começado pelo Ivo. O Ivo que não perdia vaza de adular: fora cortar capim para calçar por baixo dos pelêgos, sempre na esperança de que seo Alquiste ao fim o gratificasse com bom dinheiro. — "Você não quer confessar com o frei, por absolvição, hem Ivo?" "— Ara, tou às ordens..." — o Ivo respondia. A bem dizer, ele não era má pessôa. Ia cuidar dos cavalos.

E Pedro Orósio não podia parar quieto. O estatuto de seu corpo requeria sempre movimentos: tinha de estar trabalhando, ou caminhando, ou caçando como se divertir. Seo Jujuca tinha pegado o binóculo do outro, e vinha até ao fim do lanço da escarpa — onde razoável tempo esteve apreciando: no covão, uma boiada branca espalhada no pasto. Por ali, a gente avistava mais trilhos-de-vaca do que vêiazinhas nas orêlhas de um coelho. No macio do céu, seria bom passar o dedo. — "Você entendeu alguma coisa da estória do Gorgulho, ei Pedro?" "— A pois, entendi não senhor, seo Jujuca. Maluqueiras..." Claro que era, poetagem. E seo Jujuca emprestava a Pedro Orósio o binóculo, para uma espiada. Ele havia a linha das serras desigualadas, a toda lonjura, as pontas dos morros pondo o céu ferido e baixo. Olhou, um tanto. Depois, esbarrado assim, sem que-fazer, sem ser para prosear ou dormir, desnorteava. Prazível era se estivesse com companheiros, jogar uma mão de truque. O riachinho, revirando, todo se cuspia. E foi contentamento para Pedro Orósio, quando se arrumaram para continuar de seguida.

E, indo eles pelo caminho, duradamente se avistava o Morro da Garça, sobressainte. O qual comentaram. Pedro Orósio bem sabia dele, de ouvir o que diziam os boiadeiros. Esses, que tocavam com boiadas do Sertão, vinham do rumo da Pirapora, contavam — que, por dias e dias, caceteava enxergar aquele Morro: que sempre dava ar de estar num mesmo lugar, sem se aluir, parecia que a viagem não progredia de render, a presença igual do Morro era o que mais cansava.

E voltou à mente o querer se deixar ficar lá, em seus Gerais, não havia de faltar onde plantar à meia, uma terreola; era um bom pressentimento. Mas logo a ideia raleou e se dispersou — ele não tinha passado por estreitez de dissabor ou sofrimento nenhum, capaz de impor saudades. Assim, era como se minguasse terra, para dar sustento àquela sementezinha.

Agora estavam torando para a fazenda do Jove, por pernoite. Depois, desde a manhã seguinte, sempre para o norte, lá onde agora se fechava um falso-horizonte de nuvens, a sobre. Caminhar era proveitoso. Aqui, cá atrás, os outros conversavam e riam — seo Alquiste e frei Sinfrão cantavam cantigas com rompante, na língua de outras terras, que não se entendia; seo Jujuca acompanhava-os. E ninguém se lembrou nem disse mais do Gorgulho, nem da serra que ficou lá. Tardeava, quando chegaram no Jove, a casa de frente dada para uma lagôa. Marrecos voavam pretos para o céu vermelho: que vão se guardar junto com o sol.

Adiante, houve dias e dias, dado resumo.

A onde queriam chegar, até lá chegaram, a comitiva, em fins.

Mas, quando vinham vindo, terminando a torna-viagem, já o céu de todas as partes se enfumaçava cinzento, por conta das muitas queimadas que nas encostas lavravam. O sol à tarde era uma bola carmesim, em liso, não obumbrante. A barba do Ivo igualava, apontando cavanhaque em feio começo. E Pedro Orósio, espiando no espelhinho, se achava meio carecido de cortar o cabelo, que por sobre as orêlhas caracolava.

Variavam algum trajeto, a mór evitavam agora os espinhaços dos morros, por causa do frio do vento — castigo de ventanias que nessa curva do ano rodam da Serra Geral. Mas quase todas as mesmas, que na ida, eram as moradias que procuravam, para hospedagem de janta ou almoço, ou em que ficavam de aposento. As quais, sol a sol e val a val, mapeadas por modos e caminhos tortos, nas principais tinham sido, rol: a do *Jove*, entre o Ribeirão Maquiné e o Rio das Pedras — fazenda com espaço de casarão e sobrefartura; a *dona Vininha,* aprazível, ao pé da Serra do Boiadeiro — aí Pedro Orósio principiou namoro com uma rapariga de muito quilate, por seus escolhidos olhos e sua fina alvura; o Nhô Hermes, à beira do Córrego da Capivara — onde

O recado do morro 33

acharam notícias do mundo, por meio de jornais antigos e seo Jujuca fechou compra de cinquenta novilhos curraleiros; a *Nhá Selena*, na ponta da Serra de Santa Rita — onde teve uma festinha e frei Sinfrão disse duas missas, confessou mais de umas dúzias de pessôas; o *Marciano*, na fralda da Serra do Repartimento, seu contraforte de mais cabo, mediando da cabeceira do Córrego da Onça para a do Córrego do Medo — lá o Pedro quase teve de aceitar malajuizada briga com um campeiro morro-vermelhano; e, assaz, passado o São Francisco, o *Apolinário*, na vertente do Formoso — ali já eram os campos-gerais, dentro do sol.

Medido, Pedro Orósio guardara razão de orgulho, de ver o alto valor com que seo Alquiste contemplara o seu país natalício: o chapadão de chão vermelho, desregral, o frondoso cerrado escuro feito um mar de árvores, e os brilhos risonhos na grava da areia, o céu um sertão de tão diferente azul, que não se acreditava, o ar que suspendia toda claridade, e os brejos compridos desenrolados em dobras de terreno montanho — veredas de atoleiro terrível, com de lado e lado o enfile dos buritis, que nem plantados drede por maior mão: por entre o voar de araras e papagaios, e no meio do gemer das rolas e do assovio limpo e carinhoso dos sofrês, cada palmeira semelhando um bem--querer, coroada verde que mais verde em todo o verde, abrindo as palmas numa ligeireza, como sóis verdes ou estrelas, de repente.

Ah, quem-sabe, trovejasse, se chovesse, como lembrando longes tempos Pê-Boi talvez tivesse repensado mesmo sua ideia de parar para sempre por lá, e ficava. Mas, ele assim, ali, a saudade não tinha presa, que ela é outro nome da água da distância — se voava embora que nem pássaro alvo acenando asas por cima de uma lagôa secável. E o que ele mais via era a pobreza de muitos, tanta míngua, tantos trabalhos e dificuldades. Até lhe deu certa vontade de não ver, de sair dali sem tardança.

Mesmo, senso reconhecia, no que estavam praticando os três donos viajantes. — "Eu estou em férias, descanso..." — frei Sinfrão explicava. E carregava pedras — confessando, doutrinando, pondo o povo para rezar conjunto, onde estivessem, todas as noites e terminou uma novena no Marciano, e já na Nhá Selena começava outra. E seo Jujuca aprendia tudo de seu interesse — tirava conversa com os sitiantes e vaqueiros, já traçava projeto de arrendar por lá um quadradão de pastagens, que ali terra e bezerros formavam mais em conta. E o seu Olquiste estudava o que podia, escrevia a monte em seus muitos cadernos, num lugar recolheu a ossada inteira limpa de uma anta-sapateira, noutro ganhou uma pedra enfeitosa, em formato de fundido e cores de bronze, noutro comprou para si um couro de dez metros de sucuri macha. — "Cada um é dôido de sua banda!" — definia o Ivo, a respeito. E em combinavam no rir, Pedro Orósio e ele.

Porque, desde dias, estavam outra vez companheiros, a amizade concertara. Ao que o Ivo era um rapaz correto, obsequioso. — "Mal-entendido que se deu, só... Má estória, que um bom gole bebido junto desmancha..." Nisso que o Ivo pelos outros respondia também: o Jovelino, o Veneriano, o Martinho, o Hélio Dias Nemes, o João Lualino, o Zé Azougue — que, se ainda estavam arredados, ressabiando, no rumo não queriam outra coisa senão se reconciliar. Deixasse, que ele, Ivo, logo chegassem de volta no arraial, arreunia todos, festejavam as pazes. — "O Nemes também?!" — Pê-Boi perguntou, duvidoso, quase não crendo. — "Pois ele! Você vai ver. No sim por mim, velho!..." E esse Ivo era um sujeito de muita opinião, que teimava de cumprir tudo o que dava anúncio de um dia fazer. Por isso, o apelido dele, que tinha, era: "Crônico" — (do qual não gostava). Agora, que vinham se aproximando de final, os agrados dele aumentavam. Adquiriu uma garrafa de cachaça, deviam de beber, os dois, dum copo só. E estendeu a mão, numa seriedade leal: — "Toques?!" "— Toques!" Dois amigos se entendiam.

Isso foi no Nhô Hermes. De lá até à dona Vininha, era um transvale com cerradão de altas árvores, o que enjoava. Mas, lisas, no meio daquilo, às vezes umas várzeas de brejo, verdoengas, feito recantos oásis. Touros mais suas vacas se viam, pastando num ponto ou noutro. A toda hora um gavião voante, sempre gaviões, sempre o brado: *pinh' nhé!* E, como chegaram tarde-noite na dona Vininha, Pedro Orósio não pôde ver aquela moça de finos olhos.

Mas bem veio que, redespertos, ao outro dia, se achavam todos no alpendre da Fazenda, de lá estimavam o movimento da tiração de leite no curral, e mesmo o estilo do tempo, pois fazia uma viva manhã de amarelo em branco.

Ali era uma varanda abastante extensa. Seo Olquiste, frei Sinfrão e seo Jujuca formavam roda com a dona Vininha e seu Nhôto, marido dela. Por quanto, em outra ponta, Pedro Orósio, conversava com o menino Joãozezim — a meio de saber notícia daquela mocinha completa, cujo nome dela era Nhazita. Pedro Orósio podia notar — e até, sem nada dizer, nisso achava certa graça — que o Ivo se desgostava, sério, de que ele caprichasse tanto interesse nessas namorações. — "Descaminha filha-dos-outros não, meu amigo!" — o Ivo cochichava, pelo menino Joãozezim não ouvir. Ao que esse menino

O recado do morro   35

Joãozezim era um caxinguelê de ladino: piscava os olhinhos, arregalava os olhos, de bonitas crescidas pestanas, e divisava a gente de cima a fundo, nada não perdia. Pena era que a moça Nhazita, segundo se sabia agora, ali não estivesse mais. Tinha passado por lá, com o pai, só de vinda da casinha deles, no Morro da Cachaça, e indo para o lugar conominado Osório de Almeida, beira de estrada-de-ferro. E essa moça era nôiva — o nôivo estava por mais um ano no Curvêlo, purgando por crime, prisioneiro de prisão. Parece que se chamava José Antônio.

Desde isso, porém, veio chegando, saco bem mal-cheio às costas e roupinha brim amarelo de paletó e calça, um camarada muito comprido, magrelo, com cara de sandeu — custoso mesmo se acertar alguma ideia de donde, que calcanhar-do-judas, um sujeito sambanga assim pudesse ter sido produzido. O paletó era tão grande que não se acabava, abotoados tantos botões, mas a calça chegava só, estreitinha, pela meia-canela. Os pés também marcavam por descomuns no comprimento, calçados com umas alpercatas floreadas, de sola do sertão. Ao que, com tudo isso, prasápio assim, mas ele era dos desses vaidosos. Caminhava com defeitos, e, das pernas ao pescoço, se alceava em três curvas, como devia de ser uma cobra em pé. Viu um banco vazio, e confiou o corpo às nadegas. Não cumprimentara ninguém. Mas todo se ria, fechava nunca a boca.

— É o Catraz! — o menino Joãozezim logo disse. — Apelido dele é Qualhacôco. Mas, fala não, que ele dá ódio... Ele cursa aqui. É bocó.

O Catraz tinha vindo berganhar milho por fubá, condizia o conteúdo do saco. Mas não mostrava nenhuma pressa. Ver tanta gente reunida, para ele mudava as felicidades. — "Ã-hã-hã... Pessôas de criação..." — ele disse, espiando os viajantes. — "Ô Catraz, conta alguma novidade! Você viu o arioplãe?" "— A pois, inda ontem, ele torou avoando p'ra a banda de baixo... Passarão de pescoço duro..." Mais o menino Joãozezim perguntava: — "E a moça da folhinha, Catraz? Você guardou?" —; qual era uma estampa de calendário de parede, a figura de uma moça civilizada, com um colar de sete voltas, o Catraz pelo retrato pegara paixão, e tanto pedira, tinham dado a ele. — "Há-de, há-de, que está lá. Fremosura!... Ah, só, a mò de coisa que ela é tabaquista, e ficou com aquela pintinha preta de rapé, na cara... Ainda, ainda, que eu conseguisse de casar com ela, ah, ah... Fiz promessa de não casar com mulher feiosa..." O Catraz suspirava com o saco. — "Mal que foram contar p'ra o meu irmão Malaquia que eu estava tratando casório... Meu irmão Malaquia entonces veio me ver, de passar pito. Ele é casmurro, é muito apichicado... Malaquia me apertou, ei, tive de dar juramento, de ao menos não me casar nesses prazos de dez anos. A escapula que tive. Me vali com águas mornas..."

— "Este Catraz tem um dinheirinho. Ele até engorda porco..." — alguém dizendo. Mas Pedro Orósio disfarçara e saíra a chamar seo Jujuca, o frade, seo Alquiste: estava ali o irmão do Gorgulho, e também grotesco. Aqueles acorreram. Explicado, seo Olquiste exclamouzão: — *Ypperst!* E o Catraz, falanfão, não se acanhava com as altas presenças, antes continuava a esparolar, se dando a todos os desfrutes.

— "Vamos ver esse milho, ó Catraz. Despeja o saco..." — disse seo Nhôto, pegando uma medida de cinco litros e erguendo a tampa da tulha de madeira, que era ali mesmo, de duas partes, uma com milho, a outra repleta de fubá rosado. Entre tudo, atento à medição, o Catraz se lastimava: — "Aqui me valha, ossenhor seu Nhôto, ossenhor homem dinheiroso!" — suplicando que o fazendeiro encalcasse cada mancheia de fubá, a mais caber, e ao fim deixasse ainda alto o cogulo, sem o rasourar com a borda da mão. Pobre triste diabo risonho, desse Catraz. Mas seu Nhôto cedia em sobreencher a vasilha, para o alegrar. — "Ah, exatos! Ah, bem medido, mesmo..." — ele se balançava. Aí abria a boca do saco, recebendo seu fubá, e logo a amarrava bem, com três nós de embira.

A tão, ele respondia e proseava, lesto na loquela. Apenas, nada conseguia relatar da lapinha onde morava, agenciada no mineral branco, entre plantas escalantes, debaixo do mato das pedreiras. Visível mesmo se admirava de que especulassem de a saber, dessem importância ao que menos tinha. Por que vivia lá dentro? Ara, causa do Malaquia, que tudo aconselhava. E a lapa era de bom agasalho. Bichos? Ah, não. Só uns buracos, por onde entravam morcegos. E o cocurujão... — "É o mocho-das-grutas..." — frei Sinfrão esclarecia. E o Catraz o fitava, reverente, côrdo. — "Ah, lá eu tenho de tudo. Até banca de carapina..." Que era verdade — falou seu Nhôto. Esse Catraz — um sujeito que nunca viu bonde... — mas imaginava muitas invenções, e movia tábuas a serrote e martelo, para coisas de engenhosa fábrica. — "O automóvel, hem, Catraz?" "— Uxe, me falta é uma tinta, p'ra mor de pintar... Mais, por oras, ele só anda na descida, na subida e no plâino ainda não é capaz de se rodar..." "— E o carróço que avôa, *sê* Ziquia?" "— Vai ver, um dia, inda apronto..." Era para ele se sentar nesse, na boleia: carecia de pegar duas dúzias de urubús, prendia as juntas deles adiente; então, levantava um pedaço de carniça, na

O recado do morro 37

ponta duma vara desgraçada de comprida: os urubús voavam sempre atrás, em tal guisa, o trem subia viajando no ar...

— "E seu irmão Gorgulho, *sê* Ziquia? Quantos dias passou de hóspede lá em sua lapa?" "— Só uns três dias só. Transeúnte. Dixe que, eu casar, ele me amaldiçoa..." "— E o que mais, que ele dizia e fazia?" "— Dava todos os conselhos. Ficava os tempos sentado de cóc'ras, na beirada da grota. Gosta mais de sol do que jacaré... Mas é séria pessôa, meu irmão mais velho..." "— Jacaré, ô Catraz?" "— Eh, pois! O jacaré fica de lá na môita, com seu olhão dele? Tiro em cabeça de jacaré não adianta nada..."

Mas o Malaquia conversava com ele coisas de religião, também. Tinha falado num lugar, no lugar muito estranho — onde tem a tumba do Salomão: quase que ninguém não podia chegar até lá. Recanto limpo e fundo, entre desbarrancados, tão sumido que parecia a gente estar vendo ali em sonho; e só com umas palmeiras e umas grandes pedras pretas; mas o melhor era que lá nem urubú não tinha licença de ir... — "A bom, agora é que eu estou alembrado, vou contar o que foi que meu irmão Malaquia dixe..."

Mas, por essa altura, só o menino Joãozezim, que se chegou mais para perto, era quem o ouvia. — "Dixe que ia andando por um caminho, rompendo por espinhaço dessas serras..." Porque seo Jujuca se entendia com seu Nhôto, assunto dumas vacas e novilhas — massa de negócio provável. Frei Sinfrão abrira o breviário e lia suas rezas. O Ivo fora até lá, no curral, sempre inquietamente. Dona Vininha entrava para a casa, decerto dar uma vista no apreparo do almoço. Seo Olquiste agora desenhava na caderneta as alpercatas do Catraz, era o que ele portava de mais imponente. E Pedro Orósio mesmo se esquecia, no meio-lembrar de uma coisa ou outra, fora do que o Catraz estivesse dizendo.

— "...E um morro, que tinha, gritou, entonces, com ele, agora não sabe se foi mesmo p'ra ele ouvir, se foi pra alguns dos outros. É que tinha uns seis ou sete homens, por tudo, caminhando mesmo juntos, por ali, naqueles altos... E o morro gritou foi que nem satanaz. Recado dele. Meu irmão Malaquia falou del-rei, de tremer peles, não querendo ser favoroso... Que sorte de destino quem marca é Deus, seus Apóstolos, a toque de caixa da morte, coisa de festa... Era a Morte. Com a caveira, de noite, feito História Sagrada... Morte à traição, pelo semelhante. Malaquia dixe. A Virgem! Que é que essa estória de recado pode ser?! Malaquia meu irmão se esconjurou, recado que ninguém se sabe se pediu..."

De repente, frei Sinfrão ergueu os olhos do breviário: — "Você como é que anda com Deus, meu filho?" — docemente perguntou — "Você sabe rezar?" "— Ah, isso, rezo. Rezo p'ra as almas, toda noite, e de menhã rezo p'ra mim... Pego com Deus. A gente semos as criaçãozinhas dele, que nem as galinhas e os porcos..."

E o Catraz botava o saco ao ombro, se dispunha a puxar embora, caminho de sua lapa, lapinha perto pegada com a Lapa do Breu, rumo a rumo com a Vaca-em-Pé, em partes terrentas de pedreiras e rocha nua, num ponto diante do qual outra serra vai íngreme, talhada como um queijo. Disseram-lhe que retardasse um pouco: aproveitasse café e almoço. E ele concordou, mas tinha apuro — desceu a escadinha da varanda, e beirou a casa indo para a porta da cozinha. Falando, perguntando, o menino Joãozezim o acompanhou.

Assim. Tanto que almoçaram, sua vez os viajantes iam também partir. Nem viram mais o Catraz, nele nem pensavam. Até certa distância, até ao Pantâno, porém, em compensação, teriam outro companheiro, da mesma vaza.

Esse um — o Guégue — que outro nome não tinha; e nem precisava. O Guégue era o bobo da Fazenda. Retaco, grosso, mais para idoso, e papudo — um papo em três bolas meando emendas, um tanto de lado. Não tirava da cabeça um velho chapéu-de-couro de vaqueiro, preso por barboqueixo. Babava sempre um pouco, nos cantos da enorme boca com um ou dois tocos amarelos de dentes. Uma faquinha, ele não estando trabalhando, figurava com a dita na mão. E tinha intensas maneiras diversas de resmungar. Mas falava.

Ah, era um especialmente, o Guégue! — dona Vininha e seu Nhôto contavam, para se rir. Tratava dos porcos de ceva, levava a comida dos camaradas na roça, e cuidava a contento de todo serviço de terreiro, prestava muito zelo. Derradeiro, a Lirina, filha de dona Vininha e seu Nhôto, se casara, fora morar no Pantâno, dali a légua imperfeita. Quando se carecia, mandavam lá o Guégue — com recados, ou dôces, quitandas, objetos de empréstimo. Principalmente, era ele portador de bilhetes, da mãe ou da filha, rabiscados a lápis em quarto de folha de papel. Mais pois, ele apreciava tanto aquela viajinha, que, de algum tempo, os bilhetes depois de lidos tinham de ser destruídos logo; porque, se não lhe confiavam outros, o Guégue apanhava mesmo um daqueles, já bem velhos, e ia levando, o que produzia confusão. A outros lugares, o Guégue nem sempre sabia ir. Errava o caminho sem erro, e se desnorteava devagar. Levavam-no a qualquer parte, e recomendavam-lhe que marcasse atenção, então ele ia olhando os entressinados, forcejando por

O recado do morro   39

guardar de cór: onde tinha aquele burro pastando, mais adiante três montes de bosta de vaca, um anú-branco chorró-chorró-cantando no ramo de cambarba, uma galinha ciscando com sua roda de pintinhos. Mas, quando retornava, dias depois, se perdia, xingava a mãe de todo o mundo — porque não achava mais burrinho pastador, nem trampa, nem pássaro, nem galinha e pintos. O Guégue era um homem sério, racional.

Reconforme, viria junto o Guégue, pois passavam pelo Pantâno. Ele devia de trazer um boião com dôce de limão em calda, mais um bilhete para a Nhá Lirina. E já estavam arreando os cavalos, quando o Guégue aparecia, rico de seus movimentos sem-centro, saindo dos fundos de uma grave manhã: tinha estado a amarrar, por *simpatia*, um barbante na cerca da horta, para o xuxú crescer depressa; ele estava sempre querendo fazer alguma coisa de utilidade. A mais, limpara, já pronta, uma saboneteira, feita da concha de um cágado. A bem dizer, seu trabalho nisso fora longo e simples: pegara o cágado na rede do rego, matara-o a pontadas de faca no entre-casco, depois o colocara por cima de um formigueiro — as formiguinhas, devorando, consumiram o glude, fabricaram a saboneteira, a qual ele presenteava ao menino Joãozezim. Era só lavar, no rego — o Guégue vivia à sua beira, o rego era o rio dele.

Por modo, quem ia pôr atenção no Guégue? Quem, no menino Joãozezim? Onde foi assim que este último achava de contar ao outro aquilo que ouvira e lhe soara tão importante por esquipático, e que ninguém mais aceitaria de comentar. Nenhum dos adultos. Também, por ardição que tivesse, o menino Joãozezim não conferira o assunto com aqueles — que, pelo siso, desgostariam de se esclarecer, consoante o silêncio que vem antes da pergunta: e que, calados, já estão não-respondendo.

— "...Um morro, que mandou recado! Ele disse, o Catraz, o Qualhacôco... Esse Catraz, Qualhacôco, que mora na lapinha, foi no Salomão, ele disse... E tinha sete homens lá, com o irmão dele, caminhando juntos, pelos altos...Você acredita?"

E o menino Joãozezim primeiro quis olhar de cima para baixo o Guégue; não podendo, por ser pequeno, então se acocorou, e ficou agachado assim, o pescoço esticado para o ar: parecia um pato branco. O Guégue ouvia. Só lhe faltava crescer as orêlhas e avançá-las, muito peludas. Babeava, mostrava os dois cacos de dentes. E se ria.

— O recado foi este, você escute certo: que era o rei...Você sabe o que é rei? O que tem espada na mão, um facão comprido e fino, chama espada.

Repete. A bom... O rei tremia as peles, não queria ser favoroso... Disse que a sorte quem marca é Deus, seus apóstolos. E a Morte, tocando caixa, naquela festa. A Morte com a caveira, de noite, na festa. E matou à traição...

O menino Joãozezim falava desapoderado, como se tivesse aprendido só na memória o ao-comprido da conversa. E queria uma confirmação de resposta, saber do Guégue. Mas, enquanto a esperava, não podia deixar de mexer os lábios, continuasse a reproduzir tudo para si, num sussurro sem som.

Mas o Guégue não sabia dar opinião, apenas repetia, alto, as palavras; e, no intervalo, imitava com o cochicho de beiços. Representando por gestos cada verdade que o menino dizia: sungava as mãos à altura de um homem, ao ouvir do rei; e apontava para o morro, e mostrava sete dedos pelos sete homens, e alongava o braço por diante, para ser a espada, e formava cruz com dois dedos e beijava-a, ao nome de Deus; e batia caixa com as mãos na barriga, e com uma careta e um esconjuro figurava a aparição da Morte. Tudo, por seus meios, ele recapitulava, e pontuava cada estância com um feio meio-guincho. Mas Pedro Orósio, que via e ouvia e não entendia, achava-lhe muita graça.

—Você tem medo não, Guégue? — o menino Joãozezim perguntava, ao cabo.

Então o Guégue foi apanhar no telheiro do engenho o seu bom cacete, um calaboca, que levava preso debaixo do braço, mesmo quando carregando o boião de dôce e tocando pela estrada, com a pequena caravana, a pé e às gingas, e resmungando o resmungo sibilado, para a par com Pedro Orósio, os dois à frente de todos.

— Mais um dia, mano Pedro, a gente está aqui está chegando... — o Ivo observara. —Você tem o que fazer, por este restinho de semana?

— Nenhum, não. O trivial, vou ver... Tá em prazos de se roçar e encoivarar, já principia o tempo d'a codorniz cantar, querendo chuva...

— Oras, deixa! A gente carece de arrumar um pagode, com os companheiros, carece de se gastar este dinheirinho tão ganho...

Seguiam por terras convalares, na bacia do Riacho Magro, sob o pálido céu de agosto, fumaças subindo para ele, de tantos pontos. Aí, quando chegavam no topo de alguma ladeira e espiavam para trás, lá viam o Morro da Garça — só — seu agudo vislumbre. Assim bordejavam alongados capões, e o mais era o campo estragado, revestido de placas de poeira. Vã, à distância, aquela sucessão de linhas, como o quadro se oferece e as serras se escrevem e em azul se resolvem. À direita, porém, mais próximas, as encostas das vertentes

O recado do morro   41

descobertas, a grossa corda de morros — sempre com as estradinhas, as trilhas escalavradas, os caponetes nas dobras, sempre o sempre. Mesmo seo Jujuca se queixava: — "Como é que um pode conhecer esses espigões? É tudo igual, é tudo igual... É o mesmo difícil que se campear em lugares de vargem..."

Frei Sinfrão rezava ou se queixava do máu cômodo na sela. Seo Olquiste quase não dava mais ar de influência: por falta de prática, já se via que ele estava cansado de viagem; e com soltura de disenteria, pelos bons de-comer nas fazendas. O jenipapeiro grande, na curva do Abelheiro, calvo de toda folha. Menos afastado, trafegou um carro-de-bois, cantando muito bonito, grosso — devia de estar com a roda bem apertada, e o eixo seria de madeira de itapicurú. Passou um casal de pica-paus, de pervôo, de belas cores. A gente agora ouvia o pipio seriado da codorna. Uma rês veio até cá — um boi pesado de ossos secos.

— Bom rapaz, esse Pedro... — dizia seo Jujuca.

— Por uns assim, costumo rezar mais... — frei Sinfrão respondeu.

Mas seo Olquiste agora só dava atenção a algum pássaro. O pitangui, escarlate, sangue-de-boi. Mesmo voava um urubú-caçador, de asas preto e prata. O mais eram joãos-de-barro. A viuvinha-do-brejo tentava cantar melhor: o macho se dirigindo à fêmea, no apelo de reunir. Depois, vendo o espiralar de gaviões, soltou o grito-pio de alarme.

E o Guégue a cacetadas matou uma cobra venenosa: — "Você foi vir, agora morre!" E se voltava para os outros: — "Eh, cobra anda em toda parte..."

— Olha o boião! Olha o boião, Guégue! — (ele depusera o boião no chão).

E Pedro Orósio se incomodou: tinham errado o caminho? Por certo, alguma errata dera, havia mais de hora-e-meia caminhando, por uma estrada de carros-de-bois e por fim de trilha em trilha, e não chegavam à fazendola do genro de dona Vininha. Perguntou ao Guégue, o Guégue demorou explicação. Que tinha favorecido essas voltas, de extravio, pelo agrado de se passear, em tão prezadas condições. O que fosse um ter confiança em mandadeiro idiota!

Onde vinham parar era no *raso* da Vargem-do-Morro, seu paredão, e o Sumidor do Sujo. Ali, reconhecia, aquele plâino pardo, poeirante, lugar de malhador de gado selvagem, um ermo sem vivalma, nem bananeiras, nem telhado de gente residindo perto. Pastos do Modestino. Só os grupos de grandes pedras, lajes amarelas, espalhadas. Um cocho velho, abandonado, à sombra de um pau-d'óleo. E, à sombra de uma faveira e de um jacarandá-cabiúna, a

42   *João Guimarães Rosa*

lagôinha de água salgada e turva. Motivo desse bebedouro, sempre rodeavam por lá numerosas manadas, e na casca das árvores havia riscas de afio das pontas dos touros. Mas, àquela hora, só se enxergava uma vaca, angulosa, mal podendo com seus enormes chifres. Desde que cessou o pipar de dois gaviões que se libravam circunvoantes, no silêncio daquela solidão podia-se escutar o sol. Era uma planície morta, que ia vazia até longe, na barra escura do Capão--do-Gemido. Cá, no recôncavo da bocâina, a serra limitava um quadrante, o paredão arcado, uma ravina com sombrias bocas de grutas. Trepava-se caminho acima, contornado, de desvio, segurando no cipó-negro e no cipó-escada, aproveitando uma grota seca, muito funda e apertada, cheia de calhaus. Quiseram ir acolá, para ver, em certo terraplém, um salto--d'água, barbadinho, surtido da pedra fontã e logo desaparecido em ocos, gologolão. Mais um cruzeiro em que o raio desenhara a queimado umas figuras bem repartidas, sobreditas como milagrosas. Mas disseram a Pedro Orósio que os esperasse, ficando vigiando os animais, e o Guégue, por conta do boião de dôce.

Ficaram.

E então grande foi o susto dos dois, quando uma voz solene e cavernosa proclamou de lá, falafrio:

— Bendito! que evém em nome em d'homem...

Aí, viram. Quandão, donde viera a má voz, se soerguia do chão uma cabeçona de gente. Era um homem grenhudo, magro de morte, arregalado, seus olhos espiando em zanga, requeimava. Deitado debaixo duma paineira, espojado em cima do esterco velho vacum, ele estava proposto de nú — só tapado nas partes, com um pano de tanga. E assim tornou a arriar a cabeça e estirado de semelhante feição continuou, por não querer se levantar.

— Bendito, quem envém em nomindome!

E solevava numa mão uma comprida cruz, de varas amarradas a cipó — brandía-a, com autoridade. Era um dôido. O Guégue não lhe tirava de riba os olhos, satisfeito, uma coisa de tanto feitio ele jamais tinha avistado. Por fim, se voltou para Pedro Orósio, e perguntou:

— É logro?

Mas foi o próprio sujeito seminú do chão quem entrou com a resposta:

— É logro? É virtude? Em nome do Pai, do Filho, do Espírito-Santo — quem está vos perguntando sou eu, me declarem: vocês dois são criaturas, ou são figurados do Inimigo?! Então, me sigam no sinal sagrado! — e traçou

O recado do morro   43

em testa e boca e peito o da Cruz. Pedro Orósio e o Guégue o imitaram, com o que ele pareceu se abrandar. — Se vos sois anjos, mandados pelo Divino, para refrigerar minha fé no duro da penitência, dizeis! vos rogo, porque, se fôrem, então me levanto do estrume dos grandes bichos do campo, limpo minha cara e meus cabelos, e vos recebo ajoelhado, lôas e salmos entoamos...

Aceitou o que o Pedro Orósio disse: que era apenas um sitiante comum, com sua lavourinha para trás da Serra do Cuba; e que ali o Guégue era acostado na dona Vininha, fazenda do Bõamor; e que vinham transeúntes, jornalados, serviço de comitiva.

— Faz mal não. Bendito o que vem in nômine Dômine!... Todo serviço pode ser de Deus, meus filhos. Se corrijam! Ainda não completei meus nove dias de jejum e reforço, que vim preencher aqui neste deserto, entre penhas e fragas brabas... Mas estou em acabamento — depois-d'amanhã tenho de tornar a sair pregando, pois o fim-do-mundo está apressado, não dou por mais três mêses, se tanto. A humanidade vê? Não vê! Não sabe. Cada um agarrado com seus muitos pecados... Mas hei de gritar fôgo e chorar sangue, até converter ao menos uma bôa parte! Vão rezando, vão rezando: vão se convertendo logo, por si, p'ra me poupar trabalho... Mas, olhem o Arcanjo! Silêncio, ajoelhem aí em ponto, rezem um rosário...

E depôs a cruz do lado do corpo, fechou os olhos, as mãos no peito, feito gente morta. A gente podia admirar e achar — que as delícias é que estavam com ele.

Em seguimento disso, porém, Pedro Orósio se afastou, caçando um lugar melhor, para se sentar. Por segurança, pegou o boião de dôce das mãos do Guégue. Mas o Guégue, se acocorando, não queria sair da beira do outro. Pedro Orósio, ali perto uns dez metros, de olho em ambos, para o caso de ter de moderar alguma malucagem, espantava os mosquitos, enquanto escutasse qualquer alta conversação.

Primeiro, o Guégue se permanecia, temperado, de certo repassava, descascava suas ideias, isso para ele sempre ainda mais difícil. Aquela vaca junqueira se deitou, para remoer seus dentes. A mais, uma pequena maloca de gado deu de aparecer — um tourão e umas novilhas, que de distância espiavam — queriam da água da lagôinha. Se feriu, das brenhas da encosta, um rente grito: um casal de maitacas saíu pelo ar. A gente olhava para o céu, e esses urubús. Vez em quando, batia o vento — girava a poeira brancada, feito moído de gesso ou mais cinzenta, dela se formam vultos de seres, que a pedra copia: o goro, o onho e o saponho, o ôsgo e o pitôsgo, o nhã-ã, o zambezão, o quibungo-branco, o morcegaz, o regonguz, o sobre-lobo, o monstro homem.

O Guégue, por fim, perguntava:

— Ocê é da procissão? Vai dansar no Rosário? A nhum? Mundo vai se acabar? Ocê disse... Ocê sabe?

— Silêncio, mais silêncio! Me deixa, a hora é de Deus. Não embargando, você é um pobre filho dele, se vê que tem o espírito simplório... Quer ver o fim do mundo? Que vem vindo redondando aí, rodando feito pé-d'água, de temporal e raios: os querubins já estão com as brasas bentas, amontados em seus trapes cavalos! Tu, treme...

— Uê... Como é que ocê sabe? Ocê é padre algum?

— Enche tua boca de bosta, p'ra não carecer de blasfemar! Como que sei? Tu também vai saber, refiro que não seja tarde: assentado de dentro da panela de breu, tu então sabe... Arrepende, treme e reza, e te prostra, cara no chão, infiéis publicano! Olha a trombeta! De profundas, eu escuto: olha a morte, atenção!

— Uai, então é! É que nem o Menino...

— O menino? O menino? De uns assim foi dito, que entram no Reino-do-Céu dansadamente... Que menino?

— A bom, no Bõamor: foi que o Rei — isso do Menino — com espada na mão, tremia as peles, não queria ser favoroso. Chegou a Morte, com a caveira, de noite, falou assombrando. Falou foi o Catraz, Qualhacôco: o da Lapinha... Fez sino-saimão... Mas com sete homens, caminhando pelos altos, disse que a sorte quem marca é Deus, seus Doze Apóstolos, e a Morte batendo jongo de caixa, de noite, na festa, feito História Sagrada... Querendo matar à traição... Catraz, o irmão dum Malaquia... Ocê falou: a caveira possúi algum poder? É fim-do-mundo?

— É o começo dele, é o começo — alvorada de toda a Glória! Um arcanjo sabe o poder de palavras que acaba de sair de tua boca... Ajoelha, às graças, ajoelha, já!

O Guégue obedecia, se ajoelhava. Mas aquele estapafúrdio — o estúrdio homem, pronto nú e espichado no sempre do chão, lazarado por seu próprio querer, ali entre o verde e o preto do gado solteiro do Modestino — agora mandava que ele botasse fora o cacete. E o Guégue hesitava.

— Se é vossa vez, encosta aqui comigo, para um resto de jejum e remissão aspra: que de hoje a dia-e-meio podemos pegar este mundo pelas alças...

O recado do morro   45

— Uê, eu não posso. Tenho de levar recado e boião de dôce, nha Dona Vininha mandou... Posso não.

— Não pode, pela salvação dessa humanidade sacana, em vésperas de inferno geral?! Que é de seu companheiro?

— Ã, ali, atrás do joão.

— Surso! Surge!

Mas o homem se solevava e virava, via o que via atrás da moita de mentrasto, e iracundo abominou: — "Caifaz! Isso é direito? É respeito?! Raça de víboras, cambada de pagãos, obrando! Te aparta, maldito! Raça de víboras!..."

Nenhuma cortesia ou desculpa para ele tinha valor: se levantou de todo, sacudiu aquele corpo mujo de magro e nuelo, segurou muito a cruz e foi desertando, audaz, se caminhando para longe — ainda prometia que ia para o beira-mato, prosseguir em seu forte dever de penitenciação. Ao que bramava e escarceava, sem olhar para trás. Com uma gaforina de cabelo assim, devia de ter até piôlho.

O Guégue queria ir tendo algum medo, acarinhava seu grande papo. Mas Pedro Orósio veio e lhe entregou de novo o boião de dôce, sem parlandas. Dava o vento, outra vez, suspendia mãos daquela esponjosa poiera, que tem gosto de água de pote e de comida cozinhada. Aquele lugar era muito feio.

— Uê, uai, eh... — o Guégue se manifestava. — ...Homem zuretado!... Será que o mundo acaba?

Que nada e não, assegurava Pedro Orósio. Acabava nunca. E aquele inesperado homem era leso do juízo, no que dizia não fazia razão. Cá, se tivesse o mundo de se acabar, outros, de mais poder e estudo, era que antes haviam de obter sua notícia. E bem veio que, por essa altura, justo o pessoal estavam retornando.

Dali saíram, rearrumando rumo, modo de conduzir o Guégue ao Pantâno, de nha Lirina e siô Duque, seu marido. Constando que era uma bonita fazenda branca, entre árvores; lá tomaram café com biscoitos, e lá deixaram o Guégue e o boião.

Daí, acima caminho, ainda Pedro Orósio se lembrou de dar parte ao frade do que no raso do Modestino se passara, e do extraordinário daquele homem por nú — o *Nomindome* — ameaçador de tantas prosopopeias. Embora, ficou calado. Expor tudo não era convinhável, ele não sabia fácil passar a ideia de como tinha sido, e eles podiam fazer maiores perguntas — cansava sua cabeça distribuir a pessôas cidadãs um caso de tanto comprimento. Guardou consigo. Só, já quase chegavam no Jove, de tardinha, cruzou numa porteira com um velho, das Lajes, um Torontonho ou Torontõe, que vinha até no João Salitreiro, comprar fogos para as festas do Rosário. Tal velho conhecia o Nomindome: reportou que ele era dôido varrido, mas tinha passado bons anos no Seminário de Diamantina. Seu nome em Deus, ninguém não sabia, portanto. Só era conhecido por apelativo de *Jubileu*, ou *Santos-Óleos.*

— Faz tempo que esse Santos-Óleos, ou Jubileu, o que seja, que não aparece por arrabaldes. Ninguém sabe donde ele assiste, não tem pouso nenhum. Vara por este mundo todo: some daqui, vai se apresentar jajão em longes beiradas, diz-se que testemunha até nos Fêchos-do-Funil, numa tapera de capela, em Oéstes, mais lá de lá da capital do Estado... De uns dez anos que ele sobrevive às feitas carreiras, d'acolá p'r' além, enfiando por dia muitos lugares, e pronunciando brados do fim-do-mundo — estreito prazo de três mêses... Bom, desse jeito, assim, não é vantagem: algum dia ele acerta...

O velho Trontõio riu, de si, e se tocou avante, lambando no cavalo baio a tala do chicote. Ao que ele era tio-avô de uma mocinha, das lindas, chamada Quitéria, aí Ribeirão-da-Onça abaixo. Bom homem.

— "Será que foi, a respeito de quem era que você estava perguntando?" — o Ivo quis se informar, já no Jove, depois que tinham jantado e faziam redondo de conversas no pátio da frente, junto com algum pessoal de lá.

— "Falando do Rosário, da festa..." — Pê-Boi preferiu atalhar, por preguiças de depor a verdade, tão tola.

— Ah, pois isso. A festinha, vamos ter é no Azevre, domingo de noite, na certa. Sem falta, você vem... Alegria da palavra!

Nisso, outros vinham. Eram, ver e não ver, o João Lualino e o Veneriano — e não despraziam de se encontrar com ele, Pedro Orósio, por contrário riam amistosos, e se chegavam. — "Pois, ei, Crônico... Ei, Pê! Salve essa bizarria..." Saudavam com palmadas de abraço. E o Ivo tomava a gerência da conversa, avindador, queria que todos mais companheiros estivessem, fora de lembrança de qualquer injúria passada. — "A mais é a festa, hem, hem?" "— Tá inteira. Tá combinados..." — respondiam. O Veneriano era um preto jeitoso, impagável em toda festança, pelo que melhor dansava — nem se imagina: mesmo com aqueles pés de inhaúma, dedões abertos e enormes, e o calcanhar muito salientado, cabo de caçarola. O João Lualino, pardaz, sempre muito luxo no vestir, botava até água-de-cheiro na cabeça; diziam que era

O recado do morro   47

sujeito muito mau, e sangrador, faquista. — "A ser, quand' é que vocês ficam forros de pajear essa gente de ambulante?" — o João Lualino perguntou. Arre, era amanhã, estavam no arraial, de volta — o Ivo explicava. — "Eh, Crônh'co — falava o Veneriano —: Vocês foram arranjar um carcamano mais estranhável. Hum, que zanza por aí à garimpa, mó de atestar amostra de pedrinhas e folhas d'árvores... Que é que estará percurando, de verdade?" E o Lualino: — "Alto cidadão... Vai ver, é cristaleiro, mais safado que os outros... Botar preso em cadeia, mode se dizer de ser..." Por um meio-pensamento, Pedro Orósio se comparava: aqueles pareciam homens mais seguros de si, com muita capacidade. Estavam rindo, falando por brincadeira, mas mesmo assim a gente via que, eles, cada um queria ser sem chefe, sem obrigação de respeito, alforriados de qualquer regra. Talvez ele, Pê-Boi, dava apreço demais aos patrões, resguardando a ordem, lhe faltava calor no sangue, para debicar e dizer ditos maldosos. Outramente, admirava seu tanto a vivice do Lualino, mesmo do Ivo Crônico. Por mais que virasse e vivesse, ele ficava diferente daqueles: era sempre o homem dos campos-gerais, sério festivo para se decidir, querendo bem a tudo, vagaroso.

Agora, tinha estado lá, até nas veredas do Apolinário, onde papagaio bravo revoando passa, a qualquer parte do dia. Ao que fora, imaginando de ficar, e não tinha ficado. Mesmo no momento, se queria pôr a rumo o pensamento, de lembrança de lá, não conseguia, sem sensatez, sem paz. Faltava a saudade, de sopé. Toda aquela viajada, uma coisa logo depois de outra, entupia, entrincheirava; só no fim, quando se chega em casa, de volta, é que um pode livrar a ideia do emendado de passagens acontecidas.

Mais valia a boa amizade, companheiragem — o Ivo Crônico, o João Lualino, o Veneriano — e a festa, por ser, já que ocasião dela: nas cafúas, perto de estradas, em casas quase de cada negro se ensaiava, tocando caixas, com grande ribombo. Agrado de festar, isso sim, as mocinhas moças, tinha desejos de umas. Ao depois, carecia de retomar seu trabalho costumeiro, ir dando preparo para o plantio das roças, reconhecia falta dessa lida, mesmo que nem igual de dormir, tomar café, comer e beber. — "Ouve, Pedro: além do que foi ajustado, você acha que eles vão gratificar a gente com mais um pouco mais? Ah, o carcamão de certo dá. Ele é frouxo de munheca..." O Ivo, no falar, pegara mão no braço dele; o Ivo era amigo, supria confiança. Pedia para ver a arma: — "Ôi, Pê, essa sua garrucha é mesmo bôa, mandadeira?" "— Regularzim. Tiver um dinheiro, compro outra. Revólver, feito esse seu..."

48   *João Guimarães Rosa*

"— Ara, nada, bozórje..." O Ivo fazia questão de encarar bem a gente, com uma firmeza de ser sincero, e falava falas de afeição. Único defeito dele era um cismo destruído no jeito de olhar e falar, parecendo coisa que estivesse reparando uma rês vistosa, um boi gordo. — "A bem, Pê, tu disse que estava pensando em querer voltar p'ra lá, pra os Gerais altos..." O Ivo, falante assim, a gente tinha um gostinho de rebater os conselhos dele: — "A já, Crônhco velho, aquilo era aragem de fantasia atôa, só. Eu fico, mas fico aqui mesmo..." A mais, outro gosto, de arreliar adiante o amigo, que estava sempre volteando e se queixando no mesmo assunto, de que ele Pedro devia de não querer namorar com as moças todas, mas escolher uma, ou as duas ou três, só, e deixar a cada um outro a de amor de cada um: — "Você sabe, Crônhco, o remelhor é ir namorando namoriscando, enquanto elas quiserem. Mocidades..." Então o Ivo arriava a crista, demudava de conversação. Ali no Jove tinha luz-elétrica, o povo escutava rádio, se ia dormir mais tardado. E se comia uma ceia bôa: de sopa-de-batatinha com bastante sal, com folha verde de cebola picada, e brôa de milho; depois, leite frio no prato fundo, com queijo em pedacinhos e farinha-de-munho. Cá fora, as estrelas belezavam, e a lua vinha subindo cedo, já bem: dali a uns três dias, era o dado da lua-cheia, conforme se sabe.

De vez, ora assim foi que, no outro dia, em vez de torarem para o arraial, ainda inventaram de enrolar caminho para as Traíras, por mostrar ao seu Alquiste o rio das Velhas — seus matos montoados, suas belas várzeas, seus pássaros vazanteiros. Um aborrecimento. Tino foi o do frade, que disse não podia vadiar mais, se separou e desviajou deles. Seo Jujuca determinou que, se o Ivo quisesse, podia ir também, acompanhar frei Sinfrão, agora o movimento era mais resumido, tão perto. O Ivo não quis — por esperança de maior dinheiro, sarnava de ficar até ao fim. Pedro Orósio mesmo, pelo sim pelo certo, tratava de zelar mais agradador e prestativo. Mas achava mais graça nenhuma, no seo Olquiste, sempre nas manias de remexer e ver, e perguntar, e tomar o mundo por desenho e escrito. O que, a partir dali, esclarecia aos tantos seu coração, era o palpite da festa. E foi o próprio Ivo que uma hora careceu de ter mão nele: — "Modera essa influência, Pê, que ainda não é hoje. Mas vai ser festa p'ra toda a vida..." E Pedro Orósio, pelo que tinha de esperar, repensava na Laura, filha do Timberto, do Saco-do-Mato; e na Teresinha e na Joana Joaninha, do arraial; e em todas. A-prazer-de que não queria deixar de pensar também na Maria Melissa, do Cuba, por causa do Ivo ele sentia uma qualidade de remorso; descontente com isso, do Ivo mesmo era que então começava quase a ter raiva. Andava, andava. — "Mas você é geralista, Pê... Sua terra, lá, eu vi, é bem que é bôa..." "— Uma osga! Pois vai p'ra lá, você... Pra ver como é que o sertão é pai de bom..." "— A bem, falei por falar. Azanga comigo não, Pê..." Até escarmentava a paciência da gente, aquele lazer do Ivo. Ao que tinha interesse nenhum, de cabimento, aquela andação, para deletrear ao seo Alquiste os recantos do rio das Velhas. Poetagem. O trivial estava indo, sem pior; mas o que havia era que a vida toda se retardava.

Ao em seguimento disso, só na sexta-feira de tardinha foi que chegaram no arraial, terminada a viajação. Aquela hora mesma, Pedro Orósio e o Ivo tocaram suas pagas e agrados — o gratisdado, em bôas cédulas. "Gastar atôa, não gasto. É baixo! Nem entro em frojoca..." — Pedro se constou. — "Ainda, olha, amanhã de noite é a festa, oé? Melhor a gente ir junto, em az. Viro, venho te buscar..." — o Ivo dispôs. — "Uai, ara..." Aí, Pedro Orósio passou para a casa de seô Tolendal, que tinha venda. A ele satisfez o resto de umas dívidas, o restante lhe pediu que guardasse. Cobre seu, não-vê, era para bembaratar no justo e certo. E seô Tolendal — homem entendido em confiança e inteligência — mandou arrumar uma cama para o Pedro repousar aquela noite. Dormiu em bom colchão com lençol e colcha, em cima do balcão.

E faz e acontece que, sábado, de manhã, cedinho até demais, o povo todo morador naquela rua principal teve de se acordar debaixo duma continuação de gritos grados, que não achavam suspensão. Pedro Orósio se levantou, abriu em fresta a porta da venda. Que viu? Era o homem dôido — aquele Nominedômine! Em bem que ele agora estava vestido, de algum jeito. E tinha enrolado uma ruma de panos em cada pé, em guisa de servir de calçado: aquilo parecia o sujeito pisando poeira enfiado em dois travesseirões, frouxoso. Estafermo mesmo assim, arava o passo, pernas tantas, até cada fim da rua, e retornava, estroso, ardente, cachorro caçado, sete fôlegos. Abria o peito: — "...É a Voz e o Verbo... É a Voz e o Verbo... Arreúnam, todos, e me escutem, que o fim-do-mundo está pendurando! Siso, que minha prédica é curta, tenho que muito ir e converter..."

Da casa-de-venda do Flôr, do outro lado da esquina, um moço cometa se chegava à janela e perguntava: — "Você é Cristo, mesmo, ou é só João Batista?..."

E o vira-mundo malucal, que já ia se afastado, se revirou, rente, por sobre o descompasso de suas altas pernas, que nem umas andas, e levantou os braços, bem escancarados — feito precisasse de escorar a queda do céu. E deu exclama:

— Bendito o que vem in nômine Dômine!...

Se via que ele estava no último ponto de escarnado, escaveirado, o sol queimara aquela cara, de descascar pele. Mas perdera a gaforina — devia de ter pedido a alguém para lhe rapar a cabeça. E os olhos frechavam, resumo de brasas. Dava pena. De seguro, teria terminado o traquejo de jejum e rezas no malhador de gado do raso do Modestim, e nem esperara por mais nada, para executar o danado avanço, de déu em déu, em nome de Deus. Só podia ser que tivesse navegado a madrugada inteira, para vir chegar agora a esta hora. Em algum sítio podia ser que tivessem dado a ele um café?

— ...Sua pergunta é do rogo da fé, e não da carne, não, moço. O senhor é homem gentil, tem galardão! Tem galardão... Mas eu sou o zerinho zero, malemal uma humilde criatura do Senhor: eu nem sou a Voz...Vinde, povo: senvergonhas, pecadores, homens e mulheres, todos. Todos eu amo, vim por vosso serviço, Deus enviou por mim, ele requer o vosso remimento. Dele tenho o praz-me. Olha o aviso: evém o fim do mundo, em fôgo, fôgo e fôgo! O mundo já começou a se acabar, e vós semprando na safadeza, na goiosa! Contraforma! Contraforma! Olha o enquanto-é-tempo...Vamos, vamos: p'r' a igreja! Todos me acompanhem. Aqui-del-papa! Aqui-del-presidente!

Desabalou de vez, olho da rua a longe, quase correndo, feito pulando rego, tinha de alargar também as pernas — aqueles rôlos de pano nos pés dele foiçavam porção de poeira. Por um vago, a gente estremecia, salteado do aflêcho comandante daquela voz, que instava calafrios: quase que se ia acreditando. As mulheres se benziam. Aí já havia pessoas em praça — pois era véspera de festa, o arraial se apostava com limpezas e arcos embandeirinhados, estando cheio de forasteiros; por maior, pretos. Outros, que acordaram com a latomia do Nominedômine em seu ir e desvir, durado em mais de quarto-de-hora, já tinham vestido roupa, e saíam como público. Que era que deviam de fazer? Ir chamar os frades? O dôido, direto para a igreja do Rosário, era capaz de obrar muitos desatinos. Devia-se de ir para lá. Pedro Orósio também já estava pronto, fora de portas. Aquele dia-de-sábado principiava bem.

E de repente o sino do Rosário se tangeu — col a col, cantarol. Ah, quem batia, sabia: tantoava em repique e repinico, muito claro no bimbalho. Mas, foi logo a forte, dez mãos pelo badalo, pegou a bedelengar a tôrto, dlá e dlém, parecia querer romper de vez a forma de seu carôço dele.Virgem! — o

O recado do morro   51

Nominedômine tinha alcançado de chegar à torre, a igreja estava entregue aos máscaras, carecia de o pessoal todo do arraial correr para lá. O homem dava rebate, rebimbo, dobra que redobrava, a tal. Depois, perdia qualquer estilo. Era só aquela fúria: dladlava, dlandoava, o sino também fervia do juízo! Ora, o sinão do Rosário é reinol, de bôa marca, bem santificado: é sino de uma légua. A portanto, aquilo bronze zoava fora de rol, transtornava a gente. Agora, sim, o Nominedômine, Nomendome, Santos-Óleos ou Jubileu — ele cujo tinha encontrado seu poder de rachar os ouvidos do povo todo, em prol, com sua gritação do fim do mundo. Corriam para lá. Manejar errado com sino é negócio tenebroso. E Pedro Orósio corria mais na frente — ele era por longe o trucúlo de homem mais possante do lugar, capaz de capaz. Para agarrar, seguro, braços e pernas do desgraçado, e arretirá-lo do santo assoalho da igreja, e socar paz e sossego, a bem dos usos da razão. Todos iam ficando por detrás do Pedro. — "Dá nele, Pê! Senta a mão nesse desordeiro... Isso é puro herege!" — uns gritavam, já alegres, assanhados. E o sino feria, estalava facas no ar, feito raios. Mas no plém dele se sentia uma alegria maluca e santa, rompendo salvação, pelas altas glórias. A voz do Nominedômine, em seu despropósito de urgente felicidade. Aí, quando iam acabando de subir a ladeirinha, e chegando lá — ele parou. Esbarrou de tocar, de um pronto curto, no coração da gente, que se tonteou. Como quando uma cigarra graúda de dezembro está tinindo muito perto, e acaba.

Na igreja, lá estava ele, o Santos-Óleos, junto do altar-mor e virado para os fiéis — pois mesmo àquela hora já havia gente ajoelhada em posto — as velhas igrejeiras, umas velhas ou mesmo moças, cada qual com seu terço nos dedos, quase todas com mantos na cabeça, seus fichús.

E pois, ele pregava. Alargava braços altos, gloriava os olhos, santamente, para cima, cruzes que a mão sinalava no ar, administrava. Mas muito sacudia as pernas, ligeiroso, o pior era que a gente via aqueles travesseirões que ele calçava, parecia coisa que estava maldansando.

A igreja agora estava cheia, de mulheres e homens, que escutavam aquietados. E ninguém, nem Pedro Orósio, não tinha coragem de ir sojigar o homem dali, e o expulsar pra fora, só pelo tanto que ele invocava o nome da Virgem e de Deus, e porque tinham medo de produzir algum sacrilégio, no consagrado daquele recinto, estando o Senhor no Tabernáculo. Mas nada ou quase nada do que o Nominedômine dava de sermão, se aproveitava. Que o que ele dizia:

— Às almas, meus irmãos! O fim do mundo, mesmo, já começou, por longes terras. E vem vindo... Olha os prazos! Vamos rezar, vamos esquentar, vamos ser! Bons jejuns... Alerta — às almas!... Daqui vou, beijar o pé esquerdo e a mão direita de Santa Manoelina dos Coqueiros. A data exata do fim, Deus vai me dizer é lá na capelinha largada nos campos, nos Fêchos-do-Funil... Lá não me ouvem: terra de um maltrata seu mensageiro. Cambada! Quer sono, não tem sonho... *Orate fratres...* Vocês mesmo não notam: mas a alma de cada um já começou a ficar adormecida... Olha os prazos! Olhem para os bichos, por comparação...

Mas, nesse justo momento, vinham chegando os frades — frei Sinfrão e frei Florduardo — evinham enérgicos. O Nominedômine, de lá do altar, curvou mesura profunda, e garrou a acabar de sermoar, depressa ainda mais, sabendo que agora lhe sobrava pouquinho tempo. Refalava: — "...No ermo onde fortifiquei meus dias de jejum maior, num recampo de gados, veio um anjo mandado, um anjo papudo e idiota — mais do que assim eu não mereci... Ele mesmo me confirmou e me disse do aspecto do fim grave. Me escutem!"

E nisso Pedro Orósio, correndo pelo meio da igreja, a fito de ajudar a defender os frades, caso o Nominedômine reagisse contra eles, deu uma esbarrada no Coletor. O qual Coletor era outro que não regulava bem. Estava com sua pilha de papéis e jornais, e com as algibeiras cheias de tocos de lápis, com eles constantemente fazia contas de números nas beiradas brancas dos jornais. E o Coletor era um que gostava de frequentar sempre perto ou dentro de igreja, e se ajoelhara rente na primeira fileira, junto com as mulheres mais beatas, ao pé do gradil da banca de comunhão. E com o esbarrão do Pedro Orósio ele se despertou e alevantou a prumo a cabeça.

— ...Escutem minha voz, que é a do Anjo dito, o papudo: o que foi revelado. Foi o Rei, o Rei-Menino, com a espada na mão! Tremam, todos! Traço o sino de Salomão... Tremia as peles — este é o destino de todos: o fim de morte vem à traição, em hora incerta, é de noite... Ninguém queira ser favoroso! Chegou a Morte — aconforme um que cá traz, um dessa banda do norte, eu ouvi — batendo tambor de guerra! Santo, santo, Deus dos Exércitos... A Morte: a caveira, de dia e de noite, festa na floresta, assombrando. A sorte do destino, Deus tinha marcado, ele com seus Dôze! E o Rei, com os sete homens-guerreiros da História Sagrada, pelos caminhos, pelos ermos, morro a fora... Todos tremeram em si, viam o poder da caveira: era o fim do mundo. Ninguém tem tempo de se salvar, de chegar até na Lapinha de Belém,

O recado do morro

pé da manjedoura...Aceitem meu conselho, venham em minha companhia... Deus baixou as ordens, temos só de obedecer. É o rico, é o pobre, o fidalgo, o vaqueiro e o soldado... Seja Caifaz, seja Malaquias! E o fim é à traição. Olhem os prazos!...

Mas, por aí, o frei Florduardo já se chegava, bastou só levantar a mão, para atenção: e o Nominedômine se ajoelhou de vez, aos pés dele, prostrou a cara. — "Pode ir, meu filho. Deus te abençôe..." — o frade falou. E o Nominedômine se levantou e foi puxando, vagaroso, pela beira da igreja, de olhos postos, rezando cantado em latim o Credo e o Padre-Nosso, com voz tão enfadonha. À porta, se voltou e declarou assim inesperado: — "Olha o responsório! Olha o falimento do fim, cambada!" Daí, se foi. Dava dó. Quem sabe ele não estava pressentindo um fiapo dos tempos? Pedro Orósio ainda veio cá fora, persegui-lo com a vista. Embora, ô cujo para comer estrada: rumou, rumou, era aquela terrível velocidade, dum lado e doutro não queria saber de nada. Tirou dali, desceu, cortou a várzea, subiu como quem ia para a Lagôa, pelo Bento-Velho. Já estava alongado demais. Por fim, foi para o morro, adversamente, abriu um furozinho preto no horizonte, por ele se passou, e se sumiu do mundo.

Mais tinha esquentado aquele sábado. Frei Sinfrão já começara uma missa, sempre mais povo chegando, a reio. Também muitos já revestidos, para figurar na festança do dia-seguinte. Os dos ranchos: os moçambiqueiros, de penacho e com balainhos e guizos prendidos nas pernas; grupos congos em cetim branco, e faixa, só faltando os mais adornos; e a rapaziada nova, com uniforme da guarda-marinheira. Imponente foi quando comungaram o preto Zabelino, todo sério, e a preta Maria-da-Fé, com um grande ramo de flores nos braços, quens iam ser rei-congo e rainha-conga. Seo Alquiste estava presente, com seo Juca do Açude e seo Jujuca, e as senhoras da Fazenda, e acabada a missa seo Alquiste aproveitou para bater chapa de todos os fardados. Música ia tocar era no outro dia, no outro dia era que era o registrado da festa. Uns gritavam desde agora seu grande contentamento: — "Viva a Senhora do Rosário! Viva a grande santa Santa Efigênia! Viva o nosso santo São Benedito!" Mesmo, em diversas casas, na Rua dos Pequís e Rua dos Pacas, se ajuntavam pessôas, e era aquele guararape brabo: rufando as caixas, baqueando na zabumba. Mor, lomba acima, indo para a Matriz do Sagrado Coração, uma turma se rodeara, à sombra de uma árvore grande, ali também ainda ensaiavam: era o pessoal do Mascamole — ele e o Tú, cunhado seu, vindos do Santomé. Muito reluziam. O povo vivava. E o Tú e o Mascamole, chefes, tribuzando no tambor: tarapatão, barabão, barabão!... Tudo era grande muito movimento.

Baixo um momento, Pedro Orósio esteve namorando, com uma moça ou outra, à incerta. Depois, assim sem prisão de regra, tencionava trançar pelo arraial, resvés, para valer o tempo. Só um tanto, por tudo, agora ele precisava de querer pensar em sua casinha, sua lavoura — na segunda-feira era que ia lá, por fim de ter andado fora pouco faltava para um mês. Tornar a entrar no diário do trabalho também era aceitável, mestreava o corpo, e punha calço na cabeça, pois mais a ideia da gente vinha sendo tão removida. E encontrava o Josué, quase seu vizinho. — "Tudo tá bem, tá lá, Zué?" "— Tá lá, tá." O Josué já tinha queimado campo, estava encoivarando para a roça. E o Alvinho Diogo já tinha seu serviço acabado de pronto: p'ra semear agora só esperava chuva. Prazia o Pê vir beber um gole? Se ia. — "Capaz que este ano chover cedo..." Tomara. Deus queira. E, apesar d'ele ser capiau, roceiro muito, as pessôas finas do arraial apreciavam o Pedro — principalmente por seu tamanho em desabuso, forçudo assim, dava gosto e respeito.

De contra, vinham o Ivo e o Martinho — mais esse! — queriam por toda a lei que o Pedro Orósio quisesse já de já se amadrinhar com eles. — "Não, por ora, amigos..." Pois enquanto, ele precisava de gerir seu dia sozinho. A bem não falar, alguma coisa naqueles ainda o punha a resguardar uma menos confiança. Muito leve. — "Mas, olha: de tardinha, depois do jantar, hem?" "— Mas a festa não é amanhã?" "— Virou pra hoje. Sabe não sabe? Você é um que vem?" "— Vou."

Por vez, não tivesse dado palavra. Quem diga fosse melhor nem não ir? Essa festa, meio longe, quando a ocasião maior estava sendo no arraial, aquilo mesmo desdizia, uma dúvida lhe soletrava assim. Repensou e não pensou.

— Ara veja, Pêboizão!...

Aí quem estava saudando era o Laudelim Pulgapé, bons olhos o conhecessem. Como sempre amigos, se encontravam. A — e bem — era ideia: o Laudelim podia vir junto, companhia confortada. — "Vamos batucar hoje, Pulgo velho, na beirada do Cuba, numa casa?" "— Vou não." O Laudelim marcara de ir tocar e cantar, para aquele homem estrangeiro, no hotel do Sinval. Depois, ele tinha de dormir para amanhã.

O Laudelim era alegre e avulso. Por perto da matriz, estavam num campo aberto. E ele olhou um cavalo que pastava, e se lembrou de seu violão.

O recado do morro   55

Com o Laudelim, se podia fácil conversar, ele entendia o mexe-mexe e o simples dos assuntos, sem precisão de um muito se explicar; e em tudo ele completava uma simpatia. O violão estava mesmo ali à mão, no botequim. Daí que o Laudelim também usava cisminha de tristeza, que era uma tristeza leviana, diversa das de todos, uma tristeza sem razão certa, que nem doença pegada ou chão para a sombra de sua alegria. Dava agora para querer passear vago, violão ao peito, votou que chegassem até no cemitério — carecia de visão assim, porque aquela noite tencionava cantar melhores. Pois caminharam. Mas, passando pelo oitão da Matriz, lá estava o Coletor, rabiscando suas contas.

Se disse que esse Coletor era gira. Bem dizer, nem nunca tinha sido coletor, nem aquele era nome válido. Transtornos e desordens da vida, a peso disso ensandecera. Agora, achacado e velho, inda bom que a doideira dele era uma só: imaginava de ser rico, milionário de riquíssimo, e o tempo todo passava revendo a contagem de suas posses. Escrevia em papel, riscava no chão, entalhava em casca de árvore, em qualquer parte. Mas onde tinha mais gosto de cifrar aquelas quantias era nas paredes, porque assim todo o mundo podia invejar a imensa fortuna. De qualidade que, por azo, preferia a Matriz, por ter as maiores paredes brancas no arraial. Ia alinhando números tão desacabados de compridos, que pessôa nenhuma não era capaz de tabuar: seus ouros, suas casas, suas terras, suas boiadas no invernar, sua cavalaria de ótimas eguadas, seus contos-de-réis em numerário, cada lançamento daqueles era feito uma correição de formiguinhas pretas enfileiradas. Aquele homem tinha uma felicidade enorme.

Quando o Laudelim e Pedro Orósio vinham transeúntes, caçaram jeito de desladear um pouco, porque tinha vez que o Coletor estava tão duro entertido nas somas, que até gemia e coçava a cabeça, e dava pena na gente, pois aquilo semelhava um afadigo de tarefa de cativo.

Mas, por dessa, ele Coletor mesmo foi quem se virou e sorriu.

— "Ó, o senhor, ó o das botas! Faz favor..." — foi o que ele invocou. O que, por mais, também era absoluto absurdo, porquanto nem Pedro Orósio nem o Laudelim, perfeitamente, não tinham nem calçavam botas nos pés. Mas então o Coletor passou a mão aberta em frente de seus olhos, feito se retirasse daquele espaço a lubrina de alguma visão outra, pelo que ele mesmo via estar errado. E mostrou o encifrado novo algarismal, que se produzia por metros e metros na face do oitão, era aritmética toda muito bem feita, sem tremor de mão, os números altamente caprichados. E ele, orgulhoso, muito se considerava. Os dois concordaram com o acerto de tudo, deram louvor. — "Estou pôdre de rico, pôdre de rico..." — o Coletor falou. — "Tomara agora eu saber o menos de fazer, com tanto dinheiro..." E retornava a numerar, não podia esperdiçar tempo. — "O que eu preciso é dum bom guarda-livro, de confiança... Acho que, depois da coresma, vou chamar ajuda..." A não regular, nem mesmo ele sabia em que éra do ano se estava. Por ultimamente, o Laudelim notou, quase que ele só assentava números maiúsculos, por render mais: os noves, oitos ou setes. E, de costas mesmo, sempre registrando, ele ponderou em voz: — "Frioleiras!..." Ih, ah, que aqui ele estava ficando com raiva. — "Frioleiras, baboseira! Fim do mundo... Já se viu?!" Virou a cara — avermelhado, aperuado. — "Por que o senhor não pegou aquele, à força, não derrubou pla porta a fora, da igreja, zero, zezero!?" Ele suspendia as sobrancelhas. — "Aquele, sim, o Santos-Óleos — diz-se que é o vulgo dele. Pois o senhor não investiu? Até não me esbarrou, lá dentro, ao pé do Sacrário?..." Botou mais um palmo de numeração, ligeiro, ligeiro. — "Fim do mundo... Fim do mundo... O cão! Agora que eu estou tão rico... Pois ainda nem acabei de pôr em competente firma todas as riquezas minhas, de meu possuído, p'ra depois poder só descansar e gozar... E aquele vem prenunciar o fim do mundo! Uma tana!..." Agora, escrevia mais festinho, a gente tinha de vir andando, beirando a Matriz, para o seguir. E só lançava — dizia o Laudelim — era noves, noves, noves.

Acabou quebrando a ponta do lápis; enfiou aquele toco na algibeira, foi logo tirando outro, bom. — "Uma tana! Mistifo do homem... Por meu seguro... Onde é que já se viu?! O rei-menino... Bom, isso tem, na Festa: um rei menino, uma rainha menina, mais o Rei Congo e a Rainha Conga, que são os de próprio valor... O rei-menino, com a espada na mão! E o cinco--salmão: ara, só se vê disso, hoje em dia, é na bandeira do Divino, bordado rebordado... Baboseira! Morrer à traição, hora incerta, de tremer as peles... Dôze é duzia — isso é modo de falar? O que vale a gente é as leis... Quero ver, meu ouro. Não sou o favoroso? Mais novecentos mil e novecentos e noventa-e-nove mil milhões de milhões... A Morte — esconjuro, credo, vote vai, cã! Carece de prender esse Santos-Óleos, mandar guardar em hospícios... Vê lá se a Morte vem vindo, daí da banda do Norte, feito coisa de Embaixador, no represento de festa de cavalhada? E caixa e tambor, quem estão batendo é essa gente do Sãtomé, à revelia... Cristãos sem o que fazer... Frioleiras... De que o Rei, pelos ermos, sete soldados, fidalgos e guerreiros da História

O recado do morro   57

Sagrada, e lapa de Belém, tudo por traição, dando conselho e companhia, ao pé da manjedoura, porque Deus baixou ordens... Novecentos milhões... Nove, seis e um — sete... Acabar? Posso dar meu juramento. Acaba nunca! Isso de mundo se acabar, de noite ou de dia, é invenção de gente pobre...Arrenego! Uma tana! Que seja p'ra o Capataz, e esta aqui p'ra o Malaquias!..."

Por assim, e quantos números compunha, o Coletor não esbarrava de resmonear o sermão do Nominedômine, sem-pés-nem-cabeça. Na pobre da ideia dele, ia levar tempo para se gastar aquilo. — "Vamos chegando, Pulgapé..." — chamou Pedro Orósio. Mas o Laudelim cismara tanto e tanto, enquanto estava ouvindo, seu rosto se ensombreceu, logo se alumiou ainda mais. Cá que não se esperava, ele propunha assim desses esquisitos. Ave, matutava. E mesmo, quando o Pedro Orósio o pegou pelo braço e ia levando, ele entreparou, asseteado, pé no ar. — "Isso é importante!" — disse. E pendurou cara, por escutar mais. — "...O extraordinário de importante... *Tremer as peles... Cristãos sem o que fazer... Quero ver meu ouro...* Um danado de extraordinário!..." O que? A tontaria do Coletor? Patarata! Mas, que é que se havia, se o Laudelim era mesmo assim — que dava de com os olhos não ver, ouvido não escutar, e se despreparava todo, nuvejava. Nunca se sabia de seus porfins. Ainda, ainda. E a-duro vinha vindo, mas quebrou para a banda da casa do Siô Tico, de donde se avistava todo o arraial, lá em baixo, e a várzea. — "Vou mais no cemitério não. Já achei..." Que era que podia ter achado? Se sentou debaixo do itapicurú, temperava o violão, apalpou as cordas. Com ele desse jeito, arredado crente, bôas horas de perdidas se podia ter. Melhor, mesmo melhor, era a gente ir aproveitar o oco do mundo noutra parte, conceder que ele ficasse ficando. — "Vai embora inda não" — ele pediu. O violão toava bem afinado. E perguntou: — "Por que é que você não desdiz dessa festa? Vem junto, se cantar..." "— Ah, não. Mulheres quero." O Laudelim mal ouvia. Relou as cordas, ponteando, silamissol cantava. Arrastou um rasgado. Pê-Boi se despediu. — "*O Rei menino...* Passagens fortes! *A toque de tambor...* Passagens fortes... Passagens fortes..." — o Laudelim deu resposta.

Aí, em tudo e por tudo de si satisfeito. Pedro Orósio passeou. Chefe que se chegou, aqui e ali, vendo bastante gente e com tantas pessôas proseando, ponto, falando e ouvindo disto e daquilo, duma coisa e outra; e mesmo, em sábado de festa, véspera do Rosário, o arraial não era tão pequeno assim.

Almoçou no Ji Antonho, na Rua-de-Cima, esse tinha duas carrocinhas e quatro burros, ultimamente andava tirando areia das beiras do da Onça e trazendo para revender — e era homem de caráter muito exato, contava estórias porcas, engraçadas, e tratava todos de "compadre". Filhas moças do Ji Antonho eram duas: Nelzí e Nilzí. Para se comparecer razoavelzim em tão bom almoço, Pedro Orósio foi buscar três garrafas de cerveja, que ofertou, por mais que o Ji Antonho falasse que não fizesse, que não carecia de tomar incômodo. Nelzí era a mais bonita. Com elas, quer dizer, com todo o pessoal, inteirado por outros pais e mães, e outros rapazes e moças, se veio até à Rua--de-Baixo, à estação — ver passar o trem-expresso que segue para o Sertão. Um dia tivesse de casar, mas mais tarde, podia mesmo ser com a Nelzí que ele havia-de. E mocinhas de fora compareciam, de mãos dadas, umas até eram de Araçá ou das Lajes, ele bem certo não estava. Todas tão bem vestidas, todas elas de novo. Era sorte que ele estava assim calçado de botinas, apertavam um pouco os pés, não fazia mal. As botinas era que pareciam grandes demais, maiores que as de todo o mundo. E daí? O que valia era estar com sua vida em ordem, e no perfeito da saúde. Da estação, entenderam de ir de visitas. Muita gente queria visitar com altas honras a Maria-da-Fé e o preto Zabelino, que iam ser os reais.

Mas, por umas três vezes, Pedro Orósio se encontrou com o Ivo Crônico, que vagueava. Até, sem querer mau juízo, mas parecia que o Ivo tomava conta. Sujo desse ciúme, causa das moças, azangando. Ainda bem, que agora estavam reavindados, em alegres falas. Mesmo o Hélio Nemes, que tinha sido o mais picado de todos. O Nemes, dito um dunga, felão de mau. Amém, medo, ah, isso, e de ninguém, ele Pê nunca sentira! Bastava se ver, pra saber. Receio de mazela, isto sim, de algum dia se enfermar de grave doença, não dar conta de cumprir seu trabalho para sustento, não ser mais querido das moças nem respeitado do povo. — "Oi, Pedro, como é que vai essa carcaça?" "— Banzando... E você, Jizé?" Zé Azougue era irmão do Martinho. Contavam que eles, com o pai, já falecido em Deus, uma vez tinham matado um homem, por conta de uma dívida atôa. E vinham passando uns vinte sujeitos, todos compostos nos trajes brancos e com os capacetes — era a Guarda Marinheira — amanhã haviam de dansar e cantar, rendendo todas as cortesias à Nossa Senhora dos Pretos. E a Nelzí se virava para ele e perguntava: — "Seu Pedro, o senhor não gosta de figurar?" "— Tenho graça nenhuma... Até iam se rir, por meu tamanhão..." — ele tinha respondido. A Nelzí era muito bôazinha. — "Pois eu gosto de pessôa alta. Acho que assenta bem, em homem..." Pê-Boi não se acanhava fácil: — "Muito agradecido, por suas

O recado do morro   59

bôas palavras..." Só não teve coragem foi de dizer "senhorita" — conforme pensou; era fino. A cabecinha da Nelzí não dava no ombro dele. A parte que ela falava: de sua vida em casa — gostava de fazer dôces, de cozinhar, os irmãos pequenos eram uns demoninhos de engraçados, o pai dizia que no carnaval que vem iam todos em cidade. Pedro Orósio podia ficar muitas horas perto dela, até se esquecia das outras demais.

A festa era de pretos e brancos, mas mais dos pretos: já naquele dia eles espiavam os brancos com sobrançaria de importância maior — pois eram os donos da Santa. Carecia de mandar fazer um terno de brim novo, tirar do dinheiro para comprar umas duas ou três camisas, melhor das que têm bolsinhos. Não imaginava como era que alguém podia querer ser trabalhador de trem-de-ferro: guarda-freio, foguista, maquinista. Dansador de fama — o Juminiano, agora alguns tinham escrúpulo com ele, porque o pai dele morrera com mal-de-lázaro. O pior, quando se está em roda de pessôas, conversando com moças, é quando dá vontade de verter água, carece de arranjar desculpa, para sair de perto, pior então é quando a gente volta. Criatura para conversar fiado nunca falta: como é que um podia afirmar, em mês de agosto, se as chuvas do ano vão vir mais cedo ou mais tarde? Mulher-da-vida, quando passa na rua, em dia de festa, adquire um ar de sobre-dona, desdenha do alto as senhoras e moças-de-família. Por agora, no arraial, dava de estarem levantando muitas casas novas; mas, quando aquele movimento esbarrasse, quem é que ia comprar areia do Ji Antonho? E o que é que ele ia fazer das carrocinhas e dos burros? Ji Antonho dizia que era patrício, geralista também; aldemenos afirmava que era, dos Gerais de Andrequicé. Se os parentes dele, Pedro, no Veredão da Cúia, se eles ficassem sabendo que ele tinha ido até lá perto, nos Gerais, mas sem chegar nem aparecer, haviam de ficar pensando mal. Viajar era bom, mas por curto prazo de tempo. Se entre aquelas vaquinhas que pastavam ali no capim da Vargem, que alguma delas fosse brava, e quisesse bater, ele escorava a bicha, escornava e baqueava — salvava a vida daquelas moças todas, salvava mais era a Nelzí, e era uma imponência, todos tinham de ver, gabar e admirar. Para namoro, de noite é muito mais agradável do que de dia. Mais festivo, melhor de tudo, é em igreja — todos em seus lugares, o padre naquela solenidade de estado, o harmônio tocando, mulheres cantando; e a gente correndo com jeito o olho, era capaz de namorar com diversas, de uma vez. Quantos anos devia de ter a Nelzí? A Nelzí era a mais velha. Do Laudelim Pulgapé era que as famílias e as moças não queriam saber — diziam que era bandalho. Tocar bem um violão era a coisa que ele Pê mais invejava. Amanhã, devia de se apresentar para tomar a corôa, no giro de redor da igreja, agradecendo as bençãos? Não fosse o rebuliço bom do dia, e o batuque determinado para de noite, dava vontade era de sentar os pés por aí, ir até em casa, via como por lá estavam as coisas, de tardinha mesmo já estava de volta, bem era capaz. Dia de domingo, mesmo não estando quente, a gente sente mais calor: calor e poeira estão só combinados de amarrotar e sujar a roupa da gente, em tudo se precisa de pôr atenção. E, ei, que aquele ainda não era bem dia-de-domingo, era só sábado de véspera, mas domingo parecia — todo o mundo revestido e passeando...

E ele felizmente tinha o assunto da viagem feita, para conversar. De seo Jujuca, sempre negocioso. Do frei Sinfrão, como folgazão rezava. O seo Alquiste? Era doutor, era sim. E doutor dos bons, de mão cheia. Homem importantíssimo. Queria até levar ele Pedro para seu ajudante, a fim de conhecer a terra dele, tão estrangeira. Dizia que lá o Pê podia ser soldado... — "Fosse eu, ia..." — falava a Nelzí, se via que por momice, leve de despique. — "Ah, isso não! Absolutamente... Não quero ficar tão longe das pessoas de que eu gosto..." — ele aproveitava para referir, olhando bem para ela, se pondo e repondo nesse olhar. Eh, bem que ele podia passar mêses e anos assim pertinho. A Nelzí era a cabeceira entre todas, senhorinhazinha, rainha de solertes formosuras, aquela merecia amor.

Mas, por cabo do dia, não podia ficar mais tempo. Aquilo ainda não era noivado, como para embroma, dando na vista: o que não é casório é falatório! Disse adeus, com pena. — "Amanhã o senhor vem?" Ah, amanhã ele estava. Supridamente.

Jantou no Tolendal, não podia ser ingrato com os amigos bons protetores. E o Florião estava lá, se conversou. O Florião tinha chegado, com o caminhão dele, vindo para a festa. Falavam na confusão daquela manhã, na trompagem do Santos Óleos. E o Florião, por volta de meio-dia, tinha avistado aquele, cruzmente, despassado pela estrada — pelo menos a umas quatro léguas dali. — "O tal parece ia tirar algum pai da forca... Gritou: *Viva Deus, é o fim do mundo!* — e ainda espripipipou mais, envoado..." O diôgo, um desse, o coitado! Mais para graça não eram os panões enrolados nos pés, já se viu alguma vez disso? Mas, não — o Florião informava — quando o caminhão se cruzou com ele, decerto já tinha desmanchado e largado aqueles aparêlhos — pois assim mesmo demente andava, andava, quase corria, estava descalço de todo, seco, sério, sorteado. Que lugares enguliam um homem assim?

O recado do morro   61

Falar nisso, o sino repicou, era hora da reza, noveneira. Outra vez o povo para a igreja. Pê-Boi também. Para a andadura dele, aquelas ruas e a ladeira eram menores. — "Eh, Pedro! Desta vez, não te largo. Depois, daqui, a gente ruma..." Era o Ivo. Que seja, por certo, estavam compalavrados. Enfileirada no adro, a turma dos Moçambiqueiros, completa, à luz da tarde. Da outra banda, a Guarda Marinheira, dava prazer ver o estique deles, cada um de queixo alto — nenhum não se ria. E já vinham chegando os Congos, a toque de rufo, pessoal do Tú e do Mascamole adiante. Aqueles ranchos todos porfiavam. E passavam muitas senhoras, levando para dentro suas crianças em branco, preparadas de virgens e de anjos. Só mesmo na hora em que os coroinhas do padre tangeram sineta, foi que esbarrou, a um tempo, de cá e de lá, o tungo e o vungo das caixas de couro. Ah, uma festa, com suas saúdes, era bôa estância, mesmo assim de véspera só.

— A paz, agora vamos...

— Pois vamos. Qu' é de os outros?

— Estão esperando, no fim do bêco do Saturnino.

Ia porque ia, a bem dizer não tinha grandes vontades. Ao mesmo, enquanto durava a reza. Nelzí estava lá, na parte das mulheres, e ela olhava para ele, com sinceras doçuras. Aquela, só sim. A próprio, Pedro por ela desdeixara de namorar as outras. Somente, por habituação, olhara uma vez para a Miinha, clara, que estava na escada do coro. Uma vez, ou umas duas. E outras tantas para uma mocinha do Araçá, de vestido vermelho — disseram que a graça dela era Cândida. — "Bom, tão querendo, vamos..." Não queria ser discordioso. Mas, por primeiro, segundo o Ivo, careciam já de beber um cauim qualquer. Ah, e o Pulgapé? — "Temos de passar mesmo por defronte do hotel do Sinval..." Na saída, em ouso saudou a Nelzí, com aceno de cabeça. O mês de agosto, ainda anoitece depressa; fuscava. — "Pode sossegar, Pê, que lá também vai ter moça, e muitas... É baile de bom batuque, samba sapateado!" "—Vamos inteirar de ver." "— Mas, os princípios, a gente prova um acende-goela. Tu, bebe, bebe, Pedro: estou com uma garrafa aqui..."

O violão do Laudelim já desestremecia, ah, pinho assim na mão, prosa que é um reinado. E podiam entrar, também, caso quisessem. Queriam não, dali de fora mesmo, da janela, estavam em cômodo de escutar e ver, a demora deles era apoucada. — "Olha, a gente não deve de estabelecer, Pê. Por causa do bom caminhar que ainda falta..." — por baixo e por cima o Ivo de o puxar não esbarrava. Um raio de Ivo Cronhco, pago por molestar a perseverança da gente, poaia. Mas, dentro de sala, governava o Laudelim, Pulgapé bom amigo! — assentado importante entre as pessôas, impondo o aprumo de seu valor. Que é que ele cantava? Aí encerrava de dar o lundú da Gamela. Todos batiam palmas. Seo Alquiste lá tomava um copo grande de cerveja, limpava os cantos da boca com o guardanapo. Batia com as mãos, estrondoso. Punham cerveja para o Laudelim também. Ah, ele estava de grandarte! Agora, bom de já bebido, retomava o violão, desrasgava, trazia das cordas, principiava aquela trova tão formosa, canto retardado, que pespega só: ...*Serra, serra — serrania...* — dizendo a refrém. Ave de aprazível, aquilo geava.

Mas, de lá, aquele seo Alquiste, que era homem terrível para tudo enxergar, tinha feito reparo neles dois — no Ivo e no Pedro, cá fora. E seo Alquiste se alegrou, saudou grosso alto, chamou que entrassem, era preciso de se servir uma cerveja para eles. Seo Jujuca vinha insistir. Bom homem notável, o seo Alquiste. Pouco era o que ele falava em vulgar, mas assim mesmo alguma coisa se colhia. E o Laudelim tanto ficava satisfeito, de ver seu amigo cumprindo de vir, para ajudar a apreciar.

Assim ele cantava agora o lundú da Laranjinha — a pedido do seu Juca do Açude. Acabou — palmas. Seo Alquiste esvaziava de contínuo sua cerveja, e zas na caderneta, escrevendo, escrevendo. — "*Laudlim...* — dizia ele batidas vezes: — *Laud'lim... Lau'dlim... Laau-d'lim'm* –– falava *Laudelim* assim, quiçá nos sentimentos dele fazia coisa que se estivesse tremeluzindo campainha. E mais escrevia. Tudo o que dos versos não era para ele poder entender, seo Jujuca transfalava todo o simples significado. A mor, quem ria, ria bem.

Aí, de arranco, deu seguida que o Laudelim mudou, cavalo de orgulhoso, estadeava. Afa, que o violão obedecia, repulando a teso, nas pontas de seus dedos, à virtude; com um instrumento fogoso tal, tal, em mesmo que ele podia tomar o espaço. Se via que vinha já o maior melhor, aos sons ele retombou a cabeça, carinhoso, seus olhos se fechavam.

— Que é que vem, Laudelim? — seu Juca do Açude indagou.

— Pobre coisinha minha, se licença me dão. Composição...

Todos acenaram que sim, com atenções, que esperavam. Pulgapé pronto. Após que pigarreou, dedeou de esbarrondo, e meteu começo, com rompante, descantou:

O recado do morro   63

Quando o Rei era menino
já tinha espada na mão
e a bandeira do Divino
com o signo-de-salomão.
Mas Deus marcou seu destino:
de passar por traição.

Doze guerreiros somaram
pra servirem suas leis
— ganharam prendas de ouro
usaram nomes de reis.
Sete deles mais valiam:
dos doze eram um mais seis...

Mas, um dia, veio a Morte
vestida de Embaixador:
chegou da banda do norte
e com toque de tambor.
Disse ao Rei: — A tua sorte
pode mais que o teu valor?

— Essa caveira que eu vi
não possui nenhum poder!
— Grande Rei, nenhum de nós
escutou tambor bater...
Mas é só baixar as ordens
que havemos de obedecer.

— Meus soldados, minha gente,
esperem por mim aqui.
Vou à Lapa de Belém
pra saber que foi que ouvi.
E qual a sorte que é minha
desde a hora em que eu nasci...

— Não convém, oh Grande Rei,
juntar a noite com o dia...

— Não pedi vosso conselho,
peço a vossa companhia!
Meus sete bons cavaleiros
flôr da minha fidalguia...

Um falou pra os outros seis
e os sete com um pensamento:
— A sina do Rei é a morte,
temos de tomar assento...
Beijaram suas sete espadas,
produziram juramento.

A viagem foi de noite
por ser tempo de luar.
Os sete nada diziam
porque o Rei iam matar.
Mas o Rei estava alegre
e começou a cantar...

— Escuta, Rei favoroso,
nosso humilde parecer:
................................."

Ainda mal que, por essa altura, Pedro Orósio tinha de sair lá fora, por força, já vinha não resistindo, se sentando no banco de meia-esguêlha; caçou formas de escapar sem percebido ser. Mas o Ivo segurou-o pelo paletó: que tal coisa não fizesse, que ficasse! Ah, não por isso, que até estava gostando apaixonado dessa cantiga, ela era de referver. Os belos entusiasmos! O que era, era que não conseguia, não aguentava mais. "Diabo! Despois tu mija!..." — o Ivo cochichou ralhando. E o que era justo. Valia a pena, por tanta saboria de sonância, e o gloriado daquele descante, as grandes palavras. Valia mesmo, apertar as pernas uma na outra, e curtir a dura necessidade. O Ivo razão tinha.

Mesmo porque, por diante, o Laudelim percorria todo o viajar, com suas vicisses, e dava no vivo da estória cantada — com um sinalamento preto no céu, e a lua no redeado das árvores, e o rir do corujo vismáu, saído de sua gruta, que anunciavam a falsimônia. Triz e truz daí, era aquele desatamento, presto: o nefandório! Arre, al, que tudo fuzuava, no roldão de uma

O recado do morro   65

matança — quando os réus guerreiros investiam no Rei, de mão-comum, suas espadas. Nas champas delas o luar lampeava, contra todos os sete o Rei se defendendo, que esbravejava, acuado mas sem se entregar, ao longo choro do vento e na solidão dos campos — por força e armas!

Nos entres dos pés-de-verso, o Laudelim dava um acompanhamento dôce, de contraste, em diz pim-pim, feito os passarinhos madrugados. Aquela estória era terrível!

Mais. Cada que o Rei dava um urro, por ferido — era também um dos outros, que matado. Travante gritava que malditos fossem, por assim quererem apagar o rol de tantos benefícios dos palácios. Aí, então, eles careciam de ser bichos, de ódio. De vezvez defastavam e revinham, mais crús, sangue se via, de noite, o vermelho nas roupas semelhava preto. Uivavam. Desuso — que nem um estouro de boiada curraleira: tudo em estrondo e estraçalho. Mas a dôr no corpo do Rei ardia, por seus muitos bastantes talhos sofridos, de tanto sangue que perdia ia-se indo em cansaço, e do seu sangue mesmo precisava de aparar e rebeber, por não deixar o alento. Pedro Orósio já estava nas últimas. Mas aí o Rei matava o derradeiro sétimo, e próprio morria — na horinha de falecer via o escrito de sua velha sina, nos altos do céu...

Ainda bem que o Pedro ainda teve tempo de sair do salão, e chegar lá fora em prazo. Trasquanto os restantes batiam palmas, mais valentes do que das outras vezes: de entoar e acompanhar assim, o Laudelim merecia florão de cantador-mestre. Prazia.

Era o que pensava seo Jujuca, molhando cerveja na boca e atendendo às perguntas do senhor Alquist. Comovido, ele pressentia que estava assistindo ao nascimento de uma dessas cantigas migradoras, que pousam no coração do povo: que as violas semeiam e os cegos vendem pelas estradas. Até ao seu Juca, seu pai, ou mesmo a um sujeito rústico braçal, como aquele Ivo, ali defronte, se embaciavam os olhos, quase de cai lágrimas. — "Importante... Importante..." — afirmava o senhor Alquist, sisudo subitamente, desejando que lhe traduzissem o texto *digestim ac districtim*, para o anotar. Sem apreender embora o inteiro sentido, de fora aquele pudera perceber o profundo do bafo, da força melodiã e do sobressalto que o verso transmuz da pedra das palavras. E seo Jujuca pedia ao Laudelim que recantasse e acompanhasse em surdina, e ia explicando. Tarefa que se levava, pois o senhor Alquist queria comentar muito, em inglês ou francês, ou mesmo em seus cacos de português, quando não se ajudando com termos em grego ou latim. — "Digno! Digno! Como na saga de Hrolf filho de Helgi, Hrolf o Liberal: ainda era menino, quando Helgi morreu, e ele subiu ao trono da Dinamarca..." Referia: — "Ah, está em Saxo Grammaticus! Ou quando o outro, Hrolf Kraki, entrou na peleja: foi como um rio estúa no mar — ele simultâneo, a todo átimo pronto na espada, qual com os bífidos cascos o veado se atira... Está em Saxo Grammaticus..." E, nesse ardor, senhor Alquist limpava os óculos, e, tornando a entrar na sala o pobre do Pedrão Châbergo, um capiau simplório, assim transvisto, sem outro destaque a não ser o da estatura — o senhor Alquist o admirava, dizia: *kalòs kàgathós*... O sertão tivesse mais uns assim.

E o Pedro vinha voltando, aliviado, caçava seu lugar em seu banco, dava com os olhos em seo Alquiste. Esse sorria, e para ele levantava o copo, à saúde, nas praxes. Dizia: — "Escola!..." E ele Pedro retribuía com o mesmo bom gesto, também já tornava a ter sede de cerveja, mais bebia. Nisso o Laudelim retomava a cantar a recém grande cantiga, para os frades ouvirem, pois frei Flôr e frei Sinfrão estavam chegando.

Num sempre se podia ficar escutando, sem fastio. Mas o tôo mesmo da trova se recebia na gente, teso em cheio, precisão de um se engrandecer, por meio de qualquer movimento — espiritação de romper, andar, caminhar. — "Eh, bom, vamos, Cronhco?" O Pê-Boi próprio ora convidava, em doença de se ir. — "Quero com vontade de dansar um recortado..." E o Ivo também se aluía, quase entre a-gosto e contragosto, reproduzindo: — "Em bôa razão. A pois, vamos." Mas o Ivo, em luzes assim, tinha que ficava com os olhos encarniçados, de cachorro que caçou onça. — "Tu bebe?" "— Se bebe!" Por bem, os dois saíam, sem menção de ninguém. Varavam pelas pessôas no sereno. — "Oi lá, Rijino..." "— Chama ninguém mais p'ra vir, não..." — baixo o Ivo recomendava. Laudelim descantava solene lá dentro, estribil, ele cantava continuado. A lua havia, grandada, clara. Eles passavam o comprido do bêco. Ainda vinha, a toada tarda. Passavam o bambuzal. "— Se bebe?" "— Bebe!" A cantiga adormeceu.

Aí eis que ali, no Juajém, na última casa sozinha, na saída para o Saco-dos-Côchos, estavam todos os companheiros, por cerimônia de recongraça. — "Ara viva, Pê-Boi! Pedrão Châbergo, velho!" Aqueles eram o Jovelino, o Martinho, João Lualino, o Zé Azougue, o Veneriano, o Hélio Dias Nemes. Pois, iam. Casa de luzinha, no campo, estavam tocando? Estavam dansando o bendengo. Todos o rodeavam, à feição de agrados: — "Amigos, ôi Pê amigo!" Pedro Orósio queria andar a fôlego, singular, com muita perna e muito

O recado do morro   67

braço, sem cuidando; daquela estatura de passo, nenhum com ele podia se emparelhar. — "Que é isso, gente? Tão me levando de charola? Deixa de enrôlo..." Todos davam a ele a confirmação do riso. — "Vamos ir, vamos determinar..." — o Ivo Cronhco falava, o Ivo era o cabecilho. Carecia de ordem, porque tinham estado bebendo. O Martinho vinha com uma lata com comida de farofa, comia dela com uma colher. O João Lualino tocava um reco-reco. O Veneriano pegou de ir na frente. Iam índio-a-índio. Pedro Orósio regozijava de caminhar de noite, debaixo de lua.

Entremente, ia cantando. Mal e mal, tinha aprendido uns pés-de-verso, aquela cantiga do Rei não saía do raso de sua ideia. Canta que canta, até o Ivo também, de falsete. E o Veneriano, que tinha bom ouvido, acompanhava, segundando. Era bonito, era bom. Pulgapé devia de ter vindo. Ao que se podia arejar, cabeça e o corpo ganhando em levezas. Gostava daquela música. Gostava de viver.

Ao sim, tinha viajado, tinha ido até princípio de sua terra natural, ele Pedro Orósio, catrumano dos Gerais. Agora, vez, era que podia ter saudade de lá, saudade firme. Do chapadão — de onde tudo se enxerga. Do chapadão, com desprumo de duras ladeiras repentinas, onde a areia se cimenta: a grava do areal rosado, fazendo pururuca debaixo dos cascos dos cavalos e da sola crúa das alpercatas. Ou aquela areia branca, por baixo da areia amarela, por baixo da areia rosa, por baixo da areia vermelha — sarapintada de areia verde: aquilo, sim, era ter saudade! O vivido velho dos vaqueiros, gritando galope, encourados rentes, aboiando. Os bois de todo berro, marruás com marcas de unha de onça. Chovia de escurecer, trovoava, trovoava, a escuridão lavrava em fogo. E na chapada a chuva sumia, bebida, como por encanto, não deitava um lenço de lama, não enxurrava meio rego. Depois, subia um branco poder de sol, e um vento enorme falava, respondiam todas as árvores do cerrado — a caraíba, o bate-caixa, a simaruba, o pau-santo, a bolsa-de-pastor. De lua a lua. Sempre corriam as emas, os veados, as antas. Sonsa, nadava a sucurijú. Tanto o gruxo de gaviões, que voavam altos, os papagaios e araras, e a maria-branca cantava meiguinha, todo aquele arvoredo ela conhecia, simples, saía pimpã do meio das folhas verdes com um fiinho de cabelo de boi no bico. Ar assim farto, céu azul assim, outro nenhum. Uma luz mãe, de milagre. E o coração e corôo de tudo, o real daquela terra, eram as veredas vivendo em verde com o muito espêlho de suas águas, para os passarinhos, mil — e o buritizal, realegre sempre em festa, o belo-belo dos buritis em tanto, a contra-sol.

68   *João Guimarães Rosa*

Um homem chega à porta de sua casa, se rindo de si e escorrendo água, desvestia pesada a croça de fibra de palmeira bôa. E uma mulher moça, dentro de casa, se rindo para o homem, dando a ele chá de folha do campo e creme de cocos bravos. E um menino, se rindo para a mãe na alegria de tudo, como quando tudo era falante, no inteiro dos campos-gerais...

Ah, ele Pedro Orósio tinha ido lá, e lá devia de ter ficado, colhendo em sua roça num terreol — era o que de profundos dizia aquela cantiga memoriã: a cantiga do Rei e seus Guerreiros a continuar seus caminhos, encantada pelo Laudelim. — "Se bebe?" "— Toma mais não, Pê. A chega." "— Arre!"

Em ver, que tinham medo dele. Ah, tinham! Aquele Ivo Crônhico, ranheta, coçador de costa de mão; aquele Jovelino — eh, bronho, — metade de si mesmo! Aquele Martinho... Companheiros para ele? De muxoxo... Cabeçudo como esse Crônhico: pior que se meter o freio na boca dum ruim burro. E o Veneriano pé prancho, e o focinho do Martinho, e esse João Lualino assassinador de gente, todos eles. E o Nemes? Podia algum?! Súcia...

Deveras, tinham receio. Pois não era? Um exagero de homem-boi, um homão desses, tão alto que um morro, a sobre. Assim desmarcado, pescoço que não dobrava, braços de tamanduá, inchos de músculos, aquilo era de ferro — se ele estouvava, perigava qualquer sociedade, destruía as certezas. — "Escuta, gente. Escuta, Pê. Vamos determinar..." — falou o Ivo, quando pararam. — "O quê?!" "— Pedro Bergo, você tomou demais, você está esquentado. Então, melhor, reservar com a gente sua garrucha e faca, p'ra se guardar... Evita alguma distração que você tenha..." "— Ué, faz diferença?" "— Convinhável dar. O Ivo pode ter razão, Pê..." "— *Escola!...*" "— Escola o quê, Pê? Doideiras..." "— A que te... Tu sabe?!" "— Nome-da-mãe, não, gente! Paz..."

— "Pois canta!" — Pedro gritou, animante. — "*Escola!...*" Sobre sem sim, e andado, ele se sentia, estava grave. *Pê-Boi, Pê-Boi, Pê-Boi...* Caminhava. Cantava forte, do Rei, com a lua, pelas estradas, dos Guerreiros, das espadas, do violão do Laudelim. Bem, agora estava ali mesmo, indo para a festa, indo para sua casa, para lá do alto do Saco-do-Campo, outras encostas da vertente. Toda aquela serra subida, cheia de grutas e sumidouros — o dos Morcêgos, o da Lapinha do Geraldo, o do Brejinho, o funil da Pedra Bonita, o do Corgo do Cuba —, cheia de tratos onde ninguém pode pisar e o gavião-grande é dono. Conhecia ali, palmo e palmo, também era de muito terra dele, aqueles contornos. Toda parte, por lá, o corujão saía esvoaçado dum oco de lapa, pousava em ponta de pedra, dava gargalhadas — assim com luar a coruja

O recado do morro   69

branca depunha sombra. Quanta coisa que a gente não sabe nunca no escuro, sufocado: como o glude frio das minhocas da terra. Seo Alquiste soubesse? O frade sabia? Seo Jujuca? Ele Pedro Orósio tinha sua casinha — uma casinha pobre, com alpendre, entre umas palmeiras, terra bôa, de orecanga. Perto da Pedra do Boi, perto do recôncavo dos Monjolos, depois do Pasto dos Monjolos, depois do Capão do Pequí, rumo a rumo com o Limpa-Goela, onde tem o morrinho, um cruzeiro e um bananal, indo pelo espigão da Ponte-Seca... *Grande Rei, a tua sorte — pode mais que o teu valor?*

Pedro Orósio esbarrou. As botinas o maltratavam. Sentou no chão, se livrou. Deu ao Ivo as botinas, para levar. *Grande Rei, a tua sorte...* Daí, se remantelou em pé, calcou bem a terra, sapateou um tanto. *Grande Rei...* Tinha ido e tinha voltado, por aquelas todas fazendas — desde o Apolinário: o Marciano, no caminho das boiadas do Norte; a Nha Selena, numa belavista, fim de serra; o Nhô Hermes, na Capivara; a dona Vininha, tinha aquela moça tão alva; o Jove, donde quebra para as boiadas que vêm do Urucúia e do Abaeté... Eh, Ivo Crônhico, carrega minhas botinas! Ele, Pê, era o Rei, dono dali, daquelas faixas de matas, verdes vertentes, grandes morros, grotas cavacadas e lapas com lagôinhas, poços d'água. *Mas é só baixar as ordens, que havemos de obedecer...* Aí entrar outra vez dentro da Gruta, a Lapa Nova do Maquiné — onde a pedra vem, incha, e rebrilha naquelas paredes de lençóis molhados, dobrados, entre as rôxas sombras, escorrendo as lajes alvas, com grandes formas e bicos de pássaros que a pedra fez, pilhas de sacos de pedra, e o chão de cristal, semelha um rio de ondas que no endurecer esbarraram, e vindas de cima as pontas brancas, amarelas, branco-azuladas, de gelo azul, meio-transparentes, de todas as cores, rindo de luz e dansando, de vidro, de sal: e afundar naquele bafo sem tempo, sussurro sem som, onde a gente se lembra do que nunca soube, e acorda de novo num sonho, sem perigo sem mal; se sente.

Que desse as armas, por guardar, que era mais assisado — o Ivo fechou mão nisso. — "Uma osga!" Pê-Boi não queria saber de embusteria. — "Cuida das botinas, amigo, que eu quero é festa!" Queria cantar. *Vieram todos de parelha... O Rei... E em eles tremeram peles... A sina do Rei é avessa...* O Rei dava, que estrambelhava — à espada: dava de gume, cota e prancha... "Remeteram com a fortaleza..." Aí então os Sete matavam o Rei, à traição. Traição... Caifaz... Parecia coisa que tinha estado escutando aquilo a vida toda! Palpitava o errado. Traição? Ah, estava entendendo. Num pingo dum instante. Olhou aqueles, em redor. Sete? Pois não eram sete?! Estarreceu, no lugar. Soprou. — "Doidou, Pê? Que foi?" Traição, de morte, o dano dos cachorros! — "Pois toma, Crônhico!" — e puxou no Ivo um bofetão, com muito açôite. Estavam na ponte do Ribeirão da Onça. — "E que foi, gente? Que foi?" Ele cresceu.

Ouviu o que o Nemes e os outros gritavam:

— Pega, mata logo, gente, o bruto já desconfiou! Melhor matar logo...

— Aperra! Atira!

— Agarra!

— "Morrer à traição? Cornos!" Foi foi uma suscitada, o Pedro se estabanando. Espera! Zape, pegou o Ivo, deu com ele no chão, e já arrependia o Maninho no parapeito, o arcou, rachou-o. E vinha no Nemes, de barba a barba com, e num desgarrão o Nemes era achatado. — "Toma, cão! Viva o Nomendomem!" Uns com os outros se embaraçando, travados, e Pê com medonhos gritos moronava por de entre eles, beligno — eh, Rei, duelador! — e mal o Lualino gambetava, quem levava o impeito era o Veneriano, despejado lá em baixo, nos poços, e a cabeça do Zé Azougue sucedia como um ovo debaixo dum martelo, e o Lualino fugia longe, numa raspada, o Jovelino caçava de se esconder, o Ivo gritava! E Pedro Orósio, num a-direita, pisava o Jovelino, metia o pé; o Ivo gemia, não aguentava o agarre. Os outros, não havia mais. Então Pê-Boi suspendeu o Ivo no ar, vencilhado, seguro pelo cós, e tirou da bainha a serenga, e refou nele uma sova, a pano de facão, por sobra de obra. Daí, trouxe a cara do Ivo a olho, esse tremia, fino, fino. E quase tornado a si de sua surreição, Pedro Orósio se recompunha, menos exato, perto de rir. Conforme ainda perguntou:

— Que foi, Crônhico?

— "Perdão... Perdão..." — o Ivo mal gemia, em desgovernos, e apertava fechados os olhos. Pê-Boi riu:

— Terei matado algum? — perguntou, balançando o Ivo mansamente. — Cachaças...

Mas o Ivo agora arregalava os olhos, e tanto tremia, mole e sujo, que nem uma coisa, bichinho, um papa-coco ou um mocó. Com asco, com pena, então o depositou, o depôs, menino, no centro do chão.

Daí, com medo de crime, esquipou, mesmo com a noite, abriu grandes pernas. Mediu o mundo. Por tantas serras, pulando de estrela em estrela, até aos seus Gerais.

"Cara-de-Bronze"

"— Boca-de-fôrno!?
— Fôrno...
— O mestre mandar?!
— Faz!"
— E fizer?
— Todo!

(O jogo.)

"— Mestre Domingos,
que vem, fazer aqui? (bis)
— Vim buscar meia-pataca
pra tomar meu parati..."

(Cantiga. Alvíssaras de alforria.)

Eu sou a noite p'ra a aurora,
pedra-de-ouro no caminho:
sei a beleza do sapo,
a regra do passarinho;
acho a sisudez da rosa,
o brinquedo dos espinhos.

(Das Cantigas de Serão de
João Barandão.)

NO URUBUQUAQUÁ. OS CAMPOS DO URUBUQUAQUÁ — uruciiias montes, fundões e brejos. No Urubuquaquá, fazenda-de-gado: a maior — no meio — um estado de terra. A que fora lugar, lugares, de mato-grosso, a mata escura, que é do valor do chão. Tal agora se fizera pastagens, a vacaria. O gadame. Este mundo, que desmede os recantos. Mar a redor, fim a fora, iam-se os Gerais, os Gerais do ô e do ão: mesas quebradas e mesas planas, das chapadas, onde há areia; para o verde sujo de más árvores, o grameal e o *agreste* — um capim rude, que boca de burro ou de boi não quer; e água e alegre relva arrozã, só nos transvales das *veredas,* cada qual, que refletem, orlantes, o cheiroso sassafrás, a buritirana espinhosa, e os buritis, os ramilhetes dos buritizais, os buritizais, os b u r i t i z a i s , os buritis bebentes. Pelo andado do Chapadão, em ver o viajante é um cavaleiro pequenininho, pequenino, curvado sempre sobre o arção e o curto da crina do cavalo — o cavalinho alazão, sem nome, só chamado Quebra-Coco. Cavaleiro vai, manuseando miséria, escondidos seus olhos do à-frente, que é só o mesmo duma distanciação — e o céu uma poeira azul e papagaios no voo. Os Gerais do trovão, os Gerais do vento.

No Urubuquaquá, não. Ali havia riqueza, dada e feita. A casa — avarandada, assobradada, clara de cal, com barras de madeira dura nos janelões — se marcava. Era seu assento num pendor de bacia. Tudo o que de lá se avistava, assim nos morros assim a vaz, seria gozo forte, o verdejante. Somente em longe ponto o crancavão dum barranco se rasgava, de rechã, vermelho de grês. Mas, por cima, azulal, ao norte, fechava o horizonte o albardão de uma serra. No Urubuquaquá. A Casa, batentes de pereiro e sucupira, portas de vinhático. O fazendeiro seu dono se chamava o "Cara-de-Bronze".

Eram dias de dezembro, em meia-manhã, com chuva em nuvens, dependurada no ar para cair. O mõo de bois. Dos currais-de-ajunta — quadrângulos, quadrados, septos e cercas de baraúna — vários continham uma boiada, sobrecheios. A chusma de vaqueiros operava a apartação. Ainda outros, revezados, deandavam ou assistiam por ali, animados esturdiamente. Uns vestiam suas coroças ou palhoças — as capas rodadas, de palha de buriti, vindas até aos joelhos. E formavam grupos de conversa. Devagar, discutiam. Reinava lá o azonzo de alguma coisa, trem importante a suceder. Da varanda, alguém tocava alta viola. E cantava uma copla, quando, quando. Experimentava:

Buriti — minha palmeira?
Já chegou um viajor...
Não encontra o céu sereno...
Já chegou o viajor...

E achava o fácil:

Buriti, minha palmeira,
é de todo viajor...
Dono dela é o céu sereno,
dono de mim é o meu amor...

(— Eh, boi pra lá, eh boi pra cá!
O vaqueiro Cicica: Tais ouvindo, o que o homem está querendo relatar? Tão ouvindo?
O vaqueiro Adino: É do Grivo!

O vaqueiro Mainarte: Que será mais, que ele sabe?

— Eh, boi pra cá, eh boi pra lá!

— Eh, boi pra cá, eh boi pra lá!)

Trabalhar em três porteiras. Negavam gosto na lufa, os que apartavam. Um dia em feio assim, com carregume, malino o chuvisco, rabisco de raios; o gado era feroz. E tinham tento no que dentro da Casa estaria acontecendo. Eles, com ares de grandes novidades.

(— Cicica, você viu ele chegar? Era o Grivo?

—Ver, vi. Meio meio-de-longe, ele já estava quase entrado na porta. E o Grivo é; todo-o-mundo já sabe.)

— Hê, boi p'ra dentro!

— Hê, boi p'ra dentro!

Arre... Travavam-se no barro, de enlôo, calcurriando nas poças ou se desequilibrando no tauá de tijuco, que labêia e derreita feito ralo excremento de morcêgo em laje de lapa. Na coberta, ainda havia a poeira de estrume, vaporosa; mas aos tantos tudo dando em lama. E o gado queria mortes. Trusos, compassavam-se, correndo, cumprindo, trambecando, sob os golpes e gritos dos homens;[1] mas de vezvez destornavam-se, regiro-giro, se amontoando, resvalões, pinotes pesados, relando corpos e com chispas de chifres — ameaçavam esmagar. Embargavam-se, encontravam uma barreira de aguilhadas. De tristes e astutos, viravam gente, cobrando de humano. — *"Desdói disso,*

---

[1] — "É de ver!" "— Ô, jipilado, ô, ô..." "— Cruz que uns seis..." "— Coró!" "— O boi amarel'; o boi amarél..." "— Ôxe, nossenhora! Cada marretada!" "— Te acude, Sãos..." "— Essa vara no chão, vocês embaraçam nela... Esse pau comprido te embaralha..." "— O garrote também é de ir?" "— É grande, mas não tem éra." "— Esse boi sapecado não tem éra?" "— O boizinho, não. Ele é miudinho, mas é velhado..." "— Põe a lei no lugar!" "— Assim, não! Você é mão de desajuda..." "— Sou três de oficio..." "— Ieu o tu... hum... Saudade da senzal'? Negro gosta de dormir de dia..." "— Dei o baixo da minha voz." "— Pra cangalha, suor de burro..." "— Ri sem fechar os olhos, Zazo! A gente aqui olha, e outro é que vê..." "— Oi o boi mocho; vai irá?" "— Só serve p'ra não ser..." "— U'! Quero te ver na magrém entrante!" "— Denoto que esse boi tem o 2, mas tem o contraferro do Crioulo, adiante... Repara: um rôr de ferros. Pode ser do Carolino. Ele tem carimbo de LL na cara..." "— Hhê, ê' lá!" "— Ué, quer me espremer aqui, uai!" "— Hoje, eu não tou me podendo. Tou é p'ra namoro com mulher..." "— A lama aqui escorrega a gente para trás, que não tem engambelo..."

— Eh boi! Ê boi!

— Eh, boi-vaca!...

juca!" — xingava o vaqueiro Sãos. "— *Deserta de mim, diôgo!"* — o vaqueiro Tadeu vociferava. Tinha-se para um breve desespero, ante o aproximaço — que eram grandes testas e pontas de cornos, e um côice de vaca tunde como mãozada de pilão, e o menos que havia de pior era desgarrão ou esbarrôo.

Os vaqueiros desembainhavam de suas capas de couro os ferrões. — *É uma arma!...* Peneirava a bruega, finazinha. No descarte, no lanço do curral-de-aparta, os bois não entendiam que não devessem seguir juntos, prensavam-se avante — o retrupo, moçoçoca — ferindo-se no crú dos ferros, nas choupas das varas, ou enrolando-se num remoinho, metade em reviravinda, metade no mopoame da revolta. Praguêjos. Catatraz de porretada no encaixe do chifre, e chuçada de tope, arriba-à-barba. — *Que's fumega!...* Defecavam mole, na fúria; cada um, com o espancar-se de cauda, todo se breava. Jogavam trampa, lama, pedaços de baba. Sangue, que escorre até ao pé da rês — fio grosso e fios finos. Outros levantavam os queixos, já inflamados, largo inchaço, ou guardavam suas caras em véus de sangue, cortinas carnais, máscaras — coagulado ou a escorrer, sangue fresco e sangue seco — placas, que os cegavam. Encostavam-se as cabeças, se uniam mais, num amparo necessitado. Separar bois, se separa as ondas do mar.

(O Cantador na varanda:

Buriti dos Gerais verdes,
quem te viu quer te ver mais:
pondo o pé nas águas beiras
— buriti, desses Gerais...)

O vaqueiro Zazo (com duas varas-de-topar, cada de dois-metros-e-meio, certos, uma de ipê e a outra de acá, que ele chama de pêssego-do-mato): — *Ói, jerico-jégue!* (Escolhendo a vara mais própria:) — Eh, tenho de teimar esse trem...

É preciso lidar com diligência, mesmo durante o toró da chuva: outra boiada está para vir entrar. No Urubuquaquá, nestes dias, não se pagodêia — o Cara-de-Bronze, lá de seu quarto de achacado, e que ninguém quase não vê, dá ordens.

Na coberta-dos-carros:

Iinhô Ti: Bôa chuva, cospe, cá...

O vaqueiro Cicica: Isto, em alguma ocasião o senhor já viu? De se lidar com o gado debaixo de temporal?

Iinhô Ti: Em verdade.

O vaqueiro Cicica: O senhor sabendo: que quando se determinou esta ajunta, já estava no talvez de chover. Mas, agora, os senhores vieram. Então, era porque vinham vir...

Iinhô Ti: Também sou mandado, somos, companheiro. Patrão risca, a gente corta e cose.

O vaqueiro Cicica: A bem. E é deveras que as boiadas todas vão ter de ser despachadas no meio-das-águas, às pressas, boi em pé, que é porque de repente deu falta de carne nas cidades?

Seo Sintra (se aproximando): Isso exato não é, amigo. Seu fazendeiro quis vender, por isso meus chefes querem comprar. Tempo é tempo. Mas daqui é que saíu a mãe da urgência...

O vaqueiro Doím (ao vaqueiro Cicica): Pois então, é mesmo, que se disse: o Velho tencionando apurar tudo o que tem, no bom dinheiro...

O vaqueiro Adino: Somente seja! Ele é o dono.

O vaqueiro Mainarte: Tudo, então não. Os gados.

O vaqueiro Sacramento: É. Nessas suas terras, ele agarra...

O vaqueiro Doím: Vender, vendeu; sempre há-de ter fazenda aqui, carecendo de campeiros.

O parajá passou. Só chuvisca. O violeiro, da varanda:

Buriti, minha palmeira:
mamãe verde do sertão —
vou soltar meus tristes gados
nesta alegre pastação...

Moimeichêgo: Quem é esse, que canta? Ele é daqui? E não trabalha? É da família do dono?

O vaqueiro Cicica: Esse um? É cantador, somentes. Violeiro, que se chama João Fulano, conominado "Quantidades"... Veio daí de riba, por contrato.

Iinhô Ti: Contrato p'ra cantar? *O vaqueiro Doím:* Duvidar, ganha mais do que a gente. Essas coisas... *O vaqueiro Sacramento:* Derradeiros tempos, aqui

"Cara-de-Bronze"   77

sempre hospedaram uns assim, de músicos. *O vaqueiro Adino:* Tantos! Um morreu: o cego Pôncios... Deixou o instrumento: sanfona de quarenta-e-oito-baixos... *O vaqueiro Sacramento:* Este, o Mainarte e eu tivemos de ir buscar longe, na Branca-Laje. E, foi, ficou aqui. Faz tempo... *O vaqueiro Adino:* Que não dirá, quase um ano. Danado! Este canta o tempo todo...

O vaqueiro Cicica: A mariice de tarefas. *O vaqueiro Doím:* Ele não tem mereces. *O vaqueiro Cicica:* Não, isso, ter, tem. O homem é pago pra não conhecer sossego nenhum de ideia: pra estar sempre cantando modas novas, que carece de tirar de-juízo. É o que o Velho quer.

Moimeichêgo: O Velho?! Quem é o Velho?

O vaqueiro Cicica (olhando para Moimeichêgo, e depois de pausa): O senhor é quem está dizendo que o nome não entende, pois não.

O vaqueiro Adino: Ih, exige que, como está sendo, nos prazos, o cantador tem de produzir alto assim uma trova. Lá do quarto, ele ouve, se praz.

Moimeichêgo: O "Velho"...?

O vaqueiro Cicica: Antão, pois — que-que falo: é ele. Sou cativo de ninguém, minha boca é forra, falo o que é: é o Cara-de-Bronze!

Iinhô Ti: Cara-de-Bronze. Isto são alcunhas...

O vaqueiro Cicica: "Velho" não é alcunhas, é nome-de-lei.

O vaqueiro Adino: Nome dele é Sigisbé. *O vaqueiro Mainarte:* Sejisbel Saturnim... *O vaqueiro Cicica:* Xezisbéo Saturnim, eu sei. Mas "Velho", também. "Velho" não é graça — é sobrenomes... *O vaqueiro Sacramento:* Homem, não sei. Em que sube, toda-a-vida, é Jizisbéu, só... *O vaqueiro Doím:* Zijisbéu Saturnim... *O vaqueiro Sacramento:* Jizisbéu Saturnim, digo.

O vaqueiro Cicica: Vocês... Ara, evém quem ensina. Aquele... (A Moimeichêgo:) O senhor não quer ouvir? O senhor pergunte a ele. *Moimeichêgo:* O alto, com a coroça? *O vaqueiro Cicica:* O com a caroça não, o em corpo. O Tadeu, ele é antigo, sempre viveu aqui. Ele sabe.

Entram os vaqueiros Tadeu e Sãos, seguidos dos vaqueiros Zazo, José Uéua, Raymundo Pio e Fidélis.

O vaqueiro Tadeu: Esbarremos. No chove, chove, tá impossível. Diacho, chuva dá é fome, de bem comer...

O vaqueiro Adino: Pai Tadeu, como é que cê confirma o nome do Velho, por inteiro, registral?

O vaqueiro Sãos: Sezisbério...

O vaqueiro Tadeu: Por que, uai, gente? O nome cujo, todo?

O vaqueiro Cicica: Como for, em um pedido meu, compadre Tadeu.

O vaqueiro Tadeu: Nome dele? A pois, que: Segisberto Saturnino Jéia Velho, Filho — conforme se assina em baixo de documentos. Dele sempre leram, assim, nos recibos...

O vaqueiro Fidélis: Também estou lembrado.

O vaqueiro Tadeu: Agora, o "Filho", ele mesmo põe e tira: por sua mão, depois risca... A modo que não quer, que desgosta...

O vaqueiro Sacramento: A ser, nessa idosa idade...

O vaqueiro Mainarte: Não quis filhos. Não quer pai.

O vaqueiro Cicica: Tão idosa idade assim não.

O vaqueiro Doím: Cara-de-Bronze, uê. Lá ele pode lá pode ter sido filho de alguém?

Moimeichêgo: Tem família nenhuma? Nem parentes? Vive sozinho?

O vaqueiro Tadeu: Sozinho? Até tudo.

O vaqueiro Mainarte: Sozim no nariz de todos, conversando com a gente...

O vaqueiro Tadeu: A verdade que diga, acho que ele é o homem mais sozinho neste mundo... É ele, e Deus —

O vaqueiro Doím: Axi! Deus? Sei é o Cara-de-Bronze ajuntando suas duras riquezas...

O vaqueiro Tadeu: Olhe, irmão: Deus é menino em mil sertões, e chove em todas as cabeceiras...

(CANTADOR:

Buriti olhou pra baixo
vendo a boiada passar:
passa o vaqueiro Zé Dias
— meu nome com o meu penar...)

(Leve pausa)

O vaqueiro José Uéua (voltando-se na direção da varanda): Manheceu, campos brancos!?

O vaqueiro Mainarte: Desfaz não 'Sé. Ele põe fé em vau em tristeza... Está cantando com seus pássaros...

"Cara-de-Bronze"   79

O vaqueiro José Uéua: Tou esfazendo não, estou é louvando, uê. Mote bom. Apreciei, em tal. Bôas mágoas.

O vaqueiro Cicica: De acordo, que diverte. É bom, é. Mestre violeiro.

O vaqueiro Mainarte: Diverte com os sentimentos velhos, todos juntos. Vai rastreando...

Quase todos: — É bom. — É bonito. — Eu apreceio. — É de valer. É bom...

O vaqueiro Muçapira: É bom.

(Pausa.)

Entra o cozinheiro-de-boiada MASSACONGO.

O vaqueiro Cicica: Como é que vão as coisas dos outros, Rei-Congo?

O cozinheiro-de-boiada Massacongo (vindo direito ao vaqueiro Cicica, e a ele se dirigindo): Eis tão lá. O Grivo fala, fala, pelas campinas em flores... Acho que tão cedo ele não vai esbarrar de relatar...

O vaqueiro Cicica: Quê que contou? Diz donde veio, aonde é que foi?

O cozinheiro-de-boiada Massacongo: Se disse, disse. E eu sei? Afora eles dois, só quem entra lá dentro, lá, é o Peralta e o Nhácio, — nos instantes em que o Velho chama um. E a Soanhana, que tem de estar sempre levando café.

O vaqueiro Adino: E o Grivo?

O cozinheiro-de-boiada Massacongo: Vi. Ele foi amofim e voltou bizarro, com cores bôas...

Moimeichêgo: O Grivo? Quem é o Grivo?

O vaqueiro Cicica: Vaqueiro.

O vaqueiro Adino: Vaqueiro, como nós, que está chegando de estúrdias viagens. (Ao cozinheiro-de-boiada Massacongo:) Ara, Rei-Congo, é só isso-zinho que tu sabe?

O cozinheiro-de-boiada Massacongo: E eu... Eu sube... Ah, mas isso é assunto dos silêncios...

O vaqueiro Cicica: Ixe, Rei-Congo, bota os novos!

O vaqueiro Zèguilherme: Vamos ver esses alforjes...

O cozinheiro-de-boiada Massacongo: Diz-se que o Grivo aonde lá esteve até se casou... Que trouxe a mulherzinha dele até... Que deixou essa moça na Virada, em casa de Dona Zesuina...

O vaqueiro Raymundo Pio: Ôxe, é deveras!

80   *João Guimarães Rosa*

O vaqueiro Sacramento: É lélis... Prega na parede!

O cozinheiro-de-boiada Massacongo: Eu sei, não vi: sei é ouvido contado...

O vaqueiro José Uéua: Lélis, que o Grivo veio foi amontado num jumento, e com um chapéu-de-palha todo enorme, de palha-de-capim...

O vaqueiro Sãos: E a mula, que está aí, uma mula queimada? Não veio não foi nela?

O cozinheiro-de-boiada Massacongo: Do justo o certo, do certo o crido, do crido o havido: que ele veio mas foi com tropa bôa, esquipada, de bestas e burros, e o jumento; ouvi. E assim que: o Peralta contou à Iàs-Flôres, Iàs-Flôres contou a Maria Fé, Maria Fé contou à Colomira, aí Colomira me disse. Daí é que sei... Vou indo!

(A chuva.)

Iô Jesuino Filósio: E ninguém sabe aonde esse Grivo foi? Não se tem ideia?

O vaqueiro Adino: É de ver... De certo, danado de longe.

O vaqueiro Tadeu: Nas Províncias...

O vaqueiro Cicica: Saíu daqui, escoteiro, faz dois anos. Em tempo-das-águas.

Moimeichêgo: Tão lonjão foi?

O vaqueiro Mainarte: Meava-se um janeiro... O Velho mandou. Chuvaral desdizia d'ele ir. Mas o Velho quem quis. Nem esperou izinvernar, té que os caminhos enxugassem.

O vaqueiro Adino: Cara-de-Bronze, uê. Foi os mil macacos!

O vaqueiro Sãos: De de mim, bobagens... Acho que foi só no Paracatú que ele foi... —

Cantando, o CANTADOR:

Buriti, minha palmeira,
toda água vai olhar.
Cruzo assim tantas veredas,
alegre de te encontrar...

O vaqueiro Sãos (a Moimeichêgo): O senhor já esteve no Paracatú?

O vaqueiro Tadeu: Paracatú — cidade dos refúgios...

"Cara-de-Bronze" 81

O vaqueiro Cicica: Bestagens. Seguiu em cima com rumo para um dos nortes: que levou bogó de carregar água e trajava terno-todo de couro, modo de passar a caatinga alta...

O vaqueiro Fidélis: Se sabe, foi para o norte, dessa banda. Virou a serra...

O vaqueiro Tadeu: Vigia, que o Muçapira está querendo falar alguma coisa.

O vaqueiro Muçapira: Ele ia por desertas.

Iô Jesuino Filósio: Bom, para que cafungar por onde teria ido, faz dois anos, agora hoje que ele está aqui de volta?

O vaqueiro Cicica: Pois então o senhor mesmo me diga: o que foi que ele foi fazer? Que saíu daqui, em encoberto, na vagueação, por volver mêses, mas com ponto de destino e sem dizer palavra a ninguém... Que ia ter por fito?

O vaqueiro Tadeu: Essas plenipotências...

O vaqueiro Doím: Bôa mandatela! A gente aqui, no labóro, e ele passeando o mundo-será...

O vaqueiro Fidélis: Tem de ter o jús, não foi em mandriice. Por seguro que deve de ter ido buscar alguma coisa.

O vaqueiro Sãos: Trazer alguma coisa, para o Cara-de-Bronze.

O vaqueiro Mainarte: É. Eu sei que ele foi para buscar alguma coisa. Só não sei o que é.

Moimeichêgo: Ia campear mais solidão?

O vaqueiro Sacramento: Há de ser alguma coisa de que o Velho carecia, por demais, antes de morrer. Os dias dele estão no fim-e-fim...

Moimeichêgo: O Grivo então foi de romeiro?

O vaqueiro Adino: Tão enganados. O Velho é duro mirabolão, anos ainda pra viver ele tem aos dez e dez. Há-de escopar muita gente.

O vaqueiro Doím: Eh, ele já ficou peco...

O vaqueiro Sacramento: Já estou ouvindo o adeus dele...

O vaqueiro Cicica: Se sabe que mandou vir o pessoal para o testamento. Uma hora destas, o Nicodemos estará lá por isso, na Januária; se sabe.

O vaqueiro Sãos: Que vem, é juiz-de-paz?

O vaqueiro Tadeu: Será o escrivão, com as testemunhas.

O vaqueiro José Uéua: Para se morrer, todo ano é formoso...

O vaqueiro Doím: Por isso, que digo, ele vai vender o que tem, tudo.

O vaqueiro Fidélis: O Urubuquaquá? As terras?

O vaqueiro Sacramento: Pode, por ele não ser daqui. Não tem amor. Terras em mão dele são perdidas...

O vaqueiro Mainarte: Ele gosta do Sapal.

Moimeichêgo: Isso é algum lugar?

O vaqueiro Sãos: É a Vereda-do-Sapal, aqui mesmo. Um retirinho encostado.

O vaqueiro José Uéua: Vereda com bom brejo, com olhos-d'água. O coquinho do buriti de lá é mais avermelhado mais escuro, lustra mais na cor...

O vaqueiro Cicica: A veja o senhor: pois o Velho, de repentemente, mandou mudar o nome de lá. Que, em vez de Vereda-do-Sapal, ele quer é crismar assim: B u r i t i   d e   I n á c i a   V a z ... Não dá de em de dôido?!

O vaqueiro Adino: O que Cicica está falando, é por causa que ninguém não sabe de nenhuma razão. Por aqui, e em perto e em longe, léguas que o senhor ande nos Gerais, ou esse rio Urucúia pra baixo ou pra riba, nunca ninguém ouviu a graça de alguma mulher com o nome... Não é mesmo, Pai Tadeu? Não é mesmo, Muçapira?

O vaqueiro Muçapira: Auá? O Velho?

Moimeichêgo: B u r i t i   d e   I n á c i a   V a z ...

Iô Jesuino Filósio: É um nome que enche os tons.

O vaqueiro Mainarte: Lá tem passarinhos, que remexe os ares. Bando de sofrês faz nuvens...

Iô Jesuino Filósio: Será, não será o nome da mãe dele?

O vaqueiro Tadeu: Cara-de-Bronze nunca falou em mãe. Mas pode.

O vaqueiro Doím: O Sapal, lá é a beira do fim deste distritão de gados.

Moimeichêgo: E depois?

O vaqueiro Doím: Daí, depois, levanta outros Gerais. Sertãozão. A pior pobreza dos Gerais que tem.

O vaqueiro Mainarte: Mas é mundo, deveras. Nesta monarquia não tem tapume nem vedo...

O vaqueiro Cicica: Pois lá tem é urubús e estórias.

Iô Jesuino Filósio: De donde é que o Velho é? Donde veio?

O vaqueiro Cicica: Compadre Tadeu sabe.

O vaqueiro Tadeu: Sei que não sei, de nunca. O que ouvi foi do Sigulim, primo meu, e de outros, que viram os começos dele aqui. Que chegou — era um moço espigo, seriozado, macambuz. E danado de positivo! Foi na éra de oitenta-e-quatro...

O vaqueiro Sãos: Veio fugido de alguma parte.

"Cara-de-Bronze"   83

O vaqueiro Tadeu: Parecia fugido de todas as partes. Homem moço, que o mundo produziu e botou aqui. Quando apareceu, morreu debaixo dele o cavalinho que tinha, em termo de duras viagens. E calçava umas dessas esporas do Norte: com rosetas muito pontiagudas, pequenas, roseta de poucas pontas, durinha, terrível para cotucar... Bem-vir, mal-vir, ele possuía uma rede — não era rede de tapuirana, nem rede de caroá, de baiano — mas uma rede grande, de algodão, de varandas, de punhos tecidos com muito cuidado. Vestia paletó de ganga azul e calça da cor das calças da gente. Mas já tinha também um pilhote de dinheiro — quinculinculim...

A cantiga do CANTADOR:

Buriti, minha palmeira,
nas estradas do Pompéu —
me contou o seu segredo:
quer o brejo e quer o céu...

O vaqueiro Tadeu: Ele era para espantos. Endividado de ambição, endoidecido de querer ir arriba. A gente pode colher mesmo antes de semear: ele queria sòpensar que tudo era dele... Não esbarrava de ansiado, mas, em qualquer lugar que estivesse, era como se tivesse medo de espiar pra trás. Arcou, respirou muito, mordeu no couro-crú, arrancou pedaços do chão com seus braços. Mas, primeiro, Deus deixou, e remarcou para ele toda sorte de ganho e acrescentes de dinheiro. Do jeito, não teve tarde em fazer cabeça e vir a estado. Tinha de ser dono. Vocês sabem, sabem, sabem: ele era assim.

O vaqueiro Doím: Cara-de-Bronze...

Iô Jesuino Filósio: Deve de ser tigrão de homem...?

O vaqueiro Adino: Sempre foi. Derradeiramente, qualquer-coisa que abrandou. Mas ainda dá para se temer...

O vaqueiro Cicica: Vaqueiro teme não. Só os outros.

O vaqueiro Adino: Temem os dele, os que rodeiam ele. Que são: o Nicodemos, o Nhácio, o Marechal e o Peralta.

O vaqueiro Sãos: Diz'que ele não fala nada, mas que bota cada um de sobremão, revigiando os outros. A modo que ele sempre sabe de tudo, assim mesmo sem sair do quarto...

O vaqueiro Doím: Quem estão cansados de conhecer o quarto dele é o Mainarte, José Uéua, Noró, Abel... e o Grivo.

O vaqueiro José Uéua: Pois então!

Moimeichêgo: E como é o jeito do quarto dele?

O vaqueiro Mainarte: Pois é escuro e muito espaço, lugaroso, com o catre, a rede, mochos pra se sentar, as arcas de couro, bruaca aberta, uma mesa com forro de couro; e uma imagem da Virgem na parede, e castiçal grande, com vela de carnaúba...

O vaqueiro Cicica: Desses couros todos, de onças. O quarto é forrado inteiro com couro de onça, no chão e nas paredes...

O vaqueiro Mainarte: Isso é falso. Couro de onça é noutro cômodo, quarto pequeno, perto. E diz-que esses couros é p'ra vender.

Moimeichêgo: E — o homem — como é que ele é, o Cara-de-Bronze?

O vaqueiro Adino: Ara, é um velho, baçoso escuro, com cara de bronze mesmo, uê!

Moimeichêgo: Você já viu bronze?

O vaqueiro Adino: Eu? Eu cá, não, nunca vi. Acho que nunca vi, não senhor. Mas, também, eu não fui que botei o apelido nele...

Moimeichêgo: Quem pôs? *(Silêncio de todos. Pausa.)*

Moimeichêgo: Como é o homem, então, em tudo por tudo? Vocês querem me dizer?

O vaqueiro Adino: Os traços das feições?

Moimeichêgo: Os traços das feições, os modos, os costumes, todo tintim.

O vaqueiro Cicica: Estúrdio assim de especular... Que mal pergunte: o senhor, por acaso está procurando por achar alguém, algum certo homem?

Moimeichêgo: Amigo, cada um está sempre procurando todas as pessôas deste mundo.

O vaqueiro Adino: É engraçado... O que o senhor está dizendo, é engraçado: até, se duvidar, parece no entom desses assuntos do Cara-de-Bronze fazendo encomenda deles aos rapazes, ao Grivo...

Moimeichêgo: Que assuntos são esses?

O vaqueiro Adino: É dilatado p'ra se relatar...

O vaqueiro Cicica: Mariposices... Assunto de remondiolas.

O vaqueiro José Uéua: Imaginamento. Toda qualidade de imaginamento, de alto a alto... Divertir na diferença similhante...

O vaqueiro Adino: Disla. Dislas disparates. Imaginamento em nulo-vejo. É vinte-réis de canela-em-pó...

"Cara-de-Bronze"   85

O vaqueiro Mainarte: Não senhor. É imaginamentos de sentimento. O que o senhor vê assim: de mansa-mão. Toque de viola sem viola. Exemplo: um boi — o senhor não está enxergando o boi: escuta só o tanger do polaco dependurado no pescoço dele; — depois aquilo deu um silenciozim, dele, dele —: e o que é que o senhor vê? O que é que o senhor ouve? Dentro do coração do senhor tinha uma coisa lá dentro — dos enormes...

O vaqueiro José Uéua: No coração a gente tem é coisas igual ao que nem nunca em mão não se pode ter pertencente: as nuvens, as estrelas, as pessoas que já morreram, a beleza da cara das mulheres... A gente tem de ir é feito um burrinho que fareja as neblinas?

Moimeichêgo: Primeiro, vocês me contem a descrição do Cara-de--Bronze. Tal e tudo.

O vaqueiro Tadeu: (rindo) É deveras, minha gente... Só num mutirão, pra se deletrear. Eh, ele é grande, magro, magro, empalidecido...

O vaqueiro Adino: Muito morenão...

Moimeichêgo: Mas, é pálido, ou é moreno?

O vaqueiro Doím: Mão de inveja caiou a cara dele!

O vaqueiro Mainarte: Inveja? Só se for inveja mas do que ninguém não tem.

O vaqueiro Sãos: A bom: ele é escuro; mas já foi mais.

O vaqueiro Raymundo Pio: Amarelou no tempo, feito óleo de sassafrás...

Outro vaqueiro: Palidez morena...

Outro vaqueiro: Tem partes, e tem horas... O alto da cara com ossões ossos...

Outro: Ele todo é em ossamenta de zebú: a arcadura...

L A D A I N H A (Os vaqueiros, alternados):

— A ponto: ele é orelhudo, cabano, de orêlhas vistosas. Aquelas orêlhas...
— Testão. Cara quadrada... A testa é rugas só.
— Cabelo corrido, mas duro, meio falhado, enralado...
— Mas careca ele não é.
— Cabeçona comprida. O branco do olho amarelado.
— Os olhos são pretos. Dum preto murucêgo.
— Os olhos tristes... E os papos-dos-olhos...
— O nariz grandão, comprido demais, um nariz apuado, aquela ponta...
— As ventas pequenininhas. Quase não tem buracos de ventas...

— Ah, e os beiços muito finos. Ele não ri quase nunca... O queixo todo vem p'r' adiente... Gogó enorme... As bochêchas estão cavacadas de ocas.

— O queixo é que é desconforme de grande!

— Pescoço renervado, o cordame de vêias...

— Os olhos são danados!

— Um olhar de secar orvalhos.

— Amargo feito falta de açúcar!

— Ele é zambezonho.

— Ele não aquieta o espírito.

— Ele parece que está pensando e vivendo mais do que todos.

— Ele parece uma pessôa que já faleceu há que anos.

— Tem os ombros repuxados para cima, demais...

— É crocundado.

— Sempre andou com os joelhos dobrados, os olhos abaixados para o chão.

— Sempre coxeou...

— Ruimatismos.

— Desde faz tempo, as pernas foram ficando afracadas. Agora, final, morreram murchas de todo.

— Ficou leso tal, de paralítico.

— Só pode andar é na cadeira, carregado...

— Ah, mas nem não anda, nunca. Não sai do quarto. Faz muitos anos que ele não sai.

— A Iàs-Flôres disse que ele tem as pernas inteiras de veias rebentadas...

— Ruimatismos.

— As mãos dele, o senhor veja, veja. Os dedos-grandes das mãos, só o senhor vendo: que tamanhos...

Os dedos todos. Eles são magros e compridões, cheios de nós de inchaço nas juntas...

— Num tempo, ele já teve barba. A barba escondedora: que ela vinha até nos retesos do pescoço...

— Não tem mais.

— Não tem mais!

— Ele só fala baixo. A voz tem uma seriedade tristonh'...

— Ele ouve pouco. Surdoso.

(Moimeichêgo: Mas não ouve os cantos e a viola?)

"Cara-de-Bronze"

— É. Surdoso, não. Surdaz...

— Rebaixa as capelas dos olhos, a cabeça, o respirar dele vira um brundúsio de meio-gemido...

— Diz'que, às vezes, dá vágados...

— Sei que ele está sempre em atormentados.

— Quer saber o porquê de tudo nesta vida.

— Mas não é abelhudo.

— É teimoso.

—Teimosão calado.

— Ele pensa sem falar, dias muito inteiros.

— É um orgulho aos morros, que queima nos infernos!

— Gosta de retornar contra da verdade que a gente diz, sempre o contrário...

— Mas ele acredita em mentiras, mesmo sabendo que mentira é.

— Ele não gosta é de nada...

— Mas gosta de tudo.

— É um homem que só sabe mandar.

— Mas a gente não sabe quando foi que ele mandou...

— Não fala, mas dá de estender para o senhor os ossos daqueles braços...

— Quando olha e encara, é no firme, jogo-de-sis, com pito e zanga.

— É vagaroso...

— O que ele quer fazer, faz, nem que dure de esperar cem anos.

— Eh, ele espia o fumego do ar nos alentos do cavalo...

— Mas se diz que crê em visagens. Tem fé em abusões.

— Quase que só veste roupas pretas.

— Ele parece um padre.

— Pra ser de si, ele é um visconde...

—Antigamente, andava por aí, sozinhão sozinhando.

— Sempre em beiras d'água...

— Gosta de plantar árvores. Mandou fazer jardim de flôr.

—Traz tudo p'ra perto de si.

— Ôxe, é esquipático, no demais. A gente vê, vê, vê, e não divulga...

—A gente repara nele mais do que nos outros.

— É um homem desinteirado.

— Meio parecido com ele, mal conheci só um sujeito, quando eu era menino, no sertão do Rio Pardo...

— É um homem parecido com os outros, um homem descontente de triste.

— O que ele é, é isso: no mel-do-fel da tristeza preta...

Moimeichêgo: — Favas fora: ele é ruim?

Os vaqueiros:

— Homem, não sei.

— Achado que: ruim não é. Será?

— Que modo-que?

— Em verdade que diga...

— Ruim como um boi quieto, que ainda não deu pra se conhecer...

— Só se é uma ruindade diversa.

— É ruim, mas não faz ruindades.

— Dissesse que ruim é, levantava falso.

Moimeichêgo: — Então, ele é bom?

Os vaqueiros:

— Faço opinião que...

(Silêncio. Pausa. Em seguida, muitos falam a um tempo. Não se entendem.)

O vaqueiro Tadeu: Quem é que é bom? Quem é que é ruim?

O vaqueiro Mainarte: Pois ele é, é: bom no sol e ruim na lua... É o que eu acho...

CANTADOR:

Buriti — boiada verde,
por vereda, veredão —
vem o vento, diz: — Tu, fica!
— Sobe mais... — te diz o chão...

O vaqueiro Muçapira: — Estou escutando o caminhar de gados...

A chuva cessou quase, sobraçada. Ainda paira um borriço. As personagens
se desencostam ou desacocoram-se, ganham a frente da coberta.

A outra boiada vem.

Sai-se de um vão, sopé de morros, se desenrola, a longo, se escôa, movendo escamas, ondulando de novo em voltas.

Seus vaqueiros ladeiam-na.

"Cara-de-Bronze"

— *Hu-hu-huu...* — à testa, o guia recomeça a dar ao berrante.

Só os montes se algodoam, além, do ruço da chuva.

No curral, um touro urra — o urro de rival a faro, querendo amedrontar. Se escuta também uma tosse de vaca.

Demais do que tanto se sente quanto se adivinha: um zunzum sob o silêncio, de tantos bichos em próximo, um aperto, uma presença e peso. Dentre os rejeitados, há um bezerro que se coça com os dentes. Os outros apenas se lambem.

Molhou-se muito o dia.

Se aproxima já a boiada, reparte-se em golpes. Adianta-se o "Marechal", se destaca — seu chapelão, sua capa — em altura. O golpe primeiro que avança penetra no curral. O eslôxo das patas dos bois no barro. Os bois já vêm com manchas de um barro que lembra carne e sangue.

Chuvisca, com um rumorejo de fritura.

Sôam sempre os berrantes, seu *uuu* trestreme.

O vaqueiro Adino (apontando o "Marechal", que passou de largo e foi apear-se junto à varanda): Ele é o mandador-da-turma...

O vaqueiro Mainarte (recitando):

"Também viva o gavião,
capataz desta rebeira..."

O vaqueiro José Uéua (recitando): O homem chamou, o cachorro veio, o cavalo rinchou, a flôr brotou no esteio...

Chegam e desapeiam os outros VAQUEIROS *(encharcados):*

> *João Jipijo* — cafuzo;
> *Parão* — homem grande, largos ombros;
> *José Proeza* — com voz grossa;
> *Calixto* — cearense;
> *Abel* — vê-se que é um moço distraído;
> *Antônio Tôco;*
> *Pedro Franciano;*
> *Noró* — que retira o laço da garupa e o desata, examinando se há algum tento remalhado ou roto. (É um laço de demais braças.)

90   *João Guimarães Rosa*

Roteiro:

Interior — Na coberta — Alta manhã

Quadros de filmagem:
Quadros de montagem:
Metragem:
Minutagem:

1. G.P.G. Int. Coberta.

Entrada dos vaqueiros. Curto prazo de saudações *ad libitum*, os chegados despindo suas croças — bem trançadas, trespassadas adiante e reforçadas por um cabeção ou "sobrepeliz" sobre os ombros, também de palha de buriti.....................................

Som: O violeiro estará tocando uma mazurca.

Iinhô Ti entra no plano, de costas
Iinhô Ti saúda os vaqueiros recém-
-vindos.....................................

Som: O fim da mazurca.

Som: Touros, de curral para curral, aruam o berro tossido, de u-hu-hã, de desafio. (O touro involuntário, que tem o movimento mau das tempestades.)

2. P.A. Int. Coberta.

O vaqueiro Mainarte guarda na orêlha o cigarro apagado. Aponta, na direção da varanda, e faz menção de sair...........................

O vaqueiro Mainarte: Pedir a ele pra cantar cantigas de olêolá, uma cantiga de se fechar os olhos...

Em P.E.M. da câmera, em lento
avanço, enquadram-se: os currais, o
terreiro, a Casa, escada, a varanda.

3. G.P.G. Int. Na coberta.

Moimeichêgo restitúi ao vaqueiro
Zazo seu chapéu-de-couro —
que o vaqueiro Zazo, de cócoras,
continúa a untar por fora com
sebo de boi, para o impermeabi-
lizar contra a chuva. Moimeichêgo
se levanta.................................... *Moimeichêgo:* Uma canção dada
às águas...

4. G.P.G. Na varanda.

O Cantador, empunhando a viola,
levanta-se, de sua rede de embira
de Carinhanha — desenhada com
surubins e outros peixes do São
Francisco, e caboclos-d'água, e
enfeitada absurdamente. Caminha
para o parapeito, espia, escuta....... *Som:* A pocema dos touros de guerra.

O Cantador, de pé, tempera a
viola e.................................... *O Cantador:* canta:

> — *Vaqueiro, não me pergunte*
> *se é aqui que eu quero bem...*
> *Minha mãe já me dizia:*
> *quem ama destinos tem...*

> Boiada que veio de longe,
> olerê-olerê, ô-le-rá...

Eê-ô-eh-ô-êêê... ê —
E-cou — ... — eê-uôôô...

A moça diz ao vaqueiro
pra recontar a boiada:
a moça disse ao vaqueiro
—Reconta bem os seus bois...
E-ô-eeêêê...

A moça viu o vaqueiro
deu adeus com a linda mão.
Alecrim da beira d'água
disse adeus com a linda mão...

A moça disse ao vaqueiro
— Boiada p'r' adonde vai?
Alecrim da beira d'água
são os pastos do meu pai...

O vaqueiro respondeu
pondo a mão no coração.
Alecrim dos altos campos
pôs a mão no coração...

O vaqueiro disse à moça:
— Vai ficando, eu vou seguindo.
Alecrim dos altos campos
no rumo do seu caminho...

Oi...
no rumo do seu destino...
Ôi...
Boi berrando, o chão sumindo...
Oôôi...

Chega o *cozinheiro-de-boiada Massacongo:* — P'r' almoçar, gente.
Começou-se!

"Cara-de-Bronze"   93

*Noutra coberta, na linha do oitão direito
da Casa.* Os caldeirões com a couve
e torresmos, a carne-seca, o angú
que fumega e o feijão que borbu-
lha. Colomira e Iàs-Flôres trazem
numa gamela os pratos-fundos de
estanho. Massacongo carrega o
saco de farinha-de-mandioca. O
vaqueiro Sãos pega um punhado
de farinha e come, de arremesso.

O vaqueiro Zèguilherme (a Colo-
mira).. *O vaqueiro Zèguilherme:* Coló, qu' é
de o Grivo?

Colomira, um a um, vai enchendo
os pratos de feijão...................... *Colomira:* O Grivo não sai de lá,
com o Patrão. Está comendo
de aposentos...

O vaqueiro Parão assedia Iàs-Flôres,
que vem com a garrafa de pimenta.
O vaqueiro Sãos, já servido, caça
lugar para se agachar.................. *O vaqueiro Sãos* (comendo, a boca
cheia): Diz'que ele se casou-se?

Iàs-Flôres destapa a garrafa de
pimenta. Sacode a cabeça, enca-
rando os vaqueiros, decidida......... *Iàs-Flôres:* Bem feito! Casou, tem
mulher, agora. Vocês viajem esse
rio Urucúia, pra baixo, pra riba, e
não é capaz de se encontrar outra
mulher tão bonita se penteando...

94   *João Guimarães Rosa*

O vaqueiro Pedro Franciano ergue
o garfo.................................... *O vaqueiro Pedro Franciano:* Ué, então
ele trouxe a Mãe-d'Água?!...

Grande plano. Todos riem. Todos co-
mem.. *Som:* Música-de-fundo — viola.

F u s ã o .... L e n t a ....

. . .

Sobre o momento, concertara de estiar, se desabraçava a chuva: mesmo o sol se mostrava. Só que se ouvia ainda, em espaçoso, a ribombância de um trovão, derrubado nos restos de chuvosidade. O mais, um escoo geral, para o esvazio. Os verdes vindo à face da luz, na beirada de cada folha a queda de uma gota; e outras gotas rolando, descendo por toda frincha, para ir formar o filifo de últimas enxurradas e goteiras. Dentro de currais, metade dos vaqueiros lutam com o gado, apartando. Enquanto que, na coberta, sua vez os outros esperam. Assim, o dia do Urubuquaquá se desce, no oblongo.

Não. Há aqui uma pausa. Eu sei que esta narração é muito, muito ruim para se contar e se ouvir, dificultosa; difícil: como burro no arenoso. Alguns dela vão não gostar, quereriam chegar depressa a um final. Mas — também a gente vive sempre somente é espreitando e querendo que chegue o termo da morte? Os que saem logo por um fim, nunca chegam no Riacho do Vento. Eles, não animo ninguém nesse engano; esses podem, e é melhor, dar volta para trás. Esta estória se segue é olhando mais longe. Mais longe do que o fim; mais perto. Quem já esteve um dia no Urubuquaquá? A Casa — (uma casa envelhece tão depressa) — que cheirava a escuro, num relento de recantos, de velhos couros. As grades ou paliçadas dos currais. Os arredores, chovidos. O tempo do mundo. Quem lá já esteve? Estória custosa, que não tem nome; dessarte, destarte. Será que nem o bicho larvim, que já está comendo da fruta, e perfura a fruta indo para seu centro. Mas, como na adivinha — só se pode entrar no mato é até ao meio dele. Assim, esta estória. Aquele era o dia de uma vida inteira.

Mas, ainda mesmo que tivessem estado lá; pois Moimeichêgo, Seo Sintra e iô Jesuino Filósio, e o Iinhó Ti, não estavam, e não fizeram sua refeição de almoço na sala-de-jantar, junto com o Marechal, com o Nhácio e o Peralta? Aquela casa era muito calada, muito grande. Um vaqueiro tinha chegado, de torna-viagem. De uma viagem quase uma expedição, sem prazos, não se precisava bem aonde, tão extenso é o Alto Sertão — os bois nesses vastos. Tudo comum e reles dito, entre garfada e garfada. O vaqueiro chamado Grivo. Agora, ele estava almoçando no quarto, com o Patrão, maneira de relatar seus acontecidos. Ao quarto ia e de lá vinha, seca e silenciosa, aquela mulher, Soanhana, de cararaia. Soanhana, estreita calada. O fazendeiro patrão não saía do quarto, nem recebia os visitantes, porque tinha uma erupção, umas feridas feias brotadas no rosto. Seria lepra? Lepra, mal-de-lázaro, devia de ser, encontrar-se um rico fazendeiro nesse estado não era raridade. Lamentava-se, a doença. O ar ali, era triste, guardado pesado.

Lá fora, latiam cães imemoriais. Os cachorros cães, no terreirão do eirado.

E os bois, nos curralões, o gado preso: desencontrados, contrapassantes, unidos dorsos, o *seu, seu* de costas — parece que o vendaval dos Gerais foi quem os quis alisar, afeiçoar-lhes as costas, carcaçosas; uns focinhos levantados, para o ar — livres, como se seus semelhantes os afogassem; olhos semeados, caras ocultas, meias-caras e sombras.

E os vaqueiros, na beira, uns empunhando suas varas, longas lanças, nelas se apoiando. Os vaqueiros, agachados e cobertos com suas trofas e croças, nas cabeças os chapéus redondos de couro — lembram bichos grossos, estúrdias aves, peludas, choupanas de palmeiral.

Para os vaqueiros, aquilo que estava-se passando, tão encobertamente, não era maior que um acontecimento, não preenchia-os? Mais do que a curiosidade, era o mesmo não-entender que os animava — como um boi bebendo muita água em achada vereda; como o gado se entontece na brotação dos pastos, na versão da lua; assim como a grande Casa estava repleta de sombrios.

— "Uma hora ele há-de acabar de terminar. Quando ele vier, conta tudo — a gente vai l'e tirar palavras..." — falavam, do Grivo.

Mas a estória não é a do Grivo, da viagem do Grivo, tremendamente longe, viagem tão tardada. Nem do que o Grivo viu, lá por lá.

Mas — é estória da moça que o Grivo foi buscar, a mando de Segisberto Jéia. *Sim a que se casou com o Grivo,* mas *que é também a outra, a* Muito Branca-de-todas-as-Cores, sua voz poucos puderam ouvir, a moça de olhos verdes com um verde de folha folhagem, da pindaíba nova, da que é lustrada.

Os vaqueiros ignoram. Ignora-o mesmo o Cantador, o violeiro João Fulano, com cara de larápio, com sua viola de tabebúia, sentado em sua rede, no varandão, vestido quase de andrajoso, mas com uma faixa de pano vermelho na cintura — feito cigano do Cincurá —? Pode ser que esconda um frasco, nas abas da rede, tome um gole, e é para si que toca um alegrável, falam que é bebedice de cancionista. — "Esta viola eu fiz, eu mesmo..." — diz. Também ele não sabe, só escuta, à vez, pancadas na parede; se não, assim não descantava. Ouçam como ele canta:

Dererê — enflora tanto,
limoeiro do sertão.
Duras janelas que fecho:
— Fundo! fundo! c o r a ç ã o ...

Quem conheceu de perto Segisberto Jéia? Quem sabe como ele empurrou, com costas-da-mão, as horas mais pesadas? Pardo palha-de-milho-em-pé, no derradeiro da secura... Sem a existência dele — *o Cara-de-Bronze* — teria sido possível algum dia a ida do Grivo, para buscar a Moça?

O Velho, com a cabeça encalombada de bossas — como se dela fossem brotar idades e montanhas. Ele fez o Urubuquaquá, amontoou riquezas. Mas, o que fazia, era para se esquecer, de si, por desimaginar. Por que os cabelos dele não embranqueceram? Rico e feito. Ferrara primazia, fama redonda. À mira, milmente, os gordos pastos, o vacum; fazenda de muita espécie. Dependurava na cabeceira de sua cama um berrante aparelhado, com bocal e correntinha de prata. E inda agora Seo Sintra e os outros estavam ali, pelo ajuste. E, em roda, dez léguas, aí — no Ôi-Mãe, na Barra-da-Vaca — comitivas de boia-deiros e vaqueiros-passadores, às dênias, às dúzias, esperavam, para tirar boi do Urubuquaquá, de lá para fora, comprar seu gado-em-pé. Mas era o Cara-de-Bronze — sozinho, dito zurêta, dito maldito de malacafá? Homem, morgado da morte, com culpas em aberto, em malavento malaventurado, podendo dar beija-mão a seus quarenta vaqueiros, mas escolhendo um só para o remitir. Isso, mais para diante se verá. São coisas que caíram. O homem envelhece é porque não aguenta viver, ainda não sabe, e tem medo da morte: então, vai envelhecendo. Enricou. Que é que adiantava? De agora, ele estava ali, olhando no espelho da velhice — membeca ou querembáua, dava na mesma coisa. Não tinha elixir. No môrro dum calundú, espetavam sua cabeça com

"Cara-de-Bronze" 97

uma agulha comprida, roíam-no monstros ratos. Contra por contra, como se esses Gerais fossem mundo de gelos. Tudo um frio. Mas frio e molhado se cercam com pâina. Oé, o Cara-de-Bronze tinha uma gota-d'água dentro de seu coração. Achou o que tinha. Pensou. Quis. Mas isto são coisas deduzidas, ou adivinhadas, que ele não cedeu confidência a ninguém.

(O CANTADOR:

Buriti vendeu seus cocos,
tem família a sustentar:
ninho da arara vermelha,
dois ovinhos por chocar...)

— Isso é porque era signo de ser...

Cara-de-Bronze começou, mas vagaroso, feito cobra pega seu ser do sol. Assim foi-se notando. Como que, vez em quando, ele chamava os vaqueiros, um a um, jogava o sujeito em assunto, tirava palavra. De princípio, não se entendeu. Doidara? Eh, ele sempre tinha sido homem--senhor, indagador, que geria suas posses. Por perguntar noticiazinhas, perguntava, caprichava nisso. Só que, agora, estava mudado. Não requeria relatos da campeação, do revirado na lida: as querências das vacas parideiras, o crescer das roças, as profecias do tempo, as caças e a vinda das onças, e todos os semoventes, os gados e pastos. Nem não eram outras coisas proveitosas, como saber de estórias de dinheiro enterrado em alguma parte, ou conhecer a virtude medicinal de alguma erva, ou do lugar de vereda que dá o buriti mais vinhoso. Mudara. Agora ele indagava engraçadas bobeias, como estivesse caducável.

— À vez, ele mesmo parecia ter vergonha daquilo... Variava o meio da conversa...

— Que era que?

— Essas coisas... Quisquilha. Mamãezice... Atou e desatou... Aquilo não tinha rotinas...

Tudo.

O vaqueiro Calixto: Tudo galã-galante...

O vaqueiro Abel: Era um advôgo. O que não se vê de propósito e fica dos lados do rumo. Tudo o que acontece miudim, momenteiro. Ou o que vive por si, vai, estrada vaga...

O vaqueiro José Uéua: Assim: — mel se sente é na ponta da língua... O desafā. Por exemplos: — A rosação das roseiras. O ensol do sol nas pedras e folhas. O coqueiro coqueirando. As sombras do vermelho no branqueado do azul. A baba de boi da aranha. O que a gente havia de ver, se fosse galopando em garupa de ema. Luaral. As estrelas. Urubús e as nuvens em alto vento: quando eles remam em voo. O virar, vazio por si, dos lugares. A brotação das coisas. A narração de festa de rico e de horas pobrezinhas alegres em casa de gente pobre...

O vaqueiro Pedro Franciano: E adivinhar o que é o mar... Quem é que pode? Só o Calixto, aqui da gente, é quem já viu a pancada dele...

O vaqueiro Mainarte: Ele queria uma ideia como o vento. Por espanto, como o vento... Uma virtudinha espritada, que traspassa o pensamento da gente — atravessa a ideia, como alma de assombração atravessa as paredes.

O vaqueiro Noró: Que relembra os formatos do orvalho... E bonitas desordens, que dão alegria sem razão e tristezas sem necessidade.

O vaqueiro Abel: Não-entender, não-entender, até se virar menino.

O vaqueiro José Uéua: Jogar nos ares um montão de palavras, moedal.

O vaqueiro Noró: Conversação nos escuros, se rodeando o que não se sabe.

O vaqueiro Mainarte: Era só uma claridade diversa diferente...

O vaqueiro Cicica: Dislas. E aquilo dava influição. Como que ele queria era botar a gente toda endoidecendo festinho...

O vaqueiro Parão: Tudo no quilombo do Faz-de-Conta...

O vaqueiro Pedro Franciano: Eu acho que ele queria era ficar sabendo o tudo e o miúdo.

O vaqueiro Tadeu: Não, gente, minha gente: que não era o-tudo-e-o-miúdo...

O vaqueiro Pedro Franciano: Pois então?

O vaqueiro Tadeu: ...Queria era que se achasse para ele o *quem* das coisas!

A VOZ DO VIOLEIRO:

Buriti, buritizeiro,
com palma de tanta mão:
uma moça do Remeiro
contratou meu coração...

Logo viram que não era mangação. Nem foi venêta. Não se brincava com o Cara-de-Bronze. Duro, duro. Ferro que queria aquilo — pondo em levinha balança, e querendo medir com regra de prata? Quem soubesse, que soubesse.

O vaqueiro Noró. — Ele versava aquilo em três ideias.

O vaqueiro Abel. — Conforme que mandava e encomendava.

Mujo e truz, no cáos do curral. Um boi apartado dos outros ameaça o mundo com sua tristeza.

Moimeichêgo. — O Grivo deu para isso?

O vaqueiro Mainarte. — Deu. Qual que sabia, aprendeu.

Moimeichêgo. — O-quê que aprendeu?

O vaqueiro Mainarte. — A pois, conforme falando: — *Bonito é se ver o boi por detrás — o que que ele estará pensando? — quando os chifres são deslados e claros, e ele levantou a cabeça, as costas escorrem, o rabo vem...*

Moimeichêgo. — E dos pássaros?

O vaqueiro Calixto. — Essas coisas que o Grivo falou: — *Sabiá na muda: ele escurece o gorgeio... Bentevi gritou, papinho dele de alegria de amarelo tanto quase não rebentava... Pássaro do mato em toda a parte vôa tôrto — por causa de acostumado com as grades das árvores...*

O vaqueiro José Uéua. — Mas o mais que ele disse, que foi assim:

— *Passarim, todo tempo, todo o tempo; se ri nas bochechas do vento; e minha alma está bem guardada; vento de todas as asas...*

O vaqueiro Mainarte. — Mais assim:

— *Eu nasci longe daqui; que é que tem entre duas árvores? Num jacarandá dava o sol. Nossa Senhora dá Saudade...*

O vaqueiro Sãos. — É: *Nossa-Senhora-da-Saudade...* Devoção...

O vaqueiro Mainarte. — Pode ser. Não sei. O Grivo faz obra de atrôvo.

O vaqueiro Calixto. — Parecia, no falado. Como que ele fez:

— *A Morte saíu dos brejos, me viu e me fêz sinal, tremiam verdes, como gente, as varas do pindaíbal...*

O vaqueiro Mainarte. — Assim. O Velho gostou do Grivo. Por uma destas, como uma vez, que eles conversaram:

"*Cara-de-Bronze* — A gente pode gostar de repente?

Grivo — Pode.

Cara-de-Bronze — Como-é-que? Como que pode?

Grivo — É no segundo dum minuto que a paineira-branca se enfolha..."

O vaqueiro José Uéua. — O Velho escolheu o Grivo.

O vaqueiro Sãos. — Só o senhor vendo: o Grivo — humildezinho de caminho, caxêxo... Feio feito peruzinho saído do ovo...

O vaqueiro Tadeu. — O Velho escolheu.

O vaqueiro Pedro Franciano. — O Grivo era de bôa inclinação, sem raposia nenhuma. Nunca foi embusteiro.

O vaqueiro Abel. — O que o Velho gostou dele, o que um dia ele suspirado falou, o Velho ouviu aquilo com todos os olhos:

— *...Minha mãe não teve uma maquinazinha bonita de costuras...*

O vaqueiro Mainarte. — Que não foi. O Velho apreciou o Grivo foi no ele dizer: — *"Sou triste, por ofício; alegre por meu prazer. De bem a melhor!* DE-BEM-A-MELHOR*!..."*

Iô Jesuino Filósio. — Faço por saber: como é que o pobre do Grivo deu para entender, para aprender essas coisas?

O vaqueiro Calixto. — Aprendeu porque já sabia em si, de certo. Amadureceu...

O vaqueiro Abel. — O Grivo, ele era rico de muitos sofrimentos sofridos passados, uai.

O vaqueiro José Uéua. — O Velho ensinou.

O vaqueiro Mainarte. — O que o Grivo forte dizia:

— *Dererê, serra minha!*

Moimeichêgo. — Só isso? Só?

O vaqueiro Mainarte. — Pois só. *Dererê, serra minha...*

O vaqueiro Tadeu. — A bem, ele agora voltou, ele está aí, de oxalá. A gente vai saber as coisas todas...

(*Aumenta a monotonia da conversa, de vez em quando interrompida para o comentário de incidentes na apartação.*[2])

O Cantador:

Buriti me disse adeus,
conselhos não quis me dar:
— Vendi verdes por mais verdes,
aprendi de tanto amar.

Sestronho, sem pressa, o Cara-de-Bronze, se quis, fez. De mão, separou primeiro os primeiros, os quais foram: Mainarte, Noró, José Uéua, o Grivo, Abel, Fidélis e Sãos. — "O Adino bem que tencionou de ser, mas que para a toada do assunto nada não dava..." "— Não fraseou bem..." O *vaqueiro*

---

[2] — Raymundo Pio saiu arquejando: levou um côice de boi no peito!
— Uai, foi?
— Dar a ele um purgantão, agora...
— Foi à cozinha, beber vinagre com gordura.

. . .

Uma vaca pegou o Doím, de esbarroada, no grosso do alto do antebraço. O ferrão da vara do Doím estava rombudo, escorregou na cara da vaca, saiu por uma banda. Outros dizem que isso é desculpa do Doím, mesmo.

. . .

— ...Despois, apre! — ela trepou no Cicica, aí, que viu o caso feio...
— Gafanhoto tine é no pular...

. . .

Cicica (mostrando, verde, na sua calça): — Olha o rastro do pé do trem!...
Fidélis: — O gado está todo no quente. No separar, esquenta a ideia...
Tadeu: — E é como lá diz o outro: gado que não perdeu as memórias de donde veio...

. . .

Sacramento: — Na embolação...
Cicica: — Aquilo está estivado de bosta e lama.
Abel: — Doím, diz-se que tu temeu?
Doím: — Losna! Lélis de arenga... Nasci em redes!

. . .

Raymundo Pio retorna da cozinha:
Raymundo Pio: — Traste de boi aluado! E ainda foi bom ter sido de perto. De longe, o côice da perna dele tem muito açôite...
Tadeu: — Melhor que carecia, agora, era socar folha de maracujá, e tomar...
Raymundo Pio: — Compadre Tadeu, eu acho que, com a idade, como nós, a gente não deve de trabalhar mais de vaqueiro, não...

Adino: — "Losna! Disso faço pouco... Apuro para ida em distantes jornadas por esse mundo..." "— Noró logo não serviu, porque vivia sem cabeça: já andava virado para amores, em namoração de noivado..." Sobresseguido, rejeitou Abel, Fidélis e Sãos. Só três ficaram. *O vaqueiro Sãos:* — Quem tem e retem, pode mal-usar...

Canto:

Buriti me deu conselho,
mas adeus não quis me dar:
amor viaja tão longe,
junta lugar com lugar.

Três, que eram. Mainarte, José Uéua e o Grivo. E o Cara-de-Bronze ouvia, pensava e olhava — com um olhar de olhos. Ele queria era um só.

— Aquilo não era fácil. O homem media nosso razoado...

— Carecia de se abrir a memória!

— E ver o que no comum não se vê: essas coisas de que ninguém não faz conta...

— O Velho mandava todos os três juntos, nos mesmos lugares. No voltar, cada um tinha de dar relato a ele, separado.

— Ensinava à gente: era a mesma coisa que desenvolver um cavalo.

Mandava-os por perto, a ver, ouvir e saber — e o que ainda é mais do que isso, ainda, ainda. Até o cheiro de plantas e terras se espiritava. *"Buriti está tocando..."* — era de tarde, na variação do vento. *"Os bois são mil cabritinhos?"* *"Flôr que murcha e viça, em quatro vezes de tempo..."* *"Tem buracos no amarel'..."* *"Estou que fiquei lá, respirando para as árvores"...* Isso é um ofício. Tem de falar e sentir, até amolecer as cascas da alma. *"...A umburana, rôxo lã..."* Daí em vante. *"— Nessas horas da roseira..."* Tirar a cabeça, nem que seja por uns momentos: tirar a cabeça, para fora do dôido rojão das coisas proveitosas. *"...O vento safirento se arregaçando dos altos..."* O Velho mandava. Tinham de ir, em redor, espiar a vista de de-cima do môrro e depois se afundar no sombrio de todo vão de grota, o que tem em toda beira de vertente, e lá em alta campina, onde o sol estrala; e quando o vento roda a chuva, quando a chuva fecha o campo.

Tudo tinham de transformar, ter em outras retentivas.

Mas o Grivo dava sota e ás. O Velho escolheu o Grivo.

"Cara-de-Bronze"

CANTADOR:

Nem adeus e nem conselho
buriti não quis me dar:
quando um amor vai morrendo,
tem outro amor por chegar...

Vai, um dia, o Grivo arrumou seus dobros, amarrou seus tentos. Selou cavalo.

— Subiu a cavalo. No cavalo melhor, do Cara-de-Bronze...

O Velho tinha mandado. Ia enviar por.

— Quando o Velho escolhe, é porque quer quem execute alguma coisa por ele. O Velho é quem faz os cálculos...

— Tinha dado de vir trovão antes das chuvas, raio incendiou o agreste das chapadas: *"É Deus acendendo fogueiras..."*

— Daí, aguão bruto: arrobas e arrobas de chuva. Sair em viagem, assim, dá medo...

— O Grivo não temeu. Se despediu alegre.

— Ele estava meio estrapassado.

Nenhum por nenhum, não sabiam aonde ele ia, ao que ia.

— O Grivo se calou, de doer a boca. Ele tinha apalavro.

— De sul a norte, bôa sorte!

— Chovia, nas serras...

— Da janela do quarto dele, o Velho acenou mão.

— Bateram o buzino dum berrante...

— Eh, e deu a despedida: foi-se embora o vaqueiro Grivo, amigo de nós todos...

— Mas foi para buscar alguma coisa. Que é, então, que ele foi trazer?

CANTO:

Meu boi chitado cabano
casco duro dos Gerais
vai caçar água tão longe
em verdes buritizais...

O vaqueiro João Jipijo: — Eh, o homem é parente meu, nessa solfa!

(Chega o Grivo! *Agitação, falação. Depois, uma profunda pausa.*)

A narração do Grivo:

— Na hora de Deus, amém!
Sobrevim.
Saí dezembro-janeiro-fevereiro, quando o coco do buriti madura em toda a parte. Assim em ínvios de inverno, os rios sobresseenchendo.
Na beira de um buriti — onde esbarrei — entristeci e quase esmoreci...

Canto:

Meu boizim pinheiro branco
pernas compridas demais:
de ir beber água tão longe,
nas veredas dos Gerais...

O cozinheiro-de-boiada Massacongo, vindo gritando: — Café, minha gente! Começou-se...
O cozinheiro-de-boiada Massacongo: ...Merenda, merenda. De café, com um pãozinho-de-mandioca... Hoje é mais trabalho, é festa...

Canto:

Meu boi baio-fumaceiro
que custou conto-de-réis
quer uma dona de mãos finas
cada dedo três anéis...

A narração do Grivo
(Continuação):

Maranduba.
Narrará o Grivo só por metades? Tem ele de pôr a juros o segredo dos lugares, de certas coisas? Guardar consigo o segredo seu; tem. Carece. E é difícil de se letrear um rastro tão longo. Para o descobrir, não haverá possíveis indicações? Haja, talvez. Alguma árvore. Seguindo-se a graça dessa árvore:

O Grivo: — ...Por aonde fui, o arrebenta-cavalos pegou a se chamar babá e bobó, despois teve o nome de joão-ti, foi o que teve... Toda árvore, toda planta,[3] demuda de nome quase que em cada palmo de légua, por aí...

---

[3]   — E que árvores, afora muitas, o Grivo pôde ver? Com que pessoas de árvores ele topou? A ana-sorte. O joão-curto. O joão-corrêia. A três-marias. O sebastião-de-arruda. O são--fidélis. O angelim-macho. O angelim-amargo. O joão-leite. O guzabú-preto. O capitão--do-campo. A bela-corísia. O barabú. A gorazema. A árvore-da-vaca. A ciriiba. A nhaíva. O oití-bêbado. O carvão-branco. O pau-de-pente. O sete-casacas. A carrancuda. O triste--flor. O cabelo-de-negro. O catinga-de-porco. A carne-de-anta. O bate-caixa. A bolsa--de-pastor. A chupa-ferro. O gonçalo-alves. A casca-do-brasil. O calcanhar-de-cutia. O jacarandá-mimosim. A canela-atôa. A carne-de-vaca. A rama-de-bezerro. A capa--rosa-de-judeu. A maria-pobre. A colher-de-vaqueiro. O jacarandá-muxiba. O grôsso-aí. A combuca-de-macaco. O pente-de-macaco. O macaqueiro. A árvore-de-folha-parida. O castiçal. O malmal. O frei-jorge. A cachapôrra-de-gentio. O açoita-cavalos. O amansa--bestas. O rosa-do-norte. O bordão-velho. O cega-machado. A uva-pura-do-campo. O tira-teima. O bálsamo-de-cheiro-eterno. O araticúm-do-sertão. O cajá-do-sertão. A embira-barriguda-do-sertão. A timborna-sertã. O muito-sertão. A perova-baiã. A fava--do-sertão-da-bahia. O bucho-de-boi. A costela-de-vaca. A arara-uva. O testa-de-boi. O grão-de-cavalo. A rajadeira. O moreira-amarél. A árvore-que-muito-fede. O angico-suru-cucú. O araçá-pomba. A amendoeirana. O cedro-fêmea. A murta-de-parida. O tinguí--capeta. O araçá-das-almas. O banda-de-sargento. O baba-de-boi. A birbissona. O palmeirim. O zé-que-canta. O pirí-joão. O coquim-de-amar. O coco-de-vaqueiro. O rompe-gibão. A sombra-de-touro. O sassafrás-da-serra. O criulí. O cotí-caém. O cedro-í. O cedro-nã. O potumujú. O guapuruvú. A pereira-oá. A urú-joana. A tararanga-branca. O torém. O xixá. O uapiúm-uassú. O mata-caçador. O tora-tora. O ainda-vais. O bóba-bicho. O capitão--cascudo. O ajunta-chuva. A fêmea-de-todos. A alta-sáia. O pau-que-pensa. O sossegador. O nunca-morre. O esconde-amores. O tonta-amalandro. O pau-mijado. O pau-morcêgo. O uaiandí. A jana-una. A urunduva. O guajabara. O ibiracema. O guabipocaíba. A uuúcuúba. O araticúm-da-beira-do-rio. O pau-paraíba. O BURITI — palmeira grossa. O BURITI, sempre... Carnaúbas. Pindovas. O uauassú...

— *E os carrapichos, os carrapichinhos que querem vir na roupa da gente?*

— Amorico. Mineirinha. Isabel. Amor-do-campo. Sensitiva-mansa. Amor-de-vaqueiro. Amor-de-tropeiro. Amor-de-negro. Amor-do-campo-sujo. Amores-do-campo-seco. Amor-seco. Amorzinho-seco...

— *Só? E os outros, que vêm logo depois?*

— ...O juiz-de-paz. O santa-helena. O mãe-isabel. O pega-maço. O barbadim. O barbadão. O cabeça-chata. O carrasquinho. O ouriço-ouriço. O péga-péga. O beiço-de--boi. O barba-de-burro. O barba-de-boi. O nariz-de-boi. O bunda-de-mãe-isabel. O marmelada-de-cachorro. O a-tí-de-espinho. O arre-diabo. E o picão de florinhas rôxas, que dá cachos em novembro...

— *E os arbustos, as plantinhas, os cipós, as ervas?*

— A damiana, a angélica-do-sertão, a douradinha-do-campo. O joão-venâncio, o chapéu-de-couro, o bom-homem. O bôa-tarde. O cabelo-de-anjo, o balança-cachos, o

---

106   *João Guimarães Rosa*

bilo-bilo. O alfinete-de-nôiva. O peito-de-moça. O braço-de-preguiça. O aperta-joão.
O são-gonçalino. A ata-brava, a brada-mundo, a gritadeira-do-campo...
...A canela-de-ema. O tange-tange. O azulão. O coração-magoado. O espinho-de-
-deus. O farinha-seca. A ramela-de-cachorro. A raís-de-côrvo. A baba-de-viúva. O totó-
-mole. O tí. A canela-de-velha. O cansa-cavalo. O sapato-do-diabo. O pai-antônio.
O negro-nú. O dom-bernardo. A comadre-de-azeite. A borla-do-bispo. A alelúia. A
cleta. O moisés. A galinha-choca. O sessenta-e-dois. O empata-carreira. A barouga.
A asa-de-arara. O chocalho-de-cascavél. O amarelinho-da-serra. O cabelinho-de-
-jesús. O coração-de-jesús. A balambáia. O cabeça-de-cabrito. A congonha-de-goiás.
O alecrim-tristão, onho. O boi-gordo. O reza-pra-nós. O mata-pastão. O vaza-matéria.
O balãozinho. O mantimento-do-pobre. O manoel-comprido. O amarelim-de-todos-
-os-campos. A lumã. A gritadeira-do-mato. A gritadeira-do-tabuleiro. A sempreviva-serrã.
O amarelinho-da-serra...
...Bôa-noite, chapéu-de-frade, carrasco-do-campo, joão-páis, cigana-do-mato, barri-
gudinho, amarra-pinto, amansa-senhor, viuvinha, arranha-gato, quebra-pedra, arrebenta-
-boi, tapa-buraco, tô-é, bariri-só, padre-nosso, benção-de-deus, cinco-chagas... Caá-có,
caá-vú, caá-éo, josé-moleque, erva-nôiva, moura-do-sertão, erva-luiza, marquês-das-belas,
flor-do-páu, mata-cobras, mata-fome, capa-homens, bela-flor, fel-da-terra, estutuque,
perna-de-saracura, seriguela, salsa-vã, rosa-do-campo, cabeça-branca, papai-nicolau,
curraleira-baiana, borragem-brava, azedinha-alelúia, erva-mijona, sassóia, trombetão,
azougue-dos-pobres, baba-de-burro, escada-de-macaco, são-francisco, são-joão, trin-
dade, corda-de-cobra, o sapo, o cruz, chumbo-de-flor-miudinha, bredo-major-gomes,
cravo-de-urubú, cana-de-macaco, lengue-lengue, jovena, guar, barba-de-são-pedro, arje-
mônia, suassú-ajá, mela-mela, maria-culatra, lençol-de-casados, mãe-de-momo, língua-
-de-vaca-da-flor-amarela, sajagão, orêlha-de-onça-da-miúda, joão-congo, páu-de-chupar,
páu-pingado, joão-de-melo, erva-do-diabo, vassoura-de-relógio, barba-de-barata, alper-
cata-de-são-joão, páu-de-espirrar, dom-bernardes, santos-filho, samambáia-das-tapéras,
sempreviva-dos-Gerais... Pé-de-perdiz, pé-de-lagartixa, mil-homens, unha-de-gato, sete-
-sangrias, assapeixe-branco, erva santíssima, copo-d'água, boca-de-sapo, olho-de-porco,
marianinha, didí-da-porteira, amor-crescido, miserinha, vassoura-de-ferro, língua-de-
-tucano, birbiriz, dorme-maria, morre-joão — que, bulido, murcha as folhas de-mentira,
e se chama também malícia-de-mulher...

    — *E os capins, os capins bonitos, que os boizinhos e os cavalos pastam?*

    — Sempre-verde, aristides, luziola, maquiné, zabelê, cobre-choupana, dandá, cortesia,
mimoso-de-cacho, frei-luiz, major-zé-inácio, pernambuco, cocorobó, são-carlos, marian-
nho, cirií, a-tã, espinha-de-peixe, bosta-de-rola, a grama-de-jacobina, o burrão, o cidade,
o pé-de-periquito, milhã-do-brejo, rabo-de-raposa, mimoso-do-ceará, mimoso-do-piauí,
fino-da-folha-comprida, o camelão, bambú, lixa, capim-santo, de-égua, pelo-de-urso,
navalha-de-macaco, rabo-de-boi, rabo-de-rato, rabo-de-burro, rabo-de-mucura, arroz-de-
-cachorro, arroz-de-cutia, pé-de-galinha, de-mula, redondo, pintado, cheiroso, cabeludo,
capim-rei, gigante-das-baixas, mate-me-embora...

    — *Dito completo?*

    — Falta muito. Falta quase tudo.

    (Do que certo viu. Os gravatás, tantos. O angelim — a altíssima! O angico-vero,
semprefióreo. O mamoeiro-bravo, obtruso. A barriguda em vernação: a barriguda,

"Cara-de-Bronze"   107

Varou a Bahia, onde o chão clareia?

— Estive em paragens pardas...

Mas, e desde o começo?

— Eu vos conto, por miúdo. Desde daqui saí, do Urubuquaquá, conforme o comum — em direitura. Andei os dias naturais. Fui. Vim-me encostando para um chapadão feio enorme. Lá ninguém mora lá — só em beira de marimbú — só criminoso. Desertão, com uma lepra de relva. Dez dias, nos altos: lá não tem buriti... Água, nem para se lavar o corpo de um defunto...

— Chapadão de Antônio Pereira?

Virou dessas travessias.

— Sempre nos Gerais?

— Por sempre. O Gerais tem fim?

Ao que são campinas e chapadas e chapadões e areiões e lindas veredas e esses escuros brejos marimbús — o mato cerrado na beira deles.

— Subi serra, o sol por cima. Terras tristes, caminho mau...

Mas beirou a caatinga alta, caminhos de caatinga, semideiros. Sertão seco. No aperto da seca. Pedras e os bois que pastam na vala dos rios secos. Lagôas secas, como panos de presépio. Caatinga cheia de carrapatos. Lá é que mais esquenta. A caatinga da faveleira.

— Acompanhei um gado, de longe, para poder me achar...

Tornou esquerda, seus Gerais. Todo buriti é uma esperança. Achou os brejos, nos baixões. — Na chapada, as motucas não esbarravam de me ferroar: minha cara e minhas mãos empolaram inchadas, dum vermelho só...

— O senhor sobe. O senhor desce. Oé, muito azul para azular... Veredas, veredas. Aquilo branco, espalhado no verde nos capins: ossos de rêses, até ossos de gente... Até consola, quando se vê bosta seca de boi. Todo lugar por onde a gente passa, já era como um lugar conhecido. A tardinha pulando num pé só, dando o redobro das sombras. O senhor se deita no meio da noite. Amanhece, o senhor ouvindo: elas e eles...

Quem canta como não os pássaros?

---

sementes leves. O belo jenipapeiro versiforme. A lobeira, cimátil, que se inventou um verde. E a caraíba — gnomônica.)

— *Dos verdes viventes, cada um, por chuva e sol, pelejando no seu lugarim?*

Tanto também não falou de outras árvores: desde o cedro que está no Líbano até ao hissopo, que nasce nos paredões...

— As cigarras. Cigarra cabeçudinha, enormes olhos. A cigarra arac

í, de madruga-manhã. De tarde, o daridare das cigarras...

...Milhão de gado, num lameiro de sal...

A queimada dos campos, fogueiras se alastrando nos espigões. O sol escurecido. A cinza vindo pó e pó, nos ventos tardezinhos. Outro chapadão. Penar, penar, quando a areia se solta...

Sempre sozinho, vai o Grivo. O que ele quer é ir, chegar, ficar um tempo; e voltar. Enquanto o Velho senesce. O Velho espera. Ele ordenou ao Grivo, no ignoro. Nos outonos. Para chorar noites e beber auroras.

O Grivo alguma vez parou, duvidou. Que-maneira hesitou?

— Tenho costume de tristeza: tristeza azul tarde, água assim. Tenho um medo de estar sem companheiro nenhum; não tenho medo deste mundo sendo triste tão grande...

Estava só. E as árvores?

— As árvores são cabeças de vento...

Alguma saudade?

— A saudade é braço-e-mão do coração, e que, certas horas, quer segurar demais em alguma pessôa ou coisa. Mas, não se deve-de...

Ele era bobo?

— A vida é boba. Depois é ruim. Depois, cansa. Depois, se vadia. Depois a gente quer alguma coisa que viu. Tem medo. Tem raiva de outro. Depois cansa. Depois a vida não é de verdade... Sendo que é formosa!

Não podia desistir?

— Ah, que não podia voltar para trás, que não tem como. Por causa que quando o Velho manda, ordena. Por causa que o Velho começa sempre é fazendo com a gente sociedade...

Em parte, foi a pé?

— É baixo! Mal aguentava.

— Ele recuidou. Tem que pear o cavalo, de noite; se não, foge, escapole. Ruins pastos...

— Se anda, suas léguas, em louvor: com as alpercatas do meu santo São-José...

E o Anjo-da-Guarda?

— Esse, o anjo-da-guarda, viaja a pé, da banda-da-mão-direita.

— Quando não está parêlho, é porque demorou um bocado para trás. Anjo-da-guarda nunca se apura muito em ir...

"Cara-de-Bronze" 109

E o luar?

— Luares... Viajando toda-a-lua. Enlagoado de luar: o senhor só tem saudade dele é mesmo com ele à mão, na abundância...

— Luz-me, lua! — benção...

—Torar adiante, em noite clara, afagueira mais a gente, nos calôres...

E deslúa?

— Por escuridão: no fêcho da nova, a gente pensa que já morreu.

E o sol?

— Suor, sim. Sufoca. O areal descoberto...

E a roupa do corpo?

— É.

— Esbagaça, axá! Em caatingal, esbagaça. O que não for de couro...

E a poeira?

—Tanta dá. Poeirões diversos...

E o sujo, a sujeira?

— É. A gente acostuma. Parece sujo, depois parece limpo, depois torna a parecer sujo. Aí, a gente se acostuma. Então, perde todas as vergonhas que teve...

— Uai, lava corpo em córrego. Quando tem. Córrego que teima em água...

(Tomando banho em pôço de ribeirão: as cismas vêm de rio-abaixo; a tristeza, de rio-acima.)

E os bichos, os bichinhos, os pássaros?[4]

---

[4] Voaria de gavião, aguiar.
  Todo gavião. Os urubús — os, os, os.
  Papagaio doente de asa grande. Periquitos e maitacas. O maitacão. A maritaca-de-fita-
  -vermelha-atrás-do-bico. Papagaios de asas amarelas. O azul. O papagaio-trombeteiro.
  O papagaio-chorão. As araras.
  Seriemas gritando e correndo, ou silenciosas. Emas correndo às tortas. Seriema voando.
  Os anús, pretos e brancos. A alma-de-gato. A maria-com-a-vovó, marceneira. A codorni-
  nha-buraqueira. Os joãos-de-barro, os joães-de-barro. A maria-mole (— Quando o senhor
  está acordado, em beira de vereda, a noite inteira o socó canta...). O joão-do-mato. O voo
  de inauditas corujas. A *strix hugula*. As pombas. A pomba-do-ar. A juriti-do-peito-amarelo.
  O rulêngo. O tempo-quente. O papa-banana. A doidinha. A maria-dôida — que parece
  vestida alheia, com penas de algum outro pássaro. O cãcã, ave austera. A nhambuzinha.
  O joão-velho dando machadadas. O joão-pobre em beiradas de córrego. O joão-barbudo,
  num gonfo de pedreira. A maria-faceira, em beira de lagôa. O sangue-de-boi, geralista.
  O coquí. O sofrê, veredas do Gerais avante. O benteví, por toda a parte. Os urubús,
  avaros.

João Guimarães Rosa

— Tem, também...

E encontro com gente-ruim: ladrão jagunço, desordeiro, cangaceiro?

— Rezo a reza do Meu Rio-Jordão.

— O senhor tem de levantar o estilo: para coragens.

E o frio?

— É que padece mais a gente, demais. Na volta da madrugada, da terra e do céu.

E o vento? (O poder que ele lôa, a palavra que ele executa.)

— Dá danal, nesses Gerais. Versável... Aragem alta. Rajadas de ventanias.

(...Da vez, o vento esbarrou, virou as costas, bulia só com a cauda, no leve dum desbatido...)

E tudo, então?

— Eu estava cumprindo lei.

De ver, ouvir e sentir. E escolher. Seus olhos não se cansavam.

E, de escondido de dentro do mato, o Sacizinho o viu passar. O Saci se disse: — *"Li-u-li-u-lí!* Já também vou, faz tempos que careço duma viagem..."

Uma acauã rebicando uma cobra.

O zabelê conchamando seus pintinhos, feito fosse uma galinha criadeira.

Outras qualidades de aves do céu e de passarinhim que pia e canta.

Um casal de antas, comendo seu capim, no liso de uma várzea.

Os veados, avermelhados, fugintes — de capão para capão.

Uns ossos de veado.

. . .

O jacaré tenterê.

O sapo mira-lua. O sapo-bigorna.

Sucurí de barriga dourada e da barriga amarela.

. . .

A abelha manoel-de-abreu.

Mosquitos, moscas. As borboletas avivãs.

A vespa joão-caçador mais a vespa maria-rita.

As abelhas no bom-belo.

. . .

Uma onça (num grotão de areia).

. . .

Toda qualidade de répteis de alma-vivente, bichos de entre-mato-e-campo, bichinhos de terra e do ar.

. . .

Sob o excesso amarelo do sol, um jumentinho escouceando um cacto.

. . .

As nuvens podem jazer em estranhas perspectivas.

"Cara-de-Bronze"

Os écos. Porque o Saci vê assim e imita a gente. Sacizinho veio acompanhando o Grivo, de distância de sete-sétimos de uma légua.

No oh-de-mais do Chapadão, onde a terra e o céu se circunferem.

O Grivo (continuativo): — O olho de cobra me vê...

Mas não se vê o Saci — suas estrepolias de menino.

O vaqueiro Mainarte: — Ele tem boldrié...

O vaqueiro Calixto: — Tem carapuça vermelha.

O vaqueiro Sãos: — Fuma cachimbo.

(Pausa.)

O Grivo (ajustando a calça à cintura): — ...Lugares. Vaqueiro vai debeber os bois, com águas emprestadas...

(Pausa.)

O vaqueiro Abel (respondendo ao vaqueiro Noró): — Canto de passarim? É quando ele tira para pensar alto...

O Cantador:

Meu boi cinzento-raposo
viajou no Chapadão:
berra as chuvas de dezembro,
entende meu coração.

O Grivo, se curvando para apanhar do chão um pedaço de sôga (no bolso de sua calça, toda a grande palha de uma espiga de milho): — ...Mas estive num povoal dos Prazêres... Em-de num lugar chamado Ouricurí, beira dum rio Formoso. Lá tem dez casas, e uma que caíu...

Pôs a vista em Rio Sassafrás? Bebeu água do Sapão? Vadeou o rio Manuel-Alves e o Manuel-Alvinho? Viu São Marcelo?

— Em rio de água preta, quem pega peixe ali é porque está salva a alma...

Do que ele não via, não se perdia; do que não se lembrava.

O Cantador:

Meu boi araçá-corujo
perdido no chapadão:
deu trovão, ele caminha
ouvindo seu coração.[5]

O Grivo: — Atravessei bôa sombra...

E as pessôas, as criaturas que ele viu, os filhos-de-Deus?

... — Mulher na roca e no tear, fiando e tecendo seu algodão, sentada em esteirinha de buriti. Moça com o camocim à cabeça, na rodilha. Mulher--velha, com um rosário no pescoço. Mulher velha cruzando bilros. Geralista caçador. Um que mangabêia. Veredeiro com chapéu-de-couro. Tão longe um, tão longe. Cafúa em toca, de buriti, com quintalim e cocorico de galo. Os meninozinhos vindo pelos caminhos perto, uns de bonita voz, pedindo à gente a benção. Cafúa: fumaça que de dia acena. E de noite às vezes têm uma vasqueira luzinha triste, de candeia. Velhos, cujos olhos não aprovam mais muito o viver, só no mexido da boca é que se espantam. Uns que vigiam seu chiqueirinho com um porco, de de dentro de sua casinha choupana, toda cheia com três dúzias de espigas de milho. Cada um conta acontecimentos e valentias de seu passado, acham que o recanto onde assistem é de todos o principal. O mundo ferve quieto. Papudos. De farrapos. Tudo vivente na remediação. O que, se eles têm, de comer, repartem: farinha, ovo duma galinha, abobrinha, bró de buriti, palmito de buriti, batata-dôce, suas ervas. O que eles têm para comer? Comem suas mãos, o que nelas estiver. Doendo em sua falta-de-saúde, povo na miséria nos buraquinhos. Vez a vez, passa uma tropa: tropas de burros com cargas de trens, vêm beirando pelas veredas mais moradas, estradas de viajantes. De repente — a Fazenda Capitão-Mór — de

---

[5] Cf. nas *Cantigas de Serão,* de *João Barandão:*

Meu boi azulêgo-mancha,
meu boi raposo silveiro:
deu dezembro, deu trovão,
deu tristeza e deu janeiro...

Soares Guiamar apresenta variantes, que introduzem um *Meu boi baetão carêta* ou *Meu boi preto mascarado,* e às vezes deturpam o final do pé-de-verso, para: *...ái, o Rio de Janeiro...*

"Cara-de-Bronze" 113

repente. No acabável; fazenda de casaria. Léguas, no sussequente. A gente sabe que esses silêncios estão cheios de mais outras músicas. A Fazenda do Pau-Tôrto. A família leprosa, na cafúa seguinte. No sítio da Emendadeira, donde tinha uns santos em oratório — de longe vinha gente, para beijar, um vintém se pagava, por boca de pessôa:

CANTADOR:

Boiada que veio de cima
com poeiras e trovoadas:
tanto amor que nunca tive
aboiei nessas estradas...

...E vaqueiro destemêro: gados que depois voltavam-vinham da caatinga, no estarvo da seca — para o "refrigério". Aonde os altos brejos, aonde os buritis — renques — muito juntos se corôam. E uns meninos — a menina maior, com compridos louros cabelos — pesquitando de vara-e-
-anzol, por lá, por trás do sassafrazinho e das canabravas e juncos: que sendo verdes, assaz.

O Grivo (pedante): ...Mas o verde mais divertido é mesmo em terreiro de quintal: é o da acelga — verde-claro, lisa, lambidinha, altinha... E qual-quer daquelas mulheres velhinhas que eu encontrava, fosse ruim, fosse bôa, espiava para mim com certo receio e me tratava por "Meu filho..." Mas também morei residido sozinho doente, num mandiocal largado sem propriedade...

O vaqueiro Parão: E mulher? Mulher mexível?

O vaqueiro Sãos: Então, por fim que finalmente: você casou ou não casou?!

O vaqueiro José Uéua: A gente! Tivesse casado, então, ia negar que se casou?!

O vaqueiro Tadeu: Ôxe, modera, povo meu, acomoda! Ele vai contando, com seu jús de devagar...

(*Pausa. O Grivo estuda como narrar uma massa de lembranças.*)

Mesmo no caminho, meando terras de bons matos, se encontrara com a moça Nhorinhá — ela com um chapéu de palha-de-buriti, maciamente, de três tamanhos, de largura na aba, e uma fita vermelha, com laço, rodeando a copa. De harmamaxa: ela vinha sentada, num carro-de-bois puxado por

114   *João Guimarães Rosa*

duas juntas, vinha para as festas, ia se putear, conforme profissão. A moça Nhorinhá era linda — feito nôiva núa, toda pratas-e-ouros — e para ele sorriu, com os olhos da vida.[6] Mas ele espiava em redor, e não recebeu aviso das coisas — não teve os pontos do buzo, de perder ou ganhar.[7] Ele seguiu seu caminho avã, que era de roteiro; deixou para trás o que assim asinha podia bem-colher.[8] (— *Essa eu olhei com o meu sangue...*) Deixou, para depois formoso se arrepender.

Só estava seguindo, em serviço do Cara-de-Bronze? Estava bebendo sua viagem. Deixa os pássaros cantarem. No ir — seja até aonde se for — tem-se de voltar; mas, seja como for, que se esteja indo ou voltando, sempre já se está no lugar, no ponto final.

---

[6] Cf. DANTE, *Inf.* XIII, 64-65:

"La meretrice che mai dall" ospizio
di Cesare non torse li occhi putti,"

e:

"Sicura, quasi rocca in alto monte,
seder sovr'esso una puttana sciolta
m'apparve con le ciglia intorno pronte;"
(DANTE, *Purg.* XXXII, 148-150).

Mesmo modo, nas *Cantigas de Serão, de João Barandão:*
Vi a mulher núa
no meio da mata
como sol e lua
como ouro e prata.

Ouvi estas águas
De repente sempre
etc.

Segundo Oslino Mar, é descabida uma aproximação desses versos aos do texto: *"Quæ est ista, quæ progreditur quasi aurora consurgens, pulchra ut luna, electa ut sol, terribilis ut castrorum acies ordinata?"* (CANTICUM CANTICORUM SALOMONIS, 6, IX.)

[7] *"Tà sesêmasména kaì tà asémanta"*, PLAT.

[8] *"Hai prókheiroi hêdonái"*, PLAT.

O Cantador:

Toquei sentido o berrante
quando vi o buriti...
E a boiada respondendo:
— Ai, não volto mais aqui...

Sossegante — os homens — que andavam endoidecidamente sérios, em seus trabalhos; e, como falavam desses trabalhos, descareciam de mostrar seu receio. E era, em toda a parte, sempre a mesma coisa, o que um-com--outro falavam.

Mas as velhas, descorçoadas em seu lazer, recebiam deste jeito o viajante: que dele tinham medo, tinham ódio, porque ele vinha, chegava e perturbava, porque vinha de longe, de donde não se sabia; e por certo xixilado, conhecia muitas coisas, que estonteiam; elas também conheciam muita coisa, mas coisas que podiam estar já desmerecidas no valor; e, então, deixavam de olhar para ele, abaixavam as caras, conversavam umas com as outras. E era, em toda a parte, sempre a mesma coisa, o que umas-com-as-outras conversavam.

O Grivo estava no meio de setenta velhas. E elas eram pequeninas, baixinhas, em volta dele, alto e fino como um coqueiro. Ele podia baixar as mãos, com os dedos catar piolhos nas cabeças das setenta. E cada piôlho que catava, o piolhim dizia de repente o segredo novo de alguma coisa, quando morria estralado. E o Grivo sorria e aprendia. Ele se balançou, como um coqueiro. Porque tinha o Saci encarapitado por sobre de sua cabeça — como se com as duas mãos e com o um pé se agarrando, e rabo para o alto: o Sacizinho, como um macaquinho, como um gato. Ele se balançou, sete vezes.

Nessa ida, conforme contada. Atravessou aquelas cidades — no meio de matos, os paredões das pedreiras — pediam para ser os restantes de velhas cidades desmanchadas; como as cidades mais sem soberba de ser, já entulhadas de montes de terra e de matos. As vezes em que desapeou e deixou o cavalo amarrado num pé-de-pau — o cavalo rodeado de zumbidos — e repousou, ia adormecer com o espírito cheio, muitas pessôas de pesadêlos produzia. Aí, conheceu a tristeza de acordar, de quem dormiu solitário no alto do dia; mas logo ouviu, de si, que carecia de relembrar alegrias inventadas, e saber que um dia tudo vai tornar a ser simples — como pedras brancas que minam água. E sempre tinha alguém, homem ou mulher, pedindo notícia, de por acaso, de um filho que, fazia tempos, saíra por esse mundo; e ele mentia uma caridade gentil, dizendo que lá no Urucúia aquele-um certo e com bôa saúde estava. E teve uma vez em que ele pensou que, de doentemente, ia sem tardança morrer; e esperou a morte vindo vindo, mas sossegado sutil, como uma goteira pinga. E viu — conforme lhe mostraram em mão — o vero retrato de uma pessôa que nunca tinha existido, retrato de fotografia. E — no arraial do Aizê — o padre de lá enlouqueceu: que rasgava as folhas do breviário, quais dava de presente a uns e outros, depois que elas se acabaram ele escrevia praxes em folhas de papel e dava distribuído; e reunia o povo em igreja, para gritadas rezas, que às vezes íam pelo dia e pela noite inteira, ele gritava como se dentro da boca tivesse martelos; e todo o mundo cria e obedecia, por causa que as rezas e relíquias dele de repente estavam sendo milagrosas.

Por quanto tivesse de chegar, e dar conta do mandado do Velho Cara--de-Bronze, ele — o Grivo — receasse? Nada; no meio de estranhos, nada não receava. Os urubús foram sobre os montes. Ele virou o mundo da viagem.

Sobe a Vereda-do-Maracujá? Vara a Chapada? Desce na Vereda-dos--Olhos-d'Água? Cabeceira-de-vereda, cabeceira-de-brejo. Atravessa a Vereda--do-Angelim? — *Veredas em que dá jatobá, caraíbas altas, pé de louro, o imbaubal. Ah, o cajueiro...* Disse do cajueiro: que era uma flôr com cheiro em tempos de noivado... Daí, os brejos vão virando rios. Pegou a aba de um rio. Rio muito encravado. — *No almarjal, meu cavalo pastou o amã...* Pelo Canto-do-Buriti, não carecia de passar. — *Em lugares, muito vi os buritis morrendo: briga da caatinga com o Gerais... Buriti-bravo: é espinhoso...* As aves: — *Garças são as mais que são as mesmas: garça quara madapolão...* Viu o gado folheiro, comendo árvores dos matos. Salvou com amigas palavras um outro vaqueiro — um vaqueiro em couros longos; e esse-um, que ia lidando, se despediu: — *Daí, já de longe, abriu num avançado de abôio, sem fim nenhum, em que entravam gemidos e rezações com exato de um bicho animal...*

— De em-de, o senhor então pega atravessa maiores lugares, cidades. Lá é país... As moças lá eram bonitas, demais...

...Até atravessar o espumoso de um grande rio. E pedi hospedagem numa fazenda — acho que se chamava dos Criulís — e lá mesmo me ensi-naram: — "O lugar é aí, pertinho."

Naquele lugar, passou dez mêses.

"Cara-de-Bronze"   117

(Confusão.[9] Pausa.)

O vaqueiro Cicica: Afe, que: por hoje, demos, se acabou o afêrvo. Qu'é-d'
o Grivo?

O vaqueiro Abel: Chamaram. Voltou p'ra dentro.

O vaqueiro Adino: Parece que tem de rebater as estórias contadas. Parece
que tem de jantar no quarto, com o Velho...

O vaqueiro Cicica: Nada.

O vaqueiro Sãos: Só o chapadão dessa conversa fastiada, que quem
quisesse podia atalhar por fora, saltando, nem não carecia de ouvir...

O vaqueiro Cicica: Disse que casou?

O vaqueiro Noró: Nem disse nem não disse.

O vaqueiro Sãos: De cães para cachorros, diacho de tanto bobo segredo.
Isso é que me invoca.

O vaqueiro Cicica: Que casou, ou não, isso logo se sabe. Mas, o que será,
nessa viagem, à razão de feitiço, que ele foi buscar, para o Cara-de-Bronze?

O vaqueiro Doím: Sorte é a desse Grivo, que vai ganhar... No gratisdado...
No bem me lambe...

O vaqueiro Sãos: E o Tomé Cássio, que é irmão-natural dele... Tomé
Cássio, lá, quieto, tomando conta do Sapal...

O vaqueiro Cicica: Os homens do testamento estão por chegar. O Grivo
melhorou de sombra.

O vaqueiro Sãos: Figuro o que. Heranças, no corpo de uma escritura.

O vaqueiro Cicica: Do que narra, do que não conta: que será que ele
foi buscar?

(A tarde deu um passo. Hoje não se trabalha mais.)

O violeiro João Fulano, sobrenomeado Quantidades, emenda um canto
de rompante, no alpendre:

---

[9] Gritos: eleléia dos vaqueiros, terminando a apartação. No eirado, são vistos: o vaqueiro
Cicica, o vaqueiro Tadeu, o vaqueiro Doím, o vaqueiro Pedro Franciano, o vaqueiro Sãos,
o vaqueiro Noró, o vaqueiro Abel, o vaqueiro Mainarte. Os vaqueiros Calixto, José Uéua,
Raymundo Pio, Zèguilherme, João Jipijo, José Proeza, Zazo, Sacramento, Parão, Antônio
Tôco, Adino e Fidélis. O vaqueiro Muçapira. Os rapazinhos Pindoba, Aleixo e Santelmo.
O cozinheiro-de-boiadas Massacongo, por nome Antonho. O Marechal, capataz-feitor.
Iinhô Ti, Moimeichêgo e iô Jesuino Filósio — pessoal de fora. Faz tempo que não chove
mais, o tempo ficou firmado.

Esse boi veio de longe, olerê, olerê!
Veio, veio, veio, veio.

— *Esse boi lavrado*
Sojiga na peia!
É um boi enfezado
Aguenta na peia!

Ele chifra de lado
Segura na peia!
Ele vira danado
Aguenta na peia!
Boi batedor...

   (Poracê)
— Peço alvíss'as, paguei arra',
  quero é ver o meu amor...
 (Falado) — *Tomé, vem comer,*
    deixa o boizim quieto!
 Quero ter amor, amores
 — boiadeiro-passador...

    . . .

Anoiteceu completo. Noite maldada de preta.

Aqui, no Urubuquaquá — lugar onde houve matas muito virgens, muito velhas —, noite escura é sempre mais escura; mesmo porque, no comum, o céu é demaismente estrelado.

No terreirão, em roda de uma fogueira, que alumêia-os em vermelhos, os vaqueiros, uniformes:

 o vaqueiro Cicica — meia jugular desatada solta, recaindo-lhe sobre um ombro;

 o vaqueiro Mainarte — encostado no tronco da grande árvore, só se lhe vê o lado esquerdo do rosto;

 o vaqueiro Doím — seu chapéu-de-couro tem rasgados, estraçalhos;

 o vaqueiro Parão — com o gibão por cima dos ombros, sem enfiar as mangas;

o vaqueiro Adino — de sisgola entre a boca e a ponta do mento: feito dois queixos;

o vaqueiro Tadeu — meio inclim: seu chapéu é só uma lua-crescente;

o vaqueiro Fidélis — no escuro, seus dentes brilham muito brancos, mesmo quando não sorri;

o vaqueiro Muçapira — a sombra do chapéu dá-lhe até à metade do nariz, mascarando a faixa dos olhos como uma treva;

o vaqueiro Sacramento — afastado; só o ponto coruscante de seu cigarro acêso.

Moimeichêgo.

O Grivo — os braços cruzados no peito.

O Grivo *(findando um narrar):* Quando que, aí, aqui cheguei, e vi; e encostei a porteira.

O vaqueiro Tadeu: A bem.

O Grivo *(descruzando os braços):* Eu tinha voltado. *(Viração de voz)* O Urubu-quaquá. Os companheiros. *(Se descobre, persigna-se)* Em nome de Deus, amém!

Todos: Amém!

Da varanda, o Cantador:

A vaquinha e seu bezerro
chegaram no meu curral
pedindo um feixe de amor
e uma pedrinha de sal...

O vaqueiro Tadeu repete o amém.

O vaqueiro Cicica: A bem, eh, Grivo, a bom. Mas, que mal se tenha de perguntar: e o que é mesmo que você foi fazer? Que-s-ordens?

O vaqueiro Doím: Isso. Que é que foi buscar?

O vaqueiro Adino: Que você terá trazido uma linda moça? Que se casou?

O Grivo: Eu?!

Moimeichêgo (festivo zombeteiro): De baile foi — debaile: nada conseguiu?

(Pausa. O Grivo recruzou os braços.)

O vaqueiro Cicica: Eh, então?

(Mais pausa, prolongada.)

O vaqueiro Fidélis: Homem, não sei, o Grivo voltou demudado.

O vaqueiro Parão: Aprendeu o sõe de segredo. Já sabe calar a boca...

O vaqueiro Sacramento: Aprendeu a fechar os olhos...

O vaqueiro Tadeu: Sabe não ter medo.

O vaqueiro Mainarte: Como pessôa que tivesse morrido de certo modo e tornado a viver...

O GRIVO: Isso mesmo! Todo dia, toda manhãzinha, amigo.

(Risos.)

O vaqueiro Mainarte: Você foi, foi aonde até na terra dele, natal?

O GRIVO: Fui e voltei. Alguma coisa mais eu disse?! Estou aqui. Como vocês estão. Como esse gado — botado preso aí dentro do curral — jejúa, jejúa. Retornei, no tempo que pude, no berro do boi. Não cumpri? Falei sozinho, com o Velho, com Segisberto. Palavras de voz. Palavras muito trazidas. De agora, tudo sossegou. Tudo estava em ordem...[10]

---

[10] Cf. Goethe, FAUST II (dr. A.):

"Seinen Befehl vollziehn sie treu,
Jeder sich selbst zu eignem Nutz
....

Dies Land, allein zu dir gekehret,
Entbietet seinen hoechsten Flor;
....

Verteilt, vorsichtig, abgemessen schreitet
gehoerntes Rind hinan zum jaehen Rand;
....

So ist es mir, so ist es dir gelungen;
Vergangenheit sei hinter uns getan!"

...

Cf. o *Chandogya-Upanixad*:
"A palavra dá-lhe seu leite — o que é o leite da palavra —, e ele tem alimento, ele se nutre amplamente, o que conhece esta doutrina dos *sâman* — esta doutrina."
(Iª Preleção, XIIIª *khândah*, esloca 5.)

O vaqueiro Adino: Demais, então?

O vaqueiro Doím (irônico): Lua de méis...

O Grivo (calmo): Trouxe pessôa de mulher alguma?!

O vaqueiro Doím: Tomara eu ter...

O vaqueiro Adino: Ai, aí, tomara.

O Grivo: A sêbo! Vão sombrar-isidóro!

O vaqueiro Cicica: Ficou nôivo por lá, então?

O Grivo (sorrindo superior): Sempre-nôivo...

O vaqueiro Adino (declamando, como quem parodia): A gente beira este rio Urucúia, p'ra riba, p'ra baixo — e não se encontra uma moça tão formosa...

O Grivo: Vai amolar os porcos!

(O vaqueiro Muçapira deita mais lenha à fogueira, e assopra. As chamas. As caras dos vaqueiros: ceras vermelhas.)

Cicica: Favas fora, que foi que foi, então?

O Grivo: Ninguém não enxerga um palmo atrás de seu nariz...

Moimeichêgo (com riso): Isso! É preciso é *vir aquém...*

O Grivo (a Moimeichêgo): Eu disse ao Velho: ...*A nôiva tem olhos gázeos...* Ele queria ouvir essas palavras.

Sacramento: Juízo?

Doím: Foi um teatral...

Tadeu: Amolar o boi, Doím. Não demasêia.

O Grivo: Siô, siô, bota abaixo!

Tadeu (ao Grivo): Por lá, então, meu filho, tu teve antigas notícias dum senhor Jéia Velho?

O Grivo (caçando o fumo na algibeira, e tirando a faca): ...Jéia... (como

---

...

"Um touro falou-lhe assim:

— Satyakâma!

— Senhor?

— Já somos mil. Reconduz-nos à casa do Mestre."

(4ª Pr., Vª *kh.*, esloca 1.)

...

"Então a Palavra se afastou. Depois de ausência de um ano, ela voltou e disse: — Como pudestes viver sem mim?"

(Esloca 8, 1ª *kh.*, Vª *prapáthakah.*)

se recordando) Jéia Gurguêia... Jéia Jerumenha...

Tadeu (severo): Isso pode cair de memória?!

Cicica: Hem, hem, Grivo? Com estes apertos...

(O vaqueiro Tadeu pigarrêia.)

Tadeu (compassado, solene): Eu, uma vez, sube dum moço que teve de fugir para muito distante de sua terra, por causa que tinha matado o pai... Pensava que tinha matado o pai: o pai deu um tiro nele — então, por se defender, ele também atirou... E viu o pai cair, com o tiro... Então, não esperou mais, fugiu, picou o burro...

GRIVO: Pai Tadeu... Tomo a benção...

Tadeu (no mesmo tom): Só mais de uns quarenta anos mais tarde, foi que ele soube: que não tinha matado ninguém não...! O tiro não acertou! O pai dele tinha caído no chão, era porque estava só bêbado mesmo...

GRIVO: Tomo a benção, Pai Tadeu!

Tadeu (prosseguindo): ...Com tantos anos assim passados, a moça que era namorada do rapaz já tinha casado com outro, tido filhos... Uma neta dessa moça, que se disse, era de toda e muita formosura...

GRIVO: Pai Tadeu...

Tadeu: Deus te abençôe, meu filho.

GRIVO: Pai Tadeu, absolvição não é o que se manda buscar — que também pode ser condena. O que se manda buscar é um raminho com orvalhos...

Tadeu: A vida é certa, no futuro e nos passados...

Mainarte: A vida?

Tadeu: Tudo contraverte...

GRIVO (de repente começando a falar depressa, comovido): Ele, o Velho, me perguntou: — "Você viu e aprendeu como é tudo, por lá?" — perguntou, com muita cordura. Eu disse: — "Nhor vi." Aí, ele quis. — "Como é a rede de moça — que moça nôiva recebe, quando se casa?" E eu disse: — "É uma rede grande, branca, com varandas de labirinto..."

(Pausa.)

José Proeza (surgindo do escuro): Ara, então! Buscar palavras-cantigas?

Adino: Aí, Zé, ôpa!

GRIVO: Eu fui...

Mainarte: Jogou a rede que não tem fios.

GRIVO: Não sei. Eu quero viagem dessa viagem...

Cicica: Dislas! Remondiolas...

Grivo: ...Ele, o Velho, disse, acendido: "Eu queria alguém que me abençoasse..." — ele disse. Aí, meu coração tomou tamanho.

Tadeu: Então, que foi que ele fez, então?

Grivo: Chorou pranto.

Adino (com muxoxo): Vigia só... Por pranto de choro, então? Ganho recebido?

A voz do Cantador:

Perguntei: — Vaquinha branca,
teu nascido e teu sinal?
— Bezerrinho de três dias,
pasto do Buritizal...

Grivo: P'ra a alegria, amigos.

Tadeu: Alelúia de alegria. Ou, seja.

Doím: No esperto foi, do que te valeu, Grivo. Diz-se tu vai enricar, de repente, hem? Entrar em testamentos herdados...

Adino: Diz-se que vai ganhar, de beijo em mão, a Vereda do Sapal?

Cicica: Então, é verdade — que tudo, de agora, vai mudar? Sobrar alguma gratificação, p'r' a gente?

Doím: É baixo! Cara-de-Bronze...

Tadeu: Não desmerece adiante da hora, Doím. Alguma coisazinha, a gente também aproveita...

(*Faz calor, perto dos restos da fogueira. A noite, pesada, também esquentou bastante. Os vaqueiros vão-se afastando.*)

O vaqueiro Muçapira ainda restou; com o pé, joga terra, tapando o brasido.

Voz e riso de um (do escuro): ...de mim, eu é que sei...

Outro (gritando, acolá): Que foi, Cipas?

O vaqueiro Muçapira:

— Estou escutando a sede do gado.

A estória de Lélio e Lina

NA ENTRADA-DAS-ÁGUAS, TEMPO DE AFÃ em toda fazenda-de-gado nos Gerais, um vaqueiro de fora chegou à do Pinhém. Era de tarde, sob um rebuço de calor — o quente de chuva — quando as nuvens descem com peso e a camisa se cola em corpo de homem; dia de meio-céu. A pulso fora o esforço: de trezentas vacas parideiras, quantia delas aviavam parição, com a passagem da lua; e as boiadas bravas, trazidas de outros sertões, já ao primeiro trovão de outubro se lembravam de lá e queriam a arribada, se alçando dos enormes pastos sem cercas; carecia rebatê-las. De torna da lufa, a vaqueirama no pátio vinha de desarrear e amilhar: ainda ali os onze cavalos se ajuntavam, todos eles cabisbaixos. Da varanda, seo Senclér tirava conversa com o pessoal. E o vaqueiro foriço apareceu, montado num animal pampa; um cachorro seguia-o.

De pronto, relancearam o que nele havia a ver, a olho de vaqueiro: rapaz moço, bôa cara e comum jeito, sem semêlho de barba nenhum, ar de novidade; com sua roupinha bem tratada: só o chapéu-de-couro baixava muito, maior que a cabeça do dono. Alforjes cheios, saco de dobro na garupa, capa na capoteira; laço estaço — uma "corda" bem cuidada; hampa de vara-de-topar que provava prestança. O cavalo — recém-ferrado dos quatro, relimpo de liso — estadava vistoso: assim alto oito palmos da cernelha ao casco, com as largas malhas vermelhas desenhadas em fundo belo branco. Mal aí o cachorro, esse triste: um miunço, rareado amarelado, mestiço de veadeiro focinho fino preto, lombo indo se eriçando, a costela se mostrando um bocadinho, atrás o rabo revirado. Contra ele a cachorrada campeira arreliou, dente e dente, por rosnando, por latindo — aqueles cães troncudos, rajados ou amarelos, mais bem apessoados, e que os homens procuravam moderar. Mas o magro esbarrara, tão seguro de simples, se alegrando com a caudinha, que os outros esperaram, rodando num diminuindo, e um mesmo ou dois, com menos coragem, que ainda latiam, recuavam para se encostar na beirada da casa.

O vaqueiro chegado se desquadrou e esquinou na sela, como para um dormido em riba. Mas zás não armando corpo pulou no chão, macio em pé, sem traço. Tirou o chapéu e saudou. Riu de orêlha a orêlha.

Deixara de propósito cair o cabo do cabresto, e o cachorrinho se sentou, pata em cima, enquanto o cavalo parava quieto. — "Ôi guégue!" — seo Senclér falou. — "Meu não é, Patrão. Topei vagueando à avéssa no oco do cerradão, em distância de três dias..." "— E estudou isso?!" "— Nhor não. Quis porque quer: eh certo ele já sabia..." Aquilo não era fantasias de vaqueiro.

— "Gente, mas é o fraldo da nha dona Rosalina, o Formôs..." — falou um dos homens. — "Que tempo que sumiço que levou..." "— A coisa, que entendeu faro com qualquer jaguacininga, ou uma lobinha-do-campo..." "— Ou foi o Bereba quem furtou. O Bereba gosta de cachorro..." — outro disse. Por aí também os rafeiros já o toleravam, em torno, reconhecendo-o, apesar de sabe-se lá que cheiros hostís, de silvestre e agreste, em si ele não trazia. — "E a dona é daqui? O bichinho é de estima?" — o forasteiro perguntou. — "De aqui mesmo, umas braças. Lorindão leva, o Lorindão mora em banda..."

Mas, seo Senclér olhando, o rapaz sentiu que ele lhe indagava a graça. — "Eu sou o Lélio do Higino. Meu pai era o vaqueiro Higino de Sás, em Deus falecido." "— Está passando?" "— Nhor não. Estou alheio." "— E, assim escoteiro, vindo donde?" "— Da Tromba-d'Anta." "— A Serra?" "— Nhor sim senhor." "— Gado por lá?" "— Muito gado cabeludo, tudo pé-duro de terra-branca. Mas trabalhei p'ra um seo Dom Borel, senhor uruguái, que botou fazenda p'ra boiada de raça fina..." "— Pois aqui o gadame é burro--bruto, a vaqueirada é que é fina, nhe sabe?" "— Pois sei, sim. Glória daqui corre longe..."

Seo Senclér demorava. Gostava do em-ser do vaqueirinho, do rumo de suas respostas. Se já estava com bôa chusma de pessoal — aqueles ali e mais três no retiro do São-Bento — por-outra a fâina concedia de um campeiro a mais, agora o rodavêjo repleto, com cabeças de cria e meia-engorda, e ainda quantidade para recria, por chegar, boiadão levantado desse redor de gerais, onde a terra e o pasto pobrejam tanto, que o gado deixado lá às vezes nem cresce, fica de ossos moles, se entortando, no tempo-das-águas em muitos lugares tinham de descer com ele para as caatingas. Ah, dava pena ver, mundo a dentro, tanta vasta de sustento vazio, e o capim verde tão enganoso; as rêses roendo as caveiras de outras, muitas morrendo engasgadas; dando um leite magro, o queijo feito uma cortiça de rolha, sem favos amanteigados e gordos; bois ou vacas que destruíam uma parede caiada, com o rapar de língua no lamber continuado; e que pelo resseco do salgado suor se

126   *João Guimarães Rosa*

acostumavam a mascar devagarinho o cabelo da cauda de burros e cavalos, até a arrancarem até ao toco. Mas ali, no Ribeirão do Pinhém, e no São--Bento, era a felicidade de terrão e relva, em ilha farta — capões de cultura alternando com pastagens de chão fosfado, calcáreo, salitrado — quase tão rica quanto as do Urubuquaquá e do Peixe-Manso. Tanto, que às vezes seo Senclér se reanimava, no entusiasmo de que dela pudesse tirar a salvação de seus negócios; mas que, outras horas, num arregalar de tristeza, pensava achando que talvez ele mesmo não soubesse aproveitar tudo aquilo, e tinha medo de ruína próxima.

Num contempo, continuava: — "Travessou o rio no Passo-do-Porco?" "— Nhor não: no Porto-do-Quim-Reimundo." "— Mas a Tromba-d'Anta é longe, e mais perto de cidades. Por que é que quis vir p'ra os Gerais, então? Por lá matou alguém de crime?..." "—Ah cruz-de-jesus, não. Quem havia de querer morrer de minha mão?..."

Mas o vaqueiro Aristó desejava falar no meio, e sob olhar seo Senclér o autorizava. — "Patrão, se sabe que o pai dele, Higino de Sás, assentou nome de vaqueiro-mestre, por todo esse risco de sertão do rio Urucúia..." — então o vaqueiro Aristó disse. — "Pois, veio por caçar no Chapadão o lume da fama do pai?" "—Também nhor não. Só saudade de destino." "—Você é solteiro, então?" "— Nhor, sim, solto, solto." "— Tem arma alguma?" "— Assim, se não é dúvida, um revolvrim meu, na patrona..." "— Disso, próprio, gosto: é arma resguardada. Mim por mim, sou não de cobrar garrucha de algum meu campeiro, por tomar conta. Não quero é desordem... Daí, olhe: será esse cavalinho é muito seu, e pode ser bom no atual; mas aqui o que não falta é remonta correta e cavalhada: três animais por cabeça de homem, mesmo quatro. E uma sela urucuiana, de vaquejar, mais em regra que essa jereba sua curvelana... O resto é com o Aristó, que é o capataz..."

E assim o vaqueiro Lélio do Higino estava entrado, na forma do uso, como solteiro com passadío e paga, e o mais em nome de Deus, amém. Mas já o jantar era aparecido, e foi mandado repartir gole de aguardente. Porque a chuva não vinha mas ainda podia vir — o curiango cantava, mais cedo e mais rouco, como na entrada-das-águas ele gosta de cantar: — *Amanhã eu vou... Amanhã eu vou...* E trovejava, repetido, no longe da Serra do Saldãe.

Aqui Lélio apanhou também seu prato de folha e o garfo; e, enquanto comendo, o primeiro rosto amigo que lhe sorriu foi o de um Delmiro,

A estória de Lélio e Lina   127

franco — rapaz mesmo de sua idade, que era retaco, de cabeça rapada. Delmiro ajudou-o no desselar o pampa, e guiou-o até ao quarto-dos-arreios.

Os outros estavam sendo mó de muitos, davam para se olhar a vulto, não para se ficar de uma vez conhecendo. Mas Lorindão tomara conta do cachorrinho Formôs; e esse Lorindão, branquelo baixote, meio para velho, com alguma barbicha de cavanhá, era um que parava em pé, as pernas tortas, muito abertas — não tirava as esporas: umas imensas nos calcanhares, de cachorro recurvo e roseta rosa-dos-ventos — e avisava, engraçado: — "Vai vigia sua pinga, que os outros bebem tudo embora... Aqui, a gente tem de estar com u'a mão no nariz e outra no lenço..." O alto, ruivado, era Lidebrando, que disse queria aproveitar réstia de luz, e entrou para a arrearia, onde foi fiar seda de vaca, no canzil, para fazer sedém. Soussouza era o que não esperava aqui nem ali, nervoso, pitando sempre, e que perguntava tudo em voz, pondo mão colhendo ao ouvido, por seu tanto de surdastro. E o Pernambo, trigueirão, escuro, de muito semblante, que quis saber se Lélio tinha relógio, e se tocava algum instrumento ou cantava. E mais Placidino, J'sé-Jórjo, Canuto, Tomé Cássio e Fradim — esse baixinho, desinquieto, saído, fazendo muita pergunta falando depressa, como querendo meter alguém em parapatas, e arrumando cara no contra-responder, de jeito de importância.

Também escurecia, de lusco-fusco. E Lélio subiu pelo terreiro, ao fim do pátio, onde passava o rego. Chegou, se abaixou, pegou nas mãos, lavou o rosto, bochechou, bebeu. A água dalí dava gosto, corria fria. De lá, ele avistava o volume dos vaqueiros, sempre à porta da Casa, que riam e conversavam, alguns jogavam malha. Lélio prazia em se lavar, se molhar demorado. Estava de alma esvaziada, forro de sombra arrastada atrás, nenhum peso de pena, nem preocupo, nem legítima saudade. Ia-se dar, no Pinhém. Mas tardara tempo demais, ali com os pés na grama e curvado para o estreito d'água: de repente, sentiu uma ferroada na barriga, outra na perna, e já outra no pescoço. Deu um pinote, e sapateou, se coçando. Pegou entre dois dedos uma coisica raivosa daquelas: — "Pa-pa-rá!..." — que em toda a parte era mesmo a mesma estória — eram as daniscas formigas-pretas de beira de rego, que sabem subir ligeiro às dúzias na gente.

Lélio sacudiu a água dos cabelos, e veio vindo, voltando. Mas, a meio, esbarrou. Surso, sobre ele um laço descia no ar, jogado com destreza de movimento curto e rápido, de quem está laçando rês pequena no fechado; mas que o colheu sem chicotear, num tirão manso, escorregando — o corpo do couro não se esticou. O laçador medira de atirar e bambear, devia de ser um sujeito de toda competência. Lélio livrara os braços, imediato, e ele mesmo segurou a argola, quando o trem ia cerrar-se, à altura da barriga. Abriu bem as pernas. No salteio, entendera: estava alvo de um brinquedo bruto, como nem imaginava que alguém procedesse, a não ser entre meninos e demos. E o que havia era não tropeçar, não se enroscar, não estouvar na corda: não se dar de mostrado, nem joãozinho nem caturro. Pôs mãos à cintura e esperou. Se o outro quisesse teimar, que começasse por derrubá-lo. Ainda escutou a voz do vaqueiro Aristó, que advertia: — "Canuto, faz não! Divertido de homem vai nos aços..."

Durou um momento. Duraram. Enfim, o Canuto gritou de lá: — "Paz p'ra isso, amigo! Brincadeira é por bem, p'ra um aperto de mão e um abraço..." — "Aã, estou aqui, patrício, nem por isso. Agora, traz a iapa, também..." — Lélio contestou. Mas o Canuto veio, sério sendo, ele mesmo retirou a laçada, em fato declarou: — "A gente se reconhece, sincero, que nós dois somos malungos: eu sou afilhado de padrinho Higino, de seu pai..." Podia ser mentira, podia ser verdade. Aquele — um bragado rapaz, alto, narigudo, corado, meio em desengonço, seu comprido pescoço e extraordinário gogó, os olhos arregaladões.

— "Cujo que faz assim de beócio, mas é escrivão, de mão cheia, resolve qualquer carta que se pede: capricha palavreados no papel, que dá um sentimento certo..." — o Pernambo explicou. — "Ao que é bobalhão e embusteiro..." — opunha o Delmiro, dali a pouco, enquanto alteava a candeia para Lélio, que remexia em seu dobro, dele retirando o de que precisava. Tinha trazido no meio das roupas uma rapadura de geleia-morena: — "P'ra quinhão, com todos..." — ofereceu, passando-a a Placidino, que se afoitara ao pé dali, de cócoras. — "De deveras, mano, que eu governo a custo e justo o reparto..." — um outro disse. Aí o baralho de cartas, sem uso quase — "Tem os oitos e noves?" — perguntavam. A ver, o Canuto, já meio em nú, mas trançando por largo e cantos, desinquieto, como se com aquelas suas tantas pernas quisesse pular por cima das pessôas, aprovava: — "Eita!, que o do Pernambo já está engrossado de antigo, feito sanfona, a gente nem pode arte de arrumar um bom maço, no truque..." "— Aruê, maço? Tem é gente que, p'ra bebida, cantiga e jogo, serve pouco... Só serve p'ra barrabás..." — discutiu o Pernambo, afundado em sua grande rede de algodão azulão, com bambolins e varandas, que rojavam. — "Tio Pernambo toca violas, alegra o estado de um com modinha descantada..." — o Delmiro atravessou. — "Modinha não é p'ra se alegrar, mas p'ra um se desentristecer realegrado, meu filho de outro..." — invocou ainda o Pernambo, de bambalão na rede, vez querendo por acompanhamento o ninar dos armadores, rangente.

O quarto-dos-vaqueiros, onde iam dormir, era um ranchão-barracão, desincumbido de tamanho, mesmo entulhado de sacos, latas de leite, pilhas de couro, caixas, cangalhas velhas e peças de carros-de-bois, espalhadas, como que um ali podia achar de tudo. O Placidino deitado noutra rede, de buriti essa, suave mas singela. O J'sé-Jórjo preferia o chão, sua enxerga sobre uma esteira de taquara. A mais dos de Delmiro e Canuto, havia, encostados nas paredes, os jiraus de ripas de buriti, e outros catres, de pau e de couro. Mesmo uma cama larga, alta, estruída, de madeira escura torneada, traste de ricos. — "Dono desta morreu ruim, faz mêses..." — observou o Placidino. — "Será que gosta é de-rede? Tem, também..." — o Delmiro falando. Lélio porém escolheu aquela cama de patrões, com um colchão de palha e uma manta, e alguma coisa que parecia um travesseiro. Mas o Pernambo praguejava contra as mariposinhas que buscavam o reflexo luminoso em sua cara chata; e o J'sé-Jórjo assoprou a candeia.

Lélio se estendeu, feliz de seu bom descanso. Já se abençoava de ter vindo para o Pinhém; principalmente, se conseguia solto, dono de si e sem estorvo. Era um novo estirão de sua vida, que principiava. Antes, nos outros lugares onde morara, tudo acontecia já emendado e envelhecido, igual se as coisas saíssem umas das outras por obrigação sorrateira — os parentes, os conhecidos, até os namoros, os divertimentos, as amizades, como se o atual nunca pudesse ter uma separação certa do já passado; e agora ele via que era dessa quebra que a gente precisava às vezes, feito um riachinho num ribeirão ou rio precisa de fazer barra. A tanto sentia falta de uma confusão grande, que ajudasse a um não carecer de curtir a confusão pequena das coisas de todo o dia da gente, derredor. E ter tempo para ir se lembrando devagarinho das melhores horas, consumindo. Avante e volta, gostava de galopar, no campo, o galope, o galope. Assim queria já ter vivido muito mais, senhor aproveitado de muitos rebatidos anos, para poder ter maior assunto em que se reconhecer e entender. A um modo, quando descobria, de repente, alguma coisa nova importante, às vezes ele prezava, no fundo de sua ideia, que estava só se recordando daquilo, já sabido há muito, muito tempo sem lugar nem data, e mesmo mais completo do que agora estivesse aprendendo.

130 *João Guimarães Rosa*

— "Vou rezar hoje em intenção de meu padrinho Higino, que Deus o cuide e trate..." — proferiu o Canuto, afrontando. — "Ah, está aí o que você, o novo, não viu nunca: vaqueiro rezador..." — o Pernambo glosou. Daí, o Canuto: — "Rezo, tio velho, rezo, em pé e deitado! Sei o reino-do-céu? Tombo um herege, e ainda posso rezar por o vosso avio uma ladainhazinha sem responso..." Os outros, no escuro, riam. Lélio sorriu também, mas porque surpreendia essa bravata do Canuto: se mostrando para que os outros o debicassem, e então poder se demostrar ainda mais forte, de toda zombaria despicando. Até o sussurro de sua rezação se retardava, que nem um cochicho de morcegos. — "Lhér, mulher..." — depois desabafou alto o Pernambo. Ainda quis acrescentar: — "Ai, qualquer uma, gente, agora me servia..." E era. Era em mulher que Lélio estava pensando.

Na Mocinha que tinha viajado para Paracatú. Ela era toda pequenina, brancaflôr, desajeitadinha, garbosinha, escorregosa de se ver. Quase parecia uma menina. Mas Lélio a escutara um dia responder: — "Olhem, que eu já tenho um quarto de século..." E se transformava, muito séria, de repente, o ar de zangada sem motivos, os olhos paravam duros, apagados, que perto os de uma cobra. Ela não baixava o queixo. Mas, depois, outras vezes, aqueles olhos relumeiavam de si, mudando, mudando, no possível dum brilho solto, que amadurecia, fazendo a gente imaginar em anjos e nas coisas que os anjos só é que estão vendo.

Os outros — o Assis Tropeiro, o Lino Goduino — nem a achavam tão bonita. — "Só espevitada e malcriadinha, gostando de se sobressair..." — tanto eles diziam. — "E é até que é uma cachucha nanica, sem o ceitil de graça..." — o arrieiro Euclides falou, pelo desdém das uvas, em tom de todo desprezo. Assaz que Lélio se regozijou de ouvir esse parecer, por mais muito. A beleza dela pudesse ficar para ele só, por nada e suspendida, que mesmo assim o vencia pelos olhos. Porque, desde o momento, nessas ocasiões, ele ouviu de si e se afirmou que, sobre bonita, por algum destino de encanto ela para ele havia de ser sempre linda no mundo, um confim, uma saudade sem razão.

Ah, nos dias, bem pouquinho dela pudera ter, ou não ter, pois era moça fina de luxo e rica, viajando com sua família cidadôa; gente tão acima de sua igualha. Ele a via, modo e quando. Sabia que ela não lhe dava atenção maior, nele nem reparava. Assim mesmo, por causa dela, e do instante de Deus, tinha aventurado o sertão dos Gerais, mais ou menos por causa dela terminava vindo esbarrar no Pinhém. Ela doía um pouco.

A estória de Lélio e Lina   131

Os companheiros dormiam. Oco, tão entregue aos passos lembráveis, Lélio se desencontrara do primeiro sono. Estava na Tromba-d'Anta, e um dia não pudera continuar ali. Por conta também de uma mulher, Maria Felícia, dela viu que não estava gostando em ponto de uma decisão; e o marido, um boiadeiro quase ausente, acabara compondo desconfiança. O marido era homem legal de bondoso, não merecia mau revento, qualquer ofensa de desgosto. Lélio pedira dispensa do serviço ao capataz de seo Dom Borel. Mas então lhe deram de último ajudar a levar uma boiada a Pirapora, de donde não precisaria de retornar. Em cidade, o melhor era ir no cinema, tomar sorvete e variar de mulheres, na casa pública. Conheceu um setelagoano, rapaz prestadiço, chofer de caminhão, esse o aconselhou a deixar o campo e aprender aquele ofício, podiam ir juntos por aí acima, até ao Belorizonte. Experimentou com o caminhão: não tinha nenhum jeito. Nem queria. Achava que precisava mesmo da vida de vaqueiro, era o que sabia, o de que gostava. Mas aí, ficou conhecendo também um moço montesclarense, que era arrieiro de profissão, estava de saída, com uma pequena tropa de comitiva, roteiro do Paracatú. Perguntou se ele queria vir junto. O montesclarense se chamava Euclides, levou-o ao Assis Tropeiro, seu patrão. E então Lélio viu, na rua, o Assis Tropeiro conversando com o pai da Moça. E viu a Moça. Naquele momento, o que ele sentiu foi quase diferente de sua vida toda. A modo precisasse de repente de se ser no pino de bonito, de forçoso, de rico, grande demais em vantagens, mais do que um homem, da ponta do bico da bota até o tope do chapéu. Tinha vexame de tudo o que era e do que não era. Ave, na vivice do rosto daquela Mocinha, nos movimentos espertos de seu corpo, sucedia o resumo de uma lembrança sem paragens. Dava para em homem se estremecer mais uma ambição do que uma saudade. Ou, então, uma saudade gloriada, assim confusa. Se ela olhasse e mandasse, ele tinha asas, gostava de poder ir longe, até à distância do mundo, por ela estrepolir, fazer o que fosse, guerrear, não voltar — essas ilusões. Ela tinha os cabelos quase acobreados, cortados curto, os pezinhos um pouquinho grandes. E nem o viu. A tropa saía na manhã seguinte, por Paredão, depois do Lajeado. Num pronto, Lélio disse ao Assis Tropeiro uma conversa de que podia ir junto, até à Novilha Brava, de onde se apartava e torava para o norte. Veio, mesmo.

A Moça, com o pai, o senhor Gabino, a mãe, dona Luiza, um irmão doutor e outros dois rapazes, que eram do Rio de Janeiro. Lélio estava ali para a ver, agarrar de ver, às penas que pudesse, sempre, sempre. Vê-la, e a ouvir, bastava. Primeiro dia, da ponta-de-trilhos vieram até ao Lajeado. — "Será que já é o sertão?" — ela queria saber. O Sertão, igual ao Gerais, dobra sempre mais para diante, territórios. — "Mas já é o Sertão, sim!" — ela queria e exclamava: — "Tanto sol, tanta luz! Este céu é o da Itália..." Ela montava vestida de homem, como um menino. Às vezes dizia engraçadas palavras, se divertia a rodo, com os rapazes. Segundo dia, o trecho era do Lajeado ao Capão-do-Barreiro, onde tem uma vereda grande, com o buritizal, com uma lagôa. Sendo o mês de setembro, o buriti floroso — os altos cachos amarelos de um ouro. — "O burití é a palmeira de Deus!" — ela disse, disse. Lélio se lembrava dos gestos de sua mãe, e, como esses vaqueiros do Alto Urucúia, relatava coisas ao cavalo. Mais se contentava, sem pensamento, perto de tudo. Ela estava com um plastro branco na ponta de um dedo, machucado em qualquer parte. Seu nome era que lindo por lindo, qual retinia. No que não havia risco de ninguém ver, pois já estavam de saída, ele o escreveu, porção de vezes, nas costas das folhas das piteiras. Mas ao cavalinho pampa os nomes que dela disse foram outros: Minha-Menina, a Mocinhazinha, Sinhá-Linda... E vinham na terceira etapa — do Capão-do-Barreiro ao Paredão — lá iam demorar o inteiro de um dia, por descanso e porque a Moça queria encontrar coisas de vista. Ela era elegante sem querer, parece que nem sabia que era. Perguntou a Lélio o nome de um passarinho: era uma maria-tola do cerrado, ele não considerou decente responder uma bobagem dessa, achou melhor dizer que não sabia. Por que não tinha sido um sabiá ou um sofrê; mesmo o quem-quem — que em toda baixada de campo limpo navega, aos pares, pulando atrás dos bois? Os olhos dela rebrilhavam, reproduzindo folha de faca nova. O olhar, o riso, semelhavam a itaberaba das encostas pontilhadas de malacacheta, ao comprido do sol. Como podia se guardar tanto poder numa criaturinha tão mindinha de corpo? Aí Lélio não queria alçar o galho, nem dar-se em espetáculo; mas carecia, necessitava de serví la, de oferecer-lhe alguma coisa. Como viu que ela desejava sempre provar das comidas e bebidas sertanejas — achara choco o chá de congonha, mas apreciara muito o de cagaiteira, que é dourado lindo e delicado e tem os suaves perfumes. No Porto-do-Cavalo, ele pensou o projeto, mal pôde dormir. Acordou antes do dia, montou e galopou meia-légua, até onde estavam dizendo que se conseguia achar um dôce de buriti, bom especial. Comprou, mesmo com a tigela grande — não queriam vender aquela tigela, bonita, pintada com avoêjos verdes e rôxas flores. Trouxe, deu a ela, receoso, labasco, sem nenhuma palavra podida. Ela riu, provou, e

A estória de Lélio e Lina   133

sacudiu a cabecinha: disse aos rapazes que era um dôce grosseiro, ruim. Nem olhara mais para Lélio. Mas ele ouviu, desriu em cara cuja, e coube em si pelo resto do dia. Porém, no seguinte, na Fazenda da Extrema, à tarde por um acaso ele pôde ver seus pezinhos, que ela lavava, à beira de água corrente. Demorou agudo os olhos, no susto de um roubado momento, e era como se os tivesse beijado: nunca antes soubera que pudesse haver uns pezinhos assim, bonitos alvos e rosados, aquela visão jamais esqueceria. Custou assentar cabeça. Modo outro não foram todos aqueles dias, que mudavam o estranho de sua vida, e eram dias desigualados, no riso rodante do mundo, da ponta das manhãs até ao subir extenso das noites, com o milmilhar de estrelas do sertão. E força foi que enfim ele apartasse e se despedisse, no partirem do pouso na Fazenda da Novilha Brava, depois do Ribeirão do Gado Bravo, que então ele devia beiradear, rumo das nascentes. Até que se alegrava, nem sabia exato por que, na hora de pedir adeus. Talvez pela importância de ter de ser então notado, de poder dirigir-se altamente a ela, ele risonho e perturbado, em seu cavalo de duas cores. Tanto ela sorriu, estendeu-lhe a mãozinha abreviadamente, nem macia, perguntando-lhe mesmo por que não persistia junto, até ao Paracatú. Ah, sentia, não podia... — ele produziu de responder. Nem tudo podia ser como nós queremos... Mas já ela se afastava, o amesquinhando, de certo, gracejava com um dos rapazes, por último que falou ainda se ouvia: — "...Mesmo porque, ora essa!..."

Um vivido. O resto era o que-há-de-vir. Lélio não se entristecia, sabia que nunca mais havia de encontrá-la, mas tudo de começo tinha sido mesmo sem nenhuma esperança pequena, ele não era louco, o fôgo é que corre com os pés para cima. Mas também não atinava com maneira de verdade para a esquecer, por mais difícil do que matar uma palmeira ouricurí — que até cortada e caída no chão reenraíza: guarda sua água no profundo. Pensar nela dava a sobre-coragem, um gole de poder de futuro. Mesmo agora, descido no comum da vida, querendo outras mulheres, de carinhos fortes; mas, depois, um instante, primeiro de dormir, pensava nela, ao acautelado, ao leve. Pensava nela, assim só como se estivesse rezando.

E ele foi o que antes de todos se despertou — nas frinchas nem clareava — mas acordado de bom repouso, e presto para se afazer. Se estirou ainda um pedação de hora, temporejando. Ouvia os bezerros e esperava os pássaros, e que os companheiros também cobrassem de se mexer. Quando o Pernambo se espreguiçou chamando que se aprontassem, ainda era manhã morcêga. Não chovera. E na madrugada parda, com Delmiro, Placidino e Canuto, Lélio baixou ao orvalho do pasto pequeno, pelos cavalos — tarefa dos mais moços. A animalada era sã de mansa: compreendiam espertamente os grandes sons em *a*, e alguns já aplaudiam pés no chão, querendo vir ao curral. Montaram, em pelo, e tangeram os de que precisavam. Aconselhavam a Lélio os campeões que devia escolher para uso, e ele guardou por experimentar à clara entre um preto murzêlo melroado, um branco de pão puro, cambraia, um isabel, um castanho e um entremeado no pingo de pintas: cor-de-pedra e flôr-de-cardo, que o olhara com olhos bons. Mas naquele primeiro dia queria se suprir mesmo em seu pampa — o *Agrado* — sabido de sim na confiança. Quando chegaram, tocava a arrear; quase todos os casados já vinham aparecendo. Tomava-se café, e a cozinheira velha, Maria Nicodemas, repartia farofa de carne, que cada um levava na capanga. Subiram em sela. Aí qual e qual empunhando sua vara. O vaqueiro Aristó tirava-os a campo. O vaqueiro Aristó era um homem positivo: — "Com Deus, minha gente, que hoje é dia de muito apuro!" "— Se vai é no Saco-Dôce, por começar?" — o Fradim se metia com pergunta, na dianteira. — "Uê, é mexendo que um vai vendo..." — o Aristó não explicava. — "Mas o Lélio ainda não sabe o campeio daqui, sistema da gente..." — o Fradim mais falou. — "Vaqueiro, se vê quem é, é no meio do largo!" — Aristó encerrava. Ele tinha o sestro de bulir com o nariz e os beiços, falando, como um boi revolve as ventas ao pastar.

— "Não se tira leite?" — Lélio perguntou a Delmiro. — "Por enquanto, o costeio aqui mesmo é a pouco: só para o gasto de casa umas vinte vaquinhas pasteiras, o Ilídio Carreiro, o Zé-Amarel, e até com a ajuda mesma do patrão, logo dão conta... As novilhas que vão parindo ainda estão sendo levadas para o São-Bento..." O dia começava aos tantos, e os gaviãozinhos pulavam no capim, catando gafanhotos. Passarinhos em desarripio cantavam nas môitas e árvores. Torta, ao norte, a Serra do Saldanh' se desvendava. Delmiro vinha noticiando.

Dizia do Pinhém. Dos apertos em que o seo Senclér ultimamente navegava, por via do desprêço em que estava caindo o gado puro zebú: no arranco da alta, ele tinha venturado de comprar touros e bezerras da Uberaba, por um custo fora de juízo. Toleima, baldear reprodutores de marca para ali, por aqueles pastos selvajados, sem fêchos quase, sem campo-feito. No durar da seca, o gado se espalhava, por demais, procurando procurando, e então muitos caíam de barranco alto, por quererem comer o capim das bordas. E bastava um bote escondido de cobra, ou uma folhagem de treme-treme

A estória de Lélio e Lina   135

pastada em encosto úmido de mato, e estava a rês morta, pêrda de mais de cem, duzentos contos-de-réis. Pior, mas, era agora: zebú assim, desvalendo, seo Senclér se arrancava pelo, fio a fio, vivia atrás de dáfida e demoratório — ajuda do Governo — e acompridava seu desânimo. Mesmo com isso, muita vez praceava alegre festoso, por ser um homem verdadeiramente, sertanejo de coração em cima. Terra do Pinhém, é que era um braço de mundo. Capim gotava leite e boi brotava do chão... Ali no Sertão dos Gerais nem dava bicheiras, nem bernes: o couro saía de primeira qualidade. A mulher de seo Senclér, dona Rute, era excelência de pessoa, sabia ter confiança em quem merecesse. Ela apreciava o valor dele, Delmiro, mandava que ele tomasse conta, se o seo Senclér andasse atrás de alguma outra saia... De certo que ele não ia delatar, por fazendo feio, nem que visse coisa, de jeito nenhum. Só que convinha agradar à boa dona Rute. Mas, olhe, isso era segredo, segredo de morte, Lélio não podia contar, mas p'ra ninguém... Lélio prometia, e perguntava se os patrões tinham filhos. — "Ah, aqui não tem sinhá-moça... Iaiá nenhuma, aqui não há, o que é o melhor!" Só dois filhos, meninos, que eles tinham, mas estavam em casa da avó, no Curvelo, botados no estudo.

Mostrava, por onde passavam, casas de vaqueiros. — "Ali, é o Lidebrando. Mulher dele, Benvinda, é filha de Aristó. Eles dois são gente de todo valor de respeito. O Aristó é que merece menos do que tem, mandão-chefe..." Outra, chaminezinha de fumaça acima: — "O Tomé. Ora vive com uma mulata escura, mas recortada fino de cara, e corpo bem feito, acinturado, que é uma beleza sensível, mesmo: é a Jiní, que se chama..." Tomé Cássio, tão moço, o mais mocinho de todos, quase um menino, mas também o mais sisudo e calado — era o melhor topador à vara, entre os vaqueiros dali. — "Ele não tem um tico de nervoso, não pisca, não estremece, não enruga. Tem medo de nada! Boi bravo, com ele, é que acaba não se reconhecendo..." Assim, também, ainda que pandorgas, o Canuto seria o melhor laçador. Cavaleiro melhor, e peão amansador, era Lorindão. Primeiro benzedor, Soussouza: capaz de reformar doença até no rastro de uma rês. E quem entendia regra do gado, no geral, Lidebrando. Mas o que sabia o antigo certo, por riba de todos, por tudo, era mesmo o danado do Aristó. — "Daí, tem o que não é tolo, mas que quer muito ser o que não é, esse espoleta de Fradim..." E de si mesmo Delmiro declarado não falava; mas, conforme discorria dos outros, sentenciando, frisava um riso e um jeito de dizer, que armava ao gabo mais distinto e superior de sua pessôa.

136 *João Guimarães Rosa*

O sol saía, redondo no chão serrano do fim de leste. Lélio nunca tinha visto tantos gaviões, dos grandes, que vinham no céu e gritavam. Os cavaleiros tomavam pela meia-encosta de um *resfriado,* e na vereda abaixo os buritis estalavam de verde novo, sob o agarrar de muitos pássaros, remexendo nas frondes, nos cachos de coquinhos mal nascidos, clamando fino e transvoando. Cada palmeira ficava de uma raça: quando era sofrê, amadurecia só de sofrê; quando maitaca, o verde até azulava; os papagaios sarapintavam amarelos pontos; mas as araras mandavam e ralhavam onde queriam, toda a parte.

— Rumo, hoje, é para os Olhos-d'Água. Bom pasto...

Sempre a par com Delmiro, Lélio notava o modo de Canuto — a cara avermelhada, em quadro na cisgola branca, de fino trançado, e enfeitada até com anéis — que de distância vigiava-os, como que sério de ciúme. O Pernambo entoara, pouco adiante, uma trova de três versos. Aquele *resfriado* rendia longe, seguindo os todos volteios da vereda. Mas, Delmiro, o que ele queria mesmo era falar de si, seus projetos, de sua raiva de não poder prosperar, de ter de remar como pobre vaqueiro. — "Sabe, meu pai foi boiadeiro de renome, e meu avô dono de fazenda, pompeano!" Ele, Delmiro, ainda havia de se fazer, lidava nesse caminho, não baixava o topete por nada nenhum, não se entregava! O que carecia era de um começo de cabedal, para mascatear, revender gados; amouxava, já tinha oito contos-de-réis, a juros, com seu primo Astórgio, em Arinos. E proteção de gente graúda, isto sim, é que era importante. Ainda esperava mais uns dois anos, e então ia para outro lugar — pra Mato-Grosso, ou, agora se dizia que o melhor era o Paraná, quem sabe... De nervoso, pegava a fumar, e cotucar dedo no nariz. A mote, perguntando a Lélio: que planos que tinha? Lélio se atalhava, não estava com disposição para nisso pensar — a vida regulada no estreito o desconcertava, assustava. Por alguma coisa em Delmiro, a gente podia gostar dele; e já era seu amigo. Mas fazia mal aquela sua fúria de tenção, o companheiro recordava ideia de um chaleirão que fervesse, e a fervura fazendo pular a tampa; esse cobiçar, esse ronco interior, de gana encorrentada, chega cheirava a breu, secava os espíritos da gente, dava até sede.

— "E o J'sé-Jórjo?" — perguntou, por desconversa. — "Bugre, de diabo..." "— E o Placidino?" "—Ara, coitado. Idiota..." Delmiro respondia abrutado, como se estivesse dando soco no amigo. Agora, quando se esquentara naqueles pensamentos, parecia tomar raiva de todo o mundo. Mas falava assim sem principal, zangado no instante, por Lélio ter tapado seus assuntos. Tanto,

A estória de Lélio e Lina 137

que, voltando rastro, emendava: — "J'sé-Jórjo é companheiro correto, homem que já achou os desgostos da vida... Placidino também é bom rapaz, nunca fez mal a ninguém..." E logo tornava a falar no de antes. Que o perigo era a gente se embeiçar por uma mocinha sertaneja, surgir casamento, um se prendendo e inutilizando para todo o resto da vida. Casar, só com uma fazendeira viúva, uma viúva ainda bem conservada. Mesmo ali no Gerais a gente campeava algumas, que valer valiam. Aí era o que Lélio também devia de ter em cautela: namoro com moça pobre, filha de vaqueiro, era ameaça de aleijão... E ali tinha, por dizer? — Lélio perguntava. Ah, bonitas, em alguma condição, tinha só três: Mariinha e Biluca, filhas de Lorindão; e Manuela — irmã de Maria Júlia, mulher de Soussouza. Com essas, então, ele carecia de medir cuidado! Menos com a Biluca, já noiva do Marçal, filho do Aristó, e vaqueiro também, que agora estava no retiro do São-Bento, porque depois de casados eles dois queriam morar lá, e nas horas de folga ele mesmo ia levantando sua casinha. O Marçal era o melhor de todos, alegre e sincero, Lélio ia ver...

Lélio escutava, anuindo com a cabeça, se esforçando por guardar, desde logo, todos os nomes e parentescos. Delmiro continuava: — "No São-Bento estão mais dois companheiros, que você vai conhecer: o Ustavo, que vive com a Adélia Baiana, e o José Miguel, solteiro como nós, que alguns tratam de 'Mingôlo'..." Mas Lélio olhava os adiantes, e tinha alguma coisa no desejo. Perguntou, por fim: — "E mulher, mulher no simples, para a precisão da gente? Será que por aqui não tem?..." Delmiro riu, e fez um gesto de poder-deixar; disse: — "Tem as 'Tias'. Depois de depois-d'amanhã é dia-de-domingo, a gente vai lá. Você está em estado de esperar?" Lélio enfiou. — "Perguntei só por perguntar..." — disse.

Pela mão esquerda, deixavam o *resfriado,* para um começo de pasto sujo. Aristó, esbarrado acolá, esperava que todos se rearreunissem, determinava o rodado do vaquejo. Era para se ajuntar de arrebanho tudo o que fosse possível, bater a gadaria para os currais. — "Pra o sal..." — arrazoou Delmiro. Com o sal, venciam seu sentimento. Se não, se iam: — "Chuva forte endoidece esse trem: faz boi achar saudade da querência. Foge. Corta uma reta..." Longe dali, que nem perguntando e pedindo, uma novilha corneteou. — "Tom em tristes..." — caçoava o Pernambo, atando as tiras de couro do jaleco. Aristó fechou a cara. Andaram. Vararam um cerradinho. Depois, era o retombar do campo, desconforme. Ali desembocaram, passo a dois, passo a três. Rêses se avistavam, que comiam. Mais remoto, um magote vasto. — "Ôi, os semoventes!" — Soussouza saudou. Aristó, adiante, tardou um momento, mão em pala. E mandou que se abrissem. — "Você fica perto de mim..." — disse a Lélio. Iam contra o vento. Era um espalhar-se dos vaqueiros, formando as grandes malhas de uma rede. Pronto, sabiam: sem um tranco, sem tinir freios, sem sacolejar caçambas, sem ranger selas; mesmo fazendo os cavalos escolher o chão a dedo curto. Ensinavam mansidão.

Além, nos extremos dum arco, só os chapéus de J'sé-Jórjo e Placidino apareciam, ondulando por sobre môitas e macegal. Com um gesto alto, Aristó enviava, seguidos, três comandos. Lélio guardou, de aprendido; que aqui tudo era outro uso. Dôcemente, desdemente, de lenta subida, começavam a aboiar.

O gado entendia, punha orêlhas para o abôio, olhavam, às vezes hesitavam. Uns furavam embora, às pragas. Ficavam para depois. Mas o grosso da parte restava, se englobavam em manada extensa, obedeciam de vir. Uns dois centos, sem menos, e Soussouza, Fradim, Placidino e J'sé-Jórjo, que se dividiam dos companheiros, bastavam para tomar conta deles, conduzí-los lá.

Os outros tornavam a cerrar-se, para as ordens de Aristó. Verificavam-se. Lélio acertou barrigueira e sobrecilha. — "Agora é que é com a Mãe de Deus; menino, tu vê..." — o Lorindão lhe falava. Aí era, à macha. Galopavam, atalhavam, perseguiam, cercavam. A Lélio pesava a estreita presença de Aristó, que o punha em prova. Dentro dum bando, só um touro expedia inquietação, o todo a grôsso. — "Caminha nele e aparta!" — Aristó mandou. Lélio sopesou a vara e atirou o cavalo contra aquele, topou-o de ferrão no focinho; que ele furiou, depois fugiu. — "Vamos atacar de laço..." Entregavam as varas ao Pernambo, pegavam sendos laços, se botavam. De repente, enquanto corriam emparelhados, Aristó atirava o seu e logo abria para o lado, a voo, que quando. Mais um momento, e Lélio teria dado na corda esticada do laço, e caído "na ronda". — "Êp' ôp'!" — sem estacar se desviou por sua vez, banda oposta; e também atirou: o touro estava em dois laços! — "Tacou bom, mocinho! Duro..." — Lorindão louvou. Mas Lélio cobrou tempo para raiva. Aquilo do capataz tinha sido tramoia malina, fora de regra, estratagema de vaqueiros desavindos, só em porfia. Por causa disso, muita vez se traçavam rixas, no sangue, na faca. Reteve-se de piores palavras; o mais que resmungou: — "Diacho, aqui é no estatuto coiceiro..." E Aristó, encarando-o a sério: — "Dou garupa, mas não forro traseiro do cavalo..." Lélio ainda desabafava: — "Por via dessas..." Mas Aristó não saía do sossego: — "Pega com Deus, que tu pode..." Os outros se cosiam de rir. A Lélio o que o irritava mais era a laçada de Aristó ter provado melhor que a sua — apanhara os chifres sem enredar orêlha. E ele sabia que o capataz o estava puxando debaixo de vistorias. Que gente... E Canuto: laçar era aquele — fazia o que queria, o tudo, tudo. Canuto laçava até para trás, mal espiando por cima do ombro. Ou rezava o pelo-sinal, depois nem boleava, ou só riscava curto, e avisava: — "Um rodopio por riba da cabeça deste, e ele fecho estreito nos pés dos chifres, a argola vai estalar no esquerdo..." E era. — "Aprendeu com sucurí, ô?" Um estiro de relâmpago, e era. Ou aquela ida no ar, vagarosa de-propósito, sirripiando curvas lado e lado. E era! Laçava e fazia qualquer touro virar as patas para o ar. Canuto mesmo se festejava, pinoteando na sela, dando gritos de dôido. Parecia um boneco. Assoviava. Ô gente do Urucúia, ô gente!

— "Alevantou!" Um zebú ruim se revoltava. Se plantava num têrro mole de chão, em cima de formigueiro, querenciava, escarvava — ficava ali cavando-e-medindo, despachando baba por suas costas. Era a hora de Tomé Cássio. Ele desembainhava a ponteira do ferrão, ia apear para atacar, num resumo tranquilo, feito viesse apanhar alguma fruta em árvore. O zebú abria o furro daquele berro, fundo um arquêjo, a barriga toda encolhida — ele puxava todas as entranhas. Mesmo na claridade do dia, aquilo toava agouro feio de luto, o mundo ficava preto. Sem pensar, Lélio gritava que deixassem para ele, entestava. Indireto, pelo receio de melindre do companheiro, mesmo assim Delmiro conversava um aviso: — "A carga dum boi erado desses é de assustar qualquer um, mesmo..." Lélio não queria ouvir. Já estava a pé, ferrão nú, vara em trato. Começava posição, afastava zangado o Pernambo e Delmiro, que queriam ajudar. O touro alteava cabeça, tomava ar, se inchava. Obrando e rabeando, sapateava num lugar só, e tremia-lhe a carne do pescoço. Lélio citava-o, obrigou-o. Ele vinha.

— "Topou, tu! Deu direito!..." — os companheiros conheciam. Mas, não, topar bem era o Tomé Cássio. Mesmo antes, a gente já via que o boi que avançava no Tomé era porque queria se machucar. Tomé aparava-o, sem dar de sentir o engolpe, castigava-o no ferrão; cedia, mas estava era deduzindo um galeio leviano do corpo, se torcendo de banda: empurrava com o bichão em terras! E Aristó mesmo não declarava valor certo no lance de Lélio, despicava num muxoxo: — "Por um bom pio, só, tié não vira sabiá..." Que coisa esse capataz Aristó queria então que ele comportasse?! Mordia um morder, retomava o laço. Boi zunia por ali, escouceando, o laço cascava: ô! — colhia a rês pelas duas patas de diante, num tirão lindo. Canuto mesmo

140 *João Guimarães Rosa*

mudava de cor, fingia não ter enxergado. Mas aquele em-ponto podia ter sido puro de sorte, Lélio pensava. Também, tivesse errado, que vergonha dele não exclamavam? E Aristó só o olhava de esquinta. Como sozinho, Aristó falava, devagar: — "Correr atrás de boi no cerrado é uma doideira... Mas tem cavalo — este Repuxo-o-Puxo meu — que faz... É bom-de-campo..." E corria. Lélio se jogava também, no seu Agrado, não ficava atrás. Sinuoseavam por entre paus, galhos se quebravam, não largavam do encalço dos bois. Saíam no limpo. — "Dar a cabeceira a uma rês, é que é danado..." Lá ia Lélio, galopava diabo, passava à frente do novilho bravo, repontava-o. — "Tirar gado bagual do capão não é fácil... Barbatão estranha..." Ia. Gosto de ver o fraquear, Lélio a ninguém não regalava. Já tinha conseguido muitos, engarupado, dado muçuca, ou derribado à vara, no homem-a-boi, sendo exato. E esse capataz velho tinha mais primeiro de se cansar! Um boi cerêjo berimbou seus chifres, surgindo de detrás do cravo-do-campo, fugiu nos vaqueiros, danou p'r' ali, varou por todos. — "Atravesso? A laço?" — Lélio perguntou. E não era que agora o Aristó achava de sua bôa-vontade desmerecer? — "Diabo, homem, você quer o tudo num dia só?..." — ele destravava. Bem feito, p'ra mim — Lélio pensou — por estar querendo me proceder; que é que eu tenho, se este ou os outros acham que eu sou ou não sou um vaqueiro de primeiras qualidades? De agora por diante, bem que ele havia de se encolher, fazer só o mesquinho que mandassem, ganhar sua paga sem luxo de influência nem pressa de empenhoso.

Mas o Pernambo foi quem falou justo: — "Esse boiote é o boi do almoço; companheiro não está vendo?" Tinham fome. E o almoço foi lá perto, à beira dos olhos-d'água, que minavam em borbulho rompido muito alegre, do sopé de um morro amarelo, de terra de chapada, e baciavam em poços quase de azul e leite, onde os passarinhos bebiam e se banhavam. Cada um se servia de sua capanga, calado comia seus punhados de farofa de carne. Os cavalos ganhavam um lombo, desenfreados e desapertados, pastavam. Lélio se cansara, se sentia aperreado. De bom prôvo seria homem poder se estender mesmo ali no capim, barriga para cima, puxar para a cara a aba do chapéu, e se enviar um cochilo demorado. Por um momento, pensou na Mocinha, a Sinhá-Linda: gostaria que ela pudesse vê-lo topar um boi bravo na vara-de-ferrão, arriscando a vida com toda a coragem; chegava a imaginá-la, ali, molhando os pezinhos outra vez na água bonita do pôço, e falando e sorrindo, ou mesmo não sorrindo e calada. Ah, Paracatú era o lugar mais longe do mundo.

A estória de Lélio e Lina

O Pernambo tinha uma esfoladura na mão, dando sangue, Lidebrando emprestava a ele um lenço, para amarrar no lugar. — "Um boi tarouco caíu na pirambeira, aí nessa cabeceira de vereda, e quebrou um quarto. Carece da gente ir lá na grota, acabar com ele, salvar o couro..." — Lidebrando relatava. Mas Aristó pensava, sério. — "Alguma dúvida, compadre?" — Lorindão indagava. — "Ah, um bom gole de café... A gente precisava era de trazer uma chaleirinha, e um coador..." — Aristó suspirava. E todos riam: "...se duvidar, faz uns dez anos que ele promete isso todo dia..." Lidebrando dava notícia também de uma novilha de meia-raça, achada morta envenenada com erva-de-folha-miúda, no danado de um recanto noruego, poucas braças adiante, seguindo o morro amarelo. No calado, todos olhavam para as beiradas do céu. — "Desde os três dias daquela chuvinha desrala, o inverno esbarrou de querer vir chegar..." — agora um falou. Outro dizia: — "O gado aqui ainda está muito desempastado. No Cascavel e no Palmital estão melhores..." No seu voo de ida e vinda, ondulado, um gavião estava a esculpir no ar o dorso de uma montanha de vidro. — *Pinhé... Pinhé...* — a fêmea chamava, alargando atôas asas e se mudando no galho de árvore, como se fosse um poleiro esquentado. — "Hoje, então, nem uma nuvem, nem um chururú de trovôo..." De ver, a gaviã se aluía e feria o alto, direta para o outro, por se ajuntarem. Delmiro perdera sua faquinha em qualquer parte, pedia a de Lélio, para picar um pito. Tomé Cássio ia até ao seu cavalo, examinava, de certo pensava que tivesse alguma dúvida na pata de diante. — *"...No tempo em que eu era moço, a minha voz retremia..."* — tarolou o Pernambo. Lélio apalpou suas costas, por debaixo do gibão, uma coceira muito impossível, dolorida. *"...Eu cantava no Urucúia, no Rio Preto se ouvia..."* Aristó ia ao pôço, bochechar boca. — "Melhorou não, compadre?..." — Lorindão perguntava. Só agora Lélio via que Aristó estava com a cara inchada de dôr-de-dente, bem, de um lado. Mas Aristó não queria delatar de suas doenças. Levantou precisão de alguém ir tocar por uma vaca, a *Bambarra* — que destraviara no meio da seca, e fazia poucos dias um caçador tinha achado trampa dela e rastreado, no destombar da ladeira duma chã, dali a mais légua, pela beirada do cerrado, já entrando no caatingal. Quem podia?

Canuto logo falou: junto com o Lélio ele fosse, traziam bem. Aristó concordou. De assim, Delmiro alegava — que o Canuto não conhecia a *Bambarra,* para ir em súcia com o Lélio, novato. Firme no dito, Aristó achou que mesmo desse jeito estava regular. Deu os sinais: a *Bambarra* era graúda, amarela-mancha, almarada, pinheira, altipada, ancuda, com barbela azebúa e ameaço de cocurute... Estava amadrinhada com sua bezerra velha: uma novilha fígado, pernalã, pintada cinto, e com malha na testa, cunhando até por entre os olhos. E mais com um pinguelo: que zulêgo que raposo, de chifres agamelados. A vaca tinha marca de ferro. A novilha, não. O boieco, não: boi boiadeiro...

Lélio nem precisava de fechar os olhos e esforçar cabeça, para formar a figura daquelas rêses: no ouvir cada ponto, ia ajuntando, compondo cada uma, da cauda aos chifres, tinha o retrato terminado, a conforme carecia. Estando feitos de descansar e comer, Canuto e ele reamontavam, rumando para a chã do caatingal.

Canuto tinha pressa de dizer alguma coisa. Por duas vezes chegara a abrir a boca, num nervoso, logo arrependido. Da terceira — Lélio via que aquilo era desculpa de última hora — pediu que queria ver seu laço. — "De quinze braças?" — perguntou. "— Dezoito." E o Canuto repassava entre os dedos cada mínimo do laço, gabando que era bom, bem reforçado, bem trançado. Estava muito sério. De repente, disse: — "Você sabe, aqui tem mocinhas em bom ensêjo para se namorar..." Tomou uma folga. — "Tem uma, a Manuela, cunhada do Soussouza... A Manuela está comprometida comigo..." Continuou falando do laço: — "Está bem cuidado, com nenhum tento esgarço, nenhuma fraqueza..." por fim entregou-o de novo a Lélio. — "E você? Tinha amor nenhum com nenhuma, donde você veio?" As palavras saíram primeiro que Lélio pensasse: — "Ah, também deixei namoro, mas com uma moça de cidade, tão bonita..." "— Ô gente, praz-me! E como é que foi?" E sem susto Lélio dizia: que ela era bonita e clara, de família importante, muito rica. Se chamava Sinhá Linda. Que gostava muito dele, ela mesma havia dado primeiro demonstração, ele no princípio nem acreditava... Mas a família não queria saber, os dois só podiam conversar escondido... O regime do mundo estava em contra. Por isso mesmo, Lélio tinha vindo para longe, buscar trabalho nos Gerais... E ainda bem que Canuto não ia adiante no perguntar, o jeito dele era mesmo o de achar que aquilo era mentiras. Por Lélio já se ferira, arrependido súbito, enfraquecido dentro de si por ter pregado aquela peta, como se babujasse o puro resguardo de um segredo, que era o seu tostãozinho de ouro. E sua vontade se retesava, num juro, juro, de nunca mais, a ninguém, falar naquilo.

Canuto, por um feliz, começava a conversar, destrembelhado, contando coisas de todos dali do Pinhém. Pelo jeito, ele achava que a um companheiro

A estória de Lélio e Lina   143

chegado de novo não havia maior mal em devassar a vida dos outros. Como se houvesse um prazo concedido para isso. Pedia que Lélio guardasse tudo consigo; e dizia boas passagens. Que no Pinhém, de sério, sério, dos homens, só o Aristó, Lidebrando, e o Fradim — mas esse porque Drelina, mulher dele, era uma beleza — até era loura, com olhos azulados. Pena ser tão soberba, de cara amarrada no atual. E apaixonada pelo Fradim, vivia admirando o marido, louvando-o, mesmo na vista de seja lá quem fosse. Drelina era irmã do Tomé Cássio, mas fervia de zangada com esse; o Tomé tratava com ela, mas à casa dela nem ia. Via da zanga, era a mulata com quem Tomé estava morando — a Jiní: uma das mais maravilhas... O Fradim, mesmo, era muito amigo do Tomé, não concordava com aquela birra da mulher; mas tinha muito medo de desgostar Drelina, por isso não dizia nada, ficava de fora. E a Drelina explicava para todo o mundo que não era por causa de ser amigação; tanto que Aparecida mais Aristó e Adélia Baiana mais o Ustavo também não eram casados em civil nem em igreja. Nem por seu irmão ser branco e a Jiní tão escura de pele. Mas porque a Jiní não dava certeza de ser honesta: só estava vivendo com o Tomé de uns dois mêses para cá, antes tinha morado com o Tiotino, vaqueiro que não estava mais no Pinhém, fora s'embora de desgosto, por esses Gerais goianos. Mas, mais em antes, dono da Jiní tinha sido — imagine — o seo Senclér, que a comprara de um garroteiro corpulento, um barbado. Esse das barbas, amásio da Jiní, viajava com ela, demorava nos lugares, mandava que ela fosse com outros, para arrancar dinheiro, ele mesmo fingia não estar vendo sabendo. Seo Senclér aí propôs compra definitiva, fechou o negócio por bons contos-de-réis. Mandou até a Jiní em cidade, viagem tão longe, para tratar dos dentes. Por desculpa, quando ela voltou, a pôs morando de mentira com o Bereba, que é um pobre coitado fazedor de alpercatas, e deu ao Bereba uma casinha nova, com muita comodidade. Tolice ter feito tanta despesa, pois não dilatou para dona Rute ficar sabendo disso — por amor de Deus Lélio calasse a boca, mas diziam que era o Delmiro quem tinha levado a ela a candonga — e dona Rute armou briga feia com seo Senclér, ameaçou até de largar dele e ir-se embora... Agora, estava tudo em pazes. Mas era porque dona Rute não sabia do outro resto. Que seo Senclér andava se encontrando com a Adélia Baiana. Por isso, tinha botado o Ustavo para ir com a Adélia para o retiro do São-Bento, aonde ele seo Senclér sempre ia que podia, assim dava menos na vista. E o Ustavo? Uns achavam que ele sabia, mas sendo com o patrão não se importava. Outros diziam que ele não desconfiava de nada, o dia em que os olhos abrisse podia suceder alguma barbaridade... E a Adélia era uma mulherzinha e isso. Também, a segundos: que tem feitiço que mulher logradeira faz, por amor de o marido não saber — dava a ele sete cuspidinhas no café, dava chá de angelim-amargo...

— "E as moças por aqui?" — Lélio perguntava. Ah, mocinha prendada, e mesmo bonita, que o Lélio devia de namorar, era a Mariinha, filha do Lorindão. Uma princesa! A irmã dela, Biluca, estava de casamento tratado com o Marçal; filho do Aristó. Aristó e Aparecida viviam juntos havia tantos, tantos anos, mas não podiam se casar legalmente. Quando foi da bôda de Lidebrando com Benvinda, filhas deles, tinham querido regular tudo, antes. Mas ninguém sabia se o antigo marido de Aparecida estava vivo ou morto: derradeira notícia dele era remota — quando estava visto sendo jagunço de bando. Mas que, depois, findo esse, tinha desaparecido, por mais longe que a Bahia.

Mas Lélio devia de namorar Mariinha, Canuto insistia. No dia-de--domingo, podia conhecê-la. — "Domingo eu vou é ver as 'tias'..." — Lélio respondeu, rindo grosso. Canuto não discordou. Disse: — "Ah, pois também. Tempo tem, e tudo..." Lélio não sabia ainda quantas, nem bem quem, eram as "tias". Mas não quis passar por atormentado nem safirento; guardou seu calado. — "Não é por falar, eu até me dou com ele... Mas o Delmiro é muito ambicioneiro..." — Canuto pronunciava. Depois contou do Soussouza: sujeito bom, valente como ninguém. Gostava por demais de beber, mas Maria Júlia sua mulher o trazia estrito vigiado... Diziam até que Maria Júlia dava nele; mas isso era invencionice. Maria Júlia, senhora distinta, enérgica, de boa família, Maria Manuela, irmã dela, também tinha gênio meio forte. Mas ele Canuto gostava dela, estavam assim comprometidos... "—E o Placidino?" "— Bom rapaz. Você sabe, ele há uns três anos, faz, passou por uma desgraça: levou uma guampada de vaca, nas partes, teve um grão arrancado a chifre, Virgem! O bago pulou no ar, foi parar pendurado num ramo de árvore..." — Coitado! E ele esfriou?" "— Bom, perjudicar de todo a homência dele, não teve esse perigo. Você vai ver como ele vive lá nas 'tias'. Mas, como todos sabem que ele é roncôlho, agora não tem coragem de namorar moça nenhuma mor de se casar..." "— E o Pernambo?" "— Companheirão. P'ra tarrafear boi não tem como ele. E é cantador. Eh, ele sabe tudo quanto é moda e cantiga, os estilos todos..." "— E o J'sé-Jórjo?" "— Ah, você sabe, ele já esteve em cadeia, cumprindo pena. Imagina que ele pegou a mulher, de noite, no bamburral,

A estória de Lélio e Lina   145

com outro homem; tocou fôgo nos dois, felizmente não matou nem feriu grave demais; mas, quando vai ver, o homem e a mulher eram outros... E o marido daquela ficou fera, bramou que ele não tinha nada com desonra alheia, em tanto...”

Quando, pelo avanço do sol, concordaram em que era preciso deixar para outro dia o campeio das três rêses amontadas, vieram voltando. Canuto conhecera mais que Lélio o pai desse, seu padrinho Higino de Sás, que vivera ali nos Gerais, sozinho, separado da mulher. — “Homem sucinto, meu padrinho! Botava pimenta na cachaça, mas bebia só um gole, em jejum, antes de sair para a campeação... De cara, você tem alguma parecença com ele...” Canuto dizia que, se não tivesse natureza de gostar tanto de mulher, queria era ser padre. Falava de milagres de Nossa Senhora, falava na Manuela, que tinha olhos grandes, pernas grossas, bem torneadas — com respeito; falava na comida da fazenda, que era bôa e farta, Lélio ia ver. Mas, quando já estavam mais perto de casa, Canuto esbarrou: disse que naquele lugar ia-se apartar de Lélio — precisava de passar por casa do Lorindão, casa da Manuela mesma. O que queria pedir, mais uma vez, era que ele Lélio fosse leal no segredo, com ponto com todas as conversas. Não levar fama. Só contara as opiniões, por amizade, malungos eram. Se despediu e indo para outra banda.

Lélio veio tocando, deixando seu cansaço se desmanchar, escutando o piso do cavalo. Quando ouviu outro, e viu, era o Tomé Cássio, que dum trilho desembocava. Tinham que se emparceirar. Tomé Cássio trazia os couros de duas rêses, tirados no campo. Todo com aquele semblante demais circunspecto, ele desnorteava a gente, por espaço. Mas mesmo puxou conversa, perguntou o que Lélio estimava do Pinhém, se estava gostando começado. Tomé Cássio era grosso, de ursos ombros, era alourado, rijo claro. Vinham vindo, parelhos; calados, outra vez. Mas agora Lélio não se agoniava, surpreendia a simpatia daquele companheiro moço. E a distância era pouca, dali mesmo a Casa já se avistava, a varanda alta. Eles voltavam de um dia bem ganho.

— “A meio cansado?” — perguntou Tomé Cássio, quando Lélio menos esperava. — “Por mesmo. Uma sedezinha...” — respondeu. Quem parecia mais sentido era o Tomé, Lélio reparou como ele estava de olheiras; mas seus olhos manifestavam brilhos, com uma saúde de querer. — “Esbarrar aqui um instantim...” — disse. E era a casinha dele, aparecendo logo depois das bananeiras, Lélio não pôde rejeitar. A Jiní já estava na porta. A gente a ia vendo, e levava um choque. Era nova, muito firme, uma mulata cor de violeta.

146   *João Guimarães Rosa*

A boca vivia um riso mordido, aqueles dentes que de brancos aumentavam. Aí os olhos, enormes, verdes, verdes que manchavam a gente de verde, que pediam o orvalho. Lélio tirara o chapéu, e nada se disse a não ser o saudar de bôas-tardes. Nem o Tomé não desapeava; só encomendou a ela qualquer coisa, Lélio não teve assento de entender o que. Ela entrava para ir buscar: desavançou num movimento, parecia que ia dansar em roda-a-roda. No lugar durava ainda aquela visão: o desliz do corpo, os seios pontudos, a cinturinha entrada estreita, os proibidos — as pernas...

Voltou, com uma cuia de aluá, trouxe-a às mãos de Lélio, que depôs o chapéu no arção e se curvou da sela para receber, abaixando a vista, num perturbo; mas, por mais que os abaixasse, sempre restava alguma coisa dela em seus olhos. A barra do vestido branco, as pernas bem feitas, os pés nas sandálias, o aluá espumava, dessoltando em chío e estalidos seu azedo bom. A Jiní tinha a pele tão enxuta, tão lisa, o narizinho fino como o de poucas moças brancas. Aqueles olhos, a gente guardava de cór. Trazia outra cuia, para o Tomé. Lélio desviava o olhar, espiava — não era palha de buriti, era sapé, o que cobria a casinha? E, mal acabavam de beber, olhava o Tomé, numa obrigação de dar-lhe a entender que ali estava somente por causa dele mesmo, a seu convite apenas. Aquela mulher, só a gente ficar a meia distância dela já era quase faltar-lhe ao respeito. Reandaram.

Dali até a Casa, um pulo, menos trocaram três ou quatro pés de conversa, sem perguntas, sem respostas, sobre o dia, o gado, o campo. Ao lado de Tomé Cássio, as coisas por perto tomavam peso de serem mais notadas, e a gente ia sentindo uma precisão de se ajuizar e medir, de pensar bem o avanço de cada palavra, antes de a pôr solta. Ele era seco e duro, mas no fundo — como uma pessôa regulada no meio de nem alegre nem triste, só cheia de destinos.

Todos já tinham retornado, menos o Canuto; e o Pernambo subira a escada da varanda, porque dona Rute ia curar-lhe o machucado da mão. Mas Lélio nem alcançava bem a ver dona Rute. Só a claridade de uma sombra. O Pernambo descia de volta, repetindo que homem não merece o que mulher no mundo vale. Lélio desarreava e escovava, cuidando do lombo do cavalo. Ah, mesmo seo Senclér só trabalhava e se esforçava porque tinha de zelar por sua mulherzinha, a fim de cujo carinho e bem-querer. E, quando Tomé Cássio machucava a mão, a Jiní tratava dele. O Fradim veio se chegando. — "Companheiro — ele disse — esse estilo de estribar curto não dá muito certo por aqui..." E o Fradim endurecia a cara, meio tombada de lado, ele todo quase esticado nas pontas dos pés, por parecer maior. A vontade que vinha em Lélio era de o lambar a cabresto, até o deixar achatadinho no chão. A tanto a gastura daquela raiva, que não soube responder. Mas o Fradim sacudia a cabeça, muito no poder de si, e tornava: — "E o loro do pé esquerdo está gastado num ponto, por rebentar. É bom você consertar isso..." Lélio não pôde deixar de reparar, e viu que era verdade. Sua ira de desgosto ainda era mais forte, mas agora mudada, num incerto, num meio modo de esperar. O Fradim mesmo vinha pegar nos arreios, apalpava o loro poído, dava outras opiniões, e conselhos, a gente tinha de ver que o jeito dele era prestativo, assim um desejo de ajudar. Se virava para Lélio, com cara alegre, punha-lhe a mão no braço: — "Um dia destes, carece de você vir lá em casa, tomar um cafezinho bem coado!" O Fradim sabia falar depressa, falava certo e bonito, sabia muita coisa. Seria por isso que a mulher gostava tanto dele? Mas Soussouza passava para o rego, vinha resmungando sozinho, zangado com alguém, formava gestos. — "Ao então, menino? Hem, gostando do Gerais?..." — agora ria, para Lélio, um riso bondoso. Modo, logo continuava a caminhar, outra vez naquela zanga, dava dois ou três passos e esbarrava, para chupar forte no cigarro. O Fradim foi atrás dele, segurava-lhe o braço, não se podia ouvir o que falava. Lélio voltou para o grupo dos outros. Mas seo Senclér descera, por ouvir e saber do dia. E, mesmo com o Aristó falando baixo, Lélio conseguiu escutar que o capataz dava aprôvo dele ao Patrão, com agradecidas palavras: contava como foi que tinha topado sozinho aquele boi jipilado, e todo o reviro mais que acontecera; que Lélio era assaz vaqueiro feito, com muito merecer. E seo Senclér para ele endireitou, gostou de perguntar de onde ele era e nascera. — "Ondonde? Gouvêias..." — respondeu. — "Cobú?! Gouveiano? Intéira! Minha santa mãe era também de perto de lá... Mas todo gouveiano tem um paletó cor-de-abóbora — se diz-que — e é danado de econômico. Trouxe o paletó abóbora?" "— Nhor não. Nunca tive." — "Então, você ainda é mais forrado de econômico?" — "Sou sim sou. Mas de economizar só se for miséria..." — teve a coragem de responder. Riram geral. Mesmo seo Senclér. Mas Lélio agora via que ele estava era triste, triste: — "Antes econômico, meu filho, que estragalbarda..." — ainda disse; e aquela tristeza nem parecia ser dele só, se estendia pela fazenda geral. Nem era tristeza bem, era um novo cansaço de todos.

Mesmo para o jantar, Canuto não tinha aparecido. Também, ninguém falava em sua falta. Só Delmiro, enquanto untava sêbo em seu laço, achou de apoquentar: — "Uai, com saudade do bom companheiro? A ver, que hoje prosearam o tanto, que nem deu para trazerem a Bambarra..." Lélio não concedeu importância. Delmiro, ou era rompente de bruto, ou agradado numa sinceridade de amigo, mas não conhecia por-metades. Também, agora a birra maior dele era com o Pernambo, por este estar recontando como dona Rute tinha sido bôa, tinha botado remédio nele, tinha conversado bonitas palavras. — "De em diante, um vai machucar mão todo dia, hem velho, mode ser prinspe?..." Mas o Pernambo era alto em si, não dava milho a pássaro-preto. Só meio-cantava: "...*Quem tiver cabeça-inchada, traz aqui, que eu vou curar; com leite de gameleira, resina de jatobá...*" Todos tinham receio dessa capacidade do Pernambo, de debochar em verso, o que desse na vontade dele, botava pessôa em coisa e assunto. E Placidino, acocorado perto, tocava um berimbau, que tinha caprichoso fabricado. Desse Placidino, nem se precisava de ter pena: seu espírito curto desanimava qualquer tristeza. Estavam na arrearia. Sereno, calado, Lidebrando fiava cabelos de boi no canzil — rodando o cabo na mão, rodava ligeiro — não eram muitos para saber manejar o canzil assim, e para bem trançar um sedenho de quatro fios-grossos. Fiava, enrolava, tecia. Tinha um balaio, cheio dos pelos de rabo: ele esfiava a seda do boi, jogava ali, ficava um monte — o estrigado, dôce nas mãos da gente, como uma plumagem. O Lidebrando só conversava o que era mesmo preciso. Se não, respondia breve, mas de muito bom modo. Para aquele, tudo era sério e medido, sem descuido, sem pressa. Lélio gostaria de ser assim. Tudo em Lidebrando estava certo. Um homem desse feitio, podia viver em qualquer parte, tudo não variava. E a gente, aqui nesses Gerais, estava tão longe de tanta coisa!

Lélio não gostaria de voltar para a Tromba-d'Anta, as pessôas de lá, bôas ou ruins, faziam só uma lembrança simples, de mistura. Maria Felícia, tinha gostado dela, no começo, e nem agora ia ser ingrato de a renegar. Mas Maria Felícia era diferente, de muito, do que ele queria, junto com ela não havia de aguentar de viver o tempo inteiro. A mãe de Lélio se chamara neste mundo Maria Francisca, tinha sido bonita e bôa, sempre trabalhadeira, sempre séria; por que, então, o pai tinha precisado de largá-la, de se sumir de casa, para vir p'ra o Urucúia, pra morar com uma mulher acontecida, qualquer, achada de viagem, em beira de cerrado? Nhô Morgão, capataz de seo Dom Borel, costumava dizer: — "Ah, se o mundo um dia se acabar, fica tanta coisa por fazer..." E outras vezes: — "Viver é ver as bobagens que inté o dia de ontem a gente fez..." Nhô Morgão gastava tudo o que ganhava comprando em

A estória de Lélio e Lina   149

toicinho e rapadura e café, p'ra a gente pobre, e só gostava era de ouvir música de instrumento e de deitar na cama, sábado para domingo, com um litro de cachaça, bebia, bebia, a noite quase inteira. Em todo o resto da semana, gota de cachaça ele nem provava. Um dia, adoeceu forte, gravemente, tiveram de agir nele lavagem de clistér; e, enquanto punham a seringa, Nhô Morgão só abria os olhos para gritar risadas: — "Estou desonrado! Estou desonrado!..." Desse, era de quem Lélio talvez tivesse mais saudade. Nhô Morgão tinha conseguido amansar a vida.

Agora, vendo que os outros trabalhavam numa ou outra coisa, ele se levantava, ia aproveitar para consertar o loro de seu arreio. Delmiro emprestava fio e agulha, uma sovela. Pôs o pensamento na Mocinha de Paracatú, e viu que não queria. Tinha horas ele pegava a achar que não soubera se comportar, em toda a viagem, só se dera ao desfrute; e a Moça, durante todo o tempo, ou não sabia que ele era gente deste mundo, ou o debicava com os rapazes da cidade — ah, se lembrava bem — ela se ria dele. Era maldosa. E, um pensava a fito, beleza usual ela possuía? — "Uma bezerrinha dos Gerais desmamada antes do mês..." — o Lino Goduino dizia. Pois não era? E arrebitava um narizinho, às vezes amanhecia com sombras nas miúdas faces. Mas, então, como podia existir nela tão bem aquela artice maior, principal, estúrdia?! Então, era como se fossem duas, todas duas de verdade, as duas numa só, no mesmo do tempo. E aquela encantada astúcia mudável, que nem fazia conta dele, Lélio, e que maltratava e animava: como a gente vê ainda, um espaço de momento, um lugar lindo, quando o escuro da noite já o consumiu; ou quando já se pode reconhecer adivinhada a divisa da várzea, por varo, no ralo dum fim de chuva. E a lembrança dela queimava, às vezes, em alma, uma tatarana lagarteasse. O único jeito de tolerar a lembrança dela era esse: de a ficar adorando, de mais longe, como se fosse uma santa.

E a Jiní? Numa precisão, quase sem pensar, Lélio falou no nome de Tomé Cássio, por qualquer coisa. — "O Fradim contou que no começo do mês que vem ele vai dar uma viagem. Vai até no Mutúm, mato do Mutúm, distância de dez dias pra se ir e voltar. Vai p'ra trazer uma irmã dele, mocinha..." — disse o Pernambo. — "E a Jiní?" — perguntou Placidino, com redondos olhos. — "Tu é bobo? Há-de-o! Então a Drelina ia deixar o Tomé levar a Jiní, p'ra depois viajar com a irmãzinha deles? O Tomé vai sozinho..." — e o riso do Pernambo era de panturro. — "P'ra algum efeito, assim é bom — disse o Delmiro. — O Tomé vai descansar um pouco da mulatinha. Que é que ele está emagrecendo..." "A Jiní acaba com ele, como quase acabou com o Tiotino. E com o Patrão... Ôi-ôi: *Lá em cima daquela serra, tem um rastro de mulher; metade da serra eu subo: mais, meu Deus, não pode ser...*" "— Traz a viola, Pernambo." "— Está sem corda." "— Será que é bonita?" — perguntou o Placidino, depois de um tanto de tempo muito calado, boca aberta. — "Quem, rapaz? Você está assombrado?" "— A irmã do Tomé, que ele vai ir p'ra buscar..." "— Se puxou à irmã, está servida de todo lindôr, sim senhor: *Lá em cima daquela serra, tem uma moça por chegar: chega feito sol e estrelas, chuva no canavial...*" "— Ô seu Pernambo, o-senhor me ensina a botija de alegria?" — Lélio perguntou, se ousando em tom de brincadeiras. — "Ara, meu filho, o seguinte é este: que eu nasci longe daqui, por aí andei e desandei, esclareci muita coisa... P'ra abastante, o que mais vi foi desgraça e ruindade. Por isso resolvi que o que quero é ficar quietinho neste cantão, onde o mundo é mais pequeno. Correndo campo e engarupando em boi, p'ra o meu pão-nosso. Tanto o que vem p'ra riba de mim, tudo eu logo despacho, em cantigas cantorias... Mas, daqui por diante vos peço, mecê me tratar por você, cerimônia nenhuma, velho para favor de fala eu não estou, nem." O Placidino se afastara lá fora, um momento, porque ouvira vozes. — "Olha esse — seguiu o Pernambo: — ...malcastrado, feioso, nunca nem teve mãe nem pai, e está aí também sempre alegrim. E olha que ele nem sabe cantar verso. Isso é que é lucro sem cabedal, é o que Deus dá quando menos dar não quer..." Mas quem vinha chegando era uma mulher, ainda bem moça, com um menino-pequeno no colo e dois caminhando, menino e menina. Saudou a todos, com uma voz de tanta simpatia, que a gente tinha de repente saudade de qualquer coisa. Era Benvinda, mulher de Lidebrando, que vinha buscar o marido. Lidebrando levantava os olhos do canzil, sorria para a mulher, um sorriso de querer-bem sossegado, e começava a guardar seus petrechos. — "Trovejou?" — ele deu de perguntar. — "Ué, está trovejando mesmo..." — e o Pernambo ria a gosto. — "Epa, Serra velha do Saldanh'!..."

Lidebrando ia embora, com a família, e Benvinda ainda falou, se despedindo: — "Nossa Senhora que fique com todos..." E ainda bem não tinham terminado de dizer amém, o J'sé-Jórjo chegava. — "Estive..." — disse. Mas disse como só para si mesmo, e num modo tão surdo, quase rompido de desafio e desabafo, que ninguém completou nada. E ele mesmo ficou calado. — "Virgem! Depois de um dia de tantos trabalhos..." — o Pernambo sussurrou. O J'sé-Jórjo era calado no atual, mas diverso do Tomé Cássio, que

A estória de Lélio e Lina   151

parecia com um luto branco por dentro, e do Lidebrando, que ao mor de sua natureza não carecer de fala; o J'sé-Jórjo, não, esse dava o ar de que não falava porque não podia, não sabia, como se tudo no interior dele fosse travado de gago. — "Ô que homem! — Delmiro disse, a um canto. — Esteve com a Lindelena..." "— Lindelena? Quem é que é?" — Lélio indagou. — "Pois Lindelena é a Tomázia... É uma das 'tias', você ainda não sabe? É a branca. A Conceição é que é a preta..." Delmiro voltava àquele sestro de enfiar o dedo no nariz, caladão fechado. Assim atarracado, sisudo, repuxando as sobrancelhas, chega a cara dele escurecia. Não sabia por que, Lélio tirou uma ideia: que o Delmiro havia de gostar, se seo Senclér, por duvidar, um dia morresse, e então a dona Rute quisesse casar com ele... Mas, lá fora, meninos corriam e gritavam: — "Toloba! Toloba!..." Eram os filhos do Ilírio Carreiro. E a Toloba, que passava, empunhando um grande ramo de mato cheio de flôr, era uma cabocla esmolambada e suja, rindo e concordando, como se os meninos a louvassem. Papuda era, papo de corda, parecendo corda de mamão. O Pernambo explicava: essa criatura varava por ali, sem pouso certo, por tudo quanto era fazenda ou arruado de córrego, ou sítio de vereda, batia os Gerais por inteiro; dormia no campo, comia não se sabe o que, mas estava sempre assim gorda. — "E toloba ela mesmo é, tudo o que é dela acha exato que é uma perfeição, e está crente que os outros também acham... Até, quando quer ameaçar alguém, o que ela fala é isto: *Ói, que eu não deixo ancê tirar bicho no meu pé...*" E aí Lélio súbito pensou uma coisa, que assustava: que o princípio de toda pior bobagem é um se prezar demais o próprio de sua pessôa. — "Toloba! Toloba!..." — a meninada não dava folga. Mas, espiando para o Placidino, Lélio reparou que os olhos dele acompanhavam a Toloba com um abençoo de dó, de pena tão sincera, que a gente podia apalpar aquela brandura de bondade, do coração dele. — "O apelido deste Placidino é 'Gombê'..." — cochichou Delmiro, saindo de seu si-mesmo. E trovejava, de verdade, na Serra do Saldãe.

Chuviscava. O chá de folha de goiabeira, ou o leite com farinha, para os que quisessem, foi tomado em riba, na varanda. Delmiro chamou Lélio a espiar lá para dentro da Casa, a sala e o corredor comprido, aquilo tudo enorme. Mostrou o grande relógio de pé, de caixa. Maria Nicodemas gostara de Lélio, pôs em sua algibeira um torrão grande de açúcar. — "O melhor, que eu queria se por escolher, era a cadeira-de-balanço..." — deduziu o Pernambo. E estavam também o Ilírio Carreiro, que tinha barba de costeleta dos dois lados da cara, e que ficava um tanto retreito, arredio dos vaqueiros.

E o Zé-Amarel, guia-de-carro, um meninote até bonito, se não fosse aquela cor cargosa, o amarelo laivado de madeira de peroba que tomou sol. Mas J'sé-Jórjo, mal bebido seu chá, desceu, como se o assoalho da varanda lhe queimasse os pés. Daí mais um pouco, igual os outros vieram.

Foram deitar mais cedo. Canuto não tinha ainda voltado, e Lélio, confusamente, gostava que nenhum dos outros comentasse sua ausência, a modo deixando dito que cada um ali era livre de suas ações. Tirou o torrão de açúcar do bolso, e viu que o maior prazer que podia era dá-lo ao Placidino, que nem entendia por que, e que primeiro o olhou muito desconfiado. O Pernambo recitou três versos da moda do Calunga na Capanga, e J'sé-Jórjo soprou logo a candêia. A cama estava provà de bôa, bôa a chuvinha lá fora, macio seu peso na trança de palmas de buriti do teto. A demoração, sozinho, cabeça atôa, antes de dormir, era o que de melhor, podia mais que a canseira. Lélio ganhava ponto de paz, só se admirava de que, com um dia passado no Pinhém, o sentir era o de que tivesse já vivido ali um tempo de anos, tanto tantas pessôas e coisas pequenas dansavam se tecendo na boca do vazio das horas grandes. E então viu que guardara, sorrateiro de si, um assunto, para uns pensamentos, para passear por ele agora: a Jiní. Ah, certo não era correto, não devia-de. A Jiní, seus olhos sumo verde-verde, que cresciam e tudo tapavam, como separados, maiores do que pessôa. Não devia. Mas podia menos pensar, um instantinho só, se concedia. Revia-a. O figuro da mulatinha cor de violeta mandava em todas as partes onde batia seu sangue, aumentava o volume de seu corpo. Chega. Esconjurou-a, brando, coçou um ouvido e a barriga; e devia de ter logo dormido.

Amanheceram rente, dia-de-sêxta, café e ao pasto. Não chovia, só o mato orvalhado de gotinhas sonoras. Canuto ali estava, com os companheiros, não dizia nada por mais, só redobrava no natural. Lélio selou, por experimentar, o cavalo caldão-pedrês de olhada amorosa, que se chamava Marampãe Aristó acabara de inchar o rosto, e estava mansejão, nem vigiava ninguém, e animava o pessoal com seus ditados: — "Ruim, mesmo ruim, ruim — nunca vi nada..." — dizia, enquanto tocavam pelas lamas, mundo chovido. — "O diabo está só por debaixo..." — acrescentava. Foram ao pasto do Saco-Dôce, depois ao da Cascavél, onde o gado já ajuntado se esparramou de repente, gado de muita qualidade, nervoso ligeiro de um em um, numa desonda brava. O Marampãe era mesmo bom, cavalo corredor. Delmiro estava espinhado do demo, não esbarrava de ir em boi, a gente tinha de ver todas as vezes que

A estória de Lélio e Lina   153

ele era um mestre-vaqueiro. E o Canuto com aquela mania: avistava uma rês de pelame bom — de longe, ele já entendia — e pegava aquela, apalpava, beliscava, dizia: — "Eta, que o couro deste promete dar um laço fino e forte..." O Fradim gostava de ficar perto do Aristó, cochichava conselho do que se devia fazer, e o Aristó cumpria, porque esse Fradim era um raio de sujeito senvergonho de talento. Aí, o Fradim por si queria era cochichar mais alto, para todos ouvirem, e todos torciam cara e arranjavam deboche. E o Aristó então não cumpria, às vezes, e ainda xingava: — "Seu, ô, siô! Acomoda! Desaparece de mim!..." O Fradim também ficava muito zangado, dizia que até por encargo de vaqueiro um precisa de ter cabeça e fazer o progresso. O Placidino não sobressaía vezeiro em forte nenhum, mas figurava seu tanto, correto, em tudo, e Aristó gostava dele, porque era o melhor para obedecer.

Num momento em que veio a estar junto de Tomé Cássio, Lélio se sujeitou num governo sem tino — o que lhe vinha era mistura de uma estima pelo outro, um curto de receio, e um bafo de vergonha de si mesmo. Num beira-d'água, encontraram uma vaca jovanês-castanha, deitada de adoecente. Delmiro tocou-a: ela andou um pedaço e tonteou e caiu. As mãos tinham amolecido, e ela parecia bêbada de cachaça. — "É erva!" — todos falaram. Ela ficou deitada, espichada, a barriga ia-se inchando. — "É erva-café. Olhem aqui." E Lidebrando arrancava, a uns metros, a plantinha da folha verde-escura. J'sé-Jórjo mexia em seu chapéu um pouco de rapadura raspada, com terra de formigueiro e água, faziam a vaca engulir aquilo. Ali mesmo esbarravam para almoçar a paçoca das capangas. J'sé-Jórjo era um sansão no jeito de pegar boi à unha, e Delmiro dizia que ele sabia toda qualidade de mandraca. O Pernambo era que se queixava: não estava podendo fazer muito, ainda por conta da mão. Quando acabavam o almoço, a vaca ervada já estava bôa, em pé, queria até investir, de repente ficada braba. Debaixo de céu escuro, Aristó agora repartia o pessoal, por lados, por serviços.

Lélio ia com Lorindão e Soussouza, viraram para a banda de meio-sul-e-nascente, rumo do pasto do Palmital. Por um espírito, Lélio teve momento em que se riu, só em si; vendo que estava ali com os donos das moças bonitas do Pinhém — o pai de duas e o cunhado da outra; e ele ainda não conhecia nenhumas. No dobrarem um espigãozinho, de supetão vinha de lá, frenteante, o burú da chuva, riscando tudo de branquim. Deram um galope, doidado, e a chuva bateu. Lorindão cantou uma gargalhada, e que sabia de um ranchinho. Soussouza não escutou direito, gritava: — "Debaixo de árvore, não, árvore que chama faísca..." Mas a chuvaça tomava a gente de respirar, um bebia água, se assoava, se babava, homem tinha o que aguentar, as roupas iam pesando endurecidas, pé de cavalo trampeava em barro, voz ouvida não cabia. No ranchinho, que Lorindão adivinhou e os cavalos no escuro branco acharam, todos podiam se esconder, malmal, vaqueiros e animais, que aquilo era uma coberta de palha de palmeira, em cima de quatro esteios. — "Chuva aqui é de ferro..." — falou Lélio. Lorindão sacudia as pernas, seus rosetões de esporas tiniam festa. Ria, ria. Lélio não conseguia mais encará-lo com inocência — pensava: um dia, quem sabe, este vai ser meu sôgro. Mas Soussouza espiava o arruinado do tempo, e se queixava, mas com estatutos em palavras, como se reclamasse o malfeito de uma pessôa. Lorindão disse: — "Homem bravo, este: quando encontra bom motivo, dobra no tamanho e racha coco no coqueiro... Na Extrema, com boiada, uma noite ele estava no quarto, com uma mulher, uma turma de vagabundos armava desordem no bêco. Soussouza, deu p'ra ele ter raiva, abriu a janela, gritou que esbarrassem. Não esbarraram, aí daí a pouco ele abriu a janela e pulou lá no meio, no escuro, deu pancada à péga, desarmou uma porção deles..." Mas Soussouza, nem podendo ouvir esse relato, estava com mais fúria era porque palha, fumo e petrechos estavam encharcados, ele não podia pitar.

Depois da chuva, voltavam, o dia dera o de seu. Caminho indo, Lélio se lembrou: — "O cachorrinho que veio comigo, aquele, ainda estará com o senhor?" — perguntou a Lorindão. — "Não, meu filho. À dona já entreguei, que por sinal mandou dizer agradecer, de todo muito coração... Mas em minha casa, casinha de pobre, você vai passar, é p'ra beber um gole e esquentar o corpo." Falou com um risinho meio sem jeito; que Lélio pensou: de pai com moça por casar. Um gavião grande assoviou e deu sombra. Gavião-de-penacho? — "De-penacho não: é um gavião-pardo, tamanhão. Ele pia igual ao outro..." "— Todo gavião graúdo dá sorte..." — gritou Soussouza, já se despedindo pra se apartar.

Para moradia de vaqueiro a de Lorindão era grande. Tinha uma rede e um banco comprido, na sala, e uma mesinha com toalha de renda, na mêsa um vaso de flôr. Lélio pendurara o chapéu num torno de madeira, no portal. Espiava as estampas de folhinhas nas paredes, enquanto escutava um sussurrado rebuliço, lá por dentro. Mesmo sem aquilo, mas: a gente percebia, por tudo, até pelo melhor resguardado do ar, que ali era uma casa com suas moças. Coração de um já batia aos tantos. Dorica, a mulher de Lorindão, era gorda, mas das zangadas, sobre o sisudo. Quase não proseou, e olhava a gente com desconfianças, essa capaz de implicar muito. Que as moças não apareciam, porque não estavam arrumadas direito, moça é sempre vaidosa. — "Rapaz solteiro de visita em casa, é isto: dá transtorno..." — gracejou Lorindão. Dorica olhou para ele com raiva. Tinha licôr de buriti, e restilo com umburana. Lélio tomou um trago do restilo e ainda conversou um pouco, escolhendo suas melhores palavras, sabia que de lá de dentro elas estavam escutando. E, caminho a fora, quando se despediu, recordava ainda tudo o que tinha discorrido de falar, por fim de saber de seu acerto. Mas chegou à Casa com uma dôr-de-cabeça, e quis dormir cedo; teve até sujo de sonhos ruins, no meio da madrugada. De manhã, repensou — achou que Dorica mulher de Lorindão lhe tinha posto olhado.

     Mas era sábado e sol, saíam alegre a campo, hoje seo Senclér vinha junto vaquejar. Lélio montou o preto *Pass'o-Preto*, seco estreito, comprido de braço e perna, sabendo boi e vento e com força de garra em chão para travar esbarro mesmo em surto de galope — cavalo de muita honra. Correram rumo no Capão-das-Éguas, cantavam véspera de dia-de-domingo; até o gado ia obedecia. Mas o Aristó mandou Lélio mais J'sé-Jórjo, re-de-vez pela *Bambarra* — agora aquelas três rêses com remorso de amadrinhadas tinham que vir. O caminho era demorado, e o J'sé-Jórjo não conversava exemplo. Aquele homem rastreava até sem querer, e estava dependurado dos olhos, feito gavião, feria longe. Fincava o olhar, e ele chega fungava: parecia que aquilo era uma dôr de doer. Com o cujo, com pouco, Lélio quando viu de si só rastreava também, estava tendo de cumprir sujeição ao uso do companheiro. Beiraram belas veredas, buritizais de se querer bem. E o sujo de campos já em pronto revêrde. Quando no insofrido de enfastiado, Lélio tomava então um gole da ideia de que amanhã ia conhecer as "tias". E a alegria de corpo solevava-o tanto, que logo carecia de calçar consciência com ruma de pensamentos sérios, tenção de homem-de-bem: fazer como o Delmiro, determinar o certo da vida. De segunda-feira em diante, cuidava daquilo, firme. Pôr dinheiro de parte, levantar suas paredes de paz, casinha de têlha e taipa; e se casava. Uma salinha, com banco e rede, e uma mesa atoalhada, no meio dela a jarra com flôr. Ainda não tinha visto Mariinha nem Manuela, mas sabia que com uma delas se casava; mais fácil melhor ser com a Mariinha, com esse nome fininho frio de bonito. Bom, ia ser; era. E, então, isso das "tias", amanhã, ficava permitido concertado, como coisa de intervalo, em sua hora e seu tempo,

156   *João Guimarães Rosa*

passagem de homem, mocidade. Mas, então, evém vinha o sossalto daquela lembrança que ele queria e não queria: a Moça de Paracatú, a Sinhá-Linda. Vinha, e tudo o que outro desbotava em tristeza. Sem ser por ela, o que ele fizesse era caminhar para trás, para fora da casa do rei, para longe dele mesmo. Mas, então, ele era bobo? Pois aquela Mocinha tinha sido na vida dele que nem um beija-flôr que entra por uma janela e sai por outra, chicotinho verde e todas as cores no ar, que a gente bem nem viu. Mas então. Como se deixar de se lembrar dela é que fosse o pecado maior.

Quando o J'sé-Jórjo falava, quase que era que nem que só para si mesmo, e respeito de rastros. — "Eh, rês fugida faz rastro seguido — não é aquele rastro caracoleado, da rês em logradouro..." Desesticava em riba. — "Vaca. Gado solteiro. As unhas uma a outra traspassando..." Fungava. — "Dianho, agora é este capim-mimoso, que não guarda cama de pé nenhum... Como é que se pode?" Podia. Se apeava. Ia. Funga, tatú na faca! Reachava as patagadas — de três rêses sem-jeito, que tinham ematado fundo no caatingal. E agora? Não deviam ter trazido os cachorros? Mas J'sé-Jórjo rezava baixo. Rezas-pesadas, se via. O Credo, de trás para diante, valendo igual a *São-Marcos*. Ou o Credo rezado num revesso, misturado entremeado com a Salve-Rainha — reza ainda mais brava. Aquele homem dava receio. E a Bambarra mesma ajudava a se encontrar, recebia o laço sem arreviro nenhum de testa, se emprestava de ser amarrada em pau. J'sé-Jórjo tirou de debaixo da capa da sela uma máscara de fibra de burití, e com ela encaretou a vaca; tirou um polaco da capanga, prendeu num chifre dela. Soltou-a, e vieram. O gangolô latejava badalado. A novilha figado e o boizinho azulêgo-raposo acompanhavam a Bambarra, parecia que entendiam o caminho justo. Bastava a gente vir sorrabando os três, pouco precisavam de pajeá-los. Era a reza-feia do J'sé-Jórjo.

Desvinham aquelas veredas, o quanto podiam torando reto, depassaram o cerrado do Quiriquirí, o pasto da Rocinha — onde os enxadeiros de seo Senclér ainda andavam ressemeando o milho. E quando o J'sé-Jórjo começou a querer conversar, Lélio quase concebeu um susto. Nem se sabia como, o homem estava era narrando o caso todo de sua vida, o triste fim dum só acontecido. Era uma contação custosa e puxada, indo adiante e retornando, de ora aos arrancos, de ora mastigando o gaguêjo, e umas esbarradas para pensar melhor, que punham a gente nervoso, e misturando nomes mesmo de pouco se compreender, e explicando passagens sem precisão, mas de que de certo ele J'sé-Jórjo gostava, com todo tintim. Suava para falar, e fungava; mas

A estória de Lélio e Lina   157

contava aquilo com frieza de sangue e macias palavras, não dando tom de queixa nenhuma, como se tudo fosse passado com outras pessôas. Mesmo vez ria. Só pelo repetir no igual do jeito uma mesma coisa, a três e quatro, a gente acabava recebendo daquilo o queimo gelado de queixume. Mas a saudade, nele, prevalecia dos dissabôres. Contava como se tinha casado, gostado tanto da mulher, e como era a casa deles: o quarto, com a pirunga — a grande pirunga feita de adôbes, espécie de tulha paredada perto da cabeceira-de--cama do jiráu, e que guardava o arroz para os dois comerem o ano inteiro. O carrocim com água pra se beber. Os nomes dos cachorros que tinham. A árvore em frente da porta, debaixo dela eles se sentavam de tarde. Falava como era o trabalho de campo por lá, falava nos bois; contava tudo. E a desgraça de ter atirado e ferido os dois, e nem era a mulher dele, por má sorte. De fim, quando voltara de estar preso, a mulher tinha fugido, com o senvergonho. — "Com o mesmo, o que levou o tiro?" — Lélio quis saber. J'sé-Jórjo esbarrou, ficou pensando um tempo, boca meio aberta. Depois olhou preto para Lélio, quase com ódio, feito achando que estava sendo caçoado. — "Perguntei por amizade..." — Lélio o sossegou. Não, não tinha sido com aquele-um. Foi com o outro, o dela, o dito... E J'sé-Jórjo tornava a recontar.

Já ao depois de tarde, de sonoite, davam de estar perto. Duro sábado, caminho longe. Agora, aquela luzinha ali, era a moradia do Tomé, da Jiní. Quem sabe ela escutava o gangolô da Bambarra, via gado tangido, vinha à porta espiar? A luzinha era triste. — "Rancho do Tomé..." — o J'sé-Jórjo falou. E era mesmo um rancho, tão pequenina. Até uma galinha dormia empoleirada em cima dela, no coberto de capim-fino.

Chegando à Casa no retraso da hora, cuidavam dos cavalos e vinham à porta-da-cozinha, pedir à Maria Nicodemas comida-de-sal. — "Como foi, que eu nem tive folga p'ra lavar corpo..." — Lélio alegou. — "Amanhã, cedo, com Deus, a gente vai..." — disse J'sé-Jórjo. E estava demudado o modo dele falar, até Lélio o estranhou. Aquele homem estava começando a ser seu amigo. Satisfeito, por si, pegou a querer ensinar a Lélio o sutil das marcas do rastrêio: — "...Se for de touro já feito, o rastro é maior. O touro tem os cascos bem redondos. Bem volteadas as pontas... O boi capado tem as pontas dos cascos mais finas, já forma as pontas bem compridas..." Assim ele melhor falava.

No quarto-dos-vaqueiros, só acharam Canuto. O Pernambo e Placidino estavam seroando nas "tias". Delmiro? Esse saíra por ali, com o Marçal,

158   *João Guimarães Rosa*

chegado do São-Bento. Mas, com o arrompo do cansaço, Lélio e J'sé-Jórjo queriam era dormir.

Até ao cocoriacô do galo, que cantava trepado num monte de lenha. E todos se levantavam, com nos rostos o mesmo tino de alegria. Domingo claro, em vago, dia de alto tempo. O Marçal também estava ali. Caminhou e veio, e disse, como um velho conhecido: — "Lélio do Higino, com' passou?" Ele era firme no que queria, e agradava no átimo, mesmo por esse dado de sempre citar o nome da gente. Mas bebeu o café e já ia se foi saindo: — "Tomar benção à Mãe... Ela deve de estar jeriza, por eu não ter ido dormir lá em casa..." Deu as costas, e o Pernambo se ria: — "Em qual! Este é de donza, donzela. Está aqui, foi noivar, de alvoradas..." O J'sé-Jórjo pegara dois pães de sabão-preto, enrolado em palha, e esperava Lélio, para o banho no ribeirão. Mas o Pernambo despendurava a viola, logo o Placidino o ladeava. — "Vocês já estão p'r' as raparigas?" — afôito Lélio perguntou. O Pernambo segurou-lhe o braço: — "Menino, não fala em raparigagem não, que com seu direito elas desse nome não gostam... E você mesmo depois vai? Bom, por antes, diz uma verdade, dá de juramento: você tem doença-de-rua nenhuma? Tiver, vai não, que com estas você mal resulta. E aqui nós também queremos a ordem de regra, pela saúde de todos... A primeiro, se tratar...!" O Pernambo espiou para dentro, e, de zomba, chamou Canuto por companhia. — "Uma tana!" — esse respondeu. — "Dia-de-domingo, sem missa, vou mas é rezar o meu terço..." E se ajoelhou, num baixeiro, fazendo o pelo-sinal. Entoou a rezar alto. — "Isso é p'ra as famílias e as moças ficarem sabendo, e acharem que ele é o prinspe de todos..." — o Pernambo debicou. Mas o Canuto só se virou um momento, cascou para o Pernambo o feio gesto, e tocou de seguida as suas altas ave-marias. Delmiro deu um muxoxo, e quis ir com Lélio e J'sé-Jórjo ao pôço do banho, no ribeirão.

Vindo os três de volta, depois, Canuto mais lá não estava. Lélio vestiu sua roupa dos domingos: calça clara, paletó muito azul, camisa limpa e sapato de cidade; só gravata é que não se usava. De pronto, porém, se via sem companheiro guiador na empreita, pois J'sé-Jórjo carecia de ir à casa de Lidebrando, que cortava o cabelo dele, e Delmiro tinha combinado com o Marçal de se encontrarem no Lorindão. Lélio, por um instante, se desajeitou, sem conselho, se apoquentava. Sempre quando queria forte uma coisa, seu querer vinha grôsso, desnorteando-o sem proveito. Mas justo chegava um, o Mingôlo, José Miguel, que dizendo: — "Eu estou mesmo com os pés p'ra

A estória de Lélio e Lina   159

lá..."Também ia às "tias". — "Estou chegando do São-Bento... Hoje se tirou leite muito antes do sol ameaçar..." O Mingôlo tinha a cara quadrada longa, de cavalo, e marcada de bexiga, estalava dedo e os cachorros da fazenda pulavam por ele, em festas. Disse queria pedir ao Canuto ajuda de escrever uma carta para a nôiva, que morava no Andrade-do-Amparo, do outro lado da Serra do Saldanh', ainda do outro lado do Morro do João Matias. Carta que logo mandava, quando tivesse próprio portador. E o casamento havia de se abençoar entre o Natal e o São-José. Dona Rute já tinha se aceitado de ser a madrinha... E, para Lélio: — "Então, companheiro, a tudo vamos. Elas estão só esperando a gente..." "— Pois também vou com vocês..." — agora falava Delmiro, inesperado. "— Mas chego só até perto e volto; agora lá já tem gente demais..."

De caminho, Lélio perguntava, e ia sabendo, finalmente. As "tias", a Conceição e a Tomázia, se consentiam à farta, por prazer de artes. A Conceição era preta. — "Mas uma preta sacudidona e limpa, não tem um defeito num dente..." Moravam numa casinha bem estável, à beira do córrego, depois daquela capoeirinha, que se avistava. — "E o seo Senclér deixa? Dona Rute?!" "— Mas elas duas estão aqui na Casa, até quase no diário... Elas é que lavam a roupa toda da fazenda... Tem tempo que trabalham até no eito, ou então em fábrica-de-farinha." O Mingôlo caminhava num passo largo, ligeiro, e assoviava, no natural de um que estivesse vindo para lavar as mãos antes do almoço, ou só beber um caneco de leite ao pé da vaca. Lélio seguia-o, sério. Sempre que ia para uma novidade de mulher, ele esperava qualquer maravilha, de quase milagre; quando, na hora, ele escopava: tudo era tão muito menos do que um esquentara imaginado. E só depois, muito tempo, então no descôrpo da lembrança da gente era que aquele viço antigo das coisas tornava a lumiar, feito poeira levantada, que se traspassa enfiada de sol e vem repousando, não pousa. Delmiro parece que atrasava o passo, de propósito, e fazia um escárneo de um risinho, como para bobear dos outros dois.

— "Elas criam galinha, também. Engordam até um porquinho..." E plantavam sua mandioquinha, também, e, entre a casa e as touceiras de bana-neiras, tinha uma horta, condizida com sua cerquinha de varas. O lugar era bonito. À frente, um terreirão meio redondo, o chão amarelo, muito batido, muito varrido, rodeado por mangueiras, onde debaixo delas o Pernambo já se estava numa rede de tapuirana, de árvore a árvore. Havia também dois bancos, de talas de buriti. O Pernambo brincava na viola; acocorado perto dele, Placidino tocava seu berimbau. Peças de roupa secavam, numa corda, ou estendidas no capim. Acolá, no lime da porta, aparecia uma preta — retinta, de cara redonda e brilhante, com enormes brincos moçambiques nas orêlhas, ela era cheia de corpo, roliça em completos, com um vestido vistoso, de chita clara com vermelhos floreados; calçava chinelins e enrolara um lenço estampado na cabeça. Era a Conceição, conforme se queria.

— "Ô morena! — gritou o Mingôlo. — Morenando sempre mais?" "— Ora veja! — ela respondeu de lá. — Cê quer brancura, ou quer fartura?..." "— Oxente! Acho que vou querer é você, até sapo suspirar em córrego!" "— Pois vem." "— Me deixa tomar fôlego..." "— Não se toca boi à força, nem para o pasto melhor..." "— Tem dó de um. E qu'é da Tomázia?" "— Contente que está no quarto, com o Zé-Amarel." "— Beldroega!" "— O menino também carece de aprender, pois não carece?" Mas o Mingôlo dizia que ia ceder vez ao companheiro novato, por escala. E a Conceição encarava Lélio, abrindo aquele polvilho de riso, dando por olhos um convite de muita amabilidade. — "Hã, ele veio conhecer os préstimos de mulher?" — ela favoreceu. Lélio se virava para Delmiro, pensando que esse ia voltar passo; mas Delmiro disse só: — "Resolvi, fico te esperando." E se sentou no banco. — "Por ora nós dois já estamos servidos..." — o Pernambo falou, por si e por Placidino. Então Lélio caminhou, meio sorrindo também, para a preta, que pegou delicada na mão dele: — "Bom, que cê veio. A gente já estava esperando, poder avistar o novo, como é..." Entraram. O Pernambo cantava: ...*Aruvalho também pesa: pesa na ponta da folha...*

Quando, passada uma meia-hora, Conceição o trouxe de volta ao terreiro, ela disse aos outros: — "Este um é um cacique!" Todos riram — o J'sé-Jórjo também ali estava, e o Zé-Amarel. Mas a brincadeira da Conceição não ofendia, antes mais agradava, porque a fala dela, clareando forte, era só um sincero de qualidade. Assim quando chamou, pensando que Lélio ia-s'embora: — "Ôi, tu tá sem tempo, ô coisa? Espera, p'ra conhecer a Tomázia..." Era melhor, mesmo, disse o Delmiro, agora sem pressa, dando-lhe um cigarro já feito. ...*Meu sangue caíu de mim, cortado no coração...* — o Pernambo cantava. Com a Tomázia, agora era o Mingôlo quem estava? E o Delmiro, um tanto vexado, se acorçoou e entrou com a Conceição.

Lélio se sentava, consertava seu ser. Bem que ao bem, se contentara, repago em tranquilidades. Acendeu o cigarro, pitava. Pensava na Conceição, muito agradecido. A preta ouro valia. No começo, o fora enrolando, tratando-o com um carinho escorrido e certo, com perleixos e teus-agrados, sem momice, carinho de mãe que achêga o filho, com perdão de comparar. Mas, direto depois, virava estonta, rolava, sacudindo seus meneios, fechava--o — como cavaleiro que não quer deixar o animal defastar —; e ela mesma sabia disso, que no aí, no pouco pudor, ditava: — "Aguenta, Bem, tem medo não: côice de égua não machuca cavalo..." Saúde, serenava. — "Agora, que você já está fronho aqui, não deixa de voltar, meu filho... O mais que você puder..." — ainda disse, depois, cá fora.

Como o Pernambo ouviu, e logo cantou: ...*Te vejo só no domingo, padeço toda a semana: uma coisa é buriti, mas outra é buritirana...* Daí, Lélio no sensato, cismoso. ...*Burití, rei da vereda, de crescer envelheceu: quer seu chão nas altas nuvens, e a água azul que tem no céu...* — esvoava a cantiga do Pernambo. Que cantasse mais, pediam todos: tirasse o Testamento do Papagáio, o Abecê dos Bem Casados, a Bôda do Sabiá com a Beija-Flôr. Não. ...*Buriti beirando a água, eu beirando o não sei quê: quando choro, lavo mágoa, canto é secando sofrer...* Mas o Pernambo queria era que começassem um truque, tirava da algibeira o baralho, mandava Placidino ir buscar uns sacos, para forrar o chão do terreiro. O que cantava, era de alto estado, como roubava de Deus: ...*Buriti virou um homem, me pegou e me fez mal. Agora, casa comigo, Buriti, Buritizal!...*

Soltando o Mingôlo, solertes, a Tomázia saía e aparecia. Clara era, e mesmo não feia, nela nem se notava quase o pirotinho de papo no pescoço. Veio até cá, acender o cachimbo, e fazia os esforços, no caminhado empinava um apuro, para seu andar causar bonito. Tinha até pó-de-arroz e pintura de vermelhos, na boca, na cara. Em parte ela falava difícil, repicando o acerto de cada palavra, e em parte a gente via que estava imitando a Conceição. Saudou Lélio, senhora-dona, mas com fino de amizade, socialmente: — "Muito prazer em conhecer..." O Pernambo, por palhaço, pegou e beijou a barra da saia dela: — "Princesa-Rainha, que queixume é esse? Prostro em vosso real..." "— Faça-se ideia! — ela rebicou. —Você, íssia! Acabou de comer e já estais em jejuns?!" "— Princí-Princesa, não engasga o pobre! Por falta de muito agrado, ói que eu me desvou daqui, não volto, viro donzeleiro..." "— A por! Cabaça! Se imagine... Pobre das mocinhas novilhas, a que tiver que se aguentar com um mutão desses... Tu é boi no umbigo! E tu tem xodó por mim, eu sei..." — ela ainda muxoxeou. Tirou uma cachimbada, e emprestou o cachimbo ao J'sé-Jórjo. O Placidino se esticou em pé, fazendo menção olhada de ir entrar junto com ela. Mas, com um não de dedo, ela mandou que ele

162   *João Guimarães Rosa*

esperasse vez. — "Paciência, meu filho. Agora ainda é outro..." E olhou para Lélio, com denguice, mas também com tanto damêjo de soberania, que parecia estar esperando de ser tirada para uma dansa em sala. E Lélio foi.

Variar era variar, e na Tomázia um tinha bem outra. De começo, mesmo no quarto, ela não perdia aquele vizaví melindroso de visagem, convidava para ele se sentar no tamborete, ia buscar uma xicrinha de café. — "Descansas repousado, Bem, p'ra te acostumar com o lugar. Boi sempre estranha bebedouro novo... Mas não olha p'ra cima, não repara, que tu só vê é capim e esses fios de picumã... Tudo no Gerais é bom, mas ainda tem muito atraso..." Depois, perguntava coisas da vida dele. Queria saber se ele achava que ela era bonita. Mas um brilho diverso lavorava naqueles olhos, e ela dizia o exato: — "Bem, vamos principiar, que tem os outros lá fora esperando..." E num zape ela mudava: só manejo de meiguices, ficava serviçal simples, mansa e em fome de avanço como uma cachorrinha, e cabeça cheia de invencionice. Tinha nôjo não, dizia que gostava era de ensinar coisas. Já tinha sido de zona, de bordel, na cidade — lá se chamava era *Lindelena...* — "E quem trouxe você p'ra cá?" — Lélio indagou. — "Quem? Adivinha, só. Não acerta? Pois foi o seo Senclér, mesmo, Bem. Ele já teve rabicho, por mim! Tenho muito lombo..." E agora, seu Senclér ainda se encontrava com ela? Ah, isso não, fazia muito tempo que não. Mas era por causa que a mulher dele tinha mandado cozinhar para ele bebida de amavías, modo d'ele desgostar de todas fora de sua casa... Lélio se espantava de escutar aquilo. Ainda mal pudera ver direito dona Rute, mas Delmiro, Pernambo, Canuto, todos com a admiração tinham referido como ela era: linda, macia, branca, do Céu, e uma delicada simpatia tanta — lá em cima, na Casa, dona Rute, flôr-d'altura, a que podia ser por esses grandes Gerais todos o rebrilho de uma joia... E ali aquela Tomázia, cachimbando! Até ele se desgostou, em si; de dado de uma raiva. Mas, por não cuspir nunca no prato em que se comeu, ele pegou e fez nela um carinho. — "Agora, Bem, que a gente está assim em lua-de-méis, você pode vir aqui em dia-de-semana também, de tardinha, no escurecer. Tu vens?" — ela falou, pondo-o de molho no comprido daqueles seus olhos. — "Uai, e pode?" "— Não abusando, pode. Pois o Canuto só vem agora é assim, ainda trasanteôntem veio. Soussouza também, Lorindão também. E o J'sé-Jórjo, esse aparece aqui dia-de-domingo, mas para os ares e assuntos; p'ra o sério, com ele é só de noite, ele precisa de se esconder dos companheiros, esse precisa de ser escondido de todo o mundo..."

A estória de Lélio e Lina   163

Lá fora, no terreiro, Lélio se sentou na rede, tinha de esperar que acabasse a mão de truque, que Delmiro estava jogando. Mingôlo entrara com a Conceição, e o Placidino com a Tomázia. Quem jogava com o Delmiro eram o Pernambo, Zé-Amarel, e o Ustavo. O Ustavo ficou conhecendo Lélio, e explicou: tinha vindo só para dar um recado ao Mingôlo, e o Pernambo pedira para ele auxiliar um instantinho na sota, só parceiro; mas dali a logo ia s'embora, era homem com responsabilidade, queria não saber de forjico, mulher dele o estava esperando, em casa de compadre Soussouza. — "A bem, seu Ustavo, e joga! Aí, vou com uma dessas meninas, já estou sentindo falta..." — o Pernambo ralhou. — "A com qual?" — perguntou o Zé-Amarel, que a momento olhava para a porta da casa, assim como boi sente o sal. — "Tanto faz como tanto fez, meu filho. Tu escolhe uma, deixa a outra p'ra mim..." O Pernambo fazia a vaza.

Um desgosto caíra no coração de Lélio, pequeno e dono em poder como uma sementinha. Não pelo em-ser daquelas duas mulheres. Somente saudáveis. Aquelas ancas não se poupavam. Só podia gostar delas. E ali mesmo ia ouvindo, dum e doutro, como elas eram irmãs de bondade, no diário, no atual, e tudo mereciam. Não recebiam dinheiro nenhum — só, lá de vez em quando, quem queria dar dava um presentinho — e estavam ali sempre às ordens. E ainda ajudavam mais: lavavam roupa, botavam remendo ou costuravam botão, faziam remédios p'ra quem precisasse: ainda hoje a Tomázia tinha pilado folhas novas de assa-peixe para pingar o caldo nos olhos do Placidino, que estavam com um começo de inflame. E, mesmo, o que seria de um pobre feioso e atoleimado assim, como o Placidino, sem afago nenhum, se não fossem elas? O que gostavam era de homens, e prezavam mais os vaqueiros. Quando, dali a pouco, a Conceição saía, soltando o Mingôlo, ia outro visitante chegar, e recebia-o em brados, alto falava: — "já vem o Brêtas me cansar!..." O Brêtas era um sitiante pequeno, nas nascentes do Ribeirão, e tinha caminhado três léguas, desde a madrugada, para vir ver as Tias. E ainda trazia um balaio com jaboticabas. — "Esse Brêtas tem pelos na orêlha! Bode, bode..." Mas a Conceição o abraçava e tratava-o bem. — "Será, que diferença é que vaqueiro tem dos outros? — Lélio glosava. — Vaqueiro ou lavrador, tudo é uma igualha..." "— Igualzinho igual, não é não. Eu é que sei...Vaqueiro é homem mais em pé, é homem circunspeito..." E a Conceição levava o Brêtas para dentro. O Ustavo já se fora, passando as cartas para o Mingôlo. A tristeza de Lélio aumentava. — "Tem pressa não — o Pernambo falava. — Almoço lá hoje é muito mais tarde. Nem daqui a umas duas horas." "— Mas eu ainda vou antes passar em casa de Lorindão" — falou Delmiro. Um menino apareceu, meninão de olhos arregalados, sem coragem de se chegar, ficou abraçado com uma mangueira. — "É o Silirino, filho de Ilírio Carreiro. Espera só, p'ra vocês verem uma coisa." E o Pernambo estava presumindo certo. A quando a Tomázia saíu do Placidino, e veio tirar uma cachimbada, deu com os olhos no Silirino, e cresceu nos cascos: — "Puxa daí, crila, te vai p'ra casa! Tu é anta ainda com riscas brancas, cheirando a cueiro..." O Silirino ainda queria abrir a boca, por dizer sua razão, mas a Tomázia mencionava o de pegar em vara de marmelo, e ele deu de pé, ao tanto corria longe, safado, desaparecia. — "Agora podemos ir" — dizia Delmiro, o jogo terminado. — "É cêdo, cêdo. Vocês não aceitam de chupar jaboticabas?" — e a Tomázia olhava os dois, com um olhar que era de amor por todos. — "...Mas vocês voltam, depois de almoço?!" — "Voltamos..." — "Voltamos..." — Lélio ainda prometia, enquanto o Pernambo passava braço na cintura de Tomázia, os dois entrando para a casa.

Lélio e Delmiro vieram um espaço calados, somente no caminhar devagar. O tempo firmara. O sol secava quase toda a lama. Secava dura, ali nos Gerais a lama logo se atijolava, mais que em qualquer outra parte. No arvoredo, verde novo e velho, que enfarava, só as borboletas estavam maduras. Um cachorro latia, com sotaque humano. Passarinho cantava, o canto de chama: no que diz, desdiz. O dia se alargava bom, nuvens só num ponto; o azul do céu insistia. As bananeiras rasgadas, dependuravam rôxos corações. Ao pé dum gravatá, de folhas com os espinhos pontudos cruzados em dois rumos, queria se esconder um caboré-do-campo, perdendo suas penas: o menor dar de vento as sacudia.

Delmiro esbarrou, coçava o nariz, limpou pigarro. Depois pôs os olhos para cima, e empinou os ombros. — "Diacho! — disse. — O que é, é: é o regalo do corpo. Homem foi feito assim, barro de Adão não é pedra. Mas eu não estou inteiro nisso... Às vezes, depois, me dá um nôjo, outro. Princípío uma vontade, um desespero de sair do mole do diário, arranjar meu jeito, mudar de vida. Aí, queria trabalhar, ou andar, num rompante, tirar em mim um esforço grande, mesmo como nunca eu fiz..." Lélio não respondia. Mas, por dentro dele lavorava que nem um susto, um arrocho maior. Tudo o que o Delmiro dera de falar, era, igual por igual, o que ele mesmo vinha em remorso pensando. Enquanto era ele sozinho sentindo, aquilo importava de menos, era como uma das muitas coisas desta vida, desencontradas, que,

A estória de Lélio e Lina

mesmo perturbando um momento, a gente podia ir deixando para mais tarde, mais tarde, p'ra repensar direito e se resolver. Mas, agorinha, quando um outro também sustentava assim, e falava, parecia então que o peso de pressa era maior, subia uma tristeza, um medo, um estava pisando borralho quente.

Quando Delmiro se apartou, indo para o Lorindão, Lélio ainda não quis voltar para a Casa. Dali era perto, e ele nem estava com fome. Foi andando a meio rumo, ao deusdar. Tomou por um trilho-de-vaca, que beirava o cerrado ralo. Um gavião gritava por outro, rodavam em alto voo, o tempo do dia se esquentava; sempre como sempre. A chã, por onde ia, descambava; ele pensou: "Daqui, vou dar numa vereda..."

Andou mais, embebendo tempo.

E, vai, a solto, sem espera, seu coração se resumiu: vestida de claro, ali perto, de costas para ele, uma moça se curvava, por pegar alguma coisa no chão. Uma mocinha. E ela também escutara seus passos, porque se reaprumou, a meio voltando a cara, com a mão concertava o pano verde na cabeça. E — só a voz — baixinho no natural, como se estivesse conversando sozinha, num simples de delicadeza: — "*...goiabeira, lenha bôa: queima mesmo verde, mal cortada da árvore...*" — mas voz diferente de mil, salteando com uma força de sossego. Era um estado — sem surpresa, sem repente — durou como um rio vai passando. A gente pode levar um bote de paz, transpassado de tranquilo por um firo de raio. Lélio não se sentia, achou que estava ouvindo ainda um segredo, parece que ela perguntava, naquele tom requieto, que lembrava um mimo, um nino, ou um muito antigo continuar, ou o a-pio de pomba-rola em beira de ninho pronto feito: — "*...Você é arte-mágico?...*" Viu riso, brilho, uns olhos — que, tivessem de chorar, de alegria só era que podiam...—; e mais ele mesmo nunca ia saber, nem recordar ao vivo exato aquele vazio de momento. (Uma vez, na Tromba-d'Anta, se deu que ele estava montado numa mula empacadeira, quando de longe uma vaca avançou: e que vinha em fé furiada, no medonho com que vaca investe. Esporou, esporeou — é baixo, a besta não queria se mover do lugar. Então, ele fechara os olhos — para não ver doer. E sucedeu que a vaca desdeixava de vir mais, tinha travado esbarrada, em distância, desistindo. Estava salvo. Mas, para ele, aquele gotêjo de minuto em que esperou, esperdido, estarreado, foi como se tivesse subido dali, em neblinas, para lugar algum, fora de todo perigo, por sempre, e de toda marimba de guerra...) E era nela que seus olhos estavam.

166   *João Guimarães Rosa*

Mas: era uma velhinha! Uma velha... Uma senhora. E agora também é que parecia que ela o tivesse visto, de verdade, pela primeira vez. Pois abaixava o rosto — de certo modo devia de estar envergonhada, se avermelhando; e, depois, muito branca. Assim o saudou. A voz: — "...'s-tarde..."

— "Deus em paz!" — ele mesmo disse. E precisou de fazer alguma coisa em positivo trivial — caminhou, ajuntou os gravetos catados: — "Dona, a senhora deixa, eu carrego, eu ajudo..."

No feito, se esquecia da suspensão em que estivera. Bobagem. E teve até maldade de querer rir, quando ela deu explicação: — "Eu estou é passeando. Mas Crispininha e a Góga não tomam trabalho de escolher, trazem para casa lenha de qualquer má qualidade... Por isso, não posso ver atôa um galho de pau-d'arco, ou de muricí ou tinguí..." Manso, o tom de voz demudava, tão ligeiro: — "Carregar peso leve é que cansa homem... Mas, faz mal não, você vem, que eu sirvo uma xicra de café..." Falava de velha para moço, quase brincalhã. Abria os braços, mas sem estouvamento nenhum. Era diversa de todas as outras pessôas.

Salvante que aquela firmeza em pisar e caminhar não dizia de mulher idosa. Nem os sapatos pretos, de sola baixa, nos pés miúdos, tudo tão sobressaído singelo. Se lembrou dos usos, então perguntou: — "Onde é que o senhor existe?" Perguntou em sério de cerimônia, mas sem perder a graça de doçura, nos olhos uma bondade — de certo resguardando dó por um pobre desconhecido, viajado por este mundo. Lélio já tinha levantado o manojo de gravetos, e demorou para responder que morava ali mesmo no Pinhém. Porque aquela voz acordava nele a ideia — próprio se ele fosse o rapazinho da estória: que encontrava uma velhinha na estrada, e ajudava-a a pôr o atilho de lenha às costas, e nem sabia quem ela era, nem que tinha poderes...

Mas um cachorro latiu, e aos pulos veio. — "Tira lá, Formôs! Amigo..." O cachorro esbarrou, dando de cauda, mas queria lamber as mãos de Lélio. — "Não vê? Falo: *Amigo*, ele entende..." Tir-te e guar-te, porém, ela mesma atinava então que ele era o vaqueiro novo chegado, e a quem já esperava para conhecer, também por agradecer. Olhava: estava abençoando. E, quando chegaram, e que Lélio largou o feixe de gravetos, ela segurou um momento as duas mãos dele. No suave saudar, nunca pessôa nenhuma tinha feito assim; ou, de certo, tinham feito, quando ele era muito menino.

Dava gosto ver que a casa era de têlha e paredes caiadas por dentro e por fora, em regular estado, bem maior do que uma casa de vaqueiro. A

A estória de Lélio e Lina   167

meio-lançante de uma ladeira breve, conforme estava; no fundo de lá, quase no sopé, com o agraço de capim em volta, rebrilhava uma lagôa. — "Tem as outras, lagôinhas... Olha: ali mora um frango-d'água, junto dum pôço que é dele só..." — ela apontava. O lugar se chamava a Lagôa-de-Cima. — "São três alqueires, estes, fora da posse do Pinhém. O Alípio herdou, por cédula de testamento..." E mesmo tão perto. — "A casa de Lorindão é a dois passos. E a de Soussouza é bem aqui..." Na frente, três canteiros de jardinzinho, com roseira, malva, e onze-horas de mais de uma cor.

Velhinha, os cabelos alvos. Mas, mesmo reparando, era uma velhice contravinda em gentil e singular — com um calor de dentro, a voz que pegava, o acêso rideiro dos olhos, o apanho do corpo, a vontade medida de movimentos — que a gente a queria imaginar quando moça, seu vivido. Velhinha como-uma-flôr. O rastro de alguma beleza que ainda se podia vislumbrar. Como de entre as folhas de um livro-de-reza um amor-perfeito cai, e precisa de se pôr outra vez no mesmo lugar, sim sem perfume, sem veludo, desbotado, uma passa de flôr. Disse: — "Meu Mocinho..." Mas dizia depressa, branda e enérgica, que nem que "meu-mocinho" um nome fosse, e que ele mesmo fosse dela, por bem que tantos cuidados não o prendiam nem vexavam. Ela olhava reto. O que falava — a gente fazia. Mandava sem querer. Lélio se sentou no banquinho baixo. Ela disse que ele ia ficar para almoçar. E ali reinava um sossego.

Tão à vontade, Lélio achava estúrdio que o conhecimento dela tivesse sido só daquela mesma hora, parecia poder puxar lembrança comprida. Com uma delicadeza tão de natural, ela tirava os carrapichos presos na roupa dele. — "Sabe o nome destes, meu Mocinho? É *amor-de-tropeiro...*" E ria. Um dia a moça Sinhá-Linda de Paracatú podia ter rido assim. De que coisa ele estava querendo se lembrar? De onde? Mas uma preguiça sobrechegava também, daquele bom se-estender de descanso, sem dúvida de remorso nenhuma, e deixava logo aquietada e sem pressa aquela vontade de saber muitas, tantas coisas. Por um falar, ele disse: — "A senhora é uma santa..."

— "Que remédio?..." — ela respondeu, com uma festa de riso. — "Meu Mocinho: nunca fui soberba... E acho que nem não fui tola. E se não ganhei fama de santa, também pior não tive, em derredor do meu nome... Até padre-monsenhor se hospedava em minha casa. Todos me declaravam respeito. Não fui maninha: tive um filho — o Alípio..." O Alípio estava bem de vida, acrescentando sempre. Era sitiante a dali cinco léguas, na Pedra-Rendada: lá tinha até terra-rôxa-misturada, que tudo produz. Ao dito, ele era já fazendeiro, de verdade, dono de seiscentos alqueires. Mandava de tudo para ela: arroz, feijão, milho, banda de capado, todos os mantimentos; mandava dinheiro. Mas pouco vinha ali, porque trabalhava o tempo todo, no desejo de mais se enriquecer. E ela não morava na Pedra-Rendada, porque a nora não queria, não gostava, as duas combinavam mal.

A quando escutaram relinchos, ela chegou à janela, espiando a animalada que retouçava na outra vertente, em pastêjo, os poldros de bela arqueadura. Ela disse: — "Eu gosto de ver os cavalos..." De aviso, em pé diante dele, ela mesma falava, passando as mãos no vestido: — "No velho, tudo — gestos e roupas — escorre para baixo..." Não era tom de queixa. Falava sobranceira simpática, rindo um pouco de si; e de si firme. Aquela mulher dava jeito de que nunca se queixasse; em sua brejeirice, não tirava da compostura. — "Um dia você ainda vai ver, meu Mocinho: coração não envelhece, só vai ficando estorvado... Como o ipê: volta a flor antes da folha..."

Era bom, ficar escutando o que ela falava, e que mudava sempre. Falava muito em Deus, mas como se Deus estivesse nem muito longe nem muito perto demais — que nem o seo Senclér, o filho Alípio, o Governo. Referiu o que era o Aristó: — "Buriti de homem. Pedra feita para mil anos, deixa cem anos chover..." E o Lidebrando: — "Deus deu a ele uma boa natureza. Tem desses, também: que só estão aqui para acertar, pôr calço e temperar..." Canuto e Delmiro — eram mesmo o contrário um do outro: — "Canuto quer, por si, em si, o que muitos velhos antes dele quiseram sem muito proveito... Delmiro quer, agora mesmo, o que é só para os filhos e netos dele quererem..." E o J'sé-Jórjo? O que emprestavam a ele, dele não era; e o que era dele, dele tomavam... E o Pernambo? Esse gostaria de poder ser ruim, mas sem fazer ninguém sofrer; nem ele mesmo. E o Fradim? — "Esse, aprendeu com tanta fúria a fazer bom queijo, que agora vive com medo de teta de vaca mudar para dar garapa — e ele não saber fazer rapadura melhor do que os outros..." E o Soussouza? — "O mundo para ele é bom, porque continuou sendo variado de grande. O Soussouza permaneceu menino ajuizado..." E o Placidino? — "Ainda é de outra felicidade. Esse está ainda por debaixo da asa de Deus — a gente logo está vendo..."

— E... eu? — Lélio finalmente perguntou.

Ela esbarrou um tempo. Depois disse, com o mesmo meneio de voz: — "De você eu gosto demais, para saber, meu Mocinho. Você é o sol — mas

A estória de Lélio e Lina   169

só ao sol mesmo é que nuvem pode prejudicar..." E como Lélio achasse graça: — "Gostei, sim. Você é diferente. Tenho até pena de que essas moças te esperdicem..." Demorava. — "Você devia de ter me conhecido era há uns quarenta anos, dansar quadrilha comigo... Então, você havia de me chamar de *Zália*: como o Major João Pedro, o Doutor Guilhermes, o Nhô Eustáquio pai de seo Senclér, o André Faleiros pai de meu filho Alípio, o Anselmão, o João Toá, o Bóque... Rosalina. Você acha bonito, o nome? Já fui mesmo rosa. Não pude ser mais tempo. Ninguém pode... Estou na desflôr. Mas estas mãos já foram muito beijadas. De seda... Depois, fui vendo que o tempo mudava, não estive querendo ser como a coruja — de tardinha, não se vôa..."

Não continuou naquele desgabo. Mas segurou a mão de Lélio, e disse, curtamente, num modo tão verdadeiro, tão sério, que ele precisou de rir forte, de propósito: — "Agora é que você vem vindo, e eu já vou-m'bora. A gente contraverte. Direito e avesso... Ou fui eu que nasci de mais cedo, ou você nasceu tarde demais. Deus pune só por meio de pesadêlo. Quem sabe foi mesmo por um castigo?..."

O almoço era farto, se comia pai-com-filho: angú de fubá e papas de fubá com carne de ôsso guisada; e cansanção — aquela urtiga verde-pato, verde brilhante, que ardia e servia também para se esfregar em peito de galo-capão, para que por precisão de neles se coçar ele aprendesse a agasalhar e criar os pintos, chocados por galinha. Dona Rosalina era que lembrava aquilo, com tanta graça no falar, até a velha preta, a Góga, e Crispininha, a meninota, tinham vindo para escutar. O cachorro Formôs, feliz de todos, aparava os ossos. E Dona Rosalina ria e dizia outras passagens divertidas, e mais perguntava a Lélio coisas a respeito dele mesmo, mas sempre só aquelas que ele tinha prazer em recordar e falar.

Pois mesmo, por melhor, o dia tinha refrescado, dando um vento vulgar, o vento que naquela hora do ano por ali vem tôrto, passando um pouco por Bahia. Lélio então estivesse vivendo aquilo de cór. A bem, achava, certo, que devia de estar ali comendo e conversando, naquela casa, e não em nenhum outro lugar. Com tanto senhorío de nobreza conservada, a velhinha por nunca se desabusava, e não esbarrava em ninguém o poder-de-si. Ela tinha vida ensinada. O que de repente dizia: — "Homem é criatura de diversos lados, desparêlha. Olha o Izaque: corajoso, corajoso, sempre de galope doidado no campo e topando boi bravo todo dia, no atual, sem pavor nenhum, sempre em perigo de beirinha... E pois, quando ficou sabendo que estava dando bexiga-preta na Vargem, ele pegou a trestremer, morto de medo da morte... O Izaque foi o primeiro marido que eu tive..." A cada qualquer coisa que ela notava e falava, a gente mesmo ia se dando mais valor. O sopito de sujeição do espírito — daquele instante em que primeiro se encontraram — disso Lélio nem fazia nenhuma ideia, mais, agora tudo repousado por natural, só o bafêjo prezável de paz: como em certas madrugadas, de janeiro quando não chove, em tudo ainda a mistura de claro e preto e mais azul, e ainda estrelinhas no céu, a gente na estrada, com os companheiros, nem era preciso conversar nem espiar uns para os outros.

Dona Rosalina tinha alguma parecença com a senhora estrangeira velha mãe do Inácio Pérpo, peão na Tromba-d'Anta. A voz lembrava a de uma senhora chamada dona Filhinha, que cantava na igreja, e tocava harmônio, na Itamarandiba. E no mais por este mundo sempre tem pessôas de muita bondade e simpatia. Depois do almoço, ela foi dizendo que Lélio devia de tirar o paletó e descansar à vontade a gosto, e armou a rede para ele na sala de fora. Sem riço de desprezo nenhum, só por caridade de servir, falava coisas a respeito da roupa dele, dava conselhos. — "Depois, vou arranjar pano bom, fazer umas camisas para você, meu Mocinho..." Ela entendia tudo, de roupa de homem.

Mesmo, ali tudo se passava diferente de em outras partes. Por um exemplo — quando Manuela apareceu, passeando com os meninos de Soussouza, Lélio não se inquietou, não desgovernou em seu estar. Manuela era sacudida, imediata de bonita, clara, forte de corpo, com pernas de um bem feito que primeiro de tudo a gente reparava, ela mesma não escondia muito as pernas. Nhá e Nhô, os meninos de Soussouza, queriam ver o papagaio, que se chamava Bom-Pensamento. O papagaio saía de seu sono do meio-do-dia, e falava: — "*Rosalina, meu bem! Rosalina, meu bem! Eu te tenho muito amor!...*" A Manuela era moça despachada: quando ouvia isso, olhava para Lélio, bem de cara-a-cara, e depois perguntava à Dona Rosalina o que era o amor. — "O amor, minha filha, é como essa estória, que eles dizem: que pé de coité, nascendo em quintal de fazenda, dá má-sorte... Mas que não se pode cortar, mas também não se pode deixar — de qualquer jeito, que seja, fazenda que tem pé de coité dá atraso, os donos da casa sofrem..." A Manuela era tão sadia, que a gente achava que ela devia de ter um cheiro gostoso.

Daí depois, quando o Canuto chegava, ele mostrou certo espanto desagradado, por ver que Lélio estava ali. Mas disso não disse. Tomou a benção

A estória de Lélio e Lina

à Dona Rosalina, e ele e Manuela fingiram surpresa tão grande, que a gente logo via que tinham vindo de combinação. Lélio se retirou para um canto, dando a eles sua ausência. Mas via de lá como o Canuto também não tirava os cujos olhos das pernas de Manuela, as formosas pernas grossas, de moça que come muita abóbora. Para namorado, espiar assim, Lélio achava que era falsidade, as indecências. Aquele papagaio, Bom-Pensamento, é que era um de pouco falar.

Ao que passaram também, dali a pouco, passeando por frente da casa, Biluca e Mariinha, com Delmiro e Marçal, e Lorindão tomando conta. Mariinha era uma sim-senhorinha de bonita, mesmo linda, de certo estava de namoro com Delmiro. No que conversaram, ela se atalhava muito séria, diversa de Biluca, tão saída e prazenteira, em seus bons direitos de moça nôiva. E Lélio olhava Manuela e olhava Mariinha — com qualquer das duas ele tinha caso de felicidade, se em seguido de sina de se gostarem. E mais não pensava. Nem se importava de ver como na conversa Delmiro, dito tão seu amigo, agora caçava sempre o jeito de desfazer em tudo que ele Lélio falava. Nem criou inveja do ofício de Marçal e Biluca, que namoravam de amor o tempo todo.

Sendo que o pessoal se despediu e foram passeando mais adiante, Canuto e Manuela e os meninos de Soussouza foram junto. Dia de domingo era contente, no Pinhém. O que Lélio agora queria, devagarinho, era tornar a voltar nas Tias. Mas então Dona Rosalina falou assim: — "Meu Mocinho, eu fiquei reparando a feição de você avistar estas moças, tão aprazíveis, e acho que você é capaz de já ter algum amor seu, bem no guardado; porque com nenhuma delas seu coração mesmo não se importou..."

Lélio ia dizer que não. Mas, sem opinião e sem razão, se lembrou da Sinhá-Linda, e se riu; e, como resposta, disse dela, com modos e olhos, maneira de demorar calado. Ao que vendo, Dona Rosalina mesma sorriu um sorriso esperto, disse baixinho: — "Boi com cincêrro no pescoço, é peta pelejar para se esconder, não é?"

Desde o que, Lélio começou a contar, e contou tudo relatado, daquilo que ele mesmo não sabia se era amor ou se era só bobagem. Dona Rosalina tinha estado no Paracatú, achava que conhecia aquele senhor Gabino. — "Mas, ele, se tem essa filha, só se ela for muito menina demais, muito nova para você, meu Mocinho..." — ela fazia as contas. — "...E mesmo pelas idades, você também caíu num desencontro... Ou me engano? A outra é outra..." Parou,

172   *João Guimarães Rosa*

muito séria. Por aquele sério, num momento Lélio dôidamente pensou no possível de qualquer coisa, como se de repente ela fosse capaz de trazer ali a Sinhá-Linda, gostando dele, estória de sonho. — "Mas você, meu filho, tem coração lavradio e pastoso..." — foi só o que ela por fim disse. E ele estava satisfeito. Meante quando se despediu, ela o beijou na testa.

Dali Lélio voltou direto à casa das Tias. Aquele seu bem-estar, de espírito e de corpo, ele precisava de gastar, modo urgente. À hora, lá estavam fazendo o sempre o Pernambo e Placidino, e o J'sé-Jórjo, o Zé-Amarel, o Mingôlo, o Brêtas, e mais: Juca Cinco-Chagas, o Bereba, um João Acabral, outro enxadeiro. Salvaram a chegada de Lélio, com uáis e gritos ditos, assoprando a alegria. Marcavam um movimento menor, do que de manhã, e todos, mesmo com as duas mulheres, proseavam ou jogavam no terreiro. Mesmo assim, de vice vez, um deles se dava por entendido com uma delas, gazeavam para dentro de casa; os outros não opunham dizer. E mesmo Lélio teve outra vontade do ensêjo corposo da Conceição e dos mimos senvergonhados da Tomázia. As duas ficavam ali, como de serviço tão sutil. O Pernambo descantava: *...Debaixo do buriti, vi teu rastro no lugar. Enterrei sete pedrinhas: você tem de lá voltar...*

Ao assente, Lélio criou razão de saber a respeito de Dona Rosalina. — "Ah, eu até, dia-de-domingo que vem, não deixo de ir passar lá, tomar benção a ela..." — pronunciou o Placidino. — "Ela tem uma glória... Aquela, sim, é uma pessôa!" — o Pernambo falou. *...Ponho flôr no teu sapato, dixe de ouro na tua mão; corôa nos teus cabelos, amor no meu coração...* Mas mais aí o Pernambo virava e achava que um dia podia se casar com as duas Tias, de uma vez, e ficar existindo de palácio, ali, de cada um que viesse com elas ele cobrava entrada. Todos riam, tal e tal. *...Fui andando beira rio, saí na beira do mar, cheguei lá, tinha esquecido: o que que eu ia perguntar?...* — "Por aqui só tem estas duas 'tias', hem Pernambo?" "— Assim no a-mão, é só. Você acha pouco? A bom: facilitada, tem também a Caruncha, que mora do outro lado do Ribeirão. Até é bonita mais achável. Somenos meio estúrdia, quase nada não fala, isto é, é mesmo muda, e tem um menino de uns quatro anos, ninguém nem sabe quem é o pai. Essa acaba dando cisma..." *...Eu não tenho pai nem mãe, nem parente nem irmão: sou filho de uma saudade, cruzada com uma paixão...* Pensamento de Lélio deu na Jiní. Deu de tristeza. Será que ela e o Tomé não íam em parte nenhuma, que os outros desprezavam aqueles dois? Mas o Pernambo explicou: que não, todos gostavam do Tomé e da Jiní, que íam quando queriam em todas as casas, só não íam na do Fradim

A estória de Lélio e Lina   173

e Drelina, por essas embirrâncias. Mas os dois, por seu mesmo gosto, era que passavam assim fechados o dia-de-domingo, si-sozinhos, sueto de lua--de-méis. *...Encontrei meu boi barroso, triste a ponto de chorar: esqueceu tanto segredo — tem mais nada p'ra guardar...* O Pernambo nada ou pouco bebia. O Pernambo se desconversava.

Tardinha, escurecendo, Lélio veio de lá, com J'sé-Jórjo, que arrumara uma dôr no estômago, e o Mingôlo, que tinha de voltar para o São-Bento. E, no pátio da Casa, com o Mingôlo mais o Ustavo e a Adélia Baiana, já montados para sair, então enxergaram, longe, e às léguas, no céu da Serra do Rojo, o acêso de relâmpagos duma tempestade calada.

Chove raio. Dava medo. As asas de um fôgo feio, morte, a claridade triste, aqueles coriscões, feito morcêgos amarelos e vermelhos, os rasgões no preto, espadantes, um emendado com outros, não esbarravam.

O Ustavo falou:

— Temporal aqui nos Gerais é de ragagem... A lá em cima daquela serra, eles dizem que dá uma pedra-brava de ferro, que atrai mais. Gado bruxo, junqueira, ou mesmo qualquer rês comum de chifres grandes, não se deixa andar subindo por ali: morrem muito, faísca vem, estréla fios de fôgo pelas pontas — cai mais raio neles do que em pé de gibatão, alta árvore...

Vaqueiro já testemunhara, perto, perto, uma noite — sem chuva, sem vento, só o brasil dos coriscos — um boi se assar assim. Os chifres fulgurados, alumiados em enormes brasas vermelhas, por um segundo, o boi ainda em pé — um podia se estarrecer! — depois nem era um monte de cinzas. Cavalo do vaqueiro rodou roda, se dansava; e espirrou que nem uma velha pessôa: porque ali cheirou a um demo de enxofre e carne chamusca — e o ar grôsso. O vaqueiro desapeou e experimentou, com as palmas das mãos no chão: por volta de muitos metros, aquilo ainda queimava de quente.

Se despediram, os três. A Adélia Baiana, meio miúda, de corpo não era para se notar; mas, de cara, tinha uma esquisita formosura, um jeito engraçado, mexedor: os bons segredinhos, para homem, e as sempre-novidades, todas, ela devia de conhecer.

Aí Lélio ainda ficou um tempo, olhando. Por mais, esquecido, vendo como no Rojo lavravam aquelas frias labaredas, sem som, sem fim, parecia que íam pôr fôgo no mundo.

. . .

Na entrada-das-águas, subir de outubro, dado o revoo das tanajuras, trovejou forte campos-gerais a fora ao redor de tudo. Presos debaixo do céu, os homens e os bois sabiam sua distrição.

De tardinha, fim dum dia de duro trabalho, campeando, recampeando, foi que o vaqueiro Lélio do Higino saíu, sozinho, andando reto, só por querer não ter companhia. Carecia de pensar. Longe enorme, por cima da Serra do Rojo, estavam rompendo os seguintes relâmpagos, aquela chuva de raios, tochas de enterro. Um podia tremer de ver, achando que a serra e o mundo se queimavam. Lélio conhecia aquilo. Ah, o mundo não se acabava não; em horas, mesmo, pelo direito, parecia que o mundo nem estava ainda começado. De um modo, o que se acabava era o Pinhém, em quieta desordem e desacordo de coração. E tantas coisas tinham se passado, que deixavam na gente menos uma tristeza marcada, do que a ideia de uma confusão tristonha.

Não queria mais ver Mariinha, não podia se encontrar com ela. Então, por que demorar ali? Qualquer outro lugar servia. E, quando muitas pessôas estão vivendo reunidas, e umas e outras começam a ir-s'embora, convinha a gente não esperar com os últimos: porque era bem com esses derradeiros que a má-sorte ia ficando. A Jiní, o Tomé, o J'sé-Jórjo, o Ustavo, Seo Senclér e Dona Rute, não estavam lá mais. Quando um boi matara o Ustavo, no confim do pasto do Palmital, o Aristó exclamou: — "No fim, a gente esbarra é em Deus!" E — mesmo de propósito? — olhara para ele Lélio, de esquinta: — "Não vá um esbarrar n'Ele, quando já não tiver mais nem chapéu para saudar..." Feliz de ser, era um assim como o Aristó, que não arredava os olhos nem arriava o pensamento de seu serviço, e resumia tudo com o grande nome de Nosso Senhor: — "Deixa o tatú roendo, Deus está só amadurecendo..." Aristó, capataz de seo Senclér, agora ficara sendo capataz de seo Amafra e do encarregado Dobrandino. Ou, outra felicidade, a do Soussouza: que tivera paraíso aberto, por via de, no casamento do Canuto, a Maria Júlia ter deixado ele beber, bebesse; e que, agora, para outra desculpa de mais tomar, inventava outra festa — no Natal, chamar as crianças pobrezinhas de por perto, dar um jantar, depois se falava, ensinando a elas conselhos de bem-viver e as virtudes. Ou o Pernambo, que passara a dormir em casa das Tias, e gostava de determinar o regulamento em que os outros podiam estar com a uma e com a outra, aquele movimento de fêmeas e machos debaixo de suas vistas era o que dava

A estória de Lélio e Lina

a ele o maior prazer. Ou o Placidino, que ajuntara o dinheiro, mandara vir uma gaita de boca e um par de altas botas; e agora estava aforrando mais, para comprar uma sanfona de muitos baixos, por aprender também a tocar. Ou, então, aqueles casadinhos, recéns, gastando amor novo, em dias-de-domingo passeavam, abraçados quase com suas mulheres, de certo já botavam projeto dos filhos que íam ter.

Lélio não se queixava. Nem tinha raiva mais de Mariinha. Em contrário, via que, por último, era a raiva mesma que o tinha feito gostar mais dela, tanto. Raiva de não poder sojigar uma cabecinha, o coração, fazer que ela correspondesse àquela paixão à rasga, mas que era só menos-sossego e os sofrimentos. Mariinha, tão franzina, tão nova, e parecia ser de pedra preta por dentro, parecia um páu de árvore. Derradeira vez que a vira, ela estava magra, seca, séria, e com um avermelhado de olhos chorosos, e um frio furioso no olhar, que nem se o pai e a mãe dela de uma vez tivessem morrido. Quem havia de dizer, de adivinhar que Mariinha, ali no Pinhém, fosse a pessôa de mais opinião e firmeza, sabendo de frente o que queria? Mesmo sendo o impossível. Sem nenhuma vergonha do que todo o mundo tinha de pensar e dizer. Reprovavam, aconselhavam, ameaçavam — e ela, calada, dura de si, deixava Dorica e Lorindão esperdiçarem seus ralhos. Também, todos a respeitavam. Temiam. A ser, temiam o terrível de uma razão sozinha.

— "Dei'stà! Se você demorar, com paciência, ela vai se espalha em si, esquece essa doideira, acaba retribuindo tanto bem-querer..." — o Delmiro disse. Doideira, mesmo era o que era. Onde já se viu? Pois ficasse por aí, ficasse como quisesse. Ele Lélio não se rebaixava para esperar amores. O que o Delmiro falava nem era conselho de amigo. Pior do que isso, só o que a Conceição oferecera: de ir procurar uma mulher, dia abaixo de distância, no Ribeirão, essa mulher sabia fazer coisas, fatal, governava o amor no sentir de um qualquer. Diguice. Sempre estava certa, quem sabe, era a dona Rosalina, quando dizendo: — "Meu Mocinho, com a Manuela ou com a Chica, você podia ter sido feliz. Mas, com a Mariinha, não. Não dava certo. Porque, nas maiores artes, ela é muito parecida com você..."

Ia embora. Então, por que ainda não tinha ido? Por muito tempo, o motivo, não soubera se explicar. Mas, agora, sabia. Que ali tinha uma pessôa, que ele só a custo de desgosto podia largar, triste rumo de entrar pelo resto da vida. Assaz essa pessôa era dona Rosalina. Desde aquele ano todo, quase dia com dia, se acostumara a buscar da bondade dela, os cuidados e carinho, os conselhos em belas palavras que formavam o pensar por caminhos novos, e que voltavam à lembrança nas horas em que a gente precisava. Sua voz sabia esperanças e sossego. Às vezes, olhado por aqueles olhos, homem destremia da banzeira da vida, se livrava de qualquer arrocho e ria de si mesmo um pouco, respirando mais. Assim dona Rosalina tinha gostado dele, como mãe gosta de um filho: orvalho de resflôr, valia que não se mede nem se pede — se recebe.

Amizade que viera rompendo. De começo, os companheiros estranhavam. Maldavam: — "Será está vigiando a Crispininha crescer, mò de namoro? Ou a Góga mesma, cuja velhice?..." Outras vezes, achavam que ele estivesse agradando à velhinha, de manha, interesseiro, pelo testamental; mas que ela possuía o pouco, pouco, só tralha e trastes, e, assim mesmo, morresse, o filho era quem herdava. Lélio ria de todos. Ia dizer a eles o que era poder estar ali perto dela, entrar naquela casa? Chegava lá, e tinha coração. A ela, sem receio nenhum, contava tudo o que estava pensando, e era ela mesma quem lhe ensinava tudo o que ele estava sentindo. A velhinha sabia. A limpo em qualquer caso, da vida dela mesma, ou das dos outros, tirava um apropósito de lição. A mais, tirava, das coisas, do mato, da noite, do céu, um risco de conversa atôa — mas para estremecer essa alegriazinha sem paga que escorre num tocado de viola ou numa volta de cantiga. — "Sobre por cima da lagôa, de tarde, estão jogando umas violetas..." — ela falava. — "Da lagôa sobe um pato: vôa, vôa..." E vinha, uma noite de luar, tinha aqueles ditados: — "Tem um anjo desterrado na lua... Do lado de lá da lua, há luz e festa..." Resumia, aquela môita de bambú, perto da casa, e que alongava o tom do vento. Ela falava: — "É bom, ficar junto de lá, para poder ouvir o bambual gemer." O bambual se encantava, parecia alheio uma pessôa. Eram coisas salvadas, para cá, sem demora — as palavras. A uma água-escondida, fora de toda sanha braçal, um impossível. Isso aos outros Lélio não podia explicar, repetido longe dela aquele fraseado se esfriava do valor, era preciso escutar direto quando ela falasse, era preciso gostar da Velhinha. Dizia aquilo, o siso da gente achava que ela estivesse ensinando outro poder inteiro de se viver.

Agora mesmo, Lélio estava indo para lá. Carecia. Ia, pensando, e bem que não devia se esquecer do perigo ameaçado — de que aquele Alípio já tivesse mandado alguém para o agredir, para fazer mal a ele. O Alípio o desfeiteara, primeiro, depois passara aviso: que ia mandar um acostado, que desse nele umas porretadas. Tudo por não querer que ele fosse mais em casa de sua mãe, que tivesse a ela aquela amizade. Carecia mesmo de ser o filho

A estória de Lélio e Lina   177

quem viesse impor uma maldade dessas, que era uma ofensa! — "Direito ele não tem, de me proibir de te ver, meu Mocinho... Imagina só o que ele me disse: que já estão falando por aí que você de certo também é filho meu, filho-natural... E acha que isso faz ele passar vergonha..."

À fé, era um bruto, mesmo para quem tem calo de sertão era bruto, nem não se podia entender que fosse filho de uma senhora de tantas finezas e primôres. Agora, por último tempo, Lélio sabia, a fúria dele era maior. Que intimara a dona Rosalina a não deixar que Lélio passasse a soleira de sua porta, e nem ela nem Lélio tinham cumprido de obedecer. Aí, então, ele mesmo viera, andara por lá, em horas diversas, armado e com acompanhamento de um sujeito jagunço, com as caras de brabo dos côitos das Araras. Que Lélio se vigiasse muito cuidado, ficasse tenente — dona Rosalina mesma recomendava. Medo, ele não tinha. Debaixo de alheio, um homem não se rege. — "Este cavalo meu não esbarra para *ssíu-ssíu...*" — ele declarava. Por bem dizer, nem não acreditava completo que o Alípio viesse fazer coisa nenhuma — aquilo dava de ser tão dôido, tão estúrdio. Só, às vezes, pensava mesmo em se apartar, aos poucos, da dona Rosalina: porque pegava a sentir certo vexame, de que a questão com o outro fosse por conta de uma velhinha idosa. Fosse por gostar de uma moça, com amor de homem, então, ninguém o tirava. Mas, assim, por um escândalo qualquer que sucedesse, que era que os outros haviam de achar, de falar? — "Um vaqueiro Lélio, rapaz, que brigou de morte com um sitiante daqui de perto, por causa de uma que era a mãe de um e que podia ser a avó do outro..." Mais por mais, que um queira, não queira, a vida de verdade era sempre esquisita e fora de regra.

Mas, aí, pondo barra a todos os meio-propósitos, ele vinha, voltava à casa dela, conforme não podia deixar de vir. Carecia. Desde o princípio. Desde o primeiro dia de domingo em que lá fora, e no outro, seguinte, quando nem estava bem, sentia o estômago empachado, e um começo de dôr. — "É fígado, meu Mocinho. Vem..." Levara-o à horta, crescida e chovida, e ao quintal, onde tudo era aprazível: com a flôr-de-baile, que se abre de noite; a figueira, em bom lugar, que dava figos o ano todo; o vivo cheiro da pimentinha vermelha; os grandes mamoeiros e o pé de mamão-macho, encordoado, voaçado de abelhas; o urucúm, bichoso, azaranzado perto da cerca; os quiabeiros, a cidreira, os marmeleiros, a acelga verdinvêrde; as rosas solteironas, que se enferrujavam e mofavam na roseira; e o limoeiro — que, na norma dos limoeiros, na mesma ocasião se carregava de tudo, junto, tinha botões, florinhas, e os limões de todos os tamanhos, verdes, de-vez e maduros — limoeiro tão tratado e cuidado, e por tanto agradecido, que deu flôr antes do tempo. Ali, dona Rosalina ainda parecia mais fazeja e mais senhora, dona de ervas e flores, sabedora do mundo seu. E ela apanhou um raminho ou dois, de funcho: mandou que ele mastigasse bem a folha e o talo também, perfumava a boca; e depois, por cima, deu a ele um gole de água morna para beber.

A dôr tinha passado. Aí, a Manuela chegou — estava mais bonita do que da primeira vez — e dona Rosalina disfarçou e deixou os dois conversando sozinhos lá na horta, só se ouvia o pio dos sabiás-do-peito-alaranjado, que catavam, e a fala do papagaio Bom-Pensamento, querendo que dona Rosalina quisesse amor.

A bem, hora depois, quando a Manuela não pôde ficar mais tempo e foi embora, Lélio teve um impensado de precisar de dizer: que estava ali, em tão boa pureza, feliz de paz, e se envergonhava de donde tinha vindo, ainda naquela manhã. Mas dona Rosalina já sabia. Falou: — "Das Tias? Ora, meu Mocinho, você é homem, carece. Elas são pessôas. Mas, deve de não ficar atormentando cabeça, depois, porque foi. Debaixo do mato, o rio perdeu seu barulho... E o ruim é bom, por se pensar no bom..." Depois, por mudar, perguntou, pediu que ele contasse bem tudo que se passara, do conhecimento dele com a moça Sinhá-Linda do Paracatú.

Ele contou. E ela tinha escutado com toda atenção. Depois disse: — "Modo outro, meu Mocinho, eu vejo que isso é um madrastio que você arranjou para si, nessa Mocinha de fantasma..." Lélio não respondeu. E ela foi dizendo: — "Do que estou sabendo, por trás de você, pode ser que essa moça nem seja bôa, nem saúde verdadeira de mulher ela não demonstra ter. Escuta: mulher que não é fêmea nos fogos do corpo, essa é que não floresce de alma nos olhos, e é seca no coração... Tira isso. Te esconde do à-vez da teteia coitadinha, que ela nunca vai saber o que a vida é. Pede a você mesmo para ir se esquecendo dela aos poucos, meu Mocinho..."

— "Vou gostar não, de mais ninguém..." — Lélio respondeu. E logo se envergonhou simples, pegou no ar que exclamara bobagem. Ainda quando a dona, como por só, sem direto, sem sorriso, disse, voz mais baixa, mais branda que a de uso: — "Manda o capim esbarrar de crescer..." Olharam-se muito. O que vinha, era numa calma de reza: — "Meu Mocinho, você podia se casar com a Manuela, e ter muitos filhos... O Canuto vive desnorteado, atormenta os outros, não sabe o que quer e não quer. E a Manuela está podendo começar

A estória de Lélio e Lina 179

a gostar de você..." Bom que era, bem — ele um momento pensou, acreditava. A mais, acreditava no que dona Rosalina sabia achar.

Mas, o que ele não contou, e não contava, era aonde ia, à dôida, o lance de seu desejo. O que estava se passando, no encoberto de todos. Desde que voltando, um dia, sozinho, do pasto dos Olhos-d'Água, ele se encontrara, de frente, com a Jiní, ela vinha da casa do Lidebrando. Deram os olhos nos olhos — e ele não podia ter engano: a Jiní olhou amor. E ele seguiu, se economizando, vagaroso no cavalo. Espiou para trás: ela também virara para espiar — olhos deles já tramavam. Ainda se voltou, duas vezes. Ela também. E ela bateu com a mão.

O viço de alegria que o aqueceu era um alvoroço, desde as pontas dos dedos seu corpo se remoçava, continuando o resto do mundo, pojado e senhor de si. Afora o retrato da Jiní, com aquela beleza solta, aquela pessôa forte, e tanta coisa que podia vir com ela, e que ele queria adivinhar — nenhum pensamento cabia em sua cabeça. Não precisava de marcar as divisas daquilo. Modo mesmo, fosse por esse poder de livrar a gente de pensar em outra qualquer coisa, que um acontecido assim avultava felicidade. A Jiní, tão desconhecida, inventada, estranha cor de violeta, os olhos aviando verdes, o corpo enxuto, o avanço dos seios, os finos tornozelos, as pernas de bom cavalo. E a lembrança dela se formava sempre mais variável, de cada vez que ele respirava largo.

Em hora nenhuma, por baixo daquela alegria de festa, deixou de ter conta no Tomé, de se dizer que, por coisa bêbada alguma deste mundo, não havia de desrespeitar o que era de outro, de um tão bom moço e companheiro. Mas, valendo por isso, maior ainda era seu prazer em ter certeza de que era gostado da Jiní, e de que ele mesmo sabia ser capaz de se vigiar, em freio e rédea, limpo de não consentir em qualquer traição. E, por isso, também não tinha receio de facilitar, e não se importava de querer a dali por diante voltar do campo sempre pelo caminho que passava pela porta da casa de Tomé e Jiní. Vinha, pensava: "Estou sem culpas. Até podia encontrar o Tomé, qualquer hora, eu nem precisava de temer nem de me avexar..." Essa ideia, de poder dar com o Tomé e não levar susto, por liso de consciência, era bôa, ajudava. Mas era a Jiní quem arranjava jeito de saber também quando era a vez d'ele passar: e olhava, sempre sorria, e acenava.

Ninguém não sabendo. E Delmiro aquela noite lhe disse: — "O Tomé vai viajar amanhã. Já está com os cavalos em par, e até pediu a seo Senclér um antecipo de dinheiro..." Por não se calar, Lélio discorreu que também tinha saudade outra vez de tropear um pouco por essas curtas distâncias. — "Pois eu só fico aqui até o começo da seca. Já tenho minha tenção baseada..." — e Delmiro perguntou se ele não queria vir junto. Agora era tempo de se pôr coragem em fazer negócios, aproveitar o movimento da roda-do-mundo: hora em que uns estavam perdendo, outros ganhando. — "Você sabe, o seo Senclér está nas últimas. Aqui e aqui, e tem de entregar o Pinhém, por paga de dívidas..." Depois, Delmiro, com um afio severo, de reprovar, indagou se era verdade que ele estava gerando namoro com a Manuela. — "A que não, não!" — Lélio fechou, desgostoso. Dado que, de lado, o Canuto espiava para eles, total, que nem atinasse com o sistema daquela conversa. O Canuto andava querendo longe, Lélio bem que notava; meio a mais, passou por ele o movimento de ir até lá ao outro e expor que se livrasse de ares — os ciúmes; nanja não foi.

Ah, porque, partido daquele momento, só o que via era o Tomé se desaparecendo na estrada, em manhãzinha, e deixando a Jiní, por tantos quantos dias, sozinha ali no rancho, dona de si. Pensava, e queria sentir dó do Tomé, pelo que ele ia sofrer, de saudades da Jiní; queria obrigar seu coração a produzir pelo Tomé uma grande pena, de amizade. Pelo Tomé, padeceria, se algum daqueles outros fosse se aproveitar de sua ausência, para seduzir a Jiní, que era fruta de beira de estrada, pendurada em pontinha de galho.

Assim tinha passado, no seguir, o trabalho do dia, pensando nela, só. Antes da tardinha, vinha retornando, guenzo. Se dizia: "Por lá não encosto, não devo justo. Dou volta." Mas, por que, então, tinha forçado, quase, a maneira de poder vir sozinho? Mesmo veio, passou, demoroso no cavalo, como por último fazia. Soubesse cantar, cantava. Que mas nem precisava. A Jiní estava lá, à espera; como não havia de estar? O vulto dela era leve no ar, podia voar feito um pássaro, desaparecer no vento. Lélio esbarrou. Por um momento, não fazia mal. Viu que daquela vez armara rumo para o cavalo atalhar ainda mais por perto, bem beirando a casa. Olhava em redor, receio de que alguém surgisse. E a Jiní veio, quase corria, já estava ao pé dele. Estendeu a mão; ele estremeceu, ela estremecia. Mal ouviu o que ela dizia, e tinha ouvido tudo o que ela tinha dito. Queria que ele viesse ali, à noitinha; falava. Ele não pôde deixar de negar: — "Mas, vir aqui, semelhado, em sua casa de vocês dois, isto eu não posso... Como é que posso?!" E ela, a fôlegos, disse então que ele meio viesse, ali perto, debaixo do angelim-rosa,

A estória de Lélio e Lina   181

onde tem a laje grande deitada, lá ninguém não ia; e ela carecia muito de pedir a opinião dele num assunto. Sim.

Atôa, enquanto desarreava o animal, e esperava o jantar, e jantava, e conversava com os outros, ele não podia segurar seu nervoso, dava que dava, ardia naquela ânsia d'a hora chegar. Ia — pensava: ia, mas para atender à Jiní; dizer os conselhos, como amigo, de mal e mão não ia haver nada, não. Foi. No lusco, a Jiní estava de branco, sentada na beira da laje; ficou em pé feito fogo. Nem ele pôde abrir nem ouvir palavra nenhuma, ela se abraçou, se agarrou com ele, era um corpo quente, cobrejante, e uma boca cheirosa, beiços que se mexiam mole molhados, que beijando. Ali mesmo, se conheceram em carne, souberam-se. E dali foram para a casa, apertados sempre, esbarrando a cada passo para o chupo de um beijo, e se pegando com as mãos, retremiam, respiravam com barulho, não conversavam.

Mal e nem conversavam, raras poucas vezes, as palavras curtas, na dura daqueles dias, quando cumpriam de se encontrar, dentro de casa, todas as noites sem uma só. Foram dias sem cabeça, Lélio se sendo em sonho no acordado, fevrém de febre. Enquanto rendia o serviço, dava ação de máquina e opondo olhos e ouvidos mortos aos companheiros, o vozeio deles. Que todos deviam de estar sabendo — ele ora imaginava. Mas imaginava, um frio lhe escorria, de calafro, e mais desimportava. — "Tem tatú no mandiocal..." — o Canuto dizia, roda duma tarde, eles estavam jantando; só podia ser uma indireta. Mas o Canuto o procurava amigo e risonho, agora alegrado, se via que em sua paz. — "E você, aí, *Gombê*? Me viu nunca não?!" — Lélio discutia, num maligno de arrompe, o jeito daquele assim o irritava. Mas o Placidino, que o estivera olhando, mais que nunca boquiaberto e sandeu, fugia de questão, e se virava para um lado, esfregando os pés um no outro, na ponta das pernas compridas. E Lélio acabava de jantar, fazia e desfazia por ali uns passos agitados. A tarde mudava. Olhava o céu, e seguia para lá, disfarçando rastro. "De qualquer jeito, meu trabalho eu dou correto..." — simesmava. Nem o Aristó nem seo Senclér podiam vir com ora-me-véns.

Apertava o andar, queria se esquecer do menos mais. Aí as horas se enrolavam. Os dois caíam um no outro, se reajuntavam com fome fúria, como um fim. Alumiava-os a candeia de mamona, que aumentava o tamanho do cômodo, dependurando sombras por entre avermelhados caminhos. E cada dia eles sabiam menos um do outro, só aquele gosto airado de seus suas peles e calôres, que se tiravam, e não cediam paz, mas apontavam com tantos rumos.

A Jiní era trago desprendido de cálice ou garrafa, uma tonteira de se beber. Não falavam, por assim. Ela não falava. Às vezes, de sofôgo, soltava por entre dentes: — "Faltam seis dias, para ele voltar..." E, de repente agoniada, por essa lei de prazo que os ameaçava, avançava nele. Às vezes Lélio tinha receio. Não via o mingo amor, não sentia que ele mesmo fosse para ela uma pessôa, mas só uma coisa apreciada no momento, um pé de pau de que ela carecesse. Parava nele uma vontade de esbarrar e conversar, perguntar pelo Tomé. Mas ele mesmo não queria. Nem podia ver os trens que fossem do Tomé — um velho chapéu, um paletó dependurado. Tomé era triste? — "Triste? Praga! Mas ele já é assim mesmo assim. Ah, ô homem sem sinal de sal! Pensa que ele é melhor que todos..." — cuspes que ela respondia. E a ideia daquela volta do outro, certa sem remédio, ao fim de dias tantos e poucos, também fazia nele crescer os desesperos de desejo, infernava a gana. Afa, que queria o fundo do amar da mulatinha. Apertava-a com uns braços. Mal o mal, o pensamento de que, com pouco, com a vinda do Tomé, tudo se acabava, furtava-lhe qualquer hesitação, abafava todo começo pequeno de remorso.

Assim mesmo, no domingo não deixou de passar em casa de dona Rosalina. Foi, e não sabia esconder que estava apressurado, escravo em si das horas, não se consentia inteiro de pouso. A velhinha estava fazendo dôce de mangabas: — "Você vai provar, depois. O dôce melhor que tem neste mundo..." As mangabas de-vez, muitas mãos, muitos dias, ferventadas, no tacho de cobre. Com espinhos de laranjeira e palitos de taquara, ela continuava a crivar, uma a uma, devagarinho, para as livrar do visgo borrachento. Lélio olhou, por um momento teve pena de si mesmo, não cabia naquele sossego. — "Meu Mocinho, o senhor está com olheiras e olhos vermelhos... Você está pouco dormido..." Para sair de seu embaraço, Lélio falou, achava lindo as mangabas, o verde cor. Mas aquela velha senhora sabia tudo, ou já tinha ouvido, ou adivinhava: — "Fala, meu Mocinho: verde como o quê?..." — ela disse. Eram os grandes olhos da Jiní, ou um canavial na ladeira, tempo da seca, quando tudo está feio e pardo, só o verde fino lençol dele dá realce. Mas ela mesma continuava: — "Como ramo que tropeiro bota em cima de atoleiro, para indicar, aos que vêm, que o lugar ali afunda..." Mas a voz dela limpava todas as coisas de veneno, e era uma doçura no sempre de dizer, sem ralho nem queixa, se convertia quase numa cantiga: — "A água do rio vai no mar, vapora para as nuvens..." E para onde ia o ferver do mau-amor da gente? O cheiro que foge dessas grandes flores vermelhas... Que chuva

A estória de Lélio e Lina   183

iria dar? — "Gostei de muitos homens... Nunca eu queria que nenhum deles sofresse... Ah, como eu sabia..." Por um curto, se pensava que ela ia entristecer. Mas, não. Dona Rosalina era mais forte do que a tristeza. De lance, o olhou — ria um pecado de riso quente no esmalte de seus velhos olhos de menina — como um lume d'água entre a folhagem, retombado e com reenvio de claridade. — "Mas eu nasci mesmo foi para gostar de você, meu Mocinho..." Brincava a sério. — "Você não tem visto Manuela?" — perguntou. Lélio disse que não, com um vago de sentimento. Mas ela o olhava de um jeito que fazia bem: como se tivesse orgulho dele, acreditasse em seu valor de pessôa. — "Tudo está certo, meu Mocinho. Tudo vale é no fim. Guarda tua coragem..." — foi o que disse. E Lélio beijou a velha mão enrugada, se despedindo.

Daí a dois dias, o Tomé ia chegar. Chegou, e noutra coisa não se falava a não ser na irmã que ele tinha trazido — a Chica — que era branca quase como leite, com os olhos azúis, uma beleza muito delicada. — "Por mim — dizia sobre inocência o Placidino — nunca vi resumo de lindeza assim. Com todo respeito, mas nem dona Rute não é tão capaz formosa..." Delmiro alegou que eles estavam demasiando aos tamanhos elogios; mas Canuto, de lado, puniu que Delmiro sofria mania de desmerecer qualquer perfeição; e ainda definiu: — "Quem desfaz, se apraz!" Se via que Canuto estava assoberbado. Vai, a vinda da Chica principiava mesmo a sofismar muitas cabeças. Que era bonita como nem poucas, era. Tanto muito mais simpática, não parecia irmã de Drelina. E mesmo os parentes tiravam vaidade d'ela ser assim. Andava com um grande chapéu de palha, de abas, um laço de fita passado na copa: porque Drelina não consentia que ela tomasse sol, para não amorenar a maciez daquela pele. E o Fradim saía com as duas, por passear, mas nem escondia de se fazer tão imponente, por ter uma mulher e uma cunhada assins. O Fradim pediu visita, e veio com as duas, apresentar a Chica a dona Rute e seo Senclér. Ele só fazia tudo com aquela importância de suas matérias, como tendo estado. E Drelina olhava alto como se ele fosse o rei, e nem tinha pêjo de louvar o marido na presença das outras pessôas.

Peso de dias tão compridos — dezembro foi, parou no meio. Lélio agora só via a Jiní a rara vez, e deslumbrados de longe. De antes, pensou que ia sofrer, que não tinha prática, com o arranco da separação. Mas, em lugar do sofrimento, veio um certo repouso, bom, parecia; talvez o sofrimento ainda ia vir, depois. Às tardes, quando podia, a Jiní esperava ele passasse, batia mão. Os olhos verdes que estavam. Não foi que um dia ela quis esperá-lo no meio da estrada? Lélio, confuso consigo, com o cavalo, se balançou, fez sinal por um perigo. A que o Canuto vinha vindo, mais atrás. Canuto queria falar a respeito de uma festa.

Gostava dela, sim, sim, e marcava saudade daquelas noites, às dadas, que pagavam o penar. Socavava pensando, repassando a lembrança na ideia, que embebia, que se fervia. Mas, com o Tomé ali segurado, ao triste, tudo tinha de ser mesmo assim, um tanto de saudade, um ponto de remorso, meia vergonha, um susto ainda não de todo calmado, competido.

Nos primeiros dias, se encorajava em falso, sempre que via o Tomé, ou cada vez que esse vinha perto. Podia querer pedir satisfação, um nunca sabe, e Lélio já imaginava as respostas a dar, concebia se o outro vinha armado. Uma hora, estava tratando de um bezerro — que laçara e peara, e tinha misturado sal com cinza na cuia d'água para lhe despejar boca a baixo — quando o Tomé se chegou. Tem pensamentos que esvoaçam pela cabeça de um, tão ligeiro e tão sem calcar verdadeiramente, que parecem pensados por outra pessôa. Assim: "Se ele vier me matar, eu defendo, eu estou no meu direito..." E mais: que, se fosse o Tomé quem morresse, ele Lélio podia fugir com a Jiní... Mas, um desprezo de si, o nôjo de ter tido aquela ideia, sobreveio logo, e tão forte, que ele quis pensar o contrário: "Se ele vier, quiser me matar, eu cruzo os braços, deixo, porque ele está em seu duro direito..." E parou, não podendo considerar, tinha medo de que o propósito de se deixar punir e matar, assim, estivesse acima de suas forças.

Mas o Tomé vinha era por bem ajudar, bondoso e mesmo com uma mudança, muito mais de satisfeito, conversava. Por volta de tal tempo, se via que ele abria outra estima por Lélio, queria sua companhia. E Lélio retribuía, sincero, mesmo mais: sabia que ele mesmo era quem tinha começado a sentir primeiro aquela amizade. Modo possível, ser amigo do Tomé levava o coração da gente mais perto da Jiní, isso sim; isto não: que Lélio por aí não queria pensar. — "Lá, você teve alegria de ver a senhora sua mãe?" "— Ah, vi, sim. Tão bôa, tão envelhecida..." E Tomé desprendia a peia do bezerro. Lélio soltava a laçada. — "O Mutúm, será que fica para os lados do Paracatú?..." "— Ah, não. É daquela banda dali. Rumo-a-rumo com o Buriti-Alegre. Lugar, mais perto de lá, é a Barra-da-Vaca..." E Lélio achava: se, por maldade de intriga de alguém, ou de por qualquer má maneira, Tomé viesse a descobrir o que tinha havido, pela pêrda da amizade mesma do Tomé era que ele havia de

A estória de Lélio e Lina

sofrer, com a quebra ou desavença. Do mais, se repousava, em sela. A Barra-da-Vaca — o velho porto, nesse velho rio Urucúia.

Voltava às Tias. Pois, de dois domingos faltoso, nem quis retardar mais, fez o jeito de passar por lá, a furto, mesmo de dia, em meio de semana. Elas estavam lavando roupa, nas lajes do córrego, clareando os lençóis com bosta de boi e folhas de mamão. Receberam-no com por-vez de alegria e despeito. — "Quem está de amores novos... — recitou a Conceição — ...não pode comer verdura..." E a Tomázia, ajeitando-se os cabelos à pressa, reprovou, mas em tom que se reservava para um fim carinhoso muito: — "Meio modo que viuvou? Viúvo de marido-em-casa... Não fosse a gente aqui, oé, e um tinha era de se passar a mão limpa, ou beber chá de folha de camomila, que resfria homem..." E a Conceição interrompia de bater a roupa na pedra, para cuspir um pouco do caldo do fumo que mascava: — "...Ou caçar noivado com donzelas... A já viu a nova, que dizem que é a princesa real, a almofada de renda — essa branca de madapolão?..." Daí, tiravam por sorte qual das duas o distrairia primeiro. E o que aquelas duas davam era grosso e raso simples, como um mingau de fubá e leite, comido de manhã cedo. Talvez elas mesmas estivessem sentindo, a contra-siso, isso que agora ele achava: e queriam consolá-lo. Falavam na festa, que ia ter no Natal, dada por dona Rute e seo Senclér. Vinha um homem do Estrezado, tocador de sanfona, e um violeiro ou dois, do Desemboque e da Vereda-do-Anzol. E já faltavam poucos dias.

— "Festa, meu Mocinho, é o contrário de saudade..." — dona Rosalina falou. — "Para se aguentar a vida no atual, a gente carece das duas... Mas agora estamos precisando mesmo é de festa: que é um arremedo de antecipo..." E ela não temperava sua influência, refletindo que tudo ia ser raro de bom.

Foi um grande jantar, para todos e todos, servido no pátio, por causa que não choveu. Três mesas compridas, feitas com talas e folhagens de buriti, numa delas dona Rute e seo Senclér também se sentaram. Tarde-noite, havia tochas de cera branca e fogueiras acêsas, e candêias em cocos, quem providenciava era o Lidebrando. Os tocadores tocavam muito sérios, por encargo de sua arte. O Pernambo também. E todo o mundo estava lá: até a Conceição e a Tomázia, até a Caruncha mais o filho. Só o Tomé e a Jiní não estavam. — "Alguém ouviu falar que eles dois agora estão desesperados para brigar, estão brigando um com o outro no diário..." — o Placidino contou. Mas ninguém aumentou nada, naquelas coisas não se conversava simples. Quando era o acabar de comer, o Canuto, avermelhado, pediu vênia de licença a

186 *João Guimarães Rosa*

dona Rute e seo Senclér, e aí subiu na varanda, de lá puxou atenção: por ser dia-santo de Natal, ia tirar dez ave-marias e um padre-nosso, para todos acompanharem. O Soussouza não escutou direito, tiveram de explicar a ele o que era; e então ele começou a bater palmas de mão, e a falar alto, se via que por demais ele estava bebido. O Canuto caprichou na reza, voz tremida, embelezada. Por fim, fez o oferecimento: para Deus e Nossa Senhora do Socôrro protegerem seo Senclér e dona Rute, e a família toda deles, livrando--os das horas dificultosas desses tempos que corriam... Mas, tapando a fala dele, seo Senclér se levantou, agradeceu com amém, bateu palmas e pegou a falar um resto, o Canuto não foi mais longe. — "Este fede, de embusteiro..." — o Delmiro jurgou, estava rugunzando. Mas o Fradim discutia, para os dele perto, achava que o Canuto não tinha sabido aproveitar para fazer um discurso como devia; fosse ele tinha falado isto, e mais isso mais aquilo, palavras certas apropriadas — o Fradim não esbarrava de recitar. E Drelina mulher dele, que não ria nunca, a meio se ria para todos em volta, altanada que nem vaca que deu bezerro, e chega fazia psiu, queria redondo para o Fradim gloriar. Mas algum exclamou alto, da outra ponta da mesa: — "*Siriri, casca de ovo...*" Ninguém sabia o que era, mas todos riram forte, para se mudar de conversação.

As moças reinavam de si, tão bonitas arranjadinhas e combinadas — as iaiás: ficava trabalho dizer, de Mariinha, Chica e Manuela, qual das três a mais por flôr. Não se apartavam. E, mesmo, queriam falar, no ouvido umas com as outras, e a Manuela concertava o cabelo de Mariinha, ou a Mariinha ajeitava a blusa da Chica, e a Chica limpava com o lenço qualquer ponto no rosto de Manuela — parecia que as três tinham se aprontado juntas e careciam de, assim reunidas, parar mais fora de alcance. E estavam também com a Dlaljizinha, filha do enxadeiro Damastor, e que era mais pobrezinha e feiosa, essa muito se acanhava. E quando a Dlaljizinha se perturbava recuada para trás, sempre uma das outras segurava na mão dela e a trazia para perto; mas por esse cuidado mesmo se via que elas todas sabiam bem que na verdade a Dlaljizinha não podia fazer parte.

Todos do São-Bento, também. Marçal noivava com a Biluca; o Lorindão ria sempre e falava grosso, dando de não dar importância a nada: — "A vida é p'ra os moços... Mocidade não tem juizo..." Mas a Dorica fingia braveza de cuidados, recomendava que os noivos ficassem por ali permanecidos, que não andassem fugindo para longe deles. A Adélia Baiana semelhava um carneirinho, com laço de fita nos cabelos; ela sacudia o corpo, meio curvada no falar, e tinia um riso que cativava a atenção. O Ustavo dizia: — "Ah, meu tempo!" — e saía em giro, achando que tinha de ser mais alegre que nos outros dias, saudando todo o mundo. Mas o Mingôlo não desaparecia de perto da Adélia Baiana, só conversavam a respeito da noiva dele.

De vez pronta, o Pernambo porpassou as cordas, se debruçado na viola, tirou: ...*"Senhora dona da festa, esta vai em seu louvor: na sola de seu sapato, corre água, nasce flôr..."* Honrava em hora dona Rute. Mas o Soussouza, o Marçal, seo Senclér mesmo, e outros, reclamaram alto: aquilo era pé-de-verso conhecido, carecia de dizer um novo, fresco, tirado de ideia. Que, se não, o Pernambo era assazmente preguiçoso comodista: vida-ganha, casa-quieta, papo-cheio! Então o Pernambo dedilhou um dlim, e fez, de juízo: ...*Meu jardim é o coração, não preciso de ninguém: tiro verso e colho flôr, para a dona do Pinhém...* Com o que, conheceram. E Delmiro dizia, só para Lélio ouvir, que nos outros anos seo Senclér nunca tinha dado festa, e pois então agora dava era por ser certo que ia-s'embora, por isso não estava importando de se misturar com os pobres, só por despedida não tinha dúvida nenhuma. E o Pernambo punha um verso para cada pessôa, começando nas mocinhas. ...*Vi dizer que neve é branca, sei que branco o açúcar é...* — isso era para a Chica. ...*Deus fez dona Mariinha, levou tempo p'ra fazer...* Depois cantou que a Manuela, quando andava, etcétera que o chão, mesmo, pedia para ela forte pisar. Do que cantou para a Dlaljizinha, Lélio não escutou bem. Desde o mais, o Pernambo pôs o verso para dona Rosalina, que rezado: ...*Vi o coração do campo, vi o rastro do luar; vejo dona Rosalina, mas nem posso comparar...* Dona Rosalina botara um vestido preto, lustroso, a gola escondia todo o pescoço, presa por debaixo do queixo, e os cabelos dela, tão arranjados, tão branquinhos, alumiavam. Ela parecia uma das pessôas mais influídas e alegradas: fazia rumor nenhum, mas como que animava o engenho da festa. E o filho dela, o Alípio, ali estava também, convidado, só que a mulher dele não tinha podido vir. Dona Rosalina chamou Lélio, apresentou-o ao Alípio, com estima de elogios e palavras; e o Alípio prezou muito Lélio, com ele conversando suprido de amabilidade, agradecendo as muitas bondades que Lélio dedicava por sua velha mãe.

Mas o Canuto chamou Lélio de parte: queria falar assunto muito sério — avisar, muito às bôas, que ele tinha pensado e repensado bem, resolvido desistir de qualquer interesse com Manuela, botava pontos-finais naquele namoro danado de antigo. Lélio já sabia. O Canuto e o Delmiro, por derradeiro, ameaçavam altos de brigar, por conta da Chica; disso de Delmiro,

Lélio se admirava. Ao que andou por ali, espiando exato. Num retirado, quase no escuro, viu o J'sé-Jórjo, o Ilírio Carreiro, e dois desses outros, não sabia os nomes; e, ali longe, o J'sé-Jórjo, em pé, conversava passagens velhas de sua valentia, exportava suas falas de valente, movia os braços — nunca ninguém tinha visto o J'sé-Jórjo conversante assim. Mas o Placidino, bem no meio da festa, agachado, não se arredava de perto dos músicos, como se quisesse ajudar esses a tocar. E também, beira a beira, a Conceição mais a Tomázia aproveitavam companhia de umas mulheres de trabalhadores, de lá elas reparavam nas roupas e nos modos de cada um. A Conceição e a Tomázia hoje estavam mais sérias e bem compostas que nenhuma, davam-se muito ao respeito. O Soussouza introduziu de dizer alguma brincadeira para uma delas, e ela respondeu, cara fechada e com um muxoxo: — "Engraçadinho! Não se enxerga?..." Elas, ares. A Caruncha ouvia bem, mas não falava, não conseguia, nem esboço de palavra. Ela não se envergonhava de vir perto das pessôas. Era uma mulher alta, clara, de olhos espertos e rosto comprido, um jeito de dureza. Só parecia ver a festa e o filho. Segurava a mãozinha dele, o menino achava tudo bonito, nunca tinha visto um festêjo, e sempre se virava para a mãe, e contava para ela tudo o que estava vendo, como se ela fosse cega, e não muda. E a Caruncha escutava com atenção o que ele contava, e sabia olhar com muito amor, sem precisar de se rir.

Daí, Lélio tomava coragem, bebia um gole de cachaça-queimada, e vinha para o floreiar das moças. Era o que elas queriam — os rapazes todos em volta — tanto que, primeiro, sonegavam, importantes, queriam parecer não querer. Ao de um momento, ele pensou qual delas podia merecer por mais bonita. A Chica. Mas, consoante sua beleza, acomodava um liso, um suave de inocências, e tanta pureza de primor, que era como se a ela ainda faltasse alguma coisa, algum sombreado, um questionamento, ou o firme risco de já sem espinhos. Mariinha era linda — cinturadinha, os pés pequenos, diminuidinha de corpo: parecia leve só para os olhos da gente, mas que, se um fosse querer carregar, levantar do chão, que o seu peso seria enorme. Manuela, se via que ela podia transpirar, sacudir os braços roliços, dizer uma palavra de desabafo: por isso a gente adivinhava que ela era gostosa e cheirosa; Manuela estava sendo bonita como uma fruta. A Chica apertava muito os olhos, muito azúis, para enxergar melhor as pessôas, e sempre em si sorria. Mariinha mudava o ar do rosto, quando dava muxoxo ou olhava por cima do ombro: a gente tinha vontade de a pôr no colo. Manuela veio para Lélio,

A estória de Lélio e Lina   189

e conversou, gracejou com ele. As outras também entraram na conversa. Se via que Delmiro e Canuto, que enjoavam ali perto, daquilo menos gostaram. Mas, naquela hora, Lélio sentiu, em seu pressentimento, que, qualquer das três que ele escolhesse, com essa podia namorar leal, e mesmo para o finalmente de se casarem, quem sabe, pois seja.

O que Manuela dizia era sem enleios, e assuntos fora deles dois. Ao que ela, social, indicava — o realce e o parecer de uns e outros: de como o Aristó se prevalecia goro e serrazinado, sem jeito, não assentando com o sistema da festa; d'o Fradim e o Alípio não deslargarem de perto de seo Senclér, sensatos; do modo quieto e prestativo do Lidebrando, que ficava sempre junto de Benvinda, mas zelando pela arrumação das candêias e tochas, pronto para resolver todo arranjo que se carecesse. Falavam também de dona Rosalina, sempre por um só todo-louvor — e mesmo nisso era que eles conseguiam falar mais quentemente sinceros, meando de se agradarem, sobre certo, um ao outro. E aí se esparzia no povo um fafá de risadas, grupo de pessôas que vinham da porta-da-cozinha: contavam que estava lá a Toloba, ajudando a lavar os pratos. Ah, até a Toloba estava ali, aproveitando o ovante da festa — e Tomé e a Jiní não estavam! Lástimo pensando neles dois, Lélio recebia um sudarte de tristeza. E dona Rute sentada conjunta com Maria Aparecida, Dona Rosalina, Dorica e Maria Júlia. Dona Rute era decerto, a qual, a mulher de mais beleza que já tinha vindo aos Gerais. Tão rica, e fina, e bem vestida, tão acima de todos ali, afastada, que um homem não tinha remorso de desrespeito: de olhar para ela, pensando, em escondido, como seriam as partes dela, as côxas macias e brancas, os seios por debaixo da roupa, como seria ela na cama; e mesmo a ação desse pensamento virava uma devoção sutil em sonhos, pelo impossível. Manuela conversava muito hábil de amável, mas, encarar, não o encarava: se via que não era por vergonhosa, mas porque queria dar ideia de estar muito desinteressada de si e convertida de se prezar só nos movimentos da festa. Tanto era uma moça saída, mas que se ressabiava a manso, que se guardava. Margem que, por essa altura, já Delmiro e Canuto conversavam com Chica e Mariinha, e cada um jogando remoques e indiretas, por se suplantarem, porfiando no agradar à Chica. Mariinha, tão sensível bonita, e nenhum dos moços tinha inclinação para gostar dela, parecia que eles dela provavam medo. Ao que, num momento repente, agora que o via conversando animado assim com Manuela, a Drelina veio de lá, direta, falou com ele também, muito agradável — ela nem era antipática, como de longe às vezes parecia. Perguntou se Lélio tinha estado no Curvelo, se conheceu um irmão dela, que se chamava Miguel Cessim Cássio, atendendo pelo apelativo de Miguilim, e que lá direitinho trabalhava e ia nos estudos. Lélio, em coração, sentia não conhecer esse irmão de Tomé e Drelina, para poder responder que sim, com afeto. E, quando Drelina se afastou, Manuela disse que ela era tão bôa, que não tinha trato com a Jiní mas sempre que tinha alguma coisa apreciada, fosse de comer ou de outras, às vezes mesmo peças de roupa ou enfeites, dava ao Tomé, sem nenhuma explicação, mas sabendo destinado que era para a Jiní mesma. E a Manuela era de verdade bonita, sadía, com rentes olhos de vaca, e que brilhavam.

De seguida, se dansou. Quem propôs mesmo foi a dona Rosalina: falou que, sem dansa, festa devia a festa. Formaram pares: Delmiro e Chica, — Canuto pegou a conversar com o Aristó, fingia, dava as costas, para não avistar aqueles dois; Lidebrando e Benvinda; Mingôlo e Adélia Baiana, — o Ustavo não dansava, ele mesmo mandou que os dois podiam e dansassem; Fradim e Drelina. E a Maria Júlia olhava de lá, vislumbrável, em ruins vermelhos, por conta de ver o Soussouza fazendo tolos forcêjos por tirar a Tomázia ou a Conceição. Mas Lélio nem teve tempo para escolher dama: dona Rosalina veio sorrindo, pegou no braço dele, que era o seu Mocinho — os dois formaram a mazurca dansando. À parte Lélio não se disse a desdém, de dansar com a velhinha antes sopresava-o o afago de todo carinho tanto respeito, uma ausência de si, feito tosse aquela dansa uma arte de religião, aprendida por sempre, fora do crédito vem-vai das coisas — mar o mar. No uso do momento, semelhante se esquecido, não temia nem queria nem consistia nada, mas lá. Aí a Velhinha se asia tão delicada, senhora de serenim, em giro baile, leve espécie de criança, que sabia ser e sorrir e olhar, sem estorvo nenhum. — "Meu Mocinho... — ela disse — ...antes eu não encontrei você, não podia, meu filho, porque a gente não estava pronta de preparada..." "— E eu, mãe?" ele perguntou, sem primeiro se esclarecer. — "Uma estrelinha brilha, um átimo, na barra da madrugada, antes d'o sol sair..." — assim ela respondeu.

Mas, nisso, bateram palmas, num rebuliço alegrativo: seo Senclér tinha tirado a Mariinha para dansar. Todos os outros pares se saíram, o meio do terreiro ficou adro, o povo em volta, apreciavam. Ah, era luzido — dada praça à dansa — que nem um teatro! A Mariinha parava no ar, com um risco de movimentos muito certos, cabecinha altaneira, parecia que nem estava nada vendo, só dansava, dansava. E seo Senclér, garboso cavalheiro em sós, tomava

A estória de Lélio e Lina 191

conta dela com firmeza, cumpria a sério aquele proceder, o prazer de dansar com a Mariinha no rosto dele estava-se. Até os tocadores demoraram o retente da música, e tiravam o maior arrojo que podiam, da sanfona e das cordas. Por um fim, tiveram de esbarrar. E seo Senclér fez uma vênia muito aposta, para a Mariinha, pegou a mãozinha dela, e levou-a para seu lugar. Só então os outros pares repisaram.

Lélio ainda estava olhando o terminado, quando dona Rosalina se chegou, trazendo Manuela, para os dois dansarem. Lélio dansou com Manuela, e conversaram, conversa tola, mas com pontinhas de intenção, festa vai, festa vem, o resto do tempo. — "Aoé, e o Canuto?" — xixe ele perguntou, meio maldoso. — "Ah, p'ra ver: com o Canuto valsei, aquela outra dansa, e você nem ao menos reparou..." — ela disse, com muxoxo, meio maldosa. — "Ah, foi?..." — foi ele disse; disse meio irado — os usos ciúmes. O amor que amavam. Mas, houve uma hora em que ele não pôde deixar de falar naqueles dois que não tinham vindo, quem sabe não tinham sido convidados? — "Está sentindo pela Jiní?" — a Manuela perguntou com outra malícia brejeira. — "Estou sentindo pelo Tomé. Pelos dois..." — Lélio respondeu, com um sério tão sincero, que a Manuela o encarou, que nem se estivesse dando a ele seus belos olhos. E disse: — "Não. Só eles não vieram porque não quiseram, porque estão brigando de ódio de amor o tempo todo — é o que se diz. Mas bem que eles foram convidados. Hoje é Dia de Natal..." E mesmo, naquele momento, alguém estava lembrando que a festa não era própria para se dansar, mas para gloriar e contemplar a vinda do Menino Jesus, na gruta de Belém, na manjedoura, entre o Burrinho e o Boi, para a salvação de todos. A esmo, então, todos concordavam e ficavam sérios, olhavam para cima, para as estrelas, que extremavam. E os tocadores tocaram a chegada dos Reis Magos:

> *"A lapinha era pequena,*
> *não cabiam todos três...*
> *não cabiam todos três...*
> *Cada um por sua vez,*
> *adoraram todos Três...*
> *Adoraram*
> *todos*
> *Três..."*

Esse mesmo canto, de Folia, solene ciente, o Pernambo tocou, dia de Ano e dia de Reis, honrando o Menino Jesus ali, no meio dos campos-gerais. Foi então, e também depois, que Lélio em mais de uma ocasião procurou ver Manuela, e estiveram conversando em casa de dona Rosalina. Mas a Manuela se recatava, com amizade natural, e Lélio esbarrava num enlo: traçado tudo, achava que ela do Canuto ainda não afirmara esquecimento. Aí tinha pressa de ouvir que ela gostasse dele, dele!; mas ele mesmo não tinha certeza de lhe ter amor que désse para casar. Assim ao assim, dona Rosalina, que decifrava o diário, olhava-o muito, razoal se dissesse: — "Meu mocinho, você está mais pensando em outra..." E estava. Da Jiní, tinha uma pena, muito sentida, quando ouvia contar o que em casa dela se passava, e quando via o Tomé, calado triste, lidando sempre por duro trabalhar. Mas pensava era na verdadeira outra: a Moça, linda, de Paracatú. Queria vir para Manuela, e a imagem de Sinhá-Linda neblinava.

Na minguante, fim de janeiro, saíram pelo gado fugido, numa batida que longe os levava. Se apartaram em dois bandos. Fradim, Tomé, Delmiro e Canuto, iam para o norte, até à Serra do Saldanh'. Mas Lélio, com Aristó, Pernambo, Placidino, J'sé-Jórjo e Soussouza, tinham de descambar para lá da Serra do Rojo, numa distância muito maior, pelo extenso do poente. A meio e mal, enquanto ainda estavam juntos, Canuto chamou Lélio à sopra, e avisou, muito afirmado: — "Malungo, você é como um irmão meu, pois, escuta: acabei todo estatuto de compromisso com a Manuela, por bem. Se você tem o interesse disso, você pode, pode ficar noivo!" E Lélio não respondera, que aquelas palavras não conseguiam resposta. Tinha ira daquela donância do Canuto: por ser astucioso assim, o que ele merecia eram umas boas bofetadas. Mas, chuva e sol, e gado bravo desesparramado, tão ermo, tão em az, tão montante, não podendo ver Manuela nem se quisesse, ele foi aprendendo a pensar nela com os carinhos novos, e achava que, se tudo ia aos poucos ficando livre entre eles dois, então era porque aquele amor estava mesmo em seu destino se propondo. Temperava saudade. Tinha saudade também de dona Rosalina — que havia de ser a madrinha melhor. Mas seu corpo sofria falta forte da Jiní; e ele cria: ...Ah, pudesse estar ao menos uma vez com a Jiní, uma vez só, e eu quebrava este cativeiro, e dela pra sempre me esquecia... E quase não pensava na Sinhá-Linda.

Voltavam, com arribo de quase um mês: não havia mais pequís, nos cerrados, e os araticúns amadureciam. Tornavam com muito boi. Quando

A estória de Lélio e Lina   193

Lélio cantava, aboiando, Manuela era a moça das cantigas. — "Me caso, Pernambo?" "— Ôi, vôi! *...Eu moro naquele morro, na metade da subida. Você não gostar de mim: ai que vida aborrecida...*" O Pernambo retorquia tudo em versos, mas agora falava muito na Tomázia e na Conceição.

Das várzeas, na virada do Bom-Burití, avistavam uma corujeira, um arruado de casinhas leprando em ponta de serra. — "Apre, que deve de ser o triste, lá..." — o Placidino dizendo. — "Eh, só é triste pelas pessôas. Não tendo ninguém num lugar, não faz alegria nem tristeza..." — Aristó desfalou. Parece que naquela áspera burguéia nem não morava mais ninguém. O Placidino moeu espanto. O Placidino carecia sempre de estar perto das pessôas.

No derradeiro arrancho onde pernoitaram, o Pernambo teve uma dôr forte, nas tábuas do peito, com uma agonia suada, que dava medo. Como custou passar. Desde depois, entre asmas, o Pernambo referiu que sabia que ia morrer daquilo, qualquer bom dia, por isso não tinha ideal de se casar, e precisava de estar, toda hora, se esquecendo da tristeza. Em tanto que o Placidino cozinhou um chá, no meio da noite, para o Pernambo, um chá de pimenta-de-macaco, que foi a folha que se encontrou. De após, o Pernambo, baixinho, já alegrado, trauteou: *...Maria Branquinha, que paga feitiço, que assa chouriço, que pode com isso, que sabe o amor: me vale, me lava, me trata, me salva, me vela, me leva, com resplandôr...* Tioréga. — "Ao pior não é a dôr; é o arrocho..." — ele só disse também. E o Soussouza, que ainda se sustava com as lágrimas nos olhos, de ver o Pernambo sofrer, então começou a contar o caso de um chicote com cabo de metal, que um Luis Lemes tinha dele roubado; e destemperava, chamando esse Luis Lemes dos nomes de mais ofensa.

Mas na outra manhã tudo estiava bem, vinham vindo, o Soussouza na culatra benzia qualquer rês que remostrava doença, o gado certo caminhava. — "Me caso, Pernambo!" — Lélio decidiu. Já o Pernambo, bom, já cantava: *...Na igreja da minha terra, adonde fui batizado: cada moça que se casa, eu é que fico logrado...* Até o J'sé-Jórjo batia cabeça, aprovando. J'sé-Jórjo sempre queria estar perto de Lélio, proposto. Mas aí, entre a Vereda Azul e o pasto da Cascavel, de repente Lélio enxergou um pau-d'arco novinho novo, que crescia, linheiro, no meio do capim-bezerro. O qual se prometia: porque tinha a casca lisa e de cor igual, sem muxo de musgo pêgo, nem parasita nenhuma, e era mais grosso em baixo, vindo se afinando devagarmente aos poucos, e subia metro-e-meio de alto, sem esgalhos, só o tufe de folhinhas no fim em cima. — "Êta uma vara-de-topar! Isto que vai dar uma vara bôa, mesmo encomendada..."

194   *João Guimarães Rosa*

E Lélio se apeou do cavalo Serracém, isabel ligeiro, tirou a faca, e riscou no pau-d'arco, talhando o pique dele, para todos que passassem por ali logo vissem que a arvorezinha tinha dono, sinalada e reservada; era só esperar por volta de uns tempos, e vir ali, num mês sem érre, e torar o tronco, já fornido e bom longo, e encastoar o ferrão — uma vara estava feita fabricada.

Mas, mal chegava ao Pinhém, o Canuto pedia conversa. O Canuto tinha voltado havia mais de uma semana. Levou Lélio para uma esquina de curral. A gente via, ele estava tão furioso, que sacudia um ombro depois do outro, e avançava a cara, de jiboia — parecia um palhaço sem serviço — parecia que o nariz se encompridava. — "O Delmiro ficou noivo da Chica!" — ele disse. A xís, sururu se reteve, olhando parado, sério de cenho, como se tivesse contado uma das horrorosas coisas, malmedonho, e completasse que Lélio devia de dar algum grito de espanto. Como por fim, ele mesmo enguliu em goela, e abaixou os braços: — "...Seu amigo Delmiro...Vai ver, o falso, traiçoeiro, que sempre vivia dizendo: que não se casava com moça pobre, mocinha daqui! Só a fito de enganar... O cão os lázaros!..." — voz de quem ia chorar no pé do momento. Lélio não respondeu; mas pegava que, o pior de tudo ouvir, para ele ainda estava faltando. — "Cá, por mim, eu me importo?! Não sou pai ou mãe, não sou parente dela... Nique que namorei essa menina, um extrato, quando ela chegou, mas por um divertimento, mexida de novidade..." — o Canuto agora expelia, cortando ruindades com a fala. — "Nem eu quero nunca me casar, mulher nenhuma não presta! Olha..." Puxava nos braços de Lélio, punha mão nele. — "...eu sou com você como um irmão..." Afe, que se desafrontou — disse tudo terrível. De Manuela.

Lélio tirou um passo atrás, repeliu as mãos do outro. Sacou a faca e percurou o fumo na algibeira, começou a picar um cigarro. Viu que os dedos constavam a tremer, e ele formou dentro de si uma força — por tudo neste mundo não queria que eles tremessem, o Canuto vendo. Mas então a tremura passava para seus beiços. A boca seca, seca, impante. Suspendeu os pesos de sua cabeça. O peito, parado, no interior, concebido que geasse num desarrasado.

O que o Canuto depunha: que já tinha estado com a Manuela, em corpos, já a conhecia como mulher... Motivo, primeiro, pensou que ela consistisse ainda virgem, no costumeiro; e ele mesmo adiantara aquilo com tenção honesta de, em posse, se casar. Mas, depois, Manuela, por sua crente vontade, sem ele perguntar nada, confessou que, antes dele, outro também a tinha deflorado. Um sujeito de cidade, um daqueles "Botinhas" — fiscal do Banco, se diz, que viera ao Pinhém para orçar os zebús. Ao que, esse, tinha prometido a ela feliz casamento, e sucede que não deu mais notícias. A Manuela era resto de dois... E era pelo descrédito disso que ele informava Lélio, mais que como amigo, como verdadeiro irmão!

Lélio acendia o cigarro, e não conseguia, não competia de se levantar da régua de tábua onde se acomodara; porque, só retente, se levantasse, não travava a mão de produzir o revólver e ensinar fôgo no Canuto. Oé, esse falava, aos ós-e-ás, em tanto explicava. Mas Lélio mal ouvia mais palavra, do que ele dissesse. "É honra de matar? É hora?" — se perguntava. Pelo poder, esperou, em jús, que o outro calasse, se cansasse. À mossa, más mercês, que berrou: — "Abasta!" — bruto. Nem vendo se Canuto se espantava. Surdo saíu, com andar de zonzo e cara tão sem sangue, que até o Delmiro perguntou se ele tinha algum aperto, se carecia de ajuda. Não, de ajuda de homem não carecia. Só o uso de não ficar ali; se dormisse no mesmo cômodo com o Canuto, aquela noite, não respondia de suas ações. Um melhor pensamento pediu a dona Rosalina. Caminhou para lá, quando já se anoitecia. O J'sé-Jórjo o acompanhou, até certa distância, amigo calado, se via que, sendo preciso, aquele estava ali, sem indagar nem saber, mas pronto para o sistema de garantir — o matando-ou-morrendo.

Do bambual, do jardinzinho, da porta, Lélio começava, a capital, um remanso. Acarinhou o cachorrinho Formôs, que era dele um pouco. Ao em que dona Rosalina o abraçou, com uma alegria tão estável, que ele soube em si que ia receber consolo. Ela percebeu que o seu Mocinho tinha recolhido brasas. Olhou-o — e de seu olhar provava aquele estilo de paz, aquele ralear dos agravos. Adiado ela falou: — "A água, meu Mocinho, grita a qualquer pancada que lhe dão..." Assim aos círculos a existência das saudades obedecia naqueles olhos — ou luz, ou lágrimas. Agora sorria. Lélio sorriu também. — "A senhora assente d'eu passar a noite aqui, na rede de sua sala?" Por um momento, o que suscitava pior — a tristeza balançada na raiva — se pousava. Mas a raiva latejava forte, raiva do Canuto, capaz de amargos. A que um não quer — e, aí mesmo, assassina. Advertido que ela dona Rosalina devia de ver o que ele sogastava; pois disse: — "Fala: — *Macio feito pedra... Macio feito pedra...* — Quando a pedra amaciar, você então sabe o que macio é, meu Mocinho..." Vai, a voz dela, era bom, punha a gente pequenino. Lélio ainda se calava, mas porque queria que ela contasse, perguntasse, soubesse, tudo suprisse. De fim, pôde, desafogou num suspiro. E falou. Falou, o tempo que quis. Falava sua raiva, falava mordido. Falou sua tristeza.

Dona Rosalina o escutava sem sombra nem surpresa. Escutou, e disse: — "Mas, só porque o Canuto é um bobalhão, e a Manuela uma bôa moça, você não tem que ficar atalhado assim…" Lélio a olhou com sobrancelhas altas, não entendia. E ela explicou: — "A Manuela tem saúde e lealdade. Teve confiança num, depois teve no outro. Agora, olha: se o Canuto mesmo estava pensando que era o primeiro, ela precisava algum de contar a ele o que tinha tido com o outro, com o 'Botinha'?…" Disse aquilo, e não disse mais. Saíu para dentro, arranjar alguma coisa para Lélio comer, e saíu simples cantando. Sozinho, Lélio se piscava os olhos. O que as palavras de dona Rosalina abriam era só uma claridade em seu espírito — uma claridade forte, mas no vazio: coisa nenhuma para se avistar. No dado do momento, ele se aliviara. Mas zonzava, entanto, desconhecendo se parte desse alívio não manava da voz, do justo olhar, do feitiço de pessôa de dona Rosalina — que ela semelhava pertencer a outra raça de gente, nela a praxe da poeira não pegava. E ele trascoava uma espécie de ira de si, de estar aceitando depressa demais aquele consolo. Se vexava. Será se era como se ele mesmo fosse tão frouxo, que devia de ter estado o tempo todo querendo umas palavras assim contritas, para desculpa de se amolecer sem opinião. Queria agora fechar os olhos, recompor o ódio do Canuto, desesperar a dar gritos brados, durindar na faca. Queria uma desordem. Se mexeu até pensando em se despedir, voltar para a Casa. — "Meu Mocinho: fôgo come fôgo…" —; da Velhinha o dito. Aí ele já ia se desgostando, pensava que ela vinha soletrar a parte da paciência. Mas, não, dona Rosalina estava falando agora era do diz-aí de horror de amor, de Jiní e Tomé, como que se rasgavam. Assaz que, logo depois, ela mesma disse: — "Bem que esse Canuto enquadrava para uma bôa sova…" E Lélio aceitou de vir para a mêsa e quietar seu espírito.

Só pelas tantas da noite, vendo que ele não dormia, dona Rosalina apareceu e veio retomar a conversa. Mas não tocava nele Lélio, falava como se o caso de amor fosse só entre Manuela e Canuto, singular certo. Demonstrava como era que o Canuto não conseguia razão nenhuma. — "A única coisa que tem importância, é o sentimento fundo de cada um, meu Mocinho… Um homem deve saber principiar pela mulher que ele ama, sem o rascunho de aragens passadas. Um cavaleiro são suas pernas…" Mal e alto, que o Canuto tinha falado também que a Maria Júlia, irmã de Manuela, fora muito levada; que dois dos filhos, dela, de pais diversos, não eram de semente do Soussouza? Idiota, o Canuto. Idiota de pai e mãe, que ele era. Melhor mulher pois o

Soussouza não podia ter achado, a de que ele precisava, a que lhe servia. — "A daí, e olha, meu Mocinho, eu tive duas irmãs: uma foi para o convento, na Piedade, viveu e morreu como santa; a outra moçou, dizem que não houve rapariga que fosse mais dos homens. Agora eu, que estou aqui, fiquei mais ou menos no meio... Assim que sempre tive alguma inveja de cada uma das duas... Elas eram lindas escolhidas." Soando e sendo sutil o novo que ela falava, o simples e justo. — "Trovão com azul... O Canuto carregou o caso. Criatura humana é muito constante na tolice, tem a tolice na natureza, meu Mocinho. Custa muito para um poder solto de achar..." Assim dizendo, e sorrindo, a passo igual. — "Atrasmente, meu Mocinho: ao que Nosso Senhor, enquanto esteve cá em baixo, fez uma Santa. Vigia que essa não foi uma puras-vírgens, moça-de-família, nem uma marteira senhora-de-casa, farta-virtude. Ah, ai, aí não: a que soube se fazer, a que Ele reconheceu, foi uma que tinha sido dos bons gostos — Maria Madalena..." Agora, o pubo do Canuto, queria primazias! Somenos fosse homem, e não um prazível diabo, de luto antes da mortalha, então se casava com a Manuela, e não andava abusando segredos no juízo de terceiros. "Deixa estar, que eu sojigo o Canuto a casamento..." — Lélio pensou, gostosa raiva. — "O cão!" — que ele disse. Mas dona Rosalina, que rastreava a alma da gente com o quite do olhar, se sorriu, e mais falou: — "Eu sabia que você não gostava total da Manuela, meu Mocinho. Por mais que eu quisesse o casamento de vocês dois. Às vezes, eu acho que você gosta é mesmo daquela moça de Paracatú, a filha de um senhor Gabino... Só porque ela está tão fora de alcances, tão impossível, que você tem licença de pensar nela sem a necessidade de pensar logo também no que você é e não é, no que você queria ser... De tão distante e apartada, ela pode ser bem enxergada, no fim de um enorme limpo campo..." E dona Rosalina pôs a mão na testa de Lélio, num carinho, leve, leve; ele já estava quase adormecido.

De manhã, Lélio não se importou de retrasar para o serviço. Precisava de ter uma conversa com Manuela, ao verde, aproveitar aquele bafo de coragem, um açoite de pegar o mundo e o concertar com suas mãos. Conversa curta — ele foi estouvado, quase rude, como perguntou: — "Você ainda gosta do Canuto? Responde o real..." Manuela não esperava por isso: não conseguiu muxoxo, nem dar risada, não conseguiu se zangar. — "Eu gosto de quem gosta de mim..." — ela disse, voz tremida. E já rompia em pranto, soluçava forte. Lélio nem se perturbou, era como se tivesse esperado aquilo. Esperou que ela esbarrasse de chorar. Mas a vista daquela moça tão sã, tão bonita, aquele corpo,

198 *João Guimarães Rosa*

aqueles seios, aqueles braços — e sofrendo em lágrimas, sem fingimento, sem resguardo de si — dava era vontade de ir logo buscar o Canuto, a poder de vara-de-ferrão, como um garrote baldoso, e obrigá-lo, mostrando-lhe a morte e a sorte, preciso fosse. Ele estava uma balança na fieira.

Os companheiros deviam de andar no Saco-Dôce, mas até à hora do almoço Lélio não os encontrara. Ou, talvez mesmo, sua ira fosse tanta, que ele preferia passar um tempo sozinho, procurava-os sem aprêço de os encontrar. Desmontou, à beira de um pôço, comeu sua paçoca e seu pedaço de queijo. Quando tornou a montar, e rumou atalhando para o Cascavel, viu seo Senclér, que vinha em passo ligeiro, em seu cavalo bragadão. — "Está sozinho?" — ele perguntou. E disse, curto: — "Vem também. Um boi matou o pobre do Ustavo... O Marçal está dando aviso aos outros..." Lélio tirou o chapéu, fez o em-nome-do-padre. Seo Senclér olhava de frente para ele, e ele sentiu uma branda satisfação, por ver que seo Senclér estava verdadeiramente singular, pelo falecimento de um pobre vaqueiro. Fez menção de seguir atrás, mas seo Senclér mandou: — "Emparêlha comigo..." Quis pensar um pensamento próprio, para o Ustavo, e se lembrava era da Adélia Baiana, do Mingôlo, do Marçal, de todos. Mas, aquilo, sim, era certo, o Ustavo merecia: que o Patrão também viesse, que ficasse triste. Quis dizer qualquer coisa, do Ustavo, achava que devia, por regra de pesar, por sincera estima. Só saiu: — "Amém..." Seo Senclér olhou-o, admirado. — "Você está rezando? Faz bem." Iam. Desciam para atravessar a Vereda-Pequena, depois pegavam por outra chã de chapada. O céu estava limpo. Ganhavam o Alto do Quenta--Sol. — "O Ustavo era bem mais velho que a Adélia..." — seo Senclér disse. Seo Senclér gostava de conversar. — "Era um todo vaqueiro do Urucúia... Cumpridor de sua obrigação..." Ali no Alto do Quenta-Sol as seriemas e emas corriam, sem fazer barulho nenhum. Então Lélio contou também da doença do Pernambo. — "Coitado dele," — seo Senclér falou. O Pernambo tinha matado um homem, na divisa goiana, fazia tempo. Matara em sua defesa, sem maldade nenhuma, mas mesmo assim vivia com remorso, parte da doença dele devia de vir dessa conta. — "Para salvar a vida de um vaqueiro meu, eu dava tudo o que tenho, sem precisar de pensar, e na mesma da hora!" — seo Senclér afirmou. E Lélio sumo se agradou, suspendendo o que o outro falara sincero. Agora apanhavam aquelas serras, vista bonita. — "Breve, breve, meu amigo, vocês vão ter outros patrões... A vida não perdôa descuido... E não há tristeza que me ajude..." Lélio não sabia dar nenhuma resposta. "Mas não

A estória de Lélio e Lina

adianta ele falar que dava tudo para salvar um de nós, porque esse caso assim nunca que acontece..." — ele pensava. E pensava que, um que sente tristeza, como pode ser patrão de outros? — "De todos, só o que me preocupa é o Tomé, ultimamente. Mocidade..." — dito de seo Senclér. Aquele homem era rico, até para montar em seu cavalo tinha um modo mais confortável, vestia bôas roupas, dava ordens; agora estava com aquela tristeza, feito um luxo. "Se eu tivesse uma mulher da beleza de dona Rute..." — a ideia veio. E, no giro do momento, Lélio principiou a ter pena e simpatia por seo Senclér. Mas o São-Bento estava acolá: a casa, na beira do córrego, e em volta os pastos de jaraguá, belos na força das águas, verde liso, verde forte, com muito gado deitado debaixo de árvores.

O Ustavo entre as velas, coberto com um lençol tão bem lavado, tão branco, que dividia a gente de pensar no sangue que ele tinha perdido, chifrado no peito e no estômago. O Mingôlo chorava, como se estivesse sentindo por um parente. Lélio se debruçou, viu, tornou a descer o lençol sobre o rosto de cera do outro. E aí estremeceu um susto, alguém lhe segurara o braço. — "Lhe alarmo?" Era a Adélia Baiana.

Ela se chegara de um modo tão macio, ninguém sabia caminhar macio feito aquela mulher. Devia de ter chorado muito, mas mesmo o inchado vermelho dos olhos não tirava dela aquele encanto esquisito, uma beleza diferente de todas. — "Mecê era amigo dele? Muito amigo dele? Gostava muito dele?" — perguntou, voz cantada mesmo baixinho. Chamava-o para um canto. E contou: ainda dois dias antes, o Ustavo tinha falado que "esse Lélio do Higino era moço escovado, o melhor de todos..." E que ia dar-lhe um aviso de cautela: com o Tomé. — "Por causa da Jiní, mecê sabe..." A Adélia choramingava sempre, mas esbarrava para olhar de um modo inesperado, quase como com interesse de namoro. — "Mas eu não tenho nada com a Jiní, eu juro..." — Lélio disse forte, trastravando cara. De longe o Mingôlo espiava-os, meio ansiado, seo Senclér saíra pelo ar lá de fora. Mas a Adélia Baiana dizia o que queria: — "Oxente! Mas então mecê deve de levantar antes do sol, três dias de seguida, ir colher um raminho, sempre da mesma árvore, na beirada do córrego, e quando voltar jogar o raminho pra trás, sem espiar, e falar: *Te esqueci em azul...* Falar três vezes..." — "Feitiço?!" — Lélio perguntou. — "Oxente, pois só de viver no meio dos outros, a gente, cada um está fazendo feitiço, toda hora... Só que não sabe..." E ela se alegrou um ponto, no meio das lágrimas. Depois, perguntou se Lélio acreditava que defunto que fica com os olhos abertos é porque vai vir buscar outro, dentro de breve? O Ustavo morrera de olhos abertos. A Adélia queria conversar mais. — "Agora, eu estou por aqui, sem homem, sozinha. Que é que vai ser de mim?" — ainda disse, suspirando. Sorria sofismado, como se quisesse que a gente a abraçasse e lhe desse um beijo.

Mas chegavam os outros, todos, e era o movimento para o enterro. E foi então que Delmiro, vexado muito e falando de arranco, explicou a Lélio que ia se casar com a Chica, porque tinha pensado — casamento é destino — e tinha resolvido. Os projetos, aqueles, de largar o vaquejo e ir negociar por uma conta, tinha de deixar, para outro tempo; esta vida era o que Deus quisesse, consoante. E esperava a opinião de Lélio. — "Você quis, e fez bem." — "Você acha? Mas acha?!" — "Acho." "— Eu sabia que você ia achar. Mais eu quero você seja o padrinho. A gente é que nem compadres..." Dito, daí Delmiro se afastava, ia ficar perto de seo Senclér. E Lélio, mesmo naquele momento, estava pensando no esquipático de certos sentidos: por que era que, de verdade sendo amigo seu, Delmiro muitas vezes mostrava um duro desassossego, um difícil de parar em sua companhia?

Mor que viu Canuto, por fim. Todas as voltas daquele dia não tinham refecido seu afinco de encontrá-lo. Ao um travacontas. Viu-o e caminhou para ele — foi no cinco-seis-sete: — "Escuta: você é homem?!" —; quase gritou. Ia levantar a mão, o resto podia ser sangue vertido. Mas o jeito do Canuto, arregalado e tristonho, o demorou. — "Homem eu acho que sou. Fala." "— Então, vamos saber, então!" "— Amigo, eu não tenho medo..." "— Eu sei." "— É. Eu sei que você também não tem medo..." "— A babarára! Pois, então, vamos num canto do campestre, p'ra a gente se matar..." — Lélio declarou, com todos os dentes da frieza. Canuto fez uma surpresa maior: — "Malungo..." "— É peta! Você deixa de partes... Você resume... Você não me remexe..." "— Mas, me dá a razão. Eu sou afilhado de seu pai..." "— Minha raiva tem um pai só!" "— Ofendi você algum? Que ofendi, não sei, você explicando, você me desculpa..." Se em fato, ofensa não houvera. E Lélio se tolhia, tornado em si, um a-golpe de vergonha o avermelhou. Tardou um tento. Mas pensou em Manuela. — "Vem cá..." — chamando o Canuto para um mais afastado. — "Você ainda gosta de Manuela?" Um espaço de calma, depois do lance do começo, como que os aproximava, no cordial, abençoava o momento. — "Gostar, gosto. Para que negar?" — o Canuto respondeu, firme voz. Lélio limpou a garganta. — "Porque, se você não quiser casar com ela, definitivo, eu me caso!" — falou, a rijo conforme.

Muitas coisas ele estava esperando que o outro dissesse e respondesse; menos o verdadeiro que foi. O que então se passou: o Canuto chorava, queria abraçá-lo, queria contar trechos de sua vida. Dizia que nem sempre tinha bôa saúde dos nervos, que tinha medo de ficar dôido. Não sabia se resolver. Um momento, ele esbarrou, olhou bem para Lélio, com aquele jeito de jiboia reconhecendo o caminho, e indagou: — "Mas você casava? Você casa? Mesmo com o que eu contei a você?..." À franca paciência, Lélio repetia a ele o que dona Rosalina tinha manifestado. Dizia e dizia. Rájado de um querer, que se acorçoava. Canuto baixava a cabeça, e concordava, com os preceitos, feito uma máquina vagarosa. E, quando Lélio se interrompia, ele tornava a olhar, olhar de cachorro, constante pedindo que ele falasse mais. Lélio compôs o baque do fim: — "Você, Canuto, corre e resolve! O que você me contou, é segredos de morte — assunto que a gente, nós dois, já esquecemos... Agora — até um de nós se casar com ela — eu tomei a Manuela na lei de ser a minha irmã. Você sabe..." "— Pois, você mesmo é que nem um meu irmão..." — o Canuto falou. E propôs que ia rezar uma novena, pedir conselho a Nossa Senhora. Ele era tão simples incerto, que por debaixo de seu desengonço de chorão devia de embrejar muita coragem; se não, um homem ali no sertão dos Gerais não podia ser assim, Lélio pensava. E também a segura dúvida deste pensamento: que, mais para diante, aquele Canuto nunca mais ia querer ser amigo seu.

Mas a alegria que tirara de sua decisão era diferente, renovava-o — noite fria, longe o dia; desmanchara em frente de si um monte de coisas confusas; poder perfeito. Tão de bom, de azo e estado, às vezes, à noite, queria a Jiní. Não podia. A lembrança do sofrimento do Tomé se estava. Assim não pensasse. E na Manuela, mais, podia livre pensar: o breve, o leve, lão, da amizade; só somente. Mas não a tornara a ver. Manuela nem estava vindo visitar dona Rosalina. A tanto, dona Rosalina não reformava o assunto. Dona Rosalina declarava estórias que eram tão verdadeiras que fugiam do retrato do viver comum: mas as criaturas todas deste mundo, com mais ou menos pressa, quisessem ou não quisessem, estavam todas encaminhadas para alguma outra parte. A vivo, ela só falava o que era preciso. Ou, então, o que era bonito e que para sempre valia, como o bom berro de um boi no sozinho do campo, ou o xilixe continuado do riacho na ponta branca das pedras.

Março a meio, chegaram dois sujeitos no Pinhém, para *fechar* os pastos. Aristó tinha encomendado vinda daqueles dois, que eram afamados

202   *João Guimarães Rosa*

benzedores: o Manuel Saído, do Jequetibá, e seu ajudante Jó Côtôte. Não se precisava mais de gastar madeira nem arame — eles, com *simpatia*, fechavam qualquer extenso. Era só rodearem completo o pasto, caminhando por sua beirada, devagarinho, com uma vara-de-ferrão na mão, todos calados; o Manuel Saído e o João Côtôte, genro dele, rezavam baixo suas rezas. Quando se retornava ao ponto de começo, emendando o redondo, o Manuel Saído fincava a vara no chão, e o bom serviço estava pronto — o gado ali dentro se resignava. Aristó primeiro perguntou quem queria ir levar os homens; Lélio, que quis, disse; daí, o J'sé-Jórjo, também, pediu para vir junto. E o trabalho demorou dias, a pé, pasto por pasto, e era muito fatigoso, porque não se podia conversar no intermediado. J'sé-Jórjo espiava sempre para o chão, como se estivesse rastreando sem necessidade nenhuma; e nunca se arredava de perto de Lélio. Mas Lélio via e pensava muitas coisas. O que gostava era se dona Rosalina pudesse estar ali também: então ela percebia e entendia o acontecimento quieto de tudo, e depois olhava para ele — nem precisavam de conversar. Ela, que sabia ver outras coisas por mais que os buritis e os gaviões, e o caldo dos pastos, verdolengos, que eram o Pinhém.

Mas sentia também que recebia o forte de uma ajuda — o encoberto de uma ajuda, que ele não podia saber de que qualidade — só de estar ali perto o J'sé-Jórjo, que era bronco e de espinhôr, homem de maneiras grossas, simples seja desses fundões do Fetal e Riacho-Morto, depois-de-depois do Urucúia. Pelo calado em que tinham de estar, ele entendia aquilo, aquele apôio que o J'sé-Jórjo mesmo sem saber vinha a ele fornecendo, o J'sé-Jórjo que se chegava sempre, como com o farêjo de um cão, que lhe tinha amizade, aos pés da gente. Só a tristeza de J'sé-Jórjo, só a tristeza de cada um, era o que separava. Se todos fossem ficando tristes, mais tristes, todos se acabavam em ruindade — Lélio tirava por tino. Alegria tinha de ser chamada à força. Era preciso chamar a alegria, como se chama a chuva, na desgraça de uma seca demorada. — "Eu tenho nôjo da ruindade..." — ele tinha falado com dona Rosalina, uma vez. — "Ruindade é pressa, meu Mocinho. Pressa de qualquer coisa..." — ela respondeu. E dona Rosalina podia ter sempre razão, mas ela não tinha visto esse Jó Côtôte. Jó Côtôte não parecia ter pressa nenhuma, o que ele podia ter era uma tristeza ruim, aquele sujeito baixote, escurosamente, agre com os olhos miúdos e o cabelo arrepiado. E esse Côtôte não tinha gostado de Lélio, sem meio motivo nenhum, desde o primeiro momento. Não dizia nada, mas a gente distinguia aquele malquerer, no silêncio, como se fosse uma

A estória de Lélio e Lina 203

catinga ruim. O Côtôte tossia raiva de Lélio, cuspia, respirava, bocejava essa, uma raiva que quase Lélio podia pegar e apalpar. O Manuel Saído perfazia seu serviço de comum, estava ali uma pessoa lavada e transvista, fora de tudo o que mais acontecia. Mas o Côtôte fedia, de dentro. Medo dele, Lélio não tinha, nem sinal; mas dava gastura saber que não havia razão nenhuma para aquela raiva de inimizade. Aquele homem era uma doençazinha no meio do mundo. E teve uma hora, quando conversavam, acabado de fechar o pasto dos Olhos-d'Água, que o Côtôte não aguentou mais, provocou discussão. Mas o J'sé-Jórjo avançou para perto, num gozo regozijo, tirou pra fora da bainha só um ceitil da faca, que mostrou ao homem: — "Eh, eh... Em que lugar do corpo é que esta lhe dói menos, meu senhor?..." — ele, a sério, perguntou. O Côtôte, no inesperado, aproximou sua cara do chão, desconversou desculpa. Disse que era pai de quatro filhos pequenos. — "Sôpa de ôsso! — o J'sé-Jórjo ainda disse, estrito. — ... Eu queria matar não. Queria só castrar só, de um grão..." Agora, por uma causa: por que era que o J'sé-Jórjo criara por ele aquela amizade, e que o Côtôte aquela malquerença? Soubesse. Aí, o J'sé-Jórjo também vivia, sem saber, caçando alguém para ter ódio. Mas, depois do que tinha procedido de fazer, Lélio estava pronto a brigar de final do lado dele, em qualquer ocasião que acasos. — "*Se o mundo um dia se acabar, ainda fica tanta coisa por se fazer...*" — Lélio se lembrava de Nhô Morgão. Quando voltaram em Casa, escutaram uma boa novidade: o Canuto e a Manuela já tinham ficado noivos com data. Por um tempo, para Lélio, o Pinhém entrava em sossego.

Mas por pouco.

Começou voz que o Tomé e a Jiní já estavam nas brigas perigosas. A que a qualquer hora se tinha medo de notícia definitiva dalguma doideira deles. "Se eles estivessem em mel em paz, eu não curtia remorso..." — Lélio pensou. E foi então que soube que estava sentindo remorso produzido. Era uma coisa muito singela. Um avesso da cabeça. Mas começou pensando aquilo primeiro pior foi uma tarde, quando estava no quarto-dos-arreios arranjando um látego, e, de repente, deu um grito: era o Lidebrando que vinha entrando, carregando um balde com os sedenhos lavados em sabão e água, por desensebar e quarar. Mas ele não sabia o que com aquele vulto tinha pensado, que tão grave se assustara. Ou sabia. Insensato, assanho que vira era sendo o Tomé entrando, em formato de pesadêlo! Então, ele soube que tinha um susto guardado dentro de si. Beirava desbarrancados: que bastava a maldade de alguém ir denunciar ao Tomé certos assuntos, ou bastava a própria

204   *João Guimarães Rosa*

Jiní, por despique de briga, repuxo de raivas, se blasonar — e era o meu-deus que era, horrorosamente. E a pena mesma que sentia do Tomé, era esquerda e vergonhosa. Bem, por si se dizia, sem esforço: "Tenho pena dele, pronto!" Ou: "A Jiní não merece o Tomé, só está prejudicando a ele, até é bom que eles dois se separem..." Podia contar a si mesmo muitas dessas coisas, a raso de sua tranquilidade. Mas embebia aquele susto por dentro. Tinha um pau pôdre caído, nas nascentes, um cavalo morto dentro do pôço, podia a água fugir para o longe que quisesse — corre, corre, riachinho... Não adiantava. Queria caminhar para o Tomé, cumprir destino, dizer a ele uma palavra de amizade; e não conseguia.

— "Na hora que Deus começa, dois vaqueiros moravam, cada um com sua mulher e seus filhos, em sendas casinhas muito perto uma da outra, numa baixada, na fazenda do Acroá-Mirim — do Urucúia em reta — vizinhando por Goiás..." Era dona Rosalina quem contava. — "...O fazendeiro dali andava muito esmorecido, porque adoecera em medo de morrer, e começava arre-pendimento de maldade de injustiças que tinha feito, com diversas pessôas, principalmente com os dois vaqueiros, com um e com o outro. Vai, então, numa noite, ele dôido-sonhou que aqueles dois vaqueiros tinham rodado em briga de morte, e um tinha pragavado feio o ferrão na barriga do outro, que mais que o outro ainda arranjou tempo também de encravar o ferrão de sua vara por debaixo do queixo do primeiro, e os dois estavam em sangues mortos, as duas mulheres chorando, e as crianças... O fazendeiro pulou se levantou, e a pé mesmo bateu para lá, correndo junto com a madrugada, somenho nas pressas, que ia — como lá o diz — com um calço de botina mas o outro de chinelo... E tinham medrado mesmo aquela briga, ou bem: o sonho era de verdade. A rixa principiada entre dois meninos, filhos de um e de outro, depois prosseguida pelas duas mulheres, por fim os pais homens. No exato em que o fazendeiro apareceu descendo a ladeira para a baixada, e divisou a briga, e gritou ordem de paz, os dois vaqueiros estavam quando que as feras, se investindo, cada um com sua vara na mão, os ferrões total destapados. Aí, eles se apartaram, a arqueio de autoridade, não houve mortes; com pouco até fizeram congraça no cordial. Apesar do que, nesse dia, assim em segredo, um perguntou ao outro o que tinha visto primeiro, quando seo Apaulino surgira aos gritos, na vertente. Cada um tinha avistado era sua figura de pessôa mesma, em cara e corpo, feito num espêlho! Assim, pensavam que tinham visto o diabo, assim tinham pensado... Mas, uns três dias depois, o fazendeiro

A estória de Lélio e Lina 205

seo Apaulino caíu numa pirambeira, de alturas enormes, foi achado lá em baixo expirado — no cair tinha rebentado uma árvore seca, uma ponta de galho o espichara pelo mole da barriga, outro furara no sobqueixo, surto..." Dona Rosalina rematava as experiências, a glosa: — "Sempre há remorso na gente, enquanto um vive. O remorso não se sabe, é escondido. Tudo é remorso." Mas arrependimento aguentado era coisa séria, e muito rara; tão difícil, que a gente sempre devia de ter inveja de um que se arrepende brabo, em cão e cunhão. — "Quando o calor do fôgo esquenta a chaleira, meu Mocinho, tudo vai virando bolha..." Lélio queria ir procurar o Tomé, e não podia. Deixava para depois.

Mas tudo nesta vida ia indo e variava, de repente: eram as pessôas todas se desmisturando e misturando num balanço de vai-vem, no furta-passo de uma contradansa, vago a vago. Ou num desnorteio de gado. Delmiro agora dessoltava um travo de despeito — raivava manso por Lélio estar livre de sair negociando e ganhando o dinheiro, mesmo se casando com viúva rica, conforme quisesse. — "E eu fui que ensinei, não se esqueça..." — Delmiro dizia, danado em si por não poder ter tudo de uma vez. E o Canuto se escondia, evitava companhia, por certo se envergonhava, havia de gostar de ver Lélio indo para longe. Esses, meninos usos. E Lélio achava que seo Senclér, por sua tristeza no atual, perdera o direito de estar ali no Pinhém — tinha mesmo de ir-s'embora. Mesmo as cantigas do Pernambo quase perdiam o encanto, desde que ele sabia que o Pernambo era triste por dentro, aquela alegria era falsa, fugia da voz e dos versos. Só se o Pernambo gritasse, antes, para todos ouvirem: — "Matei! Matei um homem. Tenho uma doença me acabando... Mas eu quero minha alegria!..." Só então tudo clareava, a viola dele cantava a fabricação das verdades, a coragem do coração de todos. Mas, se fizesse, o mau remorso dos outros vinha contra ele, disso tinha medo, tinham.

— "Vamos rir da gente mesmo, antes dos outros, meu Mocinho. Gemer, gemer, o bambual mesmo geme..." — espécie das palavras de dona Rosalina. — "E vou lá. Vou, agora. Vou visitar o Tomé..." — Lélio se disse, pensando alto o seu querer. Ia: ia porque tinha medo de ir, ia porque tinha sua culpa e não queria ir, ia porque gostava do Tomé! E ia. Se levantou. Era domingo.

Mas, nesse momento, o Placidino chegando, se formava roda, todos falando e exclamando, o Aristó pedia calmança. — "Foi o Tomé que às matinas foi-s'embora, de mudado, de definitivo... Foi pra longe, fez viagem... Largou a Jiní..." — o Placidino relatava. Mas o Aristó sabia de tudo, o Tomé regulara com ele as providências, na véspera. — "P'ra onde foi?" — se sabia? A ser, tinha ido para o Urubuquaquá, no meio-do-meio dos Gerais, ao de buritamas a buritiquéras, muito longe dali, a maior fazenda-de-gado, a de um estúrdio fazendeiro conhecido por "Cara-de-Bronze".

— "Lélio: ele disse um abraço pra você..." — o Aristó falou — sisudo, sério, verdadeiro. Lélio levantou e abaixou a cabeça. Enguliu. Formou o sobrecenho, era capaz de agredir quem troçasse do Tomé ou viesse com meias-palavras. Daí, saíu. Ele estava pelejando por trás dos olhos — chorava contra suas lágrimas.

Sobre seguida, veio que a Jiní mandou um recado: Lélio ir vê-la. Tinham passado três dias, e o tempo estava feio — no Saldãe trovejava, aqui corria uma chuva tardonha. Lélio em silêncio se ensinava o voto de seu proceder: nem desejo, nem desprezo. "A Jiní não tem culpa da vida..." — a si mesmo ele repetia. "Agora ela não é mais do Tomé..." Ela notou o sentimento no rosto dele, e traçou uns modos muito singelos, sensatos, que se estivesse de luto. Lélio sentou no banco. Por um tempo, estavam calados, parecia que tinham de se respirar de um grande cansaço. Lá fora chovendo, e a casinha cheia do Tomé, demais, em tanto que ele ia viajando os Gerais adiante, embora, sempre mais longe. A em que rancho, em que pouso, pudesse dormir, ele ia fazer noite?

— "Ele não volta, nunca mais?" "— Volta não. Fosse, fosse, foi! Levou tudo que era dele." "— E aquilo, ali?" — apontava o chapéu-de-couro, pendu-rado. — "Esse ele não gostava dele mais, não quis carregar..." — e a Jiní se levantou, para pegar o chapéu. — "Você quer ver se em você serve?" O que ele arrepiou, rugo, áspero até nos olhos; nisso ela pôs sentido. Deixou o chapéu onde é que estava, tornou a se sentar, humilde, quase não queria o ar. Se ela não tivesse falado aquilo, Lélio bem gostaria de levar o chapéu, como uma lembrança do Tomé. O que ele tinha vindo fazer ali — agora entendia claro — era visitar o Tomé, a visita que antes pensara poder. E a Jiní, diante dele, tão acomodada e quieta, semelhava mesmo sincera. Era a astúcia da beleza — a mulata cor de violeta, os seios não movidos, o abobável daqueles olhos verdes, as pernas que chamavam as mãos da gente. Ela se encolhia e não dizia nada; mas seguia Lélio com um olhar em olhar, como que pronta a acertar com o instante de dar o dar, a gente pensava numa desconhecença. Mas, mas para o fim, ela mesma achou que devia de falar, meneio sossegado e sem tom, avisou a novidade que Lélio não sabia: que o Mingôlo ia desmanchar

A estória de Lélio e Lina 207

o trato de casamento com a moça do Amparo, porque agora ia se casar com a Adélia Baiana?..." — "Ah, possível! E isso com certeza?" — perguntava Lélio, conturbado. Ao certo, sem escrúpulo! A mal a mal ela completava, em tanta doçura, que não igualava uma queixa: — "Eu, por mim, posso pensar em casamento com ninguém; quem é que eu sou..." Suspirado. — "...Mas eu também careço de viver... Careço de ter quem me proteja..." Avante figurava uma menina ameigada e triste, entregue a essas ruindades do mundo. Lélio devia de ter mudado o tombo de seus olhos, porque ela se animou e sorriu, alisava nos beiços a ponta da língua. — "Tenho mesmo de ir embora..." — ele se levantou. Ela se levantou também, em um grande movimento sem peso. Assim estava encostada nele. O rumor do ar em respirar, o cheiro, os óleos olhos. — "Não!" — ele roncou — "Não..." e recuou passo. Num relance de si, já sabia que ia ficar, que estava agarrando a mão dela. — "*Porretada!* O que acho que não é correto, o que, vai, estamos fazendo", ele falando — e abraçou-a apertado, forte, tão forte que a sentia só como roupas; e aquela ânsia cortou-lhe o sopro. Ah! A casinha não tinha mais dono — ele agora não pagava côima.

Segundo que se viam, os outros dias foram grandes. Só uma sombra dava, suas vezes, passava. Uma dúvida de si, o desgosto de uma coisa que mesmo dentro dele era para tanto o enganar; porque achava: tinha ido lá formando ideia que era por causa do Tomé, e no entanto já era, nos fundos, só por conta da Jiní? Então, era uma miséria. Porque ele se consentia? Ah, mas por isso não: quis voltar, voltou. Mesmo dona Rosalina, quando se falou do Mingôlo com a Adélia Baiana, tinha tido esta palavra: — "Meu Mocinho, tira-se leite é onde há pasto... A bôa sacola, aumenta a esmola..." Aprendera a adivinhar, a torna e vem, o que dona Rosalina pensava, e assumia para si aquela resposta. A Jiní era a beleza e a frenesia.

Aí mesmo por pressentir as artes de astúcia da vida, os altos e baixos, sua coragem esforçou. Se aquietava. Ou fosse — no atual, a toda hora, sobre o passado a gente tinha poder. À barba, podia notar, os outros o invejassem. Mas não diziam ponto. Só soante um verso do Pernambo: *...A água do rio é outra, que passava e já passou... A vida da gente é a mesma: que doía e já voltou...* —; formais de agouro? No Tomé, próprio, não se falava. Assunto que o Placidino apareceu com um outro chapéu-de-couro. — "Meu, ganhei..." — ele três vezes disse, apurando um encoberto de importância. Lélio não olhou. O Placidino era um simples rapaz; por sua inocência, ele, quando sendo, servia para trazer os segredos e recados. Onde, então, o Delmiro também falou, no relembrar o ausente. — "Será se ele passou por Barra-da-Vaca? Sei que, na Barra-da-Vaca, podia ter levado um bilhete, para o meu primo Astórgio..." — assim especulava, esfregando o fura-bolo no polegar: saudade de dinheiros não ganhos. Não tinha resposta. E estava-se no fim-das-águas, na zina da trabalheira. Aos gados e bois, teteté, se saía mexer pelos campos.

Por mais, a Jiní não se entendia.

A ver que ela nunca era feliz nem magoada, para diante não pensava nem se consumia com o já vivido. Ela queria. De hora a hora, o sobregosto, ela era para ele que nem uma herança mal aprovada, que se tem o avivo de despender de uma vez, até não poupar um tostão. A vontade seca, sede de esfaqueado, o agúo de se ter aquela mulher até ao fim, o mais, até aos motivos daqueles verdes olhos. Adiado figurando uma baixada avante, que o cavaleiro começa a atravessar, e o vargedo vira longe, no horizonte, aonde o cansaço dá mais pressa e só a pressa é que descansa. A Jiní escondia em seu corpo, a vão, o estranho de alguma coisa sida da gente, acabada de roubar nos instantes, o encarnável de uma coisa que nela mesma a gente era escravo de ir tornar a buscar. "Um dia, não tem mais Jiní..." — um precisava de se redizer, para sossego. E, quando saía de lá, Lélio se socorria do abarco de correr para a Lagôa de Cima, à casa, sentar-se no banquinho baixo, perto de dona Rosalina, escutar o que ela achasse de significar. Ela vinha de longes festas. Dali mesmo a gente parecia ter se apartado fazia muito, muito tempo. A ela um podia perguntar o que quisesse: a voz da Velhinha nunca se espantava. E respondia: — "Ara, fala, meu Mocinho. Mas fala sem punir. O que existe na gente, existe nos outros..." A vida andava.

Assim veio. A volta de lua, uma noite, o J'sé-Jórjo deu em dôido. De armas, ele acordou depois de um grito, espumou conversa baralhada, demora só dizia palavras muito perdidas. Deus recolhera o juizo dele, no meio do sono. Dava pena. Teimava de pisar com força nos seus pés dele mesmo, gritava sempre desigual na voz, a respeito do que não se podia saber; e queria matar, por toda a lei. Teve de ser amarrado com cabrestos. Quatro dias passou assim, e quatro noites, e Lélio não arredou da beira. J'sé-Jórjo não conhecia mais ninguém. Pedia água, boquejando, afrontado, mostrando a língua; mas logo que enchia a boca experimentava cuspir tudo na cara dos prestantes. Era só um querer, sem entendimento, furioso. Para se ter saudade, do J'sé-Jórjo verdadeiro, ido embora por dentro de seu semelhar. Mas podia ser que ainda

A estória de Lélio e Lina

voltasse, nem que fosse aos momentos. Isso Lélio esperava. Mas, mesmo que a vida do J'sé-Jórjo, de em antes, apagasse as formas, despodida em desgraça, uma coisa valia, e tinha sido certo: que ele fora amigo de Lélio; e ninguém esteja louco quando tem amor ou amizade por outra pessôa.

Todos vieram ver, até dona Rosalina. Mas, benzido e rezado, não havia remédio. E forçoso foi que o levassem, para cidade, para onde tinha cadeia e tinha doutor. Os que com ele foram: Lidebrando, o Pernambo, Placidino, Zé-Amarel e o Ilírio Carreiro. Lélio quis ir também, mas não conseguiu; iam os que para si mesmo careciam de consultar, por alguma doença. Maltreito ele também estava, mas de se achar pequeno e pior que os outros, de se fazer perguntas sem arcável resposta, de precisar de viver sobre seguro na transformação do mundo. Aí então, separando uma parte do cobre de seu amouxo, pediu ao Pernambo que comprasse e trouxesse uns argolões de enfeite para lindos braços, um vidro de cheiro, e um corte de vestido de soprilho.

Mas, se por isso mesmo tinha passado aqueles dias sem ir ver a Jiní, dela o pior, que depois houve, não esperava, ah não podia presumir, e não merecia. Ou merecia, quem sabe. Toda surpresa não é pagamento pontual? Doeu, doía, isto sim. Tinha ido, chegou lá; agora não podia se recordar do que no caminho viera pensando. A porta estava fechada. Dando de leve, bateu. Ela não vinha abrir. Bateu forte. Voz não ouviu, nem suspeitou rumor. Mas, quando a Jiní apareceu, parava quase núa, e afogueada. Seus olhos escapavam da luz, não queria que ele acendesse o candeeiro, seus olhos fugindo, com as meninas agrandadas, maiores, no centro do verde. Só o abraçou. Sofria pressa de para ele passar o quente de seu corpo, a onda de estremecimentos de sua pele — de mulata cor de violeta. Se ria, sempre dizendo mais amor, até aos cotovelos o coração a espancava. Beijava-o, levava-o; e estava suja de outro homem... E estava!

Lélio recuou todo: se escureceu, de amolecer os dedos; largava-a. Puxou o revólver. Teve um nôjo, um oco na cabeça, e no corpo total um frio de perigo. Cansou de si. Outro homem!... Foi, foi, que ali não estava nenhum. Tinha fugido, de certo, de vez pronta. Mas que ela não dissesse o nome, não contasse quem fora, não falasse nada! — "Cã cachorra!" — foi o que ele pôde, sem corpo de voz, quase como debique. Ela apertou as mãos às fontes, como que não queria ouvir; mas não fechou os olhos, não chorava. Era preciso não olhar para aquele ente enxuto e ansiante, era preciso engulir em seco e para a língua não pedir água, para a beira da boca. Era preciso sair dali, de sem tempo. Dar as costas. Lá fora, luz de estrelas, era um alívio.

Mas à vã já a Jiní vinha atrás, atirada, quase de corrida; jogara uma roupa qualquer mal por cima de si; esbarrou, em tonta; os olhos calcavam. — "Vem! Vem!" — tudo pedia, quase gritado. Se abraçou com as pernas dele. — "Vem... Você vem..." Levantou o rosto, os olhos primaram, e os dentes, ela se ria. Ria brava, com uma certeza, uma fé em que ele ia ficar; e mesmo ajoelhada, travada de retê-lo, ela se enroscava, coisa que coisa. Aos olhos, os olhos, que cravava mira, e à palpa, com o avento forte, de um bicho. Era preciso um enrijo de si, um alevanto, um se vencer, para não começar a achar que aquela mulher moça, como núa, a cintura adelga, que ela não passava de um animalzinho do campo, sem obrigação de dono, que um podia aceitar assim avulso, mal a vez — desmerecer de honra não havia. Suxa, sussurrava. Aí, arre, prostrada, de repente, variava, agarrou um punhado do chão, dando a ele: — "Péga terra, joga em mim!..." — foi o que ela disse. Então chorou choro; mais não podia.

"Podia ser minha irmã..." — ele surge pensou, perturbado por um dó que tomava conta dele, de estado, tão por calor, tão brandamente, vontade de que ela não chorasse aquelas lágrimas, nem ninguém chorasse, ela chorasse mais nunca. — "Você nem tem culpa, minha filha..." — ele falou. Com palavras moderadas; queria passar por suas palavras aquela pena sentida, o compadecimento, entregar a ela uma amizade e uma ajuda. Falou, foi dizendo, começo de conselhos, como estava em seu alcance, coração o estropiava. Mas, à má, de golpe, ela pulou em pé, ringiu rilho e estendeu braço, não o deixou continuar: — "Cão! Corno!" — contra ele gritou; e era uma voz que se rasgava. Lélio defastou um passo, não entendia. E ela piorava, insultava, gastava seus sopros; mas caçava as bramas mais ferinas de ofensa, e arrancava-as sem pressa, como se fosse clamar ali a vida inteira. Assim sendo.

Lélio respirou com ombros; veio vindo embora. Ainda ouvia tanta voz, podia ser a voz da mãe-da-pedra, que as outras pedras retiniam. E ele caminhou para a Lagôa de Cima, por que causa. Nome da noite, que da mente procurava negar aqueles remoinhamentos, que faziam imensidade. A hora era tarde, mas ele precisava de ver dona Rosalina. Teve de chamar, vezes, à porta; nunca fizera isso. Assueto, o cachorrinho Formôs, que pulou, afetuoso audaz, o rabo volúvel. Logo, mais lá, o papagaio Bom-Pensamento, que despertava, desdobrando a cabeça de sob as penas e asas de suas costas, e danado com tantas luzes: — "*Rosalina! Olha o amor... Olha o amor... Rosalina!...*" Mas a

A estória de Lélio e Lina   211

Velhinha tirava do fundo de seu sono um sorriso leal, e suas palavras respondiam antes de qualquer pergunta. Lélio, solto de pensar, outrossim semi-sorriu. E ela disse: — "Dia de maio e água fria..." Lélio tomou um ar e um tom, sérios, que depois de falar ele mesmo achou que demasiava. — "Donde venho, vim!..." — ele disse. Não havia mais Jiní, ela compreendia. Mas, mesmo por alto, ele tinha de contar o que se passara, o fim: aquela crúa raiva da Jiní, fora de qualquer pressentimento razoável. Pela primeira, ela o reprovou, mas com ainda maior doçura: — "Pois, meu Mocinho, você espalha pétala de flôr de cova, em cima de criatura viva?!" Lélio hesitou. Por palavra, vida salva: — por ter se lembrado disso, ele se tirara de pôr mãos para alguma loucura; mas, se nele mesmo o engano era corpo, e repente do corpo, que dirá da Jiní; quem culpa tinha? Estava certo? Estava errado? — "Esteja sempre certo, meu Mocinho. E ninguém não sabe: talvez o céu não cai é só mesmo por causa do voo dos urubús..."

Foi um desespero não. Só maldormiu suas noites. Achável o acabado, a Jiní e ele desterrados um do outro, tempos de distância. Nem aguentava relembrar sabor — por crime da vergonha, porque reconhecia ter sido panças, amando e tendo em falso. Armava a esquecer, por entre margens, varando a surdo as horas de descaramento ou desânimo, tais ou quais teve. A esmo de um prazer, quando revocava essa Jiní, mulher bela. Apre, resistia, freio nos beiços. Então, ele requeria os costumes do existir miúdo, junto muito com os outros, sem inteiro, sem espaço. A tudo no comum trivial, de mistura. Tanto trabalhava. Os campos eram grandes. À tarde, as águas — ver o buriti, palma por palma. Adforma que se vivia.

Sobre aí, tornaram os levadores do doente, de alegria das cidades. Lélio revia. — "Ah, e o J'sé-Jórjo?" — pela pergunta. — "Pois, ficou lá..." — Lidebrando respondia, descambando um gesto. Assim esse gesto sem rumo nenhum, ao acaso atôa, não caçando de apontar para a banda certa de lá ondonde ele ficara — ao que queria dizer que o J'sé-Jórjo desenganava de recursos de cura e esperança, perdido por sempre, nos guardados de Deus, só a só. Mas, o mais, o Pernambo trouxera a encomenda dos presentes, conforme aqueles embrulhos, tão bem acondicionados. Lélio se sombreou, e os afastou com a mão, coagido de não ver. — "Sendo de mim, a sorte destes morreu... Sem repaga, agora dou tudo para você mesmo. Pernambo, pedindo que não enjeite..." — ele disse. À primeira, o Pernambo se formalizou, desmontado, pelos desusos. Daí, alisava com amigas mãos aquelas coisas — a gente via que ele gostasse: poder dar à Conceição e à Tomázia. Mas por fim sacudiu a cabeça: — "Não. Se sua bôa licença me declare, Companheiro, eu daqui vou e entrego à dona Rosalina, com pedido — que reserve... Um dia, isto ainda pode ser para as mãos de uma prendada moça sua nôiva, de todo bom proceder..." E Lélio consentiu. Quanto mais que fingia semblante alegre; os outros o viam alegre; e de repente ele estava tornado em si, no em mesmo.

Ao que, vai dia, pediu uma cantiga ao Pernambo. Andando cantado: *...Lá em cima daquela serra, um coqueiro eu vou plantar; você desplanta o coqueiro, a serra tá no lugar...* Até os cavalos escutassem. A outra copla: *...Jacaré subiu a serra, quer sobrado pra morar; descambou pela vertente, a serra tá no lugar...* E outra inteirou, sextando: *...Este meu cavalo branco sobe serra pra pastar; este meu cavalo preto, pasta em qualquer lugar; lá em cima daquela serra tem coqueiro de palmar...* O Pernambo asmava. Estavam levando duzentas novilhas cobertas, para ao pé do Saldanh', às mangas de criação. As cigarras friçoavam, vesprando seca. O que redoía era o gosto de beleza da Jiní, pimpã, ela rodava; e o morno moço do corpo: duras carnes que em tudo se encostavam. E porque ela era sempre de repente. Agora ficava um vazio, agora. — "Como é o Urubuquaquá, hem, Pernambo?" "— A lá é sertão muito bruto, em excelentes terras." Dado bom em passo, aquele gado balançava igual, sabedor do caminho seu. — *Ha-êaê--heeê-ahá... êh... meu boi... vacas...* Na seguinte légua, era sobre-tarde, com muita quietação. — "Beber é convinhável, para se esquecer alguma pena que sobra, hem Pernambo?" "— Ah, qual. Alegria se guarda, tristeza não se guarda. Meante mesmo, melhor, é se gastar em pé. Sêbos..." Debaixo dos olhos da gente, o Pernambo se envelhecia. — "...Vaqueirada boa, é?" "— Aondonde?" "— No Urubuquaquá!" "— Nos usos. Cavaleirama..." Olhos verdes cor de calango. O chapéu, não fosse dado ao Placidino, teria ficado, pendurado no portal. E agora ele padecia pena herdada. O Pernambo diminuiu, e disse: — "Posso cantar mais não, agrava minha doença..." Estava sofrendo sofrimento que era de outro?

Maio, junho, vieram ao Pinhém os credores de seo Senclér. Seo Amafra, seo Sixto Correia, e outro. Três grandes boiadas se tiraram, entregues em parte de paga, levadas por vaqueiros deles. O frio entrou cêdo. O Marçal caíu com o cavalo, numa côrra de gado, veio doente do São-Bento. Dona Rosalina foi passar uma semana na Pedra Rendada, em casa de seu filho Alípio; um camarada, idoso, de lá a veio buscar, mas Lélio também a acompanhou, durante quarto-de-légua. Ela ia no seu cavalo de silhão, o Mariposo, capaz de todos

A estória de Lélio e Lina 213

os passos, e estava com um vestido verde-escuro, chapéu do mesmo pano veludo, com uma grande pena de pássaro presa na fivela; empunhava um chicotinho de tala, de cabo gentil, e montava com segurança, muito animosa. Adeparte, uma hora, ela não ouvisse, aquele camarada falou: — "A caso, que lá dizem — senhora que, de moça, foi uma alazã de bonita... A que reinou nas belezas!" Sempre vistosa, somente se via, acavalgando adiante.

Os campos se queimavam de sol. Lélio ia visitar o Marçal, que mesmo doente na cama sabia a todos dizer uma boa palavra engraçada. Biluca estava sempre lá, às vezes Mariinha também. Roda de vozes, quando as moças solteiras não estavam perto, falavam da Jiní. Dos escândalos. Porque a casinha onde a Jiní morava era da Fazenda, e seo Senclér podia mandar que ela fosse embora, a qualquer hora. Devia de mandar — as mulheres diziam. Porque a Jiní agora estava recebendo homens, geral, e estava desencaminhando os casados. Aí Lélio ouvia, e não produzia.

A dó e asco. Tinha culpa? Lá não iria, de modo nenhum. Às horas, se perturbava. Gostaria de poder pensar: "ah, bom foi, agora com o resto não somo..." Quem ia lá? Soussouza, de certo, o Ilírio Carreiro; o Canuto, quem sabe. Porque Placidino e o Pernambo não se encorajavam de ir, esses dois tinham de honrar o exato pontual, com as Tias. — "E lá o sal se paga... — a Conceição disse. — A Mulatinha exige dinheiro valedío. Mas mesmo assim os homens estão lá, como periquitos na paineira!" Então, ela e a Tomázia, caprichavam em aumentar carinhos. Lélio aceitava o regalo; agora também ele ia muito mais às Tias.

E uma vez procurou a Caruncha, que morava quase dentro do mato, e não falava, nem por sinais, muda de nascença; mas que descarecia de falar. Ela olhava-o muito, com um prazido sincero no olhar, e punha o filho para ficar acomodado quieto dentro de casa; aí vinha para um claro entre as árvores, ajuntava capim em guisa de travesseiro, ia tirando a roupa, com muito cuidado, se deitava, humilde como a madeira de uma mêsa; tinha um corpo formoso. O filho da Caruncha se chamava Serafim, e nunca tinha podido escutar voz da mãe o chamando por seu nome. Como havia de ser o nome verdadeiro, da Caruncha? Quando um passarinho cantava, ela deitada no chão já estava olhando para ele, pousadinho em um galho, os olhos dela realumiavam. O menino brincava de empilhar pedrinhas. Alguma pessôa tinha ensinado a ele rezar jaculatória e fazer o pelo-sinal. Ele gostou de Lélio, abraçou-o. — "Você sabe contar história? Sabe a do Homem Encantado?" — ele perguntou, a voz clara, aquilo tudo novíssimo. Lélio nunca mais ia voltar ali.

Abre que, por esse tempo, na dura da seca, os vaqueiros procuravam empurrar o gado para o fundo dos pastos, e limpavam os bebedouros. Aos casais, também vinham voavam os quem-quéns, mudando de morada e baixada, sempre para catar no esterco do vacúm, nos malhadôres. A tanta lida, tudo, cada um a seus intentos. O Marçal já estava quase bom; quando podia, Lélio ia visitá-lo. Casamentos, dele com Biluca, de Delmiro com a Chica, de Canuto e Manuela, e do Mingôlo com a Adélia Baiana, estavam marcados para o começo do setembro, vinha o padre. Menos faltavam quase dois mêses. E aconteceu que, em casa de Aristó, Mariinha conversou com Lélio, muito tempo. — "Azoado, que acho que vamos ter mais um par..." — que o Marçal brincou. Ao que Mariinha e Lélio riram, não se importaram. Assim ela era — durinha e de rosto firme, quase sempre séria; pisava com força e punha chispa no olhar, se zangava mordendo com os certos dentes os lábios; por isso mesmo, quando sorria, sorria mais que as outras, bonitinhamente. E tinha um rosazim nas faces, de flôr de abril em beira de chapada, e estava gabando Lélio, por moço distinto e aposto, com o que veio que ele sorrateiramente muito se alegrou. Olhava Mariinha, e tinha mente de que se recordava; de quem? de que? Mas era uma menina, parecia, e o olhar de Lélio ficava sem continuação.

Um dia, foi, disseram: — "Sabe que a Jiní vai s'embora? Vai para se casar..." E ia. José Bento Ramos Juca, fazendeiro no Estrezado, homem de posses, se apaixonara. — "Só se casar, assente, se quiser, em escrivão e igreja..." — ela tinha respondido. Ái-me, cangueiro, aí ele quis. Veio buscá-la, com os papéis de banho já correndo, veio com cavalo com a sela poltrona, com arreiame niquelado, com camaradas de escolta e mucama de pajear, e três burros cargueiros, para a tralha que a Jiní tivesse e levasse. — "O fumo bom, por si se vende!" — ela blasonou, conforme se ouviu. Diziam que ela estava impossível, só ares de rainha real, e cuspiu no rumo da Casa do Pinhém: — "Oxente, meu boi desgostou deste capim... Vão ver como eu hei de saber ser senhora-dona, mãe-de-família! Cambada de galos capões!..." Bem foi, foi-se. Ao ponto, estavam acabando de ferrar novilhos, Lélio ainda subiu na cerca do curral: de lá, de arribapoeira, se avistava a comitiva partir. Ele desimaginava. Suspirou, não sabia por quê; foi lavar as mãos no rego. A Jiní esvaziava muito os ares. — "Aquela vaquinha do peito perdido!" — xingou a Conceição, no dia de seguinte, que era de domingo. Mas dona Rosalina, sempre adiante, a melhor bem disse: — "Cada um que se vai, foge com um pouco da gente, meu Mocinho. Tudo é para depois... A vida tem de ser

A estória de Lélio e Lina 215

mesmo variável..." Sobrava, no tempo do tempo, o que se fazer — tanto boi se transpastava.

Não é que, nessas duas ou três tardes, Lélio tornou a conversar com Mariinha. — "Você não gosta de ninguém? Tem o coração forro?" — uma hora ela perguntou. E nem deixou que ele respondesse, foi dizendo: — "...Deve de ser bom a gente não gostar, ser dono de si... Pior de tudo é amor sem esperança..." Visto que estava com uma flor de cravo na mão, de repente deu a ele: — "Te dou, por querer. Você é meu amigo..." Ela Mariinha, seria uma moça esquisita, parecia ter vontade de revelar alguma coisa, a isso tirava. — "Careço de ter um amigo, homem. Em você eu acho rumo de confiança..." Lélio guardou a flôr, não queria que alguém visse. Sobrepensou: podia ser que Mariinha estivesse gostando dele mesmo, ao enfim; tomara fosse. Dali saíra feliz, um tanto vago. Ao depois, ia ter um outro dia forte em serviço. Dormiu com a flôr do lado do rosto, aspirável. Acordou, se revestiu, e tocou com os demais, para a tratação das vacas com crias, no fim do pasto dos Olhos-d'Água, nos refrigérios. Ia no cavalo Ziguezague, castanho amarelo arteiro. Sorria para tudo. E, quando voltaram a Casa, correu foi ver dona Rosalina. — "Eu gosto de Mariinha... — falou. — ...Ela amanheceu em mim..."

Disse, redisse, nem esperou como dona Rosalina responder. O amor era isso — lãodalalão — um sino e seu badaladal. Ele estava maior que todos. O dia fugia claro, a tarde passava; por pois, apressava ir ver Mariinha, antes que outra noite viesse, as noites maltratavam. Nem quis café; e tudo foi um: pensou nela, até às mãos, e tirou avante. Chegou, falou e regalopou, sem deixar a poeira pousar. — "Te amo por querer!..." — foi o que ele disse, sem tanto nem tento; precisava de ser assim. — "Mas, Lélio, você..." — ela contestando; sua surpresa cresceu diante dele.

A de daí, o começar de um tempo de padecer. Ao simples logo soube: ela não gostava dele, de modo nenhum, aquilo não podia. — "Bem que eu sinto, mesmo e muito, Lélio. Você desentendeu o de mim..." Tinha querido dele a amizade. Raios que por que, então, e que modas, essas? Para isso viera, ao terreiro dele de amor, conversando, sorrindo, dando aquela flor avisada?! Sofreava era a fúria, os ócios ódios. Oé, o ódio de não poder regrar aquele coração, a cabecinha alta, ela tão fina, tão menina, e sabendo tanto o que queria e o que não queria — talvez mesmo nem soubesse. Tolo, teve o momento em que Lélio quis sentir pena de si mesmo. Maior a raiva, dela mais

216   *João Guimarães Rosa*

gostava. Chegou a pensar em ir à Conceição, contar o crido, e pedir que ela procurasse aquela mulher de Ribeirão abaixo, incumbir amavios e artes, para poder. Iria. Mas dona Rosalina vagarosamente vigiava-o, feito quem espera uma doença declinar; e governava mais que ele. — "Aos nuncas... — ela disse ao seu Mocinho. — Uma coisa é buriti, e outra é buritirana..." Olhava-o, meios olhos, paz e paz. Vai, dia, ela chamou a Mariinha, para que aqueles dois se sozinhos falassem, de entre o havido, por que coisa. Lélio, por mal que não quisesse, tremia de embevez — todo mudo amor e suspirâncias. E ela estava emagrecida pálida, vincada. Dele supria dó? Mas disse, declarou as todas palavras, para eles se cortarem de uma vez: — "Lélio, você não me deu tempo, eu não expliquei: eu gosto de outro... Não pergunte. Mas eu gosto, eu amo. Acho que vou em sorte a pior, por esse amor..." Olhou direito. Mariinha tinha mais sangue do que carne. Até o pezinho dela devia de ser quente de fôgo, nas mãos da gente. Aí se despediu, caminhou sem olhar nem uma ocasião para trás. Lélio não livrava a ideia. Ficou estacado. — "É do seo Senclér que ela gosta, meu Mocinho. Você não adivinhou?" — dona Rosalina disse, ao depois. E era possível?! — "Mas ela desguardou o juízo, essa menina?" "— Juízo e amor, juntos, não é coisa demais, meu Mocinho?" — Aquilo — o estarrecente! — "Bem viu, quem sabe? Você mesmo não entende que — amar por amar — talvez seja melhor amar mais alto?" Apalermado que estava Lélio, e tonto, feito raposa, quando para ela se põe melancia com cachaça. "Será praga da Jiní?" — simples pensou, com um bom vexame de não falar naquilo. Tudo que não se enxergava bem. Leis-do-mundo era o desencontro! Aquela Mariinha tinha a competência de se ser numa desordem dessas?! *Amar* — pronunciado tanto — parecia coisa muito diversa de *gostar*: parecia um terrível... Sarnas! Seja, esse seo Senclér não estava para uma punição pronta, de emenda, não merecia um homem armado diante dele? — "O seo Senclér nem sabe... Seo Senclér nem sabe que ela gosta dele..." — dona Rosalina mais disse. Sarnas! Mas, então, pois... Mas, então! — não era melhor, não havia um jeito, um possível, de se desmanchar o atual, e recomeçar, de outro princípio, a história das pessôas?!

Aos dias, adiante, aos poucos, Lélio se desatava. Saber que a Mariinha gostava de outro, era saber que ele Lélio andara em si errado, naquilo, contra o destino, e pela raiz tudo se desfazia. Ao menos, tudo se afastava, para vagas enormes distâncias, pois que um amor tem muitos modos de parecer que morreu.

Assim, um acontecer, ele estacionava no São-Bento, como por ali passou um homem, um tocador, que do Paracatú viajava, se chamava o João Cujo. Por um acaso ele conhecesse a Sinhá-Linda? Lélio perguntou. O tocador respondeu: que presumia; achava mesmo que ela tinha morrido, fazia pouco; era uma mocinha estranhosa — diziam que antes ela tinha estado melhorada de louca, não se sabia. Podia ser que o João Chopém, o arrieiro, ou algum outro dos tropeiros, soubessem informar exato a respeito dela; esses paravam a légua-e-meia dali, o Cujo devia de ir se ajuntar com eles no arrancho, onde iam fazer noite, rumo da Serra do Saldãe. — "Vou!" — Lélio disse. Testou um recado para o Aristó, e foi com o João Cujo.

Ao que o João Chopém sabia assaz: — "Não. Morreu não. Esteve dôida não. Mas foi-se embora..." A família toda, e o senhor Gabino, tinham ido s'embora, de mudados, ela também — para onde se ignorava. — "Ah, ela é uma ovelhinha de linda moça, isto sem dúvidas..." — falava João Chopém, que então a conhecia certo, então era ela mesma! Aí Lélio se acalmava, se desconhecia. Assim no flagrante mesmo do instante, ele não conseguia sobrepensar — faltava o esterco do real: ah, ele, com a Sinhá-Linda, possuía muito poucas marcas. Mas, depois, mais tarde, as verdades vinham retornar, o dele, somente soante.

Naquele momento, por precisão, começava qualquer amizade. João Chopém era de cabelos erguidos, as gêlhas e as rugas na testa, uns bons olhos alertas, e não cria em nenhuma ilusão. Tomaram um gole de restilo, e juntos fumaram, meio calados, espiando para a Serra, para seus primeiros degraus, recobertos de mato. Aquele lugar do pouso se chamava o Abatirá, noutros tempos os bugres de trunfa alta ali tinham uma grande choça, a casa para guardar seus negócios, as coisas de arte-feitiçaria. Os tropeiros já iam se deitando por dormir, em cima de couros de boi, perto das filas de cangalhas e bagagens atravessadas, dentro do rancho. Sentindo o cheiro dos animais que pastavam peados acolá, uns muitos morcêgos saíam em seu voo esquisito no ar azul. Lá, quando comitiva se arranchava, os morcêgos se alegravam demais. Na outra manhã, João Chopém devia de seguir, ao tilintar da madrinha, por entre o passo da tropa, destapando a barra do Urucúia, a banda de lá, até a Bahia, essas terras. A gente via — ele, vos entendendo, capaz de bondade; ele era uma pessôa. Arcava o abarco. Ah, mas já estava incapaz de dar conselhos, de tanto que aprendera a vida.

A após, vindo para ver dona Rosalina, Lélio novava em si, ganhava de seu coração. Pegava nada em suas mãos, mãos desesperadas. Mas o que assumia, toda-a-vida e de-repentemente, varava vau no desespero e ia se enxugar numa enorme serenidade. Tudo era ao contrário: agora, sim, sentia a Sinhá-Linda mais sua. Se ela se fora, por aí, por essas lonjuras do mundo, então estava tão perto dele, de um modo que não doía. Agora, que a perdera ganha. Agora, que não sabia nada. Se abraçou com dona Rosalina, e reschorou; talvez fosse de alegria. — "É nada?" — perguntou. — "É tudo..." — ela respondeu. A conforme foi dizendo: — "Você viu, meu Mocinho, da Mariinha você não gostava. Só que você achou nela alguma coisa que relembrava a Menina de Paracatú... O amor tentêia de vereda em vereda, de serra em serra... Sabe que: o amor, mesmo, é a espécie rara de se achar..."

E o caso foi que, enquanto ele com dona Rosalina estavam conversando, que chegou o filho dela, o Alípio, de má cara. Às ásperas que chegou, de sobrecenho e sem palavras, queria mesmo desfeitear. Nem o saudou, nem o olhou, foi impondo que queria tratar com a mãe. Lélio quis sair, para ir embora, mas dona Rosalina o impediu, com um gesto. Ela chamou o filho para dentro, para a sala-de-jantar. — *"...Axe! A entre os cornos do bode!..."* — Lélio o ouviu, que praguejava. Mas dona Rosalina o repreendia, ele rompeu e se foi tinindo seu peso, praças de ira, barbaz. Um se afligia, repentino, com o grave e não entendível dessas coisas.

— "Ele está jeriza..." — dona Rosalina disse, depois. Onde o Alípio queria, exigia que ela cortasse aquela amizade fora de normas, que o Lélio não viesse vir mais em casa dela. A bufos, mandava aquilo! — "Mas você vem, meu Mocinho. Não vamos somar com o que ele acha de imperiar... Ele, no que é, é regrista. E é um que só sabe de sua mesma pessôa..." Lélio não engarupava medo. Aquele homem ringia e ameaçava, daqui veio a enviar recado; para ele o mundo não era de todos.

Andando os dias, entanto, tomou-o a vontade de ir embora do Pinhém. Precisava de outra parte. — "De estada e morada, não adianta mudar..." — o Nhô Morgão dizia. — "Os palmos onde cabe a sombra da gente, a gente para todo lugar leva consigo..." E, escaramuçado, não ia; se não, tinha de carregar tal vergonha, por sempre. — "Ora veja que eu fosse rica..." — falava dona Rosalina. Alguma coisa ela devia de estar pensando. Aí, a bôa lembrança de Sinhá-Linda pertencia a ele, a todo momento, livre de todo ascoroso, tão linda e não era malaventurada, ela estava em toda a parte. Agosto caminhava. Ainda estavam queimando os pastos, a fumaça no todo céu, e subindo e descendo

A estória de Lélio e Lina   219

serra a marola de labaredas; o gado emagrecendo de andar. A mesma coisa que engenhar tristezas. Às vezes ele gostaria de ter alguma certa notícia do Tomé, que se fora como quem abre uma porta e se some no adro da noite. Da Jiní sim, se ouvia: que agora era dona e mandona, no Estrezado, para favor dela tudo se completava. E, Mariinha, tão ao lado, ali, era como se de brinquedo tivesse morrido.

Seo Senclér ia-se embora, agora estava até o dia marcado. Foi depois dos casamentos. Seo Dobrandino já tinha vindo, com mais dois vaqueiros de sua fiança, ele ia ser o administrador de seo Amafra. E a festa dos casamentos correu como todas as festas — tudo parecia uma grande despedida. Por fim, em três dias, o pessoal se reuniu, todo o mundo, para dar adeus a seo Senclér e dona Rute, no terreiro, de manhã. E seo Senclér e dona Rute estavam até alegres — iam morar na cidade, e cuidar de outros bons negócios, com a ajuda dos parentes, foi o que se disse.

Todos estavam ali, em frente da Casa, homens e mulheres. Dona Rute mesma foi dando a mão, a um por um, e seo Senclér abraçava seus vaqueiros. Mas, então, a Mariinha quis ficar entre os derradeiros; e, na hora em que seo Senclér cumprimentou, ela gemeu, levantada sobre todas suas forças, aquele exclamar: — "Me leva! Me leva junto!..." Afe, que rompeu num pranto. Mas não abaixava a cabeça, ficava ali, inteirinha, enclavinhados os dedos, os outros nem queriam olhar para ela, fazia mal-estar. Seo Senclér mesmo se atrapalhou, logo foi adiante, não sabendo como responder àquilo. E dona Rute fez que não ouviu, somente descia mais um pouco os cantos de sua bonita boca, os lábios finos. Nem Lorindão e Dorica conseguiam arredar a filha dali, o embaraço que eles padeciam dava pena. Mas, de se ver um amor corajoso assim, e ouvindo os soluços bravos de Mariinha, depois o estado de silêncio, a gente até enxergava o seo Senclér de repente mais forte e mais alto, claro com uma espécie de singeleza, enquanto ele montava em seu cavalo e batia mão se despedindo, para principiar a viagem, a par com dona Rute, que era toda a alvura e formosura.

Então, depois que se sumiram, os outros puderam levar Mariinha. Agora, todos sabiam confortável daquilo, e falavam, mas falavam com o tom de respeito, com que se fala de alguém que morreu ou adormeceu de louco. Aquela não temera a fraga das pirambeiras, nem os pastos e frias águas da mata-virgem. E Lélio, primeiro que qualquer outro, admirava que ela fosse capaz de ser assim, queria mesmo que Mariinha fosse assim, assim continuasse. Agora, em calado, ele podia dar a amizade que ela havia pedido.

220   *João Guimarães Rosa*

Então ele ia; ia. Tinha vivido, extrato, no Pinhém — demais, em tempo tão curto. Ali não cabia. Aquele lugar o repartia em muitos, parava como uma encruzilhada. Ia. Então, por que ainda não tinha ido? Certo, teria de sentir falta das pessôas, de dona Rosalina, dos companheiros — do Placidino, em silêncios, de cócoras; de um verso triste virado alegre na viola do Pernambo — das Tias, da Caruncha puxando pela mão o Menino, saídos de verdes matos. Mesmo do Fradim, que sempre apressado, e que, contrário de tudo de se imaginar, fora o único a tomar fúria própria, por causa das ameaças do Alípio: que aquilo não se merecia, era um desaforo, e que ele Fradim estava ali, pronto, em qualquer momento, para punir por ele Lélio, e ajudar no enfrentar os acostados do sujeito. O Fradim ficava sendo amigo. A vida, a vontade da vida, era coisa que não se entendia. A mesma coisa que se querer entender a Toloba — quando ela passava, com ramos de árvores, feito procissão sozinha, e todos gritavam — ela boba e soberba. Seguia o seguinte uma asa de trova do Pernambo, que dando assim:

> *Quero poeira do Curvêlo*
> *com lama de Pirapora...*
> *Aqui é que mais não fico,*
> *amanhã eu vou m'embora!*

— "Vai, meu Mocinho. Chegou o de ir. Não por fuga, nem por canseira daqui, nem por medo. Mas, o que eu sei, e seu coração sabe, é que a razão da vida é grande demais, e algum outro lugar deve de estar esperando por você..." E dona Rosalina, que nunca mudava, tinha como que naqueles olhos, diversos de todos, um exato de coisas que ele precisaria de um existir sem fim para aprender, mas que cabiam também no momento de um só olhar de bem-querer.

Outubro acabava. Já chovera, pouco. Uma saudade recomeçada esbravejava bela nos berros dos bois, lembrados de seus sertões. Anoitecera — por cima de um duro dia de trabalho, campeando, recampeando. Noite, o azulável, na parte serena do céu. Mas, enorme longe, o carvão preto, no canto da Serra do Rojo. Aonde chove raio, não descansa, o vermelho e amarelo, espirrados, ao que pula cada lagarta, sem som os coriscos corriam — ligeiro mais que a ilhapa de laço partido em arranco de um touro desgarrado, quando larga e chicoteia, fuzilaz, se sacudindo no ar.

A estória de Lélio e Lina

. . .

Ver o fim da noite, volta das quatro — com as três estrelas maiores e mais brilhantes quase rumo a rumo na cumeeira do céu, e o Cruzeiro pendente na beira do sul, subindo uma braça, enquanto o sete-estrelo e as três-marias já desciam muito, descambando para o poente e pelo norte — e se madrugava, na Lagôa-de-Cima.

— "Tudo aprontei, Meu-Mocinho, de meus arrumes..." Dona Rosalina estava com o vestido verde-escuro, chapéu da mesma cor, com a grande pluma de pássaro; e o chicotinho de tala, de cabo de prata. Lélio com sua roupinha bem tratada; só o chapéu-de-couro baixava muito, maior que a cabeça do dono. Os animais esperavam arreados: o Maripôso, o Agrado, e dois burros cargueiros. Crispininha e a Goga enxugavam lágrimas, e sorriam, quando Dona Rosalina mandava meiga que não deviam de consentir tristeza. E ela mesma prometia: — "Depois eu mando buscar vocês..." Prendiam num engradadozinho de madeira o Bom-Pensamento, que se danava, xingava de amor. O Formôs também ia vir junto. — "Talvez chôva?" Ventava um tanto. Suspendia o cheiro constante dos Gerais, brando travante. O orvalho era escasso nas folhagens. Dona Rosalina e Lélio já tinham comido o quebra-tôrto, de café com farinha. Aí era a hora de saírem, de fugida, dizendo adeus ao Pinhém, sem dizer adeus a ninguém. Iam para o Peixe-Manso, um lugar forte, longe rota, muito além da Serra do Rojo, dias e dias.

O que era, o que vinha a ser essa decisão, assim achada, entre eles dois, o que tudo tinham conversado, nas vésperas:

— "...Se não fosse por ter de deixar a senhora, eu ia..." — o que Lélio falara.

— Mas eu também sinto, Meu-Mocinho... Pudesse eu ir junto... Para o Peixe-Manso, conheço o dono de lá, homem bom...

— E se a senhora vier?! Só que a viagem é dura, é ruim...

— Por isso, nem. Mas, Meu-Mocinho, uma velha não se carrega. Estou em fêcho de meus dias... Que é que você vai fazer com uma velhinha às costas?

— Mãe, vamos juntos. Se não, eu sei, eu tenho a sorte tristonha.

— Mas, você não se arrepende, não, Meu-Mocinho? Por se dar o caso de você querer casar com uma moça que não goste de mim...

— Mãe, vamos.

— "Pois vamos, Meu-Mocinho!" — ela disse, por fim, com seus olhos com a felicidade. — "Deixa dizerem. Ai, rir...Vão falar que você roubou uma Velhinha velha!..."

Agora, partiam.

Abraçavam Crispininha e a Goga. Dona Rosalina montou, firme no silhão, prendeu o chicotinho debaixo de um braço, acertou o chapéu mais uma vez. — "Até lá, até lá, minhas filhas!" — disse, com sua bela voz. No escuro, alegres, entravam em estrada. — "Parece até que ainda estou fugindo com namorado, Meu-Mocinho...A perseguir, pelo furto da moça, puxe-te o danado dôido tropel de cascos — lá evém o pai com os jagunços do pai..." — assim ela gracejava. Olharam para trás: a estrela-d'alva saiu do chão e brilhou, enorme. Olharam para trás: um começo de claridade ameaçava, no nascente; beira da lagôa, faltava nada para as saracuras cantarem. Olharam para trás: o sol surgia. Com pouco, atravessavam o pasto da Cascavel. Os passarinhos refinavam. Com esses mil gritos, as maitacas, as araras, os papagaios se cruzavam. Zulzul, o céu vivia, azo que pulsava. E, indo, pois, para a Vereda, lá estava o pau-d'arco crescido, varudo, entre o capim-bezerro e môitas de varvasco, com seu pique — e Lélio tinha pena de deixá-lo assim. — "Deixa. Todos respeitam, e a árvore cresce, marcada a sinal, é a sua árvore, que ficou, Meu-Mocinho..." A Vereda-Azul, a buritiquéra, enxameava de pássaros. Altos, altos, gaviões. O gado comia com orvalho.

— "Buriti e boi! Isto sempre vamos ter, no caminho, e lá, no Peixe--Manso, Meu-Mocinho..." Aumentava a manhã, e eles apressavam os animais. Ele a ela: — "É nada?" E ela a ele: — "É tudo. E vamos por aí, com chuva e sol, Meu-Mocinho, como se deve..." O Formôs corria adiante, latindo sua alegria. — "...Chapada e chapada, depois você ganha o chapadão, e vê largo..." Lélio governava os horizontes. — "...Mãe Lina..." "— Lina?!" — ela respondeu, toda ela sorria. Iam os Gerais — os campos altos. E se olharam, era como se estivessem se abraçando.

A estória de Lélio e Lina   223

O recado do morro: uma teoria da linguagem, uma alegoria do Brasil[*]

De qualidade também que, os que sabem ler e escrever,
a modo que mesmo o trivial da idéia deles deve de ser muito diferente.

Guimarães Rosa, *O Recado do Morro*

Motivo recorrente na obra de Guimarães Rosa, a viagem estrutura boa parte das histórias de *Sagarana*, de que são exemplo evidentes os contos "O Burrinho Pedrês" e "Duelo". "A Volta do Marido Pródigo", "Minha Gente" e "Conversa de Bois" igualmente supõem o deslocamento no espaço dos protagonistas, ainda que a viagem não constitua o tema central da intriga.

As duas narrativas que abrem *Corpo de baile*, "Campo Geral" e "Uma Estória de Amor", não contradizem o padrão de *Sagarana* no que se refere ao motivo da viagem: Miguilim, protagonista do primeiro relato, afasta-se de sua terra natal ao final da intriga; Manuelzão, herói do segundo, é homem sem paradeiro fixo. "Dão-lalalão", por sua vez, narra o retorno do protagonista à casa, onde espera encontrar, à sua espera, a esposa Doralda. Contudo, é "O Recado do Morro" o texto em que a viagem ocupa um papel central no desenvolvimento do enredo. Este apresenta, pelo menos, duas modalidades de deslocamento no espaço: a viagem da comitiva, de um lado; e a do recado, de outro.

A primeira é uma viagem exploratória, comandada pelo naturalista estrangeiro Alquist (grafado igualmente Alquiste e Olquist), pelo religioso Frei Sinfrão, e por um fazendeiro da região, seu Jujuca. Acompanham o grupo Pedro Orósio, o Pê-Boi, na condição de guia, e Ivo Crônico, que fecha a comitiva, "tangendo os burros" (p. 618).[1] A segunda viagem diz respeito à travessia do recado sugerido

---

[*] Texto originalmente publicado na revista de Literatura Brasileira *O eixo e a roda*, n. 12, Belo Horizonte, dezembro de 2006.

[1] Indicaremos apenas as páginas de onde são retiradas as citações de "O recado do morro". O texto usado foi extraído da seguinte edição: João Guimarães Rosa. *Ficção Completa*. v. 1. Rio de Janeiro: Nova Aguilar, 1995.

pelo título, cujo conteúdo assombra: avisa-se que alguém vai morrer, "à traição" (p. 630). A importância do recado não reside propriamente na revelação de que uma morte pode ocorrer, mas nas características do ato — a traição.

1. Uma teoria da linguagem

Vale a pena acompanhar o trajeto do recado. O emissor é singular: trata-se do Morro da Garça, monte situado no centro geodésico do estado de Minas Gerais, que proclama os possíveis acontecimentos futuros. A singularidade se amplia, quando se verificam as qualidades do Morro: a primeira — a imutabilidade — é própria a esse tipo de acidente geográfico; a segunda — a onipresença — é aceitável, num território em que constitui o elemento mais alto, visível, pois, desde diferentes ângulos, ainda que, no lugar em que a ação se passa, predominem as serras; mas a terceira — a capacidade de se comunicar — surpreende não apenas o leitor, mas, na mesma proporção, as personagens que formam a comitiva e que recusam a ideia de que uma mensagem tivesse sido enunciada por emissor tão pouco provável.

Quem ouve o recado é o Gorgulho, mas ele não esclarece como o morro pode se comunicar. Porém, quando a comitiva guiada por Pedro Orósio o enxerga à distância, ele parece escutar uma mensagem:

> E prestava atenção toda, de nariz alto, como se seu queixo fosse um aparêlho de escuta. Ao tempo, enconchara mão à orêlha esquerda. (p. 624)

Logo, supõe-se que a comunicação seja linguística, hipótese que se completa com a observação do narrador, para quem o morro apresenta-se "belo como uma palavra" (p. 626). Considerando a situação de transmissão da mensagem e a anotação do narrador, pode-se concluir que, nesse caso, predomine a linguagem verbal.

O ouvinte, porém, não estranha que o morro lhe mande mensagens; só não deseja envolver-se com o assunto, pois tem outro propósito em mente: deseja advertir o irmão que este se encontra em vias de casar-se com a pessoa errada. Por isso, não parece inclinado a colaborar, rejeitando as palavras que recebe e expressando suas reclamações de modo agressivo:

— Eu?! Não! Não comigo! Nenhum filho de nenhum... Não tou somando! Tomou fôlego, deu um passo. Sem sossegar:

— Não me venha com loxías! Conselho que não entendo, não me praz: é agouro!

E mais gritava, batendo com o alecrim no chão:

— Ôi, judengo! Tu, antão, vai p'r'as profundas!...

De tanta maneira, sincera era aquela fúria. Silenciou. (p. 624)

A singularidade da situação não significa que seja inédita, sugerida, de certo modo, pelo vocativo "judengo", corruptela talvez de "judeu", empregado pelo Gorgulho, ao dirigir-se ao interlocutor. No Êxodo, segundo livro do Pentateuco, o hebreu Moisés apascenta o rebanho de Jetro, seu sogro, junto a "Horebe, o monte de Deus",[2] quando este lhe aparece em meio a uma sarça ardente. Após apresentar-se ao futuro líder dos hebreus, ordena-lhe que livre seu povo do cativeiro:

Disse mais: Eu sou o Deus de teu pai, o Deus de Abraão, o Deus de Isaque, e o Deus de Jacó. Moisés escondeu o rosto, porque temeu olhar para Deus. Disse ainda o Senhor: Certamente vi a aflição do meu povo, que está no Egito, e ouvi o seu clamor por causa dos seus exatores. Conheço-lhe os sofrimentos, por isso desci a fim de livrá-lo da mão dos egípcios, e para fazê-lo subir daquela terra a uma terra boa e ampla, terra que mana leite e mel; o lugar do cananeu, do heteu, do amorreu, do ferezeu, do heveu e do jebuseu. Pois o clamor dos filhos de Israel chegou até mim, e também vejo a opressão com que os egípcios os estão oprimindo.

Vem, agora, pois, e eu te enviarei a Faraó, para que tires do Egito o meu povo, os filhos de Israel, do Egito.[3]

Tal como Gorgulho, o pastor recusa a tarefa, não acreditando que será ouvido por seu povo ou pelo faraó, até ser convencido pelas demonstrações do poder divino. Essa não é, porém, a única oportunidade em que Deus se manifesta a Moisés no deserto, junto a um monte sagrado, pois é no alto do Sinai que são ditados a ele os mandamentos e as leis que doravante guiarão os judeus, até então escravos dos egípcios:

---

[2] Bíblia Sagrada. Êxodo. Trad. João Ferreira de Almeida. São Paulo: Cia. Publicadora Nacional, 1967.

[3] Ibid.

O recado do morro: uma teoria... 227

No terceiro mês da saída dos filhos de Israel da terra do Egito, no primeiro dia desse mês, vieram ao deserto de Sinai.

Tendo partido de Refidim, vieram ao deserto de Sinai, no qual se acamparam; ali, pois, se acampou Israel em frente do monte.

Subiu Moisés a Deus, e do monte o Senhor o chamou e lhe disse: Assim falarás à casa de Jacó, e anunciarás aos filhos de Israel:

Tendes visto o que fiz aos egípcios, como vos levei sobre asas de águias, e vos cheguei a mim.

Agora, pois, se diligentemente ouvirdes a minha voz, e guardardes a minha aliança, então sereis a minha propriedade peculiar dentre todos os povos: porque toda a terra é minha; vós me sereis reino de sacerdotes e nação santa. São estas as palavras que falarás aos filhos de Israel.

Veio Moisés, chamou os anciãos do povo, e expôs diante deles todas estas palavras, que o Senhor lhe havia ordenado.[4]

Tal como o Horebe ou, sobretudo, o Sinai, o Morro da Garça é o lugar de uma epifania, o que posicionaria Malaquias no paradigma de Moisés. No caso da narrativa de Guimarães Rosa, porém, é o próprio acidente geográfico que se comunica com Gorgulho, como se o monte substituísse a divindade, assimilando seus atributos.

A sacralização do Morro da Garça e a incorporação, pelo local geográfico, do papel desempenhado por Deus no Velho Testamento se fortalecem graças à caracterização de Malaquias, o primeiro dos sete recadeiros. Quando a comitiva o encontra, ele caminha pela mesma estrada reta seguida pelo grupo, sendo apresentado pelo narrador como "um homemzinho terém--terém, ponderadinho no andar, todo arcaico" (p. 623). Orósio identifica-o como Gorgulho, denominação que reforça seu aspecto antigo, observação intensificada pelo discurso indireto transcrito pelo narrador:

> Quem? Um velho grimo, esquisito, que morava sozinho dentro de uma lapa, entre barrancos e grotas — uma urubuquara — casa de urubús, uns lugares com pedreiras. (p. 623)

Na sequência, a descrição complementa a visão de um homem idoso, formal e trajado à moda antiga, anacrônico, mas não inverossímil ou insano:

---

[4] Ibid.

> Tinha um surrão a tiracolo, e se arrimava em bordão ou manguara. Como quase todo velho, andava com maior afastamento dos pés; mas sobranceava comedimento e estúrdia dignidade.
>
> [...] Assim que, o Gorgulho calçava alpercatas, sua roupa era de sarja fusca, formato antigo — casacão comprido demais, com gualdrapas; uma borjaca que de certo tinha sido de dono outro — mas limpa, sem desalinho nenhum; via-se que ele fazia questão de estar composto, sem em ponto algum desleixar-se. E o que empunhava era uma bengala de alecrim, a madeira rôxo-escura, quase preta. (p. 623)

Na caracterização física e comportamental do Gorgulho, verificam-se duas marcas importantes para a composição da personagem: ele reside nas profundezas da terra, razão provável de sua intimidade com o Morro da Garça ou, pelo menos, da possibilidade de ele ouvir e compreender o recado emitido pela natureza. Por sua vez, a descrição faculta a associação com os beatos que se espalharam pelo sertão brasileiro, dentre os quais o mais notório foi Antônio Conselheiro. Ao identificar o Gorgulho — "o nome dele, de verdade, era Malaquias" (p. 623) —, o narrador intensifica a associação entre o recadeiro e os "oráculos", papel que Machado de Assis atribuiu ironicamente ao líder da revolta de Canudos em uma de suas crônicas.[5]

Malaquias constitui o último profeta, pois o livro que designa encerra o Velho Testamento. O livro que carrega seu nome, concluindo o tempo da profecia, anuncia a vinda do Senhor e o restabelecimento da justiça. Ele finaliza uma etapa, anunciando outra, por meio de uma interlocução sem contradição ou diálogo, razão pela qual se supõe que a palavra "Malaquias", que intitula a obra, não se refira à pessoa do profeta, mas à função do "mensageiro".

Não apenas no Velho Testamento Malaquias é o nome que sinaliza o indivíduo capaz de profetizar. São Malaquias, figura do século XI, celebrizou-se por ser capaz de anunciar eventos futuros, alguns tidos como comprovados. Ao se adonar do substantivo próprio para identificar a personagem, Guimarães Rosa reforça, pois, sua propensão profética. Distingue-o, assim, de Moisés, mas não desfaz sua capacidade de se comunicar com o divino e o sagrado.

Malaquias não transmite a mensagem apenas aos membros da comitiva guiada por Pedro Orósio. Quando o grupo encontra o irmão de Malaquias, Catraz, esse já conhece o conteúdo do recado, embora o diálogo entre os

---

[5] Machado de Assis. *A Semana*. v. 4. São Paulo: Mérito, 1959.

dois deva ter tido outro conteúdo, pois o Gorgulho desejava convencê-lo a não casar com uma moça que considerava inadequada.

Catraz é o apelido de Zaquias, irmão de Malaquias. Substantivo próprio incomum, Zaquias não é indiferente ao universo religioso, já que uma personagem assim denominada aparece em um dos evangelhos apócrifos, o do Pseudo-Mateus, na condição do mestre que deseja introduzir Jesus às leis da religião. O filho de José recusa os ensinamentos e, diante de Zaquias e Levi, outro mestre a quem o rapaz é conduzido, mostra-se mais sábio do que os que desejam conduzi-lo à instrução.

No Evangelho do Pseudo-Mateus, Zaquias não é o homem da razão, nem está à altura de interagir com Jesus. Transportado para o universo da narrativa de *Corpo de Baile*, porém, faculta a introdução daquela personagem no contexto do relato, ampliando o paradigma religioso e mítico que embasa a viagem do recado original do morro. Conforme esse paradigma, o Morro da Garça corresponde aos espaços epifânicos — o Horebe e o Sinai — por onde passou Moisés, antes e depois de libertar os hebreus do jugo dos egípcios. Por sua vez, Malaquias e, em menor proporção, Zaquias reforçam sua condição, respectivamente, de profeta e mensageiro, capazes de transmitir a fala divina e anunciar o futuro, nem sempre auspicioso. Dois lugares ficam desocupados, se pensarmos na triangulação representada pelo Deus emissor / lugar sagrado / herói mítico: o da divindade, substituída pelo espaço, que, ao mesmo tempo, reforça sua sacralidade e desliga-se de Deus; e o do herói, Moisés, num caso, Jesus, em outro, ambos fundadores de nações, pois Malaquias, e depois Zaquias, conformam-se com a função de propagadores do recado.

Ao longo da trajetória da narrativa, o recado expande-se e esclarece-se, até chegar ao poeta e cantador Laudelim Pulgapé, autor dos versos que enuncia no baile. É então que se apresenta a conformação mais compreensível da mensagem, conforme um procedimento que valoriza simultaneamente a poesia, a criatividade do artista e a comunicabilidade da literatura.

Quando Pedro Orósio ouve a canção de Laudelim, reproduzindo-a enquanto se dirige para o encontro com Ivo Crônico, que planejara a tocaia vingadora e assassina, a mensagem alcança seu último e verdadeiro destinatário. De posse do conteúdo, Orósio descobre seu lugar no texto que migrava ao longo de sua caminhada, reage e salva sua vida. A poesia, mostrando-se clarividente, protege o protagonista e afiança seu futuro.

À primeira vista, o recado, que se desloca no espaço, parece se transformar do inarticulado para o articulado, ao passar da natureza emissora de modo cifrado para os versos cantados por Laudelim, como se a voz fosse a cadeia que garante a transmissão do conteúdo. Contudo, não é o lado fônico da mensagem que predomina: Pedro Orósio e seus companheiros de comitiva não ouvem a manifestação do morro, ao contrário de Malaquias, que responde ao emissor corporificado pela natureza. Malaquias, mensageiro desde o nome, não é, contudo, o homem da linguagem oral, e sim "garatujo" (p. 623), encarnando a escrita, com que se parece. Sob esse aspecto, "O recado do morro" concretiza uma teoria da linguagem, segundo a qual a escrita precede a oralidade, já que é Malaquias quem faz a migração do texto, de que é a representação material, para a palavra falada.

As relações do Morro da Graça com o mundo da escrita anunciam-se de maneira bastante particular. Ao descrevê-lo, o narrador o apresenta como "solitário, escaleno e escuro, feito uma pirâmide" (p. 624), provocando o olhar espantado e admirativo de Malaquias: "O Gorgulho mais olhava-o, de arrevirar bogalhos; parecia que aqueles olhos seus dele iam sair, se esticar para fora, com pedúnculos, como tentáculos" (p. 624).

A associação entre o morro e a pirâmide explica o caráter enigmático, e talvez mágico, do morro que manda recados. Por sua vez, a observação que o compara a um triângulo coloca-o em um universo que pode não ser racional, mas é o da civilização, porque lida com as abstrações e sínteses próprias ao mundo da escrita. Assim, o narrador pode afiançar, como citado antes, ser o Morro da Graça "belo como uma palavra" (p. 626). Senhor da linguagem, o monte que domina a região, porque "sempre dava ar de estar num mesmo lugar, sem se aluir, parecia que a viagem não progredia de render, a presença igual do Morro era o que mais cansava" (p. 632), coincide com o que exprime, numa fusão de significante e significado. Por essa razão, o sintagma que define sua beleza carece de verbo, mesmo o de ligação; o narrador precisa dar conta da imutabilidade e perenidade tanto do ente linguístico, quanto do ser natural que lhe confere expressão.

A fusão entre natureza e linguagem encontra sua manifestação mais completa no morro linguístico, que fecunda uma narrativa e faculta a salvação de seu beneficiário, mesmo quando se trata do incrédulo Pedro Orósio. Mas ela é precedida pela frase que abre o relato.

"O recado do morro" começa com um prólogo do narrador, que explica o teor da história a ser contada:

> Sem que bem se saiba, conseguiu-se rastrear pelo avesso um caso de vida e de morte, extraordinariamente comum, que se armou com o enxadeiro Pedro Orósio (também acudindo por Pedrão Châbergo ou Pê-Boi, de alcunha), e teve aparente princípio e fim, num julho-agosto, nos fundos do município onde ele residia; em sua raia noroesteã, para dizer com rigor. (p. 618)

A abertura retarda o início da narrativa, buscando estabelecer os parâmetros temporais e geográficos que alicerçam o relato, com o intuito de garantir a verossimilhança do que é contado. Ao mesmo tempo, ao confessar que o caso é "extraordinariamente comum", o narrador antecipa a desconfiança do leitor, estabelecendo de antemão a contradição entre o fantástico e o realismo de que se nutre a história. Essa, por sua vez, começa na oração seguinte: "Desde ali, o ocre da estrada, como de costume, é um S, que começa grande frase" (p. 617).

Num contexto em que a estrada é um S, inaugurando uma frase, logo, uma narrativa, o morro é a palavra que lhe confere expressão. Essa, por sua vez, está próxima da escrita, não apenas porque registrada por Alquist, seguidamente entendido como alter ego do autor, Guimarães Rosa, mas, sobretudo, porque Malaquias, intérprete do morro e seu primeiro porta-voz, a que se sucedem os demais (Catraz ou Zaquias, Joãozezim, Guégue, Nôminedomine, Coletor, Laudelim), parece, nas já citadas palavras do narrador, um "garatujo" (p. 623), isto é, corresponde ao rabisco que materializa a manifestação do Morro da Garça.

Malaquias, o mensageiro, é igualmente o "garatujo", gravando na escrita o texto que recebe do morro. O recadeiro coincide com a letra que dá origem à fala ou ao verbo; na sequência do relato, a escrita converte-se na canção e, ao final, produz a ação, expressa pela reação de Pedro Orósio à ameaça de Ivo Crônico. Na obra de Guimarães Rosa, teses fundamentais da Linguística — conforme as quais o significante é fônico e que o verbo nasce para dar expressão à ação dos homens — encontram-se invertidas. Dono, ele mesmo, enquanto escritor, do poder da palavra, reivindica a primazia para a arte que domina, colocando a si mesmo no começo da *criação*.

No versículo primeiro do Evangelho Segundo João, escreve-se que "No princípio era o Verbo, e o Verbo estava com Deus, e o Verbo era Deus".[6]

---

[6] Bíblia Sagrada. *Evangelho Segundo São João*. Trad. João Ferreira de Almeida. São Paulo: Cia. Publicadora Nacional, 1967.

No texto de Guimarães Rosa, o Morro da Garça ocupa, desde o momento em que ele se comunica com o profético Malaquias e em que se reproduzem os diálogos de Moisés com a divindade, o papel de Deus. Mas o "Verbo" a que a narrativa se refere não tem expressão oral, e sim escrita, é redação, e não fala, como é próprio da Literatura, vocábulo que tem a letra na sua raiz. O escritor mineiro faz do relato a manifestação de sua visão da linguagem, porque talvez deseje também dar conta de uma teoria do Brasil.

2. Uma alegoria do Brasil

Ao lado da viagem do recado, tem-se a trajetória da comitiva guiada por Pedro Orósio e comandada por seu Alquist. O caminho percorrido pelo sertanejo pode ser entendido como a experiência, pelo herói, de um rito de passagem na direção de seu aperfeiçoamento.

As etapas do ritual estariam associadas às estações da comitiva, que cruza sete fazendas, cujos proprietários têm nomes associados aos astros do sistema solar. Elencam-se os nomes dos fazendeiros que acolhem os membros do grupo guiado por Orósio, bem como os astros que representam, relacionados em ordem de afastamento do Sol:

Lugares	Astros
Juca Saturnino	Saturno
Jove	Jupiter
Marciano	Marte
Nhá Selena	Lua
Dona Vininha	Vênus
Nhô Hermes	Mercúrio
Apolinário	Sol

A trajetória de Pedro Orósio comportaria componentes alquímicos, já que o herói se transferia do mundo sombrio, o do chumbo, de Saturno para o luminoso do Sol, da cor do ouro. Também a comitiva de Ivo Crônico, que acompanha Pedro Orósio e que pretende tocaiá-lo, é constituída por sete criaturas, equivalentes aos elementos celestes antes mencionados:

Lugares	Astros	Comitiva de Ivo
Juca Saturnino	Saturno	Ivo Crônico[7]
Jove	Jupiter	Jovelino
Marciano	Marte	Martinho
Nhá Selena	Lua	João Lualino
Dona Vininha	Vênus	Veneriano
Nhô Hermes	Mercúrio	Zé Azougue[8]
Apolinário	Sol	Helio Dias Leme

O paralelismo é construído com rigor, indicando a importância da passagem experimentada pelo herói, que primeiramente vivencia os espaços do ritual, e depois os derruba num gesto de magnitude mágica. É ao derrubar os inimigos que ameaçavam sua vida que Pedro Orósio comprova não apenas sua força física, mas igualmente sua aptidão para o papel central da narrativa.

Ao fazê-lo, Pedro, enquanto personagens, transfere-se do âmbito fictício para o alegórico.

O protagonista da narrativa é caracterizado nos parágrafos iniciais, que, conforme referido antes, é o objeto do "caso de vida e de morte" relatado no texto. O narrador detém-se na aparência da personagem:

> De guiador — a pé, descalço — Pedro Orósio: moço, a nuca bem feita, graúda membradura; e marcadamente erguido: nem lhe faltavam cinco centímetro para ter um talhe de gigante, capaz de cravar de engolpe em qualquer terreno uma acha de aroeira, de estalar a quatro em cruz os ossos da cabeça de um marruás, com um soco em sua cabeloura, e de levantar do chão um jumento arreado, carregando-o nos braços por meio quilômetro, esquivando-se de seus côices e mordidas, e sem nem por isso afrouxar o fôlego de ar que Deus empresta a todos. (p. 617)

A força física de Pedro é assombrosa, assemelhando-o a um gigante, nas palavras do narrador, revivendo o bíblico Sansão, conforme a percepção de Alquist.[9] Perto do final do relato, diz dele o narrador:

---

[7] Saturno é, na mitologia grega, Cronos, o tempo.

[8] Segundo Ana Maria Machado, "Zé Azougue [...] é Mercúrio na linguagem popular brasileira". Cf. Ana Maria Machado. *Recado do Nome*. 3. ed. Rio de Janeiro: Nova Fronteira, 2003.

[9] Ibid.

Deveras, tinham receio. Pois não era? Um exagero de homem-boi, um homão desses, tão alto que um morro, a sobre. Assim desmarcado, pescoço que não dobrava, braços de tamanduá, inchos de músculos, aquilo era de ferro – se ele estouvava, perigava qualquer sociedade, destruía as certezas. (p. 664)

Ele é também o homem da terra, relacionamento que se expressa pela dificuldade de o protagonista calçar sapatos ou botinas, como é indicado no começo da narrativa e reforçado ao final, quando "Pedro Orósio esbarrou. As botinas o maltratavam. Sentou no chão, se livrou. Deu ao Ivo as botinas, para levar" (p. 665).

A caracterização de Pedro reproduz, pois, emblemas com que se representa o Brasil: tanto o gigantismo geográfico, quanto à associação com a natureza, que os versos de Joaquim Osório Duque Estrada traduzem no hino nacional. A conhecida estrofe que fala do "Gigante pela própria natureza, / És belo, és forte, impávido colosso" pode ser lida como uma descrição aplicável sob medida ao protagonista de "O recado do morro".

Por sua vez, o moço está ameaçado de morte por emboscada, resultante do engano a que o conduzem os companheiros de Ivo Crônico. Na configuração do perigo, que Pedro só percebe nas derradeiras cenas da narrativa, reconhece-se um elemento mítico: a traição de que é vítima Jesus Cristo por efeito da ação de Judas, o apóstolo desleal. Se o filho de José e Maria estava indiretamente implicado em "O recado do morro" em consequência da alusão ao recadeiro Zaquias, agora ele se mostra inteiramente na qualidade de paradigma que inspira a criação de Pedro Orósio.

O rapaz, porém, suplanta o risco, graças ao aviso do Morro da Garça, cuja mensagem o alcança de várias maneiras, desde a enigmática expressão do profético Malaquias até sua tradução em rimas por Laudelim. A natureza, de que ele representa o prolongamento, por seu gigantismo e afinidade, envia o recado primeiro que propicia a remissão do herói. Também por esse caminho retomam-se mitos de representação da brasilidade, conforme os quais o país é sintetizado por uma natureza pujante, cuja riqueza e fecundidade garantem a felicidade dos homens. Pedro é, simultaneamente, essa terra e esse homem, porque se comunica com a natureza e é capaz de extrair de sua potência física a solução para seus problemas.[10]

---

[10] Ana Maria Machado lembra que a relação dos astros por onde transita Pedro exclui o planeta Terra, pois esse estaria representado pelo protagonista da narrativa: "Porque ele é também a Terra, planeta ao qual todos os outros astros do sistema se estão opondo: o sol, a lua, Mercúrio, Vênus, Marte, Júpiter e Saturno".

O recado do morro: uma teoria…

Tal como Jesus, entidade que preside um dos paradigmas sobre os quais se constrói a personagem, Pedro está ameaçado de morte por traição. Ressalte-se que o malefício não provém dos membros da comitiva que está encarregado de guiar. O grupo formado de letrados, como Alquist e Sinfrão, não constitui perigo, ainda que os dois, o cientista e o religioso, pudessem corporificar o estrangeiro que ocupa a terra, extraindo suas riquezas ou desejando dominar sua alma. A eles interessa, porém, o conhecimento científico do espaço, não o proveito econômico ou espiritual. Por outro lado, Sinfrão e Alquist não estão preparados para entender os sinais da natureza: reificando-a em decorrência do tipo de pesquisa que desenvolvem, pois a entendem enquanto objeto de análise, não percebem que o espaço constitui um sujeito que se manifesta por meio de uma linguagem, cifrada mas, ao mesmo tempo, codificada na escrita.

Por causa desse equívoco, minimizam o conteúdo da mensagem enunciada por Malaquias, de que é exemplo a manifestação de frei Sinfrão:

> — "Possível ter havido alguma coisa?" — frei Sinfrão perguntava. — "Essas serras gemem, roncam, às vezes, com retumbo de longe trovão, o chão treme, se sacode. Serão descarregamentos subterrâneos, o desabar profundo de camadas calcáreas, como nos terremotos de Bom-Sucesso... Dizem que isso acontece mais é por volta da lua-cheia..."
>
> Mas, não, ali ilapso nenhum não ocorrera, os morros continuavam tranquilos, que é a maneira de como entre si eles conversam, se conversa alguma se transmitem. O Gorgulho padeceria de qualquer alucinação; ele que até era meio surdo. (p. 624)

Alquist, por seu turno, identifica no poema de Laudelim as correlações épicas que fariam de Pedro Orósio o herói do texto; mas não ultrapassa a medida de sua formação europeia, aproximando os versos ao modelo medieval da literatura, e não à situação que eles mesmo testemunham:

> Tarefa que se levava, pois o senhor Alquist queria comentar muito, em inglês ou em francês, ou mesmo em seus cacos de português, quando não se ajudando com termos em grego ou latim. — "Digno! Digno! Como na saga de Hrolf filho de Helgi, Hrolf o Liberal: ainda era menino, quando Helgi morreu, e ele subiu ao trono da Dinamarca..." Referia: — "Ah, está em Saxo Grammaticus! Ou quando o outro, Hrolf Kraki, entrou na peleja: foi como um rio estúa no mar — ele simultâneo, a todo átimo pronto na espada, qual com os bífidos cascos o veado se atira... Está em Saxo Grammaticus..." (p. 662)

Se os estrangeiros não adotam posicionamento colonialista, por outro lado, mostram-se incapazes de compreender o que se passa a seu redor, deixando Pedro entregue à própria sorte e, sobretudo, aos meios de que dispõe para superar a dificuldade a que fora jogado e que precisa decodificar para reagir convenientemente.

Tal como Jesus, Pedro é traído por seus companheiros, o saturnino Ivo Crônico, indivíduo de amores frustrados que, no andar da comitiva, ocupa o último lugar. Contudo, Pedro não é vencido por Crônico e seus asseclas, nem é obrigado a qualquer sacrifício. Pelo contrário, derruba os inimigos e, vitorioso, desloca-se na direção dos Gerais, sinônimo de seus sonhos de vida independente e bem sucedida. Nos últimos parágrafos da narrativa, quando se anunciava o infortúnio, dá-se a reversão das expectativas, graças à correta intepretação da mensagem iniciada pela profecia de Malaquias.

Ao entender o recado do morro, Pedro integra-se a novo paradigma — o de Moisés, já mencionado, configurando sua imagem de fundador e líder de um povo que se dirige à Terra Prometida, os Gerais na interpretação do protagonista do texto. Não por outra razão ele chama-se Pedro, nome duplamente motivado, pois designa tanto o apóstolo a quem Jesus confiou a difusão de suas ideias e que deu início a uma religião, quanto o indivíduo histórico que libertou o Brasil do jugo português, o monarca que rompeu com sua pátria de nascença para inaugurar uma nação na terra que o adotou. Pedro é nome de herói fundador, designando um Moisés para o Brasil nascente, cuja autenticidade situa-se não na cidade, que Orósio rejeita, mas nas áreas mais ocidentais do território, para onde aponta seu futuro. Em "O recado do morro", uma outra carta do achamento é redigida, e é esse novo Pedro, substituindo o velho Pero Vaz, que encontra na escrita as vias a percorrer.

REGINA ZILBERMAN

Regina Zilberman (1948-) é professora associada do Instituto de Letras, da Universidade Federal do Rio Grande do Sul (UFRGS), com atuação no Programa de Pós-Graduação em Letras. Entre 2007 e 2010, lecionou na Faculdade Porto-Alegrense e, em 2010, no Centro Universitário Ritter dos Reis. Também foi professora titular da Pontifícia Universidade Católica do Rio Grande do Sul. É graduada em Letras pela UFRGS (1970), com doutorado em Romanística pela Universidade de Heidelberg (Ruprecht-Karls) (1976) e pós-doutorado na University College (Inglaterra) (1980-1981) e Brown University (EUA) (1986-1987).

Cronologia

1908
A 27 de junho, nasce em Cordisburgo, Minas Gerais. Filho de Florduardo Pinto Rosa, juiz de paz e comerciante, e de Francisca Guimarães Rosa.

1917
Termina o curso primário no grupo escolar Afonso Pena, em Belo Horizonte, residindo na casa de seu avô paterno, Luís Guimarães.

1918
É matriculado na 1ª série ginasial do Colégio Arnaldo, em Belo Horizonte.

1925
Inicia os estudos na Faculdade de Medicina de Minas Gerais, em Belo Horizonte.

1929
Em janeiro, toma posse no cargo de agente itinerante da Diretoria do Serviço de Estatística Geral do Estado de Minas Gerais, para o qual fora nomeado no fim do ano anterior.
No número de 7 de dezembro da revista *O Cruzeiro*, é publicado um conto de sua autoria intitulado "O Mistério de Highmore Hall".

1930
Em março, é designado para o posto de auxiliar apurador da Diretoria do Serviço de Estatística Geral de Minas Gerais.
Em 27 de junho, dia de seu aniversário, casa-se com Lygia Cabral Penna.
Em 21 de dezembro, forma-se em Medicina.

1931
Estabelece-se como médico em Itaguara, município de Itaúna.
Nasce Vilma, sua primeira filha.

1932
Como médico voluntário da Força Pública, toma parte na Revolução Constitucionalista, em Belo Horizonte.

1933

Ao assumir o posto de oficial-médico do $9^{\underline{o}}$ Batalhão de Infantaria, passa a residir em Barbacena.

Trabalha no Serviço de Proteção ao Índio.

1934

Aspirando a carreira diplomática, presta concurso para o Itamaraty e é aprovado em $2^{\underline{o}}$ lugar.

Em 11 de julho, é nomeado cônsul de terceira classe, passando a integrar o Ministério das Relações Exteriores.

Nasce Agnes, sua segunda filha.

1937

Em 29 de junho, vence o prêmio de poesia da Academia Brasileira de Letras com um original intitulado *Magma*. O concurso conta com 24 inscritos e o poeta Guilherme de Almeida assina o parecer da comissão julgadora.

1938

Sob o pseudônimo "Viator", inscreve no Prêmio Humberto de Campos, da Academia Brasileira de Letras, um volume com doze estórias de sua autoria intitulado *Contos*. O júri do prêmio, composto por Marques Rebelo, Graciliano Ramos, Prudente de Moraes Neto e Peregrino Júnior, confere a segunda colocação ao trabalho do autor.

Em 5 de maio, passa a ocupar o posto de cônsul-adjunto em Hamburgo, vivenciando de perto momentos decisivos da Segunda Guerra Mundial.

Na cidade alemã, conhece Aracy Moebius de Carvalho, sua segunda esposa.

1942

Com a ruptura das relações diplomáticas entre o Brasil e os países do Eixo, é internado em Baden-Baden com outros diplomatas brasileiros, de 28 de janeiro a 23 de maio. Com Aracy, dirige-se a Lisboa e, após mais de um mês na capital portuguesa, regressa de navio ao Brasil.

Em 22 de junho, assume o posto de secretário da Embaixada do Brasil em Bogotá.

1944

Deixa o cargo que exerce em Bogotá em 27 de junho e volta ao Rio de Janeiro, permanecendo durante quatro anos na Secretaria de Estado.

1945

Entre os meses de junho e outubro, trabalha intensamente no volume *Contos*, reescrevendo o original que resultaria em *Sagarana*.

1946

Em abril, publica *Sagarana*. O livro de estreia do escritor é recebido com entusiasmo pela crítica e conquista o Prêmio Felipe d'Oliveira. A grande procura pelo livro faz a Editora Universal providenciar uma nova edição no mesmo ano.

Assume o posto de chefe de gabinete de João Neves da Fontoura, ministro das Relações Exteriores.

Toma parte, em junho, na Conferência da Paz, em Paris, como secretário da delegação do Brasil.

1948

Atua como secretário-geral da delegação brasileira à IX Conferência Pan-Americana em Bogotá.

É transferido para a Embaixada do Brasil em Paris, onde passa a ocupar o cargo de 1º secretário a 10 de dezembro (e o de conselheiro a 20 de junho de 1949). Neste período em que mora na cidade-luz, realiza viagens pelo interior da França, por Londres e pela Itália.

1951

Retorna ao Rio de Janeiro e assume novamente o posto de chefe de gabinete do ministro João Neves da Fontoura.

1952

Faz uma excursão a Minas Gerais em uma comitiva de vaqueiros.

Publica *Com o vaqueiro Mariano*, posteriormente incluído em *Estas estórias*.

1953

Torna-se chefe da Divisão de Orçamento do Itamaraty.

Em carta de 7 de dezembro ao amigo e diplomata Mário Calábria, relata estar escrevendo um livro extenso com "novelas labirínticas", que será dividido em dois livros: *Corpo de baile* e *Grande sertão: veredas*.

1955

Em carta de 3 de agosto ao amigo e diplomata Antonio Azevedo da Silveira, comenta já ter entregue o original de *Corpo de baile*, "um verdadeiro cetáceo que sairá em dois volumes de cerca de 400 páginas, cada um".

Na mesma carta, declara estar se dedicando com afinco à escrita de seu romance "que vai ser um mastodonte, com perto de 600 páginas", referindo-se a *Grande sertão: veredas*.

1956
Em janeiro, publica *Corpo de baile*.

Em julho, publica *Grande sertão: veredas*. A recepção da obra é calorosa e polêmica. Críticos literários e demais profissionais do mundo das letras resenham sobre o tão esperado romance do escritor. O livro conquista três prêmios: Machado de Assis (Instituto Nacional do Livro), Carmen Dolores Barbosa (São Paulo) e Paula Brito (Rio de Janeiro).

1962
Assume o cargo de chefe da Divisão de Fronteira do Itamaraty.

Em agosto, publica *Primeiras estórias*.

1963
Em 6 de agosto, é eleito membro da Academia Brasileira de Letras.

1965
Em janeiro, participa do I Congresso Latino-americano de Escritores, realizado em Gênova, como vice-presidente.

Publica *Noites do sertão*.

1967
Em março, participa do II Congresso Latino-americano de Escritores, realizado na Cidade do México, como vice-presidente.

Em julho, publica *Tutameia — Terceiras estórias*.

Em 16 de novembro, toma posse na Academia Brasileira de Letras.

Em 19 de novembro, falece em sua residência, no bairro de Copacabana, no Rio de Janeiro, vítima de enfarte.

1969
Em novembro, é publicado o livro póstumo *Estas estórias*.

1970
Em novembro, é publicado outro livro póstumo: *Ave, palavra*.

Conheça outros títulos de João Guimarães Rosa

Primeiro livro de Guimarães Rosa publicado, *Sagarana* é composto por nove contos que apesar de independentes estão entrelaçados entre si. Há semelhanças como os cenários característicos do sertão e as personagens que enfrentam um embate existencial entre o bem e o mal. Vemos o uso da escrita para transmitir mensagens universais, ao mesmo tempo em que bebem das narrativas tradicionais e alinham-se às experimentações da literatura moderna com a criação de expressões próprias, esses contos apresentam várias formas de narrativas arcaicas enraizadas no imaginário do sertanejo.

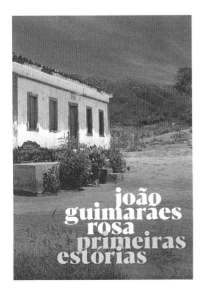

Em *Primeiras estórias*, Guimarães Rosa constrói narrativas curtas que tratam de matérias diversas da experiência humana, como a busca da felicidade, a necessidade do autoconhecimento e as maneiras de se conviver com a inevitável finitude da vida. Estórias tecidas com maestria, que se desenrolam em um território situado à margem da civilização moderna, compondo enredos que mesclam o real e a ficção, e que deixam espaço para os leitores refletirem sobre seus destinos.

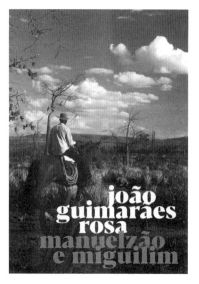

Manuelzão e Miguilim é composto pelas novelas "Campo geral" e "Uma estória de amor", que combinam com perfeição a oralidade do interior com temas filosóficos universais, como o crescimento e a lembrança dos acontecimentos passados da vida. São duas novelas que se complementam como histórias de um começo e de um fim de vida: a infância e a velhice.

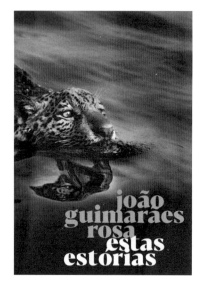

Estas estórias reúne nove contos bastante diferentes entre si, com tons e estilos diversos, mas, com a busca de Guimarães Rosa por desvendar o grande sertão no olhar do outro, e com o outro. Essa aparente desvinculação entre os contos oferece ao leitor uma rica possibilidade de descobrir seu próprio caminho de leitura. São estórias em que prevalece a preferência por uma linguagem incomum e pelo insólito das situações narradas e por isso mesmo encantam.

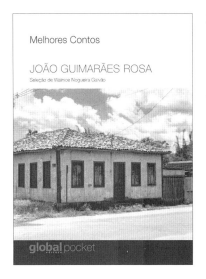

Essa coletânea inclui os principais contos do escritor mineiro João Guimarães Rosa, como "Meu tio o Iauaretê", "Desenredo", "A menina de lá", "A hora e vez de Augusto Matraga" entre outros. Além disso, traz como introdução o estudo "A voz da saga", no qual a pesquisadora Walnice Nogueira Galvão divide a obra em quatro eixos: a metalinguagem, a perquirição do outro, o humor e a progressão do narrador. Os contos, que abordam a vida sertaneja junto a inovações linguísticas e estéticas, estão distribuídos por eixo de modo a facilitar ao leitor o olhar para as linhas mais características de cada conto.

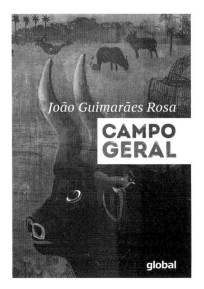

A infância é o tempo de descobertas. É a fase da vida em que o ser humano recebe e retribui os sentimentos à sua volta com maior vigor e integridade. Com Miguilim não é diferente. Os leitores de *Campo Geral* naturalmente se envolvem e se emocionam ao tomar contato com as impressões e conclusões do menino sobre o mundo que o cerca. O convívio familiar, o cultivo das amizades, a dura vida no sertão e a necessidade incontornável de encarar os desafios que a condição humana apresenta são elementos centrais desta narrativa.